人民共和國文化與文學叢書

五 編

李 怡 主編

第 **29** 冊

張賢亮文學創作評價史及反思

張 欣 著

花木蘭文化事業有限公司

國家圖書館出版品預行編目資料

張賢亮文學創作評價史及反思／張欣 著 — 初版 — 新北市：
花木蘭文化事業有限公司，2017〔民106〕
目 2+250 面；19×26 公分
（人民共和國文化與文學叢書 五編；第29冊）
ISBN 978-986-485-100-3（精裝）
1. 張賢亮 2. 中國文學 3. 文學評論
820.8   106013300

特邀編委（以姓氏筆畫為序）：

吳義勤　孟繁華　張　檸
張志忠　張清華　陳思和
陳曉明　程光煒　劉福春
（臺灣）宋如珊
（日本）岩佐昌暲
（新西蘭）王一燕
（澳大利亞）鄭　怡

ISBN-978-986-485-100-3

9 789864 851003

人民共和國文化與文學叢書
五　編　第二九冊　　　　　　　ISBN：978-986-485-100-3

張賢亮文學創作評價史及反思

作　　者　張　欣
主　　編　李　怡
企　　劃　北京師範大學民國歷史文化與文學研究中心
　　　　　四川大學現代中國文化與文學研究中心
總 編 輯　杜潔祥
副總編輯　楊嘉樂
編　　輯　許郁翎、王　筑　美術編輯　陳逸婷
印　　刷　普羅文化出版廣告事業
出　　版　花木蘭文化事業有限公司
社　　長　高小娟
聯絡地址　235 新北市中和區中安街七二號十三樓
　　　　　電話：02-2923-1455／傳眞：02-2923-1452
網　　址　http://www.huamulan.tw 信箱 hml810518@gmail.com
初　　版　2017 年 9 月
全書字數　234043 字
定　　價　五編30冊（精裝）台幣56,000 元

張賢亮文學創作評價史及反思

張欣　著

作者簡介

張欣，吉林通化人，中國人民大學文學博士，現爲大連大學文學院講師，中國現當代文學專業，主要研究方向爲中國當代文學。迄今爲止，已在《當代作家評論》、《湖北社會科學》、《小說評論》、《當代文壇》、《文匯讀書週報》、《名作欣賞》、《雲南大學學報》、《寧夏大學學報》等刊物發表論文多篇。在《臺港文學選刊》發表長詩《月神之歌》。現主要從事文學評說與文學史研究。

提　　要

　　論文以批評家和文學史研究者對張賢亮的文學評價作爲主要研究對象，並兼顧對作家創作情況的梳理和介紹，重點闡述二十世紀八、九十年代的張賢亮文學創作評價的變化，展現張賢亮文學評價史由「熱」到「冷」的演變過程，分析造成文學評價變化的原因，在此基礎上，對張賢亮文學創作評價史暴露出來的問題進行反思。爲了闡釋清楚這兩個問題，筆者對文學評價、評價主體、文學評論機制等概念做出了界定，對已有的相關研究文獻進行了梳理。論文在結構上以時間爲序，論文正文由五個部分的內容組成，分別是：第一章、新時期歸來的「右派」作家；第二章、從受難者向改革者的身份轉化；第三章、充滿爭議的「唯物論者啓示錄」；第四章、商業大潮中的「下海」文人；第五章、對張賢亮文學評價史的反思。在論文的結語部分，筆者從文學評價機制與作家作品命運關係的維度出發，說明作家作品文學評價的「冷」、「熱」變化問題，同時，反思個人與時代、時間與空間等文學外在因素對作家作品文學評價差異性的影響。附在論文最後的是兩篇附錄，分別是由筆者蒐集整理而成的《張賢亮文學創作年譜》和《張賢亮小說重要評論年表》，它們具有一定的文學史料價值。

當代的意識與現代的質地——
《人民共和國文化與文學叢書》第五編引言

李　怡

　　我們對當代批評有一個理所當然的期待：當代意識。甚至這個需要已經流行開來，成爲其他時期文學研究的一個追求目標：民國時期的文學乃至古代文學都不斷聲稱要體現「當代意識」。

　　這沒有問題。但是當代意識究竟是什麼？有時候卻含混不清。比如，當代意識是對當代特徵的維護和強調嗎？是不是應該體現出對當代歷史與當代生存方式本身的反省和批判？前些年德國漢學家顧彬對中國當代文學的批評引發了中國批評家的不滿——中國當代文學怎麼能夠被稱作「垃圾」呢？怎麼能夠用作家是否熟悉外語作爲文學才能的衡量標準呢？

　　顧彬的論證似乎有它不夠周全之處，尤其經過媒體的渲染與刻意擴大之後，本來的意義不大能夠看清楚了。但是，批評家們的自我辯護卻有更多值得懷疑之處——顧彬說現代文學是五糧液，當代文學是二鍋頭，我們的當代學者不以爲然，竭力證明當代文學已經發酵成爲五糧液了！其實，引起顧彬批評的重要緣由他說得很清楚：一大批當代作家「爲錢寫作」，利欲薰心。有時候，爭奪名分比創作更重要，有時候，在沒有任何作品的時候已經構思如何進入文學史了！我們不妨想一想，顧彬所論是不是大家心知肚明的事實呢？

　　不僅當代創作界存在嚴重的問題，我們當代評論界的「紅包批評」也已然是公開的事實。當代文學創作已經被各級組織納入到行政目標之中，以雄厚的資本保駕護航，向魯迅文學獎、茅盾文學獎發起一輪又一輪的衝鋒，各

級組織攜帶大筆資金到北京、上海，與中國作協、中國文聯合辦「作品研討會」，批評家魚貫入場，首先簽到，領取數量可觀的車馬費，忙碌不堪的批評家甚至已經來不及看完作品，聲稱太忙，在出租車上翻了翻書，然後盛讚封面設計就很好，作品的取名也相當棒！

當代造成這樣的局面都與我們的怯弱和欲望有關，有很多的禁忌我們不敢觸碰，我們是一個意識形態規則嚴厲的社會，也是一個人情網絡嚴密的社會，我們都在為此設立充足的理由：我本人無所謂，但是我還有老婆孩子呀！此理開路，還有什麼是不可以理解的呢！一切的讓步、妥協，一切的怯弱和圓滑，都有了「正常展開」的程序，最後，種種原本用來批評他人的墮落故事其實每個人都有份了。當然，我這裡並不是批評他人，同樣是在反省自己，更重要的是提醒一個不能忽略的事實：

> 中國當代文學技巧上的發達了，成熟了，據說現代漢語到這個時代已經前所未有的成型，但這樣的「發達」也伴隨著作家精神世界的模糊與自我偽飾。而且這種模糊、虛偽不是個別的、少數的，而是有相當面積的。所謂「當代意識」的批評不能不正視這一點，甚至我覺得承認這個基本現實應當是當代文學批評的首要前提。

因為當代文學藝術的這種「成熟」，我們往往會看輕民國時期現代作家的粗糙和蹣跚，其實要從當代詩歌語言藝術的角度取笑胡適的放腳詩是容易的，批評現代小說的文白夾雜也不難，甚至發現魯迅式的外文翻譯完全已經被今天的翻譯文學界所超越也有充足的理由。但是，平心而論，所有現代作家的這些缺陷和遺憾都不能掩飾他們精神世界的光彩——他們遠比當代作家更尊重自己的精神理想，也更敢於維護自己的信仰，體驗穿梭於人情世故之間，他們更習慣於堅守自己倔強的個性，總之，現代是質樸的，有時候也是簡單的，但是質樸與簡單的背後卻有著某種可以更多信賴的精神，這才是中國知識分子進入現代世界之後的更為健康的精神形式，我將之稱作「現代質地」，當代生活在現代漢語「前所未有」的成熟之外，更有「前所未有」的歷史境遇——包括思想改造、文攻武衛、市場經濟，我們似乎已經承受不起如此駁雜的歷史變遷，猶如賈平凹《廢都》中的莊之蝶，早已經離棄了「知識分子」的靈魂，換上了遊刃有餘的「文人」的外套，顧炎武引前人語：「一為文人，便不足觀」，林語堂也說：「做文可，做人亦可，做文人不可。」但問題是，我們都不得不身陷這麼一個「莊之蝶時代」，在這裡，從「知識分子」

演變爲「文人」恰恰是可能順理成章的。

在這個意義上，今天談論所謂「當代性」，這不能不引起更深一層的複雜思考，特別是反省；同樣，以逝去了的民國爲典型的「現代」，也並非離我們「當代」如此遙遠，與大家無關，至少還能夠提供某種自我精神的借鏡。在今天，所謂的批評的「當代意識」，就是應該理直氣壯地增加對當代的反思和批判，同時，也需要認同、銜接、和再造「現代的質地」。回到「現代」，才可能有眞正健康的「當代」。

人民共和國文學研究，我以爲這應當是一個思想的基礎。

目次

緒　論

一、研究範疇與概念界定

　　王國維在《宋元戲曲史》一書中從文學不斷發展演進的角度提出「凡一代有一代之文學」〔註1〕，作爲與文學創作相生相伴的文學評論也處於不斷的發展變化之中，文學評論的重要職能之一是對過去和現在的作家及其作品做出符合時代觀念變遷的文學評價，因此，文學批評家對於作家和作品的評價不是一成不變的，隨著文學評價標準的改變，每個時代都會產生新的文學經典和文學偶像，文學評價因時而變、因地而異、因人不同的道理早已成爲不爭的事實，這構成了文學評價的豐富性和複雜性。新時期以來的中國現當代文學在一些曾被文學史定性過的作家作品的重評問題上取得了新的進展，張愛玲、錢鍾書、沈從文、周作人等一批長期被文學史遮蔽、忽略或是被視爲反動文人的作家及其作品經由夏志清《中國現代小說史》的重新「發現」而再度引起人們的關注，對他們的文學評價也隨之水漲船高，與之相反的情況則是對魯迅、茅盾、趙樹理、浩然、《青春之歌》、左翼文學、革命歷史小說、農業合作化小說等被以往文學史奉爲圭臬的經典作家、作品的評價出現了不斷被質疑的聲音，最典型的例子莫過於 1994 年，北京師範大學的王一川教授以「審美標準」爲 20 世紀中國小說的大師級人物重排座次，結果一向被視爲僅次於魯迅的茅盾被排除在大師行列之外，而一向飽受爭議和批評的金庸名

〔註 1〕王國維：《宋元戲曲史》，上海：上海古籍出版社，1998 年版，王在該書自序中開篇即說：「凡一代有一代之文學：楚之騷、漢之賦、六代之駢語、唐之詩、宋之詞、元之曲，皆所謂一代之文學，而後世莫能繼焉者也。」

列魯迅、沈從文、巴金之後,在老舍、郁達夫、王蒙之前,位列第四,這一
事件在文化界引發了軒然大波,《中國青年報》甚至冠以「金庸取代茅盾」這
樣聳人聽聞的標題。〔註2〕

　　文學評價是評價主體按照一定的文學評價標準對作家作品、文學思潮、
文學現象等進行價值判斷的過程,作品的優劣、作家的得失,都在文學評價
的過程中獲得彰顯。評價標準是文學批評家評判文學作品、文學現象等的價
值尺度。不同的時代、不同的政治集團、階級乃至不同的批評家,都會有不
同的批評標準。但是,同一時代同一政治集團、階級的批評家則會遵循大體
一致的批評標準。評價主體包括不同層次的讀者,其中既有專業的文學批評
家,也有普通的大眾讀者,批評家大多經過嚴格的學術訓練,具有較為深厚
的文學修養,他們對作家作品的評價往往比一般讀者要深刻和透徹,他們的
話語也更有說服力和代表性,因此,在通常情況下,批評家被認為是影響讀
者閱讀的權威力量,是對作家作品進行文學評價的主要發言人,批評家進行
文學評價的主要形式是文學批評,文學批評的繁榮程度不僅是衡量不同時期
文學發展水平和審美認知能力的重要參照,同時,也是文學史在書寫過程中
無法迴避的話題,文學批評對文學史寫作的介入和影響作用是緩慢發生並逐
漸顯現的,那些經過時間檢驗的文學評價話語最終進入文學史,成為文學史
書寫的重要組成部分。但是,想要做出經受得住歷史檢驗的文學評價是困難
的,文學評價總在不斷的變化,除了受文學自身因素的影響,文學評價還關
涉國家意識形態、文藝政策導向、讀者接受情況,以及其他影響評價的各種
社會因素,並且,這些因素的具體涵義也在時代的交替中發生變革,從而相
應地策動著評價標準和評價方式的內在轉換。例如,20世紀80年代,陳思和、
王曉明等學者主張「重寫文學史」,以有別於傳統教科書的價值體系和審美標
準重新評價中國現當代文學史上已有定評的一些作家作品和文學現象,就是
文學評價標準變化導致的結果。既然文學評價處在不斷的變化過程之中,那
麼,對於作家作品的評價是不是一項不可能完成的任務呢?雖然文學評價標
準隨著歷史語境、地域環境、評價主體的變遷而不斷改變,但是,在特定的
時空範圍內,文學評價具有相對的穩定性,它在短期內不會發生顯著的改變,
同時,經過長期積澱而成的某些文藝理念也不會輕易改變,比如,優秀的文

〔註2〕陶東風主編:《當代中國文藝思潮與文化熱點》,北京:北京大學出版社,2008
　　　年版,第427頁。

學作品應當從內容到形式都給人以美的感受，不朽的文學經典必須給人以生命的震撼和心靈的淨化，經典的文學作品是屬於個人的，同時又是超越時代的，它遵循「帶著鐐銬跳舞」這個所有藝術活動都必須遵守的制約規律，它要求作家在創新中突破以往的窠臼，以新的人生體驗和新的講述方式來從事創作，它來源於生活而又高於生活等等，這些文學觀念已經成爲世界範圍內絕大多數讀者的共識。因此，在一個特定的歷史階段，總會有一個相對穩定的文學評價標準在支撐著文學評價活動的開展，批評家就是在這個限度內對作家作品進行著基本的價值判斷，文學評價活動因此得以順利發生，並且，對於作家作品的評價也就具有了在一定的時空範圍內實現讀者共識的可能性。換句話說，文學評價歷來都只是讀者在一定的時空範圍內達成的一種暫時性的共識，一旦時過境遷，已有的文學評價就會被逐漸顛覆，並重新得到正名，這已經被中外不斷改寫的文學史事實所證明，這種生生不息的評價過程構成了內涵豐盈的文學評價史。評價史研究能夠豐富人們對於作家作品的認知，釐清作家作品評價史的演變過程，在今天尤其具有文學批評史的價值與意義。評價史研究在本質上是對文學批評的再批評，這就要求論者有新的學術眼光、學術洞見，研究者只有站在一個更高的觀察視角才能夠對以往的文學批評做出客觀而公允的再評價，在這一過程中，研究者必然會發現文學批評自身存在的種種歷史局限，從而糾正不良傾向，推動文學批評沿著正確的軌道向前發展。

近十餘年來，以評價史爲研究視角的論文主要有支宇的《巴金批評史——論巴金批評的思想之路》(《天府新論》2004 年第 1 期)、孟遠的《六十年來歌劇〈白毛女〉評價模式的變遷》(《河北學刊》2005 年第 2 期)、劉納的《寫得怎樣：關於作品的文學評價——重讀〈創業史〉並以其爲例》(《文學評論》2005 年第 4 期)、秦弓的《整理國故評價史的回顧與反思》(《廣播電視大學學報（哲學社會科學版）》2007 年第 1 期)、林分份的《論周作人的審美個人主義——兼及對其評價史的考察》(《東南學術》2008 年第 3 期)、肖渝的《鴛鴦蝴蝶派評價史研究》(四川師範大學 2009 年碩士論文)、朱維的《王國維文學批評的接受史研究》(華中師範大學 2011 年博士論文)、梁曉君的《浩然創作的本土性與評價史》(吉林大學 2011 年博士論文)、湯先紅的《從紛爭突起到塵埃未定——〈青春之歌〉的評價史研究》(瀋陽師範大學 2011 年碩士論文)、賈振勇的《如何「透視主義」的透視魯迅——對文學史述史機制中有關魯迅

評價的幾點反思》（《魯迅研究月刊》2011 年第 12 期）、郭學軍的《〈武訓傳〉批評史述評》（《當代電影》2012 年第 8 期）、賀桂梅的《超越「現代性」視野：趙樹理文學評價史反思》（《解放軍藝術學院學報》2013 年第 4 期）、賀仲明的《文學批評與文學史構建中的外在因素影響——以丁玲等文學史評價為中心》（《理論學刊》2013 年第 8 期）、席志武、于瑞的《近百年來梁啓超評價史述評》（《廣東技術師範學院學報》2014 年第 1 期）、鄧婕、畢文君的《批評的建立與小說的評價史問題——以 80 年代的王安憶小說批評為例》（《樂山師範學院學報》2014 年第 3 期）、張維陽的《紅旗下的激越與遲疑——周立波的文學創作與評價史》（吉林大學 2015 年博士論文）等。上述論文對作家作品和文學現象的評價大都採取歷時性的比較分析模式，從而發現了文學批評領域存在的一些問題。例如，劉納的文章指出批評家對於作品的文學評價存在著以闡釋替代評價的問題，「寫得怎樣」經常被「寫什麼」、「怎麼寫」的發揮性闡釋所遮蔽，從而影響了對於作品的真實評價。賀仲明的文章從丁玲、蕭紅、張愛玲的文學史評價演變來看外在權力因素對文學批評的介入以及由此產生的不良影響。鄧婕、畢文君在王安憶小說的評價變化中發現 80 年代的文學批評話語與文學史敘述成規之間存在著相互漠視的情況，同時，當代文學批評在文學批評話語的邊界設定上似乎始終無法超越文學史研究者所給定的闡釋構架和解讀範式。這些論文表明研究者對當前的文學批評現狀普遍感到不滿和憂慮，文學批評與作家作品之間存在著沒有被認識到的複雜關係。

魯迅在《花邊文學・罵殺與捧殺》一文中曾流露過他對批評家的不滿，他說：「批評家的錯處，是在亂罵與亂捧，例如說英雄是娼婦，舉娼婦為英雄。批評的失了威力，由於『亂』，甚而至於『亂』到和事實相反，這底細一被大家看出，那效果有時也就相反了。」〔註 3〕「罵殺」與「捧殺」都是不負責任的批評家隨意發表的議論，其結果往往是扼殺了藝術家的創作激情與活力。「罵殺」是赤裸裸的攻擊與謾罵，「捧殺」則是內心毫無原則的諂媚與討好，二者都不以作品為依據、不以藝術為尺度，相比較而言，「捧殺」的危害更為嚴重與隱蔽，它常常令藝術家飄飄然感覺良好，從而失去自知之明，最後「功未成，身先退」。

在文學淪為宣傳工具的年代，文藝批評往往是不同政治力量之間互相博

〔註 3〕魯迅：《花邊文學・罵殺與捧殺》，《魯迅全集》（第五卷），北京：人民文學出版社，1973 年版，第 642 頁。

弈的工具，評論家也因此成爲國家意志的代言人，他們的話語具有改變作家作品命運的力量，批評家從屬於政治權威成爲國家政策的闡釋者，造成藝術家與批評家關係的緊張與情感的疏離。作爲從事文學評論的專業化隊伍，批評家本應該在如何對作家作品進行客觀評價的問題上享有話語主導權，然而實際情況，卻如學者吳義勤分析的那樣，今天的文學批評，出現了嚴重的話語危機和倫理危機。「社會失去了對文學批評的基本信任，文學批評本身也失去了公信力和權威性。通常講，文學批評應該是文學判斷、評價的主力、主要方式。一個時代的文學主要通過文學批評去實現對它的評價。但今天的文學批評，公信力、權威性失去了，就失去了對一個時代文學判斷的支撐力。」〔註4〕學者程光煒認爲「在什麼是『最理想』的文學、文學經典和重要作家的認定等問題上，大眾讀者、專業批評家與文學史家存在著種種差異和分歧，之所以出現評價的困難，乃是由於不同的文學評價標準進入了對新時期文學三十年的歷史認知。」〔註5〕多元化的文學評價標準造成了文學評價的差異與分歧，沒有統一的文學評價標準自然就難以產生觀點相近的文學評價結論，那麼是否應該、並且能夠規劃出一套整齊劃一的文學評價標準呢？對這一問題的回答顯然是否定的。文學評論是見仁見智的文學再生產活動，文學評價永遠處於因時、因地、因人而異的變化過程之中，即使是在同一時期、同一地域的文學批評場域中，文學評價也往往會因爲批評主體的知識結構、生活閱歷、審美感受的不同而產生認識上的差異，從而造成文學評價的多元化態勢，因此，文學評價的差異反而是文學審美活動的常態。「文學就其實質而言，是人性及其靈魂的完美建構。而這一完美建構，是眞、善、美的有機統一，亦即眞實、功利與審美的統一。作家在建構文學作品時，眞、善、美三者缺一不可，任何一個因素的捨棄都將導致創作的失利。但是，不同作家對這三個因素的側重點不同、理解深淺不同、內涵不同、表現方式不同，這就構成了文學作品的不同風貌。從總體上講，文學批評是一種價值判斷與理性認識。文學批評可以有不同的目的、標準、方式與內涵，可以側重體驗或理性，可以有深淺之別，但就其主要內容而言無非是對作家作品的眞、善、美的判斷與理性概括。由於同樣的道理，批評家對眞、善、美的不同理解與把握構成

〔註 4〕吳義勤：《對於中國當代文學現狀的認識》，《延河》2014 年第 8 期。
〔註 5〕程光煒：《評價新時期文學三十年的幾個問題》，《浙江旅遊職業學院學報》2009年第 1 期。

文學批評的差異。」〔註6〕

　　文學評價標準問題在新時期引起了研究者的高度關注，這方面的理論探討文章主要有：徐岱的《審美批評中的道德評價與歷史評價——對當前文藝界一種傾向的反思》（《杭州大學學報‧哲學社會科學版》1986 年第 3 期）、張榮翼的《創作「成功」的砝碼——文學評價由時間維度向空間維度的轉換》（《青海社會科學》1998 年第 2 期）、趙炎秋的《對文學評價標準的反思——兼論圓形人物與扁形人物的美學價值》（《人文雜誌》1999 年第 4 期）、王元驤的《關於文學評價中的「人性」標準》（《文學評論》2006 年第 2 期）、黃贊梅的《試論文學評價的人學標準》（《湖南社會科學》2008 年第 6 期）、賴大仁的《文學評價與文學價值標準問題》（《江漢論壇》2013 年第 9 期）等。從中可以看出人們對於文學評價標準問題的認識在不斷深化，新時期的文學評價標準曾長期徘徊在政治與道德之間，只有那些符合社會主義政治需求和道德倫理色彩的文學作品才有可能被認為是真正反映了讀者心聲的成功作品，從而受到批評家的好評，隨著時代的發展和思想觀念的解放，文學去政治化的呼聲越來越強烈，人們的道德觀念也越來越開放和包容，文學作品的評價標準也因此顯示出向「人性」、「人道主義」回歸的趨勢，文學的審美特徵被重提並受到批評家的重視。

　　此外，一些學者還從文學制度的層面論證了文學評價受文學外部因素影響和制約的現狀。例如，王坤在《文學制度對文學主體活動的潛在建構》（《江蘇教育學院學報》2005 年第 3 期）一文中指出文學制度對文學活動的影響不僅通過外在的強化形式，更是以意識形態的形式潛伏於文學傳統和慣例中，形成文學主體意識及行為的自覺規範，進而影響文學評價。吳俊在《文學的權利博弈：國家文學與文學批評》（《當代作家評論》2011 年第 2 期）中提出了「國家文學」的概念，「國家文學」即國家權力全面支配的文學，他認為中國當代文學是制度設計的「國家文學」，在這種「國家文學」話語體系裏，文學批評是一種評價，文學評獎也是一種評價，政治運動、思想運動、社會運動也直接作用於評價系統的調整。「文學評價從來也不是單純、單方面的事，文學評價的推手都是國家政治。」〔註7〕任美衡的《文學獎、文學評價與現實

<hr>

〔註 6〕趙俊賢：《中國當代文學批評史研究芻議》，《西北大學學報（哲學社會科學版）》
　　　　1992 年第 2 期。
〔註 7〕吳俊：《批評史、文學史和制度研究——當代文學批評研究的若干問題》，《當

效應》(《重慶社會科學》2012 年第 3 期)一文也認為文學獎不同程度地介入
到當代文學的評價之中,或者為當前文學評價活動提供某種價值導向,或者
以和平的形式推動著當前文學評價體系的生成,或者表達不同利益團體對文
學創作的權力訴求、話語訴求與想像訴求,從而在文學評價的價值、話語、
規則、意圖等方面都潛在地影響著當代文學評價體系的建構。可以想像,批
評家總是置身在一定的社會環境之中,不可能脫離時代來開展文學批評活
動,因此,姑且不論是否存在一套對當代作家作品命運發生影響和制約的評
價體系,批評家對作家作品的評價總是一定時代條件下政治、經濟、道德、
風俗等社會文化力量博弈的結果,這是毋庸置疑的。但是,單純從理論和制
度的層面來研究文學評價易流於空泛和枯燥,缺乏具體的著力點,既然作家
作品是文學評價的基礎和前提,那麼,通過分析具體的作家作品評價史來揭
示當代文學批評的內在發展演變邏輯不失為一個有效的研究方法,筆者選取
張賢亮的文學創作評價史作為論文的研究對象,不僅是因為張賢亮是中國當
代文壇最具爭議的作家之一,而且也是由於張賢亮的文學評價史具有時代共
性特徵,通過張賢亮的文學評價史個案能夠折射出八、九十年代文學批評史
的基本面貌和變化趨勢。

二、研究現狀與文獻綜述

張賢亮是新時期重返文壇的「右派」作家,也是 20 世紀 80 年代爭議最
多的作家之一,對極左政治的沉痛批判,對性描寫禁區的大膽突破,使他成
為新時期文學史上一個引人注目的人物。在 80 年代前中期,他每發表一篇作
品,幾乎都能引起評價不一的轟動效應,洪子誠在《中國當代文學史》中說,
「張賢亮的一些小說,曾在不同時間、不同問題上引發熱烈爭議。」「《靈與
肉》、《綠化樹》、《男人的一半是女人》、《早安,朋友》(一部以中學生早戀為
內容的長篇)、《習慣死亡》等發表後,對它們的思想藝術傾向都發生過爭論。
爭論涉及怎樣理解愛國主義,如何描寫、看待苦難,性描寫,知識分子反思
當代歷史的蒙昧主義與批判精神等問題。」〔註8〕張賢亮的文學評價史與新時
期的文學批評史具有相同的話語屬性,反映出批評家在面對具體的作家作品

代作家評論》2012 年第 4 期。
〔註 8〕洪子誠:《中國當代文學史(修訂版)》,北京:北京大學出版社,2007 年版,
265 頁書下注釋③。

時具有的共性問題，梳理和反思張賢亮文學創作評價史的演變過程，能夠更好地理解張賢亮文學史地位的成因，以及新時期文學評價範式與審美標準的轉換。從 20 世紀 80 年代至今，對於張賢亮小說的評論一直是當代文學批評中的熱點話題，研究成果競相湧現，評論文章成百上千，不同版本的文學史著作也對張賢亮的文學地位做出了不盡相同的評價，這些爲張賢亮文學評價史研究提供了豐富的材料。

張賢亮在文學上的成就和影響主要體現在 80 年代，在社會撥亂反正的政治背景下，他長達二十二年的「右派」遭遇引人同情，他的歸來之作借助席捲全國的「傷痕小說」打動了無數讀者，根據他的小說《靈與肉》改編拍攝的電影《牧馬人》在國內上映時引起轟動，曾經創造了 1.3 億人次的觀影記錄，成爲一部反映知識分子與勞動人民患難眞情的時代經典，確立了他在 80 年代讀者心目中的重要位置，因爲與當時社會的政治變革需求相一致，張賢亮在 80 年代前中期的文學創作受到了批評家的矚目和廣大讀者的歡迎，雖然他的作品在部分讀者中間也曾引起過爭議，圍繞他的《靈與肉》、《綠化樹》、《男人的一半是女人》，文藝界還專門展開過三次規模較大的文學論爭，但這些論爭不僅沒有限制他的文學創作，反而使他的文壇地位迅速攀升，作品的社會影響持續擴大，張賢亮被當做新時期文壇「重放的鮮花」而被載入文學史，借助新時期政治體制賦予他的作家話語權，他迅速完成了從極左政治受難者向文學啓蒙者和社會主義改革者的身份轉化，他的作品一再提醒人們對極左政治保持高度警覺，決不能讓災難的歷史重演，張賢亮的小說因爲突出表現了極左政治對知識分子的政治迫害與性壓抑苦悶，他被看做是反集權、反專制的文化英雄，呼喚自由、民主、性解放的思想先驅。然而，從 80 年代末開始，情況卻在悄然發生變化，張賢亮的作品雖然仍在對極左政治的毒害進行不遺餘力地批判，但這些新作卻遭到了讀者的空前冷落，連最活躍的文學批評家也對這些作品報以謹愼的沉默。從 1986 年到 1989 年的三年間，張賢亮僅發表了《早安！朋友》（作品剛一發表即被禁）和《習慣死亡》兩部作品，小說產量銳減。從讀者反饋和批評家對這些作品的評價情況來看，張賢亮的文學影響已經失去了 80 年代前中期的那種轟動效應。這不是張賢亮一個人的問題，而是 80 年代作家的普遍困惑。在文學熱度逐漸冷卻的轉型年代，一批曾經炙手可熱的作家逐漸淡出了讀者的視線，由「熱」到「冷」的文學評價落差反映出作家作品在時代巨變中不能自主的命運沉浮，也折射出政治、經濟、文化等文學外在因素與文學評價

之間錯綜複雜的關係。筆者的論文旨在如實呈現新時期以來張賢亮文學評價由「熱」到「冷」的轉變過程，剖析張賢亮文學評價變化的原因及其表現，從而對張賢亮文學創作評價史暴露出來的問題進行反思。

一個作家的評價史只有在與同類作家的比較中才會看得更清楚，與張賢亮同時代的王蒙、陸文夫、從維熙、李國文、高曉聲等作家，他們的身份雖然同屬「文革」後復出的「右派」作家，並且也都程度不同地批判過極左政治對國家、民族、社會、個人造成的種種傷害，但是，文學批評家和文學史研究者對他們的文學評價卻有很大不同。這無疑應該引起文學研究者的重視和思考。張賢亮的作品大都以飢餓、死亡、性壓抑、政治迫害、知識分子勞動改造作爲敘述對象，對極左政治統治弊端的揭露，使他在海外讀者中享有較高的評價，甚至被海外媒體譽爲中國的米蘭・昆德拉和索爾仁尼琴。這是否也會反過來影響國內批評界對於作家的評價，這種由於地域、文化的差異而造成的海內外評價失衡現象也是一個值得探討的話題。張賢亮一直在小說敘事風格和創作手法上進行新的嘗試，試圖實現對自我的超越，從 80 年代中期開始，他就有意在作品中加入當時比較流行的荒誕化、意識流等現代主義文學的敘事格調，他在 90 年代後的小說創作，題材更加廣泛，關注的社會問題也更加多元和貼近當下的現實生活，《習慣死亡》、《無法甦醒》、《青春期》、《一億六》等小說都顯示出他朝這方面轉型的努力，但是，這些作品並沒有在藝術性上取得更大的突破，反而受到不少文學評論家的質疑和批評，認爲他的創作出現了才能衰退和政治立場錯誤的跡象，作品顯示出低俗化的傾向。程光煒教授在一篇文章中就 80 年代文學批評與作家作品之間沒有被認識到的複雜關係進行分析時指出，作品在當時一旦完成，作家就無法再掌握它的命運，只有聽任批評家對它隨心所欲地「定義」，而作家在「後記」、「訪談錄」中的抱怨與辯解，也根本不可能得到批評家的眷顧。80 年代文學批評家在「情不自禁」中流露出來的這種優越感與優秀姿態，勢必嚴重地影響到人們對 80 年代文學作品準確而眞實的把握。〔註9〕這種問題不是 80 年代批評家與作家之間所獨有的現象，這種認識上的差異貫穿了新時期文學三十年的文學批評史話語，作家對批評家的反批評，以及作家對作品的自我評價，往往折射出作家與批評家在審美認識上的巨大分歧。這也是張賢亮文學評價史研

〔註9〕程光煒：《「批評」與「作家作品」的差異性——談 80 年代文學批評與作家作品之間沒有被認識到的複雜關係》，《文藝爭鳴》2010 年第 17 期。

究中一個十分有意思的話題。另外，張賢亮的小說除了帶有自敘傳色彩的勞改經歷，還較早地觸及到了對新時期改革者形象的塑造，如，《龍種》中的龍種、《男人的風格》中的陳抱帖，文學史對於這些作品是否做出了客觀而公允的評價？張賢亮在文學史上的意義是否被研究者充分地挖掘了出來？造成作家作品被文學史遮蔽和低估的原因又有哪些？文學史對於作家作品評價的變化說明了什麼？這些不斷縈繞在筆者腦海中的問題，構成了論文對張賢亮文學評價史研究的反思內容。

以往的張賢亮文學研究者大多從知識分子角度、精神心理分析、作家作品比較研究、女性主義批評的視角出發，著眼於張賢亮小說中的知識分子思想改造、作家創作心理、批判與反思歷史蒙昧主義、性與政治的關係等問題展開對於張賢亮小說的具體分析，如：王豔麗的《迷失‧確認‧超越——論張賢亮小說知識分子身份的變異》（山東大學 2006 年碩士論文）、林筠昕的《那些年的知識分子——張賢亮小說重讀》（華東師範大學 2010 年碩士論文）、徐豔華的《論張賢亮的小說創作及其死亡意識》（吉林大學 2007 年碩士論文）、劉大磊的《張賢亮創作心理論》（南京大學 2013 年碩士論文）、佘蕭群的《張賢亮小說中自我生存的藝術呈現》（山東師範大學 2008 年碩士論文）、朱文濤的《批判、反思與超越——張賢亮小說之「拯救」主題再探》（北京語言大學 2009 年碩士論文）、劉春慧的《性別視角下的透視——海明威張賢亮女性意識的比較》（黑龍江大學 2002 年碩士論文）、林逸玉的《張賢亮筆下的「臣服」女性》（暨南大學 2007 年碩士論文）、劉琳的《論張賢亮小說的身體敘事》（西南大學 2012 年碩士論文）等，很少有人從評價史的角度對張賢亮的文學創作情況做出系統地梳理和研究。因此，筆者的論文在張賢亮文學研究領域內具有一定的開拓性，能夠拓寬張賢亮文學研究的學術視野。

一些研究者特別喜歡從作家作品比較的視角來分析張賢亮的文學創作，這方面的研究主要體現在三個層次：一是比較張賢亮與郁達夫小說中的知識分子形象，如，《靈與肉：從郁達夫到張賢亮》（趙福生，《中國文學研究》1987 年第 3 期）、《郁達夫與張賢亮小說創作之比較》（鍾坤，湖南師範大學 2009 年碩士論文）。二是比較張賢亮與王蒙等「右派」作家的作品與創作風格，如，《王蒙、張賢亮：在政治與文學之間》（畢光明，《文學自由談》1993 年第 3 期）、《兩種不同的生命流程——王蒙和張賢亮文學創作比較》（石明，《小說評論》1988 年第 2 期）、《世紀末的懺悔——從王蒙和張賢亮的二部長篇近作說起》（李遇

春，《小說評論》2001 年第 6 期）、《論反思小說的政治向度——以張賢亮、王蒙作品爲重心》（吳道毅，《吉林大學社會科學學報》2014 年第 6 期）。三是進行中外作家作品的比較研究，如，《陀思妥耶夫斯基與張賢亮——兼談俄羅斯與中國近現代文學中的知識分子「懺悔」主題》（許子東，《文藝理論研究》1986 年第 1 期）、《張賢亮與高爾基、艾蕪筆下之流浪漢形象比較》（劉小林，《朔方》1986 年第 6 期）、《站在傾斜的地平線上——米蘭・昆德拉與張賢亮筆下人物透視》（耿聆，《大連大學學報》1991 年第 2 期）、《從勞倫斯和張賢亮說起》（葉海聲，《文學自由談》1995 年第 2 期）、《兩幅不同時代的荒原畫卷——海明威和張賢亮的作品比較》（陳世丹，《河南師範大學學報・哲學社會科學版》1998 年第 2 期）、《喬治・奧韋爾的〈一九八四〉與張賢亮系列中篇小說之比較》（朱望，《外國文學》1999 年第 2 期）、《兩種愛情——艾特瑪托夫與張賢亮對比》（王清學、龔北方，《大慶高等專科學校學報》2002 年第 2 期）、《勞倫斯與張賢亮小說「創傷—拯救」敘事結構分析》（賴小燕，西南交通大學 2008 年碩士論文）、《米蘭・昆德拉與張賢亮小說中死亡意識之比較》（黃健，《廣西大學學報・哲學社會科學版》2009 年第 2 期）、《試析勞倫斯與張賢亮的社會批判思想》（劉穩良，《西北師大學報・社會科學版》2011 年第 5 期）、《流放地的愛情羅曼史——米蘭・昆德拉〈玩笑〉與張賢亮〈綠化樹〉之比較》（張志忠，《中國現代文學研究叢刊》2012 年第 4 期）等。

目前，公開出版發行的張賢亮文學研究專著有高嵩的《張賢亮小說論》（四川文藝出版社，1986 年版），該書以劉勰在《文心雕龍》中闡發的文藝理論爲憑藉，從張賢亮的個性情感入手詳細分析了張賢亮作品風格的形成以及他小說的內容與形式特徵。這是迄今爲止最早的，也是唯一的一部公開出版的張賢亮小說研究專著，該書的不足之處是研究者的時間下限僅到 1986 年便停止。從評價史的角度對張賢亮的文學創作情況進行研究的論文有馬英的《八十年代以來張賢亮小說研究述評》（《湖北經濟學院學報・人文社會科學版》2006 年第 8 期）、施維的《張賢亮〈靈與肉〉〈綠化樹〉〈男人的一半是女人〉研究述評》（《大連民族學院學報》2011 年第 4 期）、馮英華、孫紀文的《張賢亮小說評論歷程的新闡釋》（《佳木斯大學社會科學學報》2015 年第 3 期）、《張賢亮小說評論浩繁的成因、價值及新思考》（《和田師範專科學校學報》2015 年第 4 期）。馬英的論文首次將張賢亮的小說批評研究劃分爲三個時期：研究初期（1979 年～1983 年）、研究爭鳴期（1984 年～1988 年）、研究多元期（1989 年至今），作者對這

三個時期的研究成果進行了大致的梳理和評析，同時指出了在張賢亮小說研究中存在的不足。施維的論文對張賢亮的《靈與肉》、《綠化樹》、《男人的一半是女人》的文學批評成果進行了整理，指出性描寫、苦難崇拜、人物形象的真實性是這三篇小說成為 80 年代文壇爭鳴焦點的原因。馮英華、孫紀文的論文進一步將張賢亮小說評論的歷程細化為四個時期：初創期（1979 年～1983 年）、發展期（1984 年～1989 年）、繁榮期（1990 年～1999 年）和多元期（2000 年至今），並對各個時期批評家關注與爭論的問題進行了分析，指出對於張賢亮小說的新闡釋體現出當代文學評論者特有的人道精神、人文理想和人本情懷。他們的論文還比較細緻地分析了張賢亮小說評論浩繁的成因、張賢亮小說評論蘊含的價值及由此引發的新思考。這些研究成果從評價史的視野維度打開了通往張賢亮小說研究的一條新路徑，但這些研究者將精力多集中在張賢亮文學評價史的述評階段，反思的力度明顯不夠，且只談論批評家對張賢亮的文學評價，未關注張賢亮在文學史上的形象和地位的變化。

三、研究方法與邏輯結構

美國學者喬納森・卡勒在他的《文學理論》一書中提出解釋文學有兩種不同的方法：「恢復解釋學」與「懷疑解釋學」。這兩者的區別在於，「其一，前者企圖恢復作品產生的原始語境，包括作者的處境和意圖、文本對它最初的讀者可能具有的意義等；而後者則旨在揭示文本可能賴以形成的、尚未經過驗證的關於政治的、性的、哲學的、語言學的假設。其二，前者致力幫助當今讀者接觸文本的原始信息，藉此來評價文本及作者；而後者則常常對於原始文本的權威性表示懷疑。其三，前者把文本限定在那些遠離讀者的當下關切的、假設的原始意義上，因而可能會大大降低該文本的價值；而後者則往往另闢蹊徑去評價一個文本，所以它可以引導並幫助讀者對當下問題進行再思考，但這樣做可能會曲解作者原先的設定。」〔註 10〕筆者在論文中試圖運用「恢復解釋學」的方法對張賢亮的文學創作情況與評價情況進行梳理，在史料的基礎上，進行分析論證。出於史論的需要，同時，也為了讓論證線索更為清晰，筆者按照時間對張賢亮的文學創作與評價進行了大致的劃分。學者劉永昶在《張賢亮小說論》一文中將張賢亮的小說創作生涯劃分為三個時期：個人話語與主流話語的契合時期；個人話語與主流話語的悖離時期；

〔註10〕姚文放：《症候解讀：文學批評作為藝術生平》，《文學評論》2016 年第 3 期。

純粹的個人話語時期。他通過對張賢亮小說文本的分析證明了這種創作分期
的存在，並結合對當代文學語境和張賢亮個人身世、氣質的探究，指出這種
分期的必然。〔註11〕這種側重剖析作家與主流政治話語之間關係變化的文學
階段劃分方法對筆者的論文寫作很有啓發，受其啓發，筆者按照張賢亮的政
治身份與政治態度的變化，將他的文學創作評價史大致劃分爲四個時期：撥
亂反正時期（1979～1980）、一元化主潮時期（1981～1984）、爭議凸顯時期
（1985～1989）、「下海」經商時期（1990～2014）。這成爲筆者論文前四章隱
含的一條時間線索。總之，筆者的論文以八、九十年代張賢亮的文學評價作
爲主要研究對象，同時，兼顧對作家創作情況的介紹，著重揭示不同階段文
學批評家與文學史家對張賢亮文學評價的變化，展現張賢亮文學評價由「熱」
到「冷」的演變過程，分析導致變化的原因。

　　作家作品評價史研究以具體的文學批評實踐活動作爲主要研究內容，但
是，在對特定的批評文章展開分析論證的過程中，難免要涉及與之相關聯的
文學理論、文學史敘述，因此，研究者絕不能停留於對作家作品批評史的綜
述，也不能僅僅局限在對批評的目的、標準、方法等批評範式特徵的討論上，
而是需要兼顧文藝理論、文學史的生成、建構與演變，綜合運用文藝學、文
學史、社會學的研究方法對作家作品評價史的形成過程展開有效的內部與外
部考察，尤其要關注不同時期批評家的批評觀念的變化，它包括批評家的主
體意識、個性特徵、獨立姿態以及批評家的理論知識構成，同時，還要看到
普通讀者和專業批評家對於作家作品的不同評價；文學史家、作家和讀者對
文學批評的不同接受情況；作家對於文學批評的反批評等一系列情況。張賢
亮文學創作評價由「熱」到「冷」的轉變，說明新時期的文學評價標準發生
了重大的調整。新時期的文學批評經歷了從以政治和道德評價標準爲主逐漸
向文本自身的思想價值和美學價值回歸的過程。論文將張賢亮文學評價史的
「冷」、「熱」變化，置於新時期文學批評史的發展脈絡中進行整體考察和把
握，起到了以作家作品評價史個案來印證和觀照整個新時期文學批評話語轉
型的效果，本著大膽假設、小心求證的原則，筆者的論文結合創作談、訪談
錄、口述史等涉及作家作品創作情況的直接或間接材料，綜合運用理論分析、
文史互證、數據統計的文藝學、社會學、統計學方法，展現張賢亮文學評價
史的演變過程、分析張賢亮文學評價發生變化的原因，揭示新時期文學評價

〔註11〕劉永昶：《張賢亮小說論》，《廣西社會科學》2002 年第 6 期。

標準的變化調整，反思當代文學批評的現狀及其存在的問題。

　　作家作品的文學評價是一個動態的過程，是各種社會力量綜合博弈的結果，其中摻雜了大量非文學的因素。張賢亮恢復創作伊始，就成爲各種不同價值判斷彙聚的焦點。他自己曾經說過：「我本人大約是從 80 年代開始直到今天被『爭議』最多的中國作家之一。」〔註12〕張賢亮的文學評價從一起步就充滿了濃烈的論爭氣氛。《靈與肉》中的主人公許靈均是否應該出國？《男人的一半是女人》的性描寫與主人公章永璘的背叛行爲，《習慣死亡》的「頹廢」傾向，張賢亮的很多小說一問世即會引來針鋒相對的評論意見。這種爭論最終往往直接演變爲對張賢亮個人的政治品質的否定。以往的張賢亮評價史研究主要是對關涉張賢亮的文學評論的述評，缺少對於文學批評之外其他影響因素的分析，筆者的論文在研究資源的選取上，既以批評家對張賢亮的小說評論、文藝論爭材料爲主，又兼顧文學史書寫、文學評獎制度、小說的影視改編、文學期刊的編輯出版方針、文聯和作協的作家體制、文學批評的接受情況等影響文學評價的因素分析，試圖客觀地從多角度反映出新時期的文學評價機制與作家作品命運的聯動關係。

　　爲了呈現張賢亮文學創作評價史由「熱」到「冷」的演變過程，論文在結構安排上以時間爲序展開論述，論文正文由五個部分的內容組成，分別是：一、新時期歸來的「右派」作家；二、從受難者向改革者的身份轉化；三、充滿爭議的「唯物論者啓示錄」；四、商業大潮中的「下海」文人；五、對張賢亮文學評價史的反思。

　　論文第一章要解決的問題是，張賢亮是怎樣從五十年代的一位小有名氣的青年詩人轉型成爲小說家的？他初返文壇後的小說創作情況及文學評價情況是怎樣的？在論述第一個問題時，有必要向讀者介紹清楚張賢亮早期的家庭身世，他被錯劃爲「右派」的遭遇以及他在寧夏的農場勞動改造和生活的狀況。在論述第二個問題時，重點闡述首次給張賢亮帶來文壇聲譽的小說《靈與肉》的創作情況、獲獎情況、論爭情況以及電影改編情況，尤其需要對 1980 年的全國優秀短篇小說獎的評獎標準和獲獎作品進行分析，揭示文學獎背後的國家意識形態宣傳作用和對文學創作的導向作用。

　　論文第二章要解決的問題是，張賢亮在八十年代初是怎樣從公眾印象中的極左政治受難者實現向文學啓蒙者和社會主義改革者的身份轉化的。爲了

〔註12〕張賢亮：《小說中國》，陝西經濟日報出版社，1997 年版，第 127 頁。

說清楚這個問題，筆者從「傷痕文學」、「反思文學」、「改革文學」的思潮發展線索入手，論證張賢亮與新時期的這三次文學思潮之間如何保持了思想和話語上的高度一致性，成為被制度接受、批評家肯定的政治上高度正確的新時期重要作家，他因此得以逐步實現身份的轉化，並最終進入到了新時期的政治體制和文學體制內部，獲得了新時期政治體制賦予的作家話語權。

論文第三章主要圍繞八十年代中期最能夠代表張賢亮文學藝術成就的兩部小說《綠化樹》和《男人的一半是女人》的文學評價展開論述，要解決的具體問題包括《綠化樹》與中國當代知識分子的思想改造、《男人的一半是女人》開啓的新時期文學中的性描寫革命，詳盡闡述這兩部作品的文藝論爭情況以及它們的文學史意義。

論文第四章要論述的問題是，從八十年代末開始，張賢亮的文學創作受到讀者的空前冷落，並不斷遭遇批評家的負面文學評價，這一時期，張賢亮的文學評價史經歷了由「熱」到「冷」的轉變，導致這種變化的原因有哪些？是什麼原因促使張賢亮在九十年代初最終做出了「下海」的決定？九十年代，作家昔日的輝煌不再，「下海」後的張賢亮的小說創作進入低潮並最終停滯，到他逝世前的二十一年中，只有為數不多的作品問世，而這些作品無一例外地受到了讀者和批評家的冷遇，通過對這些小說評價情況的梳理和介紹，對張賢亮晚年在文學上自我超越的嘗試和實踐進行客觀地評價。

論文第五章是筆者對張賢亮文學評價史的反思，反思的主要問題包括張賢亮文學評價的批評史意義、文學史上張賢亮形象的建構、張賢亮與王蒙的文學評價差異比較。

在論文的結語部分，筆者從文學評價機制與作家作品命運關係的維度出發，說明作家作品文學評價的「冷」「熱」變化問題，同時，反思個人與時代、時間與空間等文學外在因素對作家作品文學評價差異性的影響作用，從而結束全篇。

附在論文最後的是兩篇附錄，分別是由筆者蒐集整理而成的《張賢亮文學創作年譜》和《張賢亮小說重要評論年表》，這兩個附錄既是出於方便筆者論文寫作的需要，同時也是為了今後其他研究者能夠更加便捷地查找到張賢亮文學作品的初次發表時間與首發刊物，迄今為止，尚未有學者對張賢亮一生的文學創作情況以作品年譜的形式進行過完整的梳理，通過筆者所做的這項「張賢亮文學創作年譜」整理工作，能夠從中反映出作家的文學創作發表

情況，以及他文學思想的演變軌跡，有助於將來張賢亮文集收錄和相關研究工作的開展，具有一定的文學史料價值。《張賢亮小說重要評論年表》以時間爲序，蒐集羅列了批評家在各個年份撰寫發表的與張賢亮小說相關的重要文學評論，便於研究者從整體上把握批評界對張賢亮的文學評價情況，從而更好地體現張賢亮文學創作的社會反響與批評家對其作品的評論發展歷程。

第一章　新時期歸來的「右派」作家

　　在新時期重返文壇的作家隊伍中，張賢亮顯然不屬於那種在被錯劃爲「右派」以前就已經成名的作家，如，王蒙、高曉聲、李國文、陸文夫等，在 20世紀 50 年代初，他是以一個很有才華的青年詩人的形象在文壇嶄露頭角的，他在當時發表的《夜》、《在收工後唱的歌》、《在傍晚唱的歌》等抒情詩中，已經顯露出感情熾熱、富有浪漫色彩和幻想等詩人的氣質。1957 年 4 月 7 日，他在寫給《延河》編輯部的一封信中，用一種率眞的年青人的口吻宣稱：「我要做詩人，我不把自己在一個偉大的時代裏的感受去感染別人，不以我胸中的火焰去點燃下一代的火炬，這是一種罪惡，同時，我有信心，我有可能，況且我已經自覺地挑起了這個擔子……」〔註 1〕從中我們能夠感受得到青年張賢亮對人生的奮進態度和在文學上的宏大抱負。然而不久，他即因發表《大風歌》而在聲勢浩大的「反右」運動中獲咎，不得不終止心愛的詩歌創作這使他在神經上受到巨大的震撼，長期受壓抑的心理和多年的勞改和勞教生活經歷使他的精神氣質中滲進了一種悲劇色彩，一種憤激、悲愴的孤獨感。如同他自己所說：「心靈的深處總有一個孤獨感的內核」〔註 2〕。在二十二年的生活磨難中，他從生活的底層汲取了酸甜苦辣畢備的人生經驗，包括接受大西北的自然環境和勞動人民的薰陶，並閱讀了大量馬克思主義的著作，生活的巨變又使他的精神氣質中融進了一種對人生的哲學沉思。這些因素對他小說創作的藝術氛圍、感情基調、語言色彩等起著重要的潛移默化的作用，形成了他那雄健、深沉、凝重並富有哲理性思辨色彩的藝術風格。

〔註 1〕張賢亮：《給〈延河〉編輯部的信》，《延河》1957 年第 8 期。
〔註 2〕張賢亮：《滿紙荒唐言》，《張賢亮選集》（第一卷），天津：百花文藝出版社，1995 年版，第 190 頁。

在《滿紙荒唐言》這篇創作談裏，張賢亮詳細地敘述了他成為「右派」後的經歷和遭遇，也闡述了他對許多文學觀念的見解。他特別呼籲評論家要注意研究作家的精神氣質。他說，「一個人在青年時期的一小段對他有強烈影響的經歷，他神經上受到的某種巨大的震撼，甚至能決定他一生中的心理狀態，使他成為某一種特定精神類型的人……如果這個人恰恰是個作家，那麼不管他選擇什麼題材，他的表現方式，藝術風格，感情基調，語言色彩則會被這種特定的精神氣質所支配。」〔註3〕統觀張賢亮的創作，可以說，他的小說就是他獨特的精神氣質外化而成的哲理與詩美的結晶。研究張賢亮的文學創作及由此衍生出來的文學評價史，必須要關注張賢亮身上這種獨特的精神氣質和心理特徵，而要弄清楚作家「心靈史」的形成過程，離不開對作家早期身世經歷的探究，正所謂知人論世。循著這個思路，筆者對張賢亮走上小說藝術道路的「史前史」有必要進行一番詳盡的介紹。

一、詩人夢的破碎與小說家的誕生

1、今日再說《大風歌》

張賢亮，1936 年 12 月生於南京，祖籍江蘇盱眙〔註4〕，父母都出身名門，他的高祖被清朝誥封為「武德騎尉」，曾祖在洋務運動時期赴英國學習海軍，後做過長江水師管帶，被封為「武功將軍」，祖父張銘，號鼎丞，「他在美國讀書時就參加了孫中山先生創建的同盟會，得到了芝加哥大學和華盛頓大學兩個法學學士後回國，一直在民國政府做不小的官，病故時任上海市人民政府參事室參事。」〔註5〕父親張國珍，字友農，青年時代曾在美國哈佛大學商學院學習，「九·一八事變」後回國，張學良聘請他為英文秘書，「西安事變」後棄政從商，在上海、北京等地開工廠、辦公司，成為買辦資本家。張家在南京的祖宅是位於湖北路獅子橋旁、原國民政府外交部後面的「梅溪山莊」、一所豪華

〔註3〕張賢亮：《滿紙荒唐言》，《張賢亮選集》（第一卷），天津：百花文藝出版社，1995 年版，第 193～194 頁。
〔註4〕盱眙縣在歷史上曾長期隸屬安徽省管轄，1958 年盱眙縣劃歸了江蘇省，所以張賢亮在各種表格中籍貫一欄下都填寫的是江蘇盱眙，另外，張賢亮的曾祖父和祖父去世後均葬於湖北黃石西塞鄉，故張氏家族祖籍地一說為湖北黃石，但根據張賢亮曾祖修訂的家譜記載，張賢亮一脈是「盱眙支派」，世居「盱眙南鄉古桑樹張家莊」。此處參見張賢亮的散文《老照片》和《故鄉行》。
〔註5〕張賢亮：《老照片》，《心安即福地》，貴陽：貴州人民出版社，2013 年版，第 192 頁。

氣派的大花園，據說是張賢亮的祖父和著名的「辮帥」張勳打麻將贏來的。張賢亮的父親揮金如土、喜歡享樂、結交廣泛，與戴笠等許多國民黨黨政要員交往密切，生活方式極其西化，每天早上在床上等傭人把牛奶麵包端來用早餐、看報，生活日用品要到上海專賣高檔洋貨的惠羅公司去買，「他出現在櫃檯前面，售貨員總會把他當作洋人，要用英語對他說話」，〔註6〕他父親最大的愛好是養馬，此外，還很喜歡畫油畫。「每天搞一幫票友唱京劇，唱崑曲，要不就忙著辦畫展」，「完全是一副藝術家的派頭」。〔註7〕張賢亮的母親陳勤宜出身書香門第，是清末安徽望江縣進士、曾任武昌知府的陳樹屏的女兒，知書明理、樂觀開朗，無論在多麼困難的時候也從不悲觀，這對張賢亮產生了深遠的影響。〔註8〕張賢亮出生後，「轉年就因日寇侵略舉家逃難到當時的『陪都』重慶，在重慶生活了九年，抗日戰爭勝利後重返滬寧兩地。」〔註9〕他在重慶、上海讀完了小學，在南京建南中學、南京市三中讀完了中學。優越的家庭環境對張賢亮個人氣質的形成產生了複雜而微妙的影響，「他似乎從小就愛好幻想，總是把自己想像成一個英雄，顯示出那種張揚自我的浪漫氣質。可能正是這種氣質賦予了他一種情感亢奮的詩人的特性」。〔註10〕在師友長輩的影響下，張賢亮從小深受中國古典文學的薰陶，同時，他對西方古典文化和現代文明也十分癡迷，用他的話說就是「我接受過封建文化和資產階級文化」〔註11〕。

　　新中國成立後，張氏家族在政權更迭中無可挽回地走向衰敗，張賢亮「十三歲時因屬『官僚資產階級』被『掃地出門』，父親北上，我也就隨在北京讀高中。」〔註12〕不久，他的父親作為舊社會的反動資本家身陷囹圄，母親靠

〔註6〕張賢亮：《父子篇》，《心安即福地》，貴陽：貴州人民出版社，2013年版，第217頁。

〔註7〕張賢亮：《父子篇》，《心安即福地》，貴陽：貴州人民出版社，2013年版，第219頁。

〔註8〕關於張賢亮家世的考證材料散見於張賢亮撰寫的一些回憶性文章中，此處參考了張賢亮在散文《老照片》、《故鄉行》、《父子篇》、《悼「外公」》等文中的自述。

〔註9〕張賢亮：《故鄉行》，《心安即福地》，貴陽：貴州人民出版社，2013年版，第196頁。

〔註10〕王曉明：《所羅門的瓶子》，杭州：浙江文藝出版社，1989年版，第134頁。

〔註11〕張賢亮：《「人是靠頭腦，也就是靠思想站著的……」——致孟偉哉》，《張賢亮選集》（第三卷），天津：百花文藝出版社，1995年版，第642頁。

〔註12〕張賢亮：《故鄉行》，《心安即福地》，貴陽：貴州人民出版社，2013年版，第196頁。

給人編織毛衣維持生計，生活的落差和周圍人的白眼，在張賢亮心中激起了久久無法平靜的情感波瀾，1951 年，張賢亮入北京第三十九中學讀高中，那時候，他經常曠課跑到文津街的北京圖書館看小說，數理化英語幾門課程全不及格，後來學生宿舍丟東西，找不到小偷，他這個班上唯一的資產階級分子，被老師找來頂罪。臨近高中畢業前夕，他作為反動學生兼偷竊分子被學校開除。〔註 13〕這段不愉快的求學經歷，讓張賢亮一直耿耿於懷，他在自傳性小說《青春期》中說「班主任每天至少要找我談三次『心』，同學們議論紛紛，弄得我整天如芒刺在背，何況，班主任的苦口婆心最終打動了我，覺得再不按他的教導承認『拿』過同學的東西也太對不起老師了。最後我終於低下頭問他，我『拿』過些什麼東西好呢？班主任見我總算被他說服，輕鬆地往籐椅上一靠，拿出紙筆讓我記錄，他翻開他的小本子念一件我寫一件，什麼襪子三雙、郵票十張、信封一沓、用過幾張的信紙一本、球鞋一雙、墨水兩瓶、鋼筆一枝、鉛筆四枝等等等等。我寫完交給他，他一目十行地看了非常吃驚，嘖嘖地說，一件件東西加起來就不是偶然性地『拿』，而是必然性的『偷』了！又搖頭感歎資產階級家庭出身的學生是多麼難教育好。」「過了四十年，這所中學舉辦五十週年校慶，同時要編一部《同學錄》，據說我是母校培養出來的最有成就的學生之一，母校來信向我索取照片及『幾句話』，我寫了『感謝我的母校給了我一個艱難的起點』寄給她。所謂『艱難的起點』，主要指學校宣佈開除我那天竟將我母親叫到學校，等校長在操場上當眾宣佈了我是『盜竊分子』之後，讓我母親在眾目睽睽下與我見面。這大概是當時學校採取的教育學生同時教育家長的一種方式。我看見母親慈祥地坐在學校長廊的板凳上迎接我，眼淚不禁奪眶而出，母親卻握著我的手說她決不相信我會盜竊，即使有人教我也教不會！我母親沒有流一滴眼淚，臨走時只給我的母校撇下一個禮貌而蔑視的微笑。」〔註 14〕「一九五四年父親死於看守所，我又因『家庭問題』輟學，不得不攜老母弱妹加入移民隊伍，西遷到寧夏的

〔註 13〕20 世紀 80 年代中期，張賢亮回北京，應邀到母校北京市第 39 中學作報告，他在留言簿上寫道：「感謝母校給了我一個艱難的起點。」這段經歷後來還被他寫進了自傳體小說《青春期》，可見此事對他打擊之大。此處材料參見張賢亮：《一切從人的解放開始》，《美麗》，貴陽：貴州人民出版社，2013 年版，第 18 頁。

〔註 14〕張賢亮：《青春期》，《浪漫的黑炮》（中篇小說集），貴陽：貴州人民出版社，2013 年版，第 127、128 頁。

黃河岸邊。」〔註15〕「1955 年 7 月，我攜老母弱妹與一千多人一批，先乘火車到包頭，再隨幾十輛大卡車長途跋涉了三天，才到當時稱爲『甘肅省銀川專區』賀蘭縣的一處黃河邊的農村。縣政府已給我們這些『北京移民』蓋好了土坯房，並且單獨成立了一個鄉的行政建制，名爲『京星鄉』，好像這裡的人都是北京落下的閃亮之星，或說是隕石吧。鄉分爲四個村，每個村有三、四十排土坯房，一排排的和兵營一樣，前後來了數千人在這個鄉居住。土坯房裏只有一張土炕，散發著黴味的潮氣。」〔註16〕張賢亮「很快就適應了當地人的生活習慣，西北鄉村尤其是寧夏的地域文化風情深刻感染了他，其中最打動他的莫過於西北歌謠，這些廣泛流行於甘肅、青海、寧夏黃河、湟水沿岸的高腔民歌在當地被人們叫做『河湟花兒』，抒發著黃河兒女對於愛情大膽奔放的熱烈追求和癡男怨女無法言說的性欲渴求，簡直就是一首首質樸無華但卻能令聽者動容的愛情詩。這些黃土地裏生長出來的愛情歌謠，在他日後的作品裏不時如驚鴻一瞥般出現。張賢亮身上的詩人氣質與詩性體驗在這些土得掉渣的民間歌謠裏被激活並獲得了對勞動人民豐富情感的深刻體認。」〔註17〕賀蘭縣政府對這些北京來的移民在生活上比較照顧，國家實行了生活供應制，所需口糧等均由安置辦負責統一購買並送到安置點，按月發放供應，供應標準甚至高於當時當地群眾的生活水平，離開了政治氣氛濃厚的北京，周圍的移民又都是原來北京市裏無業的、待業的、家庭成分有問題的、在舊中國體制內做過小官吏的市民，大家的身份都一樣，張賢亮反而感到一下子輕鬆起來，「土坯房裏雖然味道難聞，可是田野上純淨的空氣彷彿爭先恐後地要往你鼻子裏鑽，不可抗拒地要將你的肺腑充滿；天藍的透明，讓你覺得一下子長高了許多，不用翅膀也會飛起來。」「我終生難忘第一次看到黃河的情

〔註15〕 張賢亮：《故鄉行》，《心安即福地》，貴陽：貴州人民出版社，2013 年版，第 196 頁。關於「移民」的起因，張賢亮在另外一篇文章中有詳細記述「1954 年，北京就開始建設『新北京』，首先是要把北京市裏無業的、待業的、家庭成分有問題的、在舊中國體制內做過小官吏的市民逐步清除出去，名曰『移民』，目的地是西北的甘肅、青海和新疆。我這樣家庭出身的人自然是被遷移的對象。」1955 年，張賢亮以寧夏支邊人員的身份來到賀蘭山下的北京移民安置點京星鄉落戶，從此與寧夏這塊土地結下了不解之緣。此處引文資料參見張賢亮：《寧夏有個鎮北堡》，《美麗》，貴陽：貴州人民出版社，2013 年版，第 116 頁。

〔註16〕 張賢亮：《寧夏有個鎮北堡》，《美麗》，貴陽：貴州人民出版社，2013 年版，第 116 頁。

〔註17〕 張欣：《張賢亮的閱讀史》，《當代作家評論》2016 年第 4 期。

景。正在夏日，那年雨水充沛，河水用通俗的『浩浩蕩蕩，洶湧澎湃』來形容再恰當不過了。在河灣的回流處，一波一波漩渦沖刷堤岸的泥土，不時響起堤岸坍塌的轟隆聲，使黃河在晴空下顯得極富張力，偉岸而森嚴。岸邊一棵棵老柳樹，裸露的根鬚緊緊抓住懸崖似的泥土，堅定又沉著，表現出『咬定青山不放鬆』的頑強。」「寧夏的自然和人情，對一向生活在大城市的我，完完全全彌補了失落感。況且，我在大城市也不過是一個既無業，『出身成分』又不好的『賤民』。寧夏的空闊、粗獷、奔放及原始的裸露美，竟使我不知不覺喜歡上它。」〔註18〕

　　1956 年，甘肅省政府聽取了當地群眾的建議，將移民中的知識分子和有特殊技能的人才介紹到當地的機關、學校、煤礦工作，具有高中文化程度的張賢亮被中共甘肅省委幹部文化學校錄用為語文教員，〔註19〕家庭出身似乎不再是橫亙在張賢亮面前的一道無法逾越的障礙了，他對未來重新燃起了希望，為了表達內心的喜悅，歌頌新時代的來臨，張賢亮接連寫出了《夜》、《在收工後唱的歌》、《在傍晚唱的歌》三首政治抒情詩，這三首詩發表在當時很有影響的《延河》文學月刊1957年第1期、第2期和第3期上，緊接著，他又以全部的真誠和青春的豪情創作出了《大風歌》，並在 1957 年第 7 期的《延河》上發表，然而，出乎意料的是，9 月 1 日，《人民日報》發表了著名詩人公劉的文章《斥「大風歌」》，公劉以不容置辯的語氣批評「《大風歌》是一篇懷疑和詛咒社會主義社會，充滿了敵意的作品。」「作者寫這首詩是有思想準備的。」「他……持的是反人民反社會主義反黨的立場！」「由於立場不同，這個張賢亮敢於提出什麼『新的時代來臨了』，並且聲言『這個時代帶來了一連串否定』！張賢亮要『否定』什麼？一句話，我們人民所肯定的，他都要『否定』！」〔註20〕公劉當年供職於解放軍總政文化部的文學美術創作室，

〔註18〕 張賢亮：《寧夏有個鎮北堡》，《美麗》（散文集），貴陽：貴州人民出版社，2013年版，第 116 頁、117 頁。

〔註19〕 新中國成立初期至 50 年代，寧夏的行政建制幾經調整，1949 年 12 月成立寧夏省，1954 年 9 月，寧夏省建制撤銷，併入甘肅省。1957 年 7 月 15 日，第一屆全國人民代表大會第四次會議通過成立寧夏回族自治區的決議，以原寧夏省行政區域為基礎成立寧夏回族自治區。1958 年 10 月 25 日，寧夏回族自治區正式成立。此處的中共甘肅省委幹部文化學校位於 1954 年新設的銀川專區，當時屬甘肅。1956 年春，該校改名為中共甘肅省委第二幹部文化學校，是寧夏黨校的前身。

〔註20〕 公劉：《斥「大風歌」》，《人民日報》1957 年 9 月 1 日。

在詩壇上，他是頗有影響且廣受敬重的著名詩人，公劉爲何要如此激烈地批評一個剛步入文壇的青年詩人，這或許與當時社會的「反右」運動大環境有關，在那種人人自危的情況下，公劉的《斥「大風歌」》無疑是一篇表明心跡的戰鬥檄文，〔註21〕這篇批判文章改寫了張賢亮的命運，使他再次跌落到人生的谷底。作爲中共中央機關報的《人民日報》，在當時的國家政治生活中具有舉足輕重的地位，尤其是它的社論和評論員文章，更是被認爲代表了黨中央的聲音，具有至高無上的權威。《大風歌》在《人民日報》上被點名批判，於是它順理成章地被批爲「大毒草」，成了「右派」言論的代表。全國各地特別是西北地區報刊上對張賢亮展開了鋪天蓋地的批判。他很快被戴上了「右派分子」的帽子，於 1958 年 5 月 14 日被押送賀蘭縣西湖農場勞動改造。2010年，74 歲的張賢亮在他的《關於〈大風歌〉》一文中說：「公劉先生是位我尊敬的著名詩人，現已去世。我當時就理解這（指《斥「大風歌」》）是他的違心之作，果然，在發表這篇批判文章後兩個月，他也被打成『右派』。」〔註22〕

在回憶這段往事時，張賢亮說：「對我的處理是對『右派分子』的頂級處理：『開除公職，勞動教養。』21 歲的我，是被《人民日報》批判過的，在那時還是小城市的銀川，出了我這麼一個被『中央』點名的『右派』，一下子『著名』起來。對我的批鬥鋪天蓋地，但押送我時卻十分草率，僅派了一個管伙食的幹部領我一起跟著小毛驢車踽踽而行。」〔註23〕此後二十二年，張賢亮的人生「在西湖農場和南梁農場之間輾轉，前者是勞改，後者是勞動。名義不同，自由度不同，但工作內容大同小異。」〔註24〕他每天在田間從事著各種繁重的體力勞動，耕耙犁鋤、提摟下種、割捆裝運、田間管理、趕滾揚場、

〔註21〕洪子誠在《〈綠化樹〉：前輩，強悍然而孱弱》（載《文藝爭鳴》2016 年第 7期）一文中認爲：「我們難以清楚張賢亮遭難的準確原因。也許得罪了某個領導？或者所在的單位需要一個『右派』？將這些文字和他的出身、家庭問題掛鉤也許有更大的可能——這猶如指流沙河寫《草木篇》是爲報『殺父之仇』。」但洪子誠同時也認爲不排除公劉確實認爲《大風歌》是攻擊社會主義或受命指派或政治上出於自保的目的而寫這篇批判文章的可能，但考慮到 50 年代中後期緊張的政治運動氣氛和公劉當時所在的工作單位，筆者認爲受上級指派或政治上出於自保的目的的可能性更大。

〔註22〕該文是「張賢亮鎮北堡西部影城的博客」中的一篇文章 http://blog.sina.com.cn/zhangxianliang

〔註23〕張賢亮：《雪夜孤燈讀奇書》，《南方周末》2013 年 7 月 25 日。

〔註24〕王鴻諒：《一個作家的「野蠻生長」——張賢亮的人生考察》，《三聯生活周刊》2014 年 10 月 20 日第 42 期。

脫製土坯，幾乎學會了所有的傳統農業勞作方式。他還學會了抽煙，以撿到別人丟棄的一個煙頭爲莫大幸福。勞改農場裏留下了他人生中最爲慘烈的記憶：在被關進農場私設的監獄期間，一天看守班長把他領到茱地，交給他一條扁擔兩個桶，叫他到糞池挑糞，他回憶說：「我不知道發酵了的人糞尿會有那麼高的溫度。我走下最後一級臺階，跳進糞池裏時，猛地覺得兩腿像被針紮了似地疼痛。等舀滿兩桶糞爬上來，挑著擔子送到一百多米外的白茱地。再往回返，我看見我經過的田埂上所留下的足印裏，有黃糊糊的糞水，還有鮮紅的血跡。……」〔註25〕在全民鬧大饑荒的年代，因爲吃不飽飯，他從勞改農場逃跑，先是流浪到了寧夏中衛縣南部的一座名叫「一條山」的地方，他到一戶農民家裏討水喝，發現鍋裏竟然煮著一個剛出生不久的死嬰，他差點把膽汁都嘔吐出來，他以乞討爲生，一直流浪到蘭州，結果發現當時的蘭州火車站已經成了一個「乞丐王國」，看到外面的人也在大量的死亡，他不得已又返回勞改農場，餓飯一周的懲罰使他不省人事，人們以爲他死了，把他扔進了停屍房。下半夜，他醒過來了，借著月光發現滿屋子都是死人。他掙扎著爬到門口，拼命扳門，把那個破門弄倒了，天亮後被人發現，總算從死人堆裏爬出來了。後來幸虧得到一位醫生的救治，靠吃烏雞白鳳丸才活了過來。張賢亮說：「我和中國的農民並沒有多少接觸，後來去就業的農場，從業人員全部是拿工資的工人，而我迄今寫的農村題材的作品之所以充滿對農民的同情和熱愛，不過來自這一段流浪經歷中對他們的觀察。」〔註26〕正是這段刻骨銘心的逃亡之旅，使他在日後的小說創作中塑造了許多令人難忘的流浪者形象。

　　在最年富力強的年紀，張賢亮在僅有一渠之隔的西湖農場和南梁農場來來回回地反覆勞動改造。這期間，他以「書寫反動筆記和知情不報」的罪名被判三年管制；在 1965 年的「社會主義教育運動」中，以「右派翻案」的罪名被判三年勞教，從「右派分子」升級爲「反革命分子」；「文革」中，他又被定性爲「反革命修正主義分子」，被南梁農場的革命造反派「群專」（即交

〔註25〕張賢亮：《張賢亮選集‧自序》，天津：百花文藝出版社，1995 年版，第 2 頁。

〔註26〕張賢亮：《我的菩提樹》（張賢亮作品典藏），貴陽：貴州人民出版社，2013 年版，第 221 頁。這段流浪經歷在張賢亮的自傳性散文《雪夜孤燈讀奇書》（《南方周末》2013 年 7 月 25 日），以及小說《我的菩提樹》（貴州人民出版社，2013 年版，第 220～221 頁）等作品中多次出現。

由人民群眾監督、勞動、改造）〔註27〕；1970 年，在當時的「一打三反」運動中，他被抓起來投進農墾兵團私設的監獄，〔註28〕運動來時被抓去西湖農場勞改，勞改幾年被「釋放」到南梁農場就業勞教，等於沒有「釋放」，這種抓了放，放了抓的狀態一直持續到「文革」後期。據張賢亮自述，在 1958 年到 1976 年的十八年中，他兩次勞改、一次管制、一次「群專」、一次投入監獄。直到 1979 年平反後，才重新拿起筆，再次開始文學創作。由於有被學校開除、被批鬥、判刑、監管、乞討流浪的經歷，日本 80 年代出版的《中國當代文學史》一度將他描述為一個「不良少年」。〔註29〕「嚴峻的生活，教會了他不忍之忍，不忍之忍的痛苦的積聚，使他徒有煩亂、困惑和憤懣，大不了偷偷地發洩一下。譬如有一次，在經過一塊平放在地面上的厚鋼板時，他站住了；他用盡氣力將那鋼板的一端扳過胸脯，然後猛地把手放開，求那狠狠的一響。」〔註30〕而最難熬的還是揮之不去的孤獨，那種折磨人的孤寂感在他的文章中不止一次地出現，70 年代初，農場領導派他用賣廢銅爛鐵的錢進城為隊裏購置鐵鍋，回來時，錯過了公共汽車，到旅店租一鋪炕要五角錢，他嫌貴，更重要的是沒有證明，只能流落銀川街頭。「這晚，我在解放東西街徘徊了幾遍，夜幕降臨，沿街低矮的土坯房裏各家各戶的燈光一一燃亮。每一扇報紙糊的窗戶透出的黃色燈光都散射著一個家庭的溫馨，外面的世界雖然波濤洶湧，家總是一個安寧的避風港。那燈光如同一家幾口子聚在一起窺探外界的眼睛。然而回顧自己，年已不惑，卻仍孑然一身，形影相弔，我總是被人窺探而沒有一個人和我依偎在一起共同承受命運的撥弄，唯一親近的

〔註27〕 張賢亮自述「『群專』是『無產階級革命群眾專政』的簡稱。『文革』中，每一個機關單位工礦學校都把自己內部的『階級異己分子』集中起來管制勞動。勞動改造成了全民必修課，全國遍地都設有大大小小的勞改隊，俗稱『牛棚』。雜七雜八的『牛鬼蛇神』統統關在一起，每天由革命造反派帶出去無休止地勞動。南梁農場的『牛棚』又名『群專隊』。」詳見張賢亮、楊憲益等：《親歷歷史》，北京：中信出版社，2008 年 10 月版，第 4 頁。

〔註28〕 張賢亮自述：「這裡必須補充一句，我 1965 年從南梁農場押走的時候，南梁還是屬於農墾部門管理的國營農場，1968 年回來，它已經改制為軍墾單位，成了蘭州軍區下轄的農建十三師第五團，生產隊組都改成連、排、班的軍事編制。我所在的生產隊是武裝連，革命群眾都配有槍支彈藥，男男女女人人一套綠軍裝。」詳見張賢亮、楊憲益等：《親歷歷史》，中信出版社，2008 年 10 月版，第 4～5 頁。

〔註29〕 張賢亮：《一切從人的解放開始》，《美麗》（散文集），貴陽：貴州人民出版社，2013 年版，第 18 頁。

〔註30〕 高嵩：《張賢亮小說論》，成都：四川文藝出版社，1986 年版，第 203 頁。

東西是一個化肥口袋做的枕頭，不禁淚灑襟懷。」〔註31〕多年壓抑、孤獨、痛苦的情感經歷使張賢亮原本細膩敏感的詩人氣質逐漸褪去，罪人式的堅忍，和對人生、對現實的痛苦思考，使他心靈最內的一層經常鎖閉著，以至於在新時期到來後，他再也找不到那種激情澎湃的寫詩的感覺，他說，「自《大風歌》後我再也寫不出詩了。詩人必須是將假象當作真相的人。只有假象令人興奮，令人哀傷，令人快樂，令人憤怒（『憤怒出詩人』）。真相只讓人沉思和冷靜。自經歷了『皮破骨損』、『滿身傷痕』，尤其是 1960～1962 年與全民共渡中國可怕的大饑荒，我從勞改隊的破停屍房爬出以後，世界上再沒有什麼能使我情感產生波動，在瞬間爆發出靈感的火花了。人一『務實』便無詩可言，我已失去了詩的境界和高度。」〔註32〕事實上，在《大風歌》之後，張賢亮並不是再沒有寫過詩，他在《我與〈朔方〉》一文中說，他在 1961 年從西湖農場釋放到南梁農場就業後，偶然發現一本叫《寧夏文藝》的刊物裏面登載有詩歌，「雖然經過勞動改造，仍積習難改，於是便動了念頭，在農場單身漢集體住的土坯房趁大家都熟睡了，在油燈下胡謅了一首詩給《朔方》（《朔方》早期叫《寧夏文藝》，筆者注）寄去，題目好像叫《在廢墟旁唱的歌》，筆名爲『張賢良』。不久居然接到了稿費，一十二元，那時我作爲農工的一級工資每月僅十八元，可見十二塊錢在我眼裏多麼值錢，又恰逢冬天要添棉衣的時候。其實我已毫無閒情逸致寫詩作詞，但爲了可觀的額外收入就繼續胡謅，這大概可說是『工夫在詩外』的另一種解釋。第二首詩也很快發表了，稿酬竟有十八元之多，與我一個月拼死拼活勞動的工資相當。然而在我準備以更大的積極性和更多的業餘時間投入詩歌生產的時候，《寧夏文藝》編輯部卻發現了我的身份，大約是因爲我胡謅得好吧，他們想吸收我當什麼創作員、通訊員之類的編外人員而向農場發函調查，才知道『張賢良』就是一九五七年曾有過『轟動效應』的張賢亮，經過三年多勞改還沒有『摘帽』，我終於『露出狐狸尾巴』。從此《寧夏文藝》與我斷然斷絕關係，農場政治處把我叫去狠狠收拾了一頓，命令我只許老老實實改造，不許亂說亂動。」〔註33〕寫詩需要有赤子之心，詩歌

〔註31〕 張賢亮：《心安即福地》，《心安即福地》（散文集），貴陽：貴州人民出版社，2013 年版，第 168～169 頁。

〔註32〕 張賢亮：《今日再説〈大風歌〉》，《美麗》（散文集），貴陽：貴州人民出版社，2013 年版，第 181～182 頁。

〔註33〕 張賢亮：《我與〈朔方〉》，《心安即福地》（散文集），貴陽：貴州人民出版社，2013 年版，第 160 頁。筆者通過查找《寧夏文藝》的資料發現，張賢亮這裡

是詩人內心眞實情感的流露，爲了稿費而寫詩，正如張賢亮所言「已失去了詩
的境界和高度」。在《大風歌》遭受批判之後，張賢亮的確再也找不到當初那
種激情澎湃的詩人感覺了。新時期，張賢亮獲得平反，百花文藝出版社於1985
年10月出版《張賢亮選集》時，收錄了《大風歌》。雖然已不再寫詩，但張賢
亮的小說語言風格還明顯地具有詩化的特徵，作品文字中間不自覺地會流淌出
一種詩人的憂鬱和激情，尤其是在一些伴有心理描寫的抒情段落，這種特徵就
更爲明顯，他的詩歌才華爲他的作品增色不少。請看下面這兩段描寫：

> 殘陽似血，黃土如金，西北高原的田野在回光返照下更顯得無
> 比的璀璨。羊群沿著鄉間土路回來了，它們帶著滾圓的肚子，雪白
> 的身上披著柔和的金光，神氣活現地向羊欄走去。收工的男女社員，
> 把衣裳搭在鍬把上，一路上打打鬧鬧，你推我搡，開著只有庄戶人
> 才能說出口的玩笑。遠遠地，一個男人被一群婦女追趕過來，一不
> 小心滾下路邊的排溝，濺起了一片水花和笑聲……〔註34〕

再如：

> 啊！我的曠野，我的硝鹼地，我的沙化了的田園，我的廣闊的
> 黃土高原，我即將和你告別了！……你是這樣的醜陋，惡劣，但又
> 美麗得近乎神奇；我詛咒你，但我又愛你，你這魔鬼般的土地和魔
> 鬼般的女人，你吸乾了我的汗水，我的淚水，也吸乾了我的愛情，
> 從而，你也就化作了我的精靈。自此以後，我將沒有一點愛情能夠
> 給予別的土地和別的女人。
>
> 我走著，不覺地掉下了最後的一滴眼淚，浸潤進我腳下春天的
> 黃土地。（《男人的一半是女人》）〔註35〕

張賢亮小說語言的優美和情感的表達方式大抵如是，可以想像如果沒有那場
改變他一生命運的政治運動，沒有在充滿創作激情的青春期被剝奪寫作的權
力，那麼他將會成爲一個多麼出色的詩人！

提到的兩首詩，存在記憶上的錯誤，這兩首詩一是發表於《寧夏文藝》1962
年第5期上的《春》（外一首），一首是表於《寧夏文藝》1962年第7期上的
《在碉堡的廢墟旁》，兩首詩的作者署名均是「張賢良」。
〔註34〕張賢亮：《河的子孫》，《張賢亮選集》（第三卷），天津：百花文藝出版社，1995
年版，第123～124頁。
〔註35〕張賢亮：《男人的一半是女人》，《張賢亮選集》（第三卷），天津：百花文藝出
版社，1995年版，第608～609頁。

2、重返文壇與《朔方》

新時期，黨中央撥亂反正，著手解決「反右運動」中被錯劃「右派」的知識分子問題，1979 年 9 月，張賢亮獲得徹底平反。告別了長達二十二年之久的「右派」生活，此時的他，已經從一個風華正茂的青年，變成了一個已過不惑之年的中年人。帶著對極左政治的切膚之痛，張賢亮開始寫作小說，他的《邢老漢和狗的故事》、《靈與肉》等作品很快在文壇引起了反響，張賢亮迎來了他文學道路上的春天。

張賢亮在農場勞改期間，與文藝幾乎完全隔絕，他之所以能在新時期剛一到來就投入小說創作（此前他從未寫過小說），迅速恢覆文學創作的活力，得益於他在思想與知識上的積極準備。1976 年，「四人幫」的覆滅標誌著「文化大革命」的徹底結束，張賢亮說：「蟄蟲多少嗅到了春天的氣息」〔註36〕，他朦朧地預感到中國的政治將要發生新的變化，他「從動物的冬眠狀態蘇醒過來，以空前的勤奮，利用早晨、中午、夜晚和假日閱讀了馬克思、恩格斯、列寧的主要經典著作；三大卷《資本論》我反覆讀了好幾遍。從七六年初到七六年底，我寫下了二十多萬字的讀書筆記，整理出了幾萬字的政治經濟學和哲學論文。我的身體急遽地垮了下去，但馬克思、恩格斯、列寧的原著，終於廓清了彌漫在我眼前十幾年的大霧。黨的三中全會精神，三中全會以後直至今天的種種改革，連同我們在改革過程中的阻力，我在七七年底已預測到了個大概。同時我在思想上已經斷定：歷史將宣判我無罪！我曾用戲謔的口吻對朋友說：『老夫要出山了！』」〔註37〕他還跟著廣播自學英語，在農場的同伴中間，張賢亮給大家的一個鮮明的印象就是「有才華」，這也成為人們對張賢亮的一個基本評價。1977 年冬天，張賢亮給農場的各位「連首長」挨家挨戶拉白菜，無意中看到一位「首長」家的正在上中學的女兒捧著一本雜誌在炕上看得入迷，這激起了一向喜歡看書的張賢亮的好奇心，「拉完菜，我涎著臉向『首長』的婆姨借來這本雜誌，躲在小屋的土炕上翻了個通宵。那時雖然仍是用文字詮釋政治，但政論畢竟還有點文學的味道。翻到後來，不覺技癢，覺得這種玩意兒我也能寫，於是，看著《寧夏文藝》的通信地址，

〔註36〕 張賢亮：《〈寧夏文藝〉與我——為〈朔方〉200 期而作》，《朔方》1990 年第 3 期。

〔註37〕 張賢亮：《滿紙荒唐言》，《張賢亮選集》（第一卷），天津：百花文藝出版社，1995 年版，第 191 頁。

不禁躍躍欲試了。」〔註38〕張賢亮在南梁農場的身份屬於被管制的就業勞改釋放人員，有一定的活動自由，在此期間，他將兩篇自認爲很有見地的哲學和政治經濟學論文投給《紅旗》雜誌，希望發表後引起別人的注意，盡快獲得平反，但都被退了回來，「本應該從退稿信上我的名字之後沒有『同志』二字就看出其中奧妙，但技令智昏，不甘寂寞，總想盡力從土裏往外爬。」〔註39〕稿件被退回讓張賢亮早日獲得平反的夢想破滅了。

　　1978 年，盼望已久的新時期終於來臨，在鄧小平、胡耀邦等黨和國家領導人的關注下，落實知識分子政策成爲這一年的一個重要話題，在此過程中，「右派」分子的摘帽和改正是一項重要的內容。這一年春天，由中組部、中宣部、統戰部、公安部、民政部五部門聯合研究制定了《貫徹中央關於全部摘掉右派分子帽子決定的實施方案》，並上報中共中央。「1978 年 9 月 17 日，中共中央同意了這個實施方案，並以 1978 年第 55 號文件下發各地各部門。中共中央指出：做好摘掉右派分子帽子的人的安置工作，落實黨的政策，是我國政治生活中的一件大事。這部分人中，不少是有用之才，不要僅僅從解決他們的生活出路出發，要統籌安排，細緻地做好工作，以調動他們的積極性，發揮所長，爲社會主義服務。對於過去劃錯了的人，要做好改正工作。有反必肅，有錯必糾，這是我黨的一貫方針，已經發現劃錯了的，儘管事隔多年，也應予以改正。」〔註40〕就在這一年，大多數右派分子摘掉了戴在他們頭上二十年的「帽子」，並開始了錯劃右派的改正工作。但是，在黨的十一屆三中全會後，張賢亮沒能立即獲得平反，因爲他除了「右派分子」的帽子之外，在一九六三年又添了頂『反革命分子』的帽子。在爲「右派分子」平反的文件中規定：「被定爲右派分子後又有新的刑事犯罪的分子不在覆查範圍」〔註41〕，他聽說王蒙、鄧友梅、李國文、邵燕祥這些人都平反了，「覺得自己的罪過並沒有他們大，頗爲不平，於是想方設法找對策尋出路」〔註42〕，平反問題遲遲得不到徹底解決，這讓張賢亮

〔註38〕張賢亮：《〈寧夏文藝〉與我——爲〈朔方〉200 期而作》，《朔方》1990 年第 3 期。

〔註39〕張賢亮：《〈寧夏文藝〉與我——爲〈朔方〉200 期而作》，《朔方》1990 年第 3 期。

〔註40〕羅平漢：《春天：1978 年的中國知識界》，北京：人民出版社，2008 年版，第 270～271 頁。

〔註41〕張賢亮：《一切從人的解放開始》，《美麗》（散文集），貴陽：貴州人民出版社，2013 年版，第 24 頁。

〔註42〕張賢亮：《我與〈朔方〉》，《心安即福地》（散文集），貴陽：貴州人民出版社，

十分苦惱。在農場,他「早已被人看成了一個地地道道的勞動力,並且當時極左思想還相當嚴重,在黨中央關於糾正冤、假、錯案的文件下達很久以後,還沒人準備動動我的案子。我不得不毛遂自薦,四處奔走,頂禮於權門,求告於當政。好不容易博得領導的青眼,調我去教了一個月書,又說我的問題沒有平反,打回了連隊。此後,我的處境反而更困難了,因為上而復下,等於第二次懲罰。扣資罰款,名目有加;冷嘲熱諷,時聒於耳,再加上我一次短暫的家庭生活的失意,[註43]投寄的政治經濟學論文被相繼退回,這樣,我的苦惱更甚於作動物的冬眠時期,因為,那已經是成為人的苦惱了。後來,農場因為實在缺乏教員,又把我調到學校,可是問題還沒有根本解決。」[註44]張賢亮這時對未來也沒有十分的把握了。他每天騎著破自行車,從所在的三隊趕去場部,跟他在一起勞改過的老友冶正剛[註45],此時已經在銀川市恢復了工作,一天,他跑來對張賢亮說,「中國哪有什麼政治經濟學,只有『農業學大寨,工業學大慶』!,你過去不是寫詩的嗎,現在何不寫點文藝作品投給報社呢?」[註46]這番話讓張賢亮猛然醒悟「那個時候的確還不是做學問的時候,而中國的政治經濟學也恐怕很難擺脫學樣板的陰影。文學多半帶有幻想的色彩,這片天地總是廣闊的。什麼小說、詩歌、散文,我早已生疏且懼怕了,但為了『出土』,重操舊業仍不失為一條縫隙。」[註47]為了讓農場盡快解決自己的問題,「想來想去只有繼續寫詩以引起領導注意。當時的目的僅僅是平了反可調到農場子弟學校當個教員,了此殘生。可是寫來寫去發現詩不好寫,因為時代不同了,內心

2013 年版,第 161 頁。

[註43] 1977 年 41 歲的張賢亮與同一生產隊、同被管制的「壞分子」、一位姓陳的蘭州女知青同居。後來,由於對方在 1978 年摘掉了「壞分子」的「帽子」,家人在蘭州老家為她聯繫好了工作,張賢亮則遲遲看不到平反的希望,為了不影響對方的前途和今後的命運,二人灑淚分別。關於這段經歷詳見張賢亮:《一切從人的解放開始》,《美麗》(散文集),貴陽:貴州人民出版社,2013 年版,第 23~25 頁。

[註44] 張賢亮:《滿紙荒唐言》,《張賢亮選集》(第一卷),天津:百花文藝出版社,1995 年版,第 191~192 頁。

[註45] 冶正剛後來做過寧夏回族自治區伊斯蘭教協會的秘書長,詳見王鴻諒:《一個作家的「野蠻生長」——張賢亮的人生考察》,《三聯生活周刊》2014 年 10 月 20 日第 42 期。

[註46] 張賢亮:《〈寧夏文藝〉與我——為〈朔方〉200 期而作》,《朔方》1990 年第 3 期。

[註47] 張賢亮:《〈寧夏文藝〉與我——為〈朔方〉200 期而作》,《朔方》1990 年第 3 期。

開始有了自我表現的衝動，再胡謅連自己都看不下去，這樣才改弦更張寫起小說來。」〔註48〕「先是託人進城買來稿紙，然後趁一個倒班休息日將稿紙攤在翻過來的案板上，到了羊進圈的時候，居然寫出了一篇題名爲《四封信》的所謂小說。我還記得寄稿那一天。那是 1978 年 10 月的一個星期日，大隊休息，一個女知青到園林場去買針頭線腦，問我帶什麼。我說你把這封信帶去發了吧。她翻過來掉過去看了看說你沒貼郵票。我說這封信不用郵票，你儘管扔進郵箱裏就是了。她撇下懷疑的目光帶著它走了。我目送她浴著秋陽隱沒於遠處的雜樹林裏，好像她領去了我的孩子。」〔註49〕小說郵寄給了《寧夏文藝》（《朔方》的前身）〔註50〕，「大約一個月之後，回信來了。從薄薄的信封看我就知道是喜訊。後來知道，信是楊仁山（時任《寧夏文藝》編輯，筆者注）寫的，通知我的稿件已決定採用，並『歡迎繼續來稿』云云。」〔註51〕《四封信》很快就刊登在《寧夏文藝》1979 年第 1 期的頭條位置上。此後，張賢亮又接連創作出《四十三次快車》、《霜重色愈濃》、《吉普賽人》三篇小說，這些作品也先後發表在《寧夏文藝》，分別是 1979 年第 2 期頭條、第 3 期頭條和第 5 期。「接二連三，我在《寧夏文藝》連中三元，都是發表在頭條位置。這果然引起當時任自治區黨委副書記的陳冰同志的關注。陳冰同志患有哮喘，還曾特地爬上四層樓來看我，他的秘書跟在後面，就是現在任自治區副主席的馬錫廣同志，在他的過問下，我才獲得徹底平反。」〔註52〕張賢亮寫小說的最初目的是爲了引起別人注意，把小說作爲獲得平反的進身之階，而並非是他內心情感衝動的自然結果，因此，這幾篇小說的文學性都不強，張賢亮也坦承「我第二次走上文學的道路的動機，恐怕是上不得臺面的。」〔註53〕而隨著新時期政治形勢的變化和文學

〔註48〕張賢亮：《我與〈朔方〉》，《心安即福地》（散文集），貴陽：貴州人民出版社，2013 年版，第 161 頁。

〔註49〕張賢亮：《〈寧夏文藝〉與我——爲〈朔方〉200 期而作》，《朔方》1990 年第 3 期。

〔註50〕《寧夏文藝》的前身是 1959 年創刊的《群眾文藝》，1970 年更名爲《寧夏文藝》，1980 年第 4 期更名爲《朔方》，沿用至今。詳見《〈朔方〉五十年記事》，《朔方》2009 年第 5 期。

〔註51〕張賢亮：《〈寧夏文藝〉與我——爲〈朔方〉200 期而作》，《朔方》1990 年第 3 期。

〔註52〕張賢亮：《我與〈朔方〉》，《心安即福地》（散文集），貴陽：貴州人民出版社，2013 年版，第 161 頁。

〔註53〕張賢亮：《滿紙荒唐言》，《張賢亮選集》（第一卷），天津：百花文藝出版社，1995 年版，第 192 頁。

地位的凸顯，張賢亮的小說創作態度也在發生轉變，「我開始正正經經把文學當作自己事業，是在發表了《四十三次快車》以後。那時，寧夏黨委和宣傳部、文聯的領導同志多次在會議上提出要給我落實政策，《大風歌》的改正旁證也從西安寄到了。我本是駑駘，而寧夏主持文教宣傳的領導人的確具有伯樂精神。這樣，我就面臨著我生命史上的一個重大轉折關頭，必須要嚴肅地思考自己的命運了。」〔註54〕「那時我有一篇小說叫《四十三次快車》，題目就暗含著要加快步伐趕上去的意思。」〔註55〕文學是勸人從善的事業，它能夠使人的道德情操變得高尚起來，文學的淨化作用把張賢亮的靈魂從迷蒙混沌的狀態中拯救了出來，讓他認識到新的時代要求人們必須將個人的命運與國家的命運聯繫起來思考問題，只有這樣個人才會有出路。

在張賢亮重返文壇的道路上，《朔方》（也包括之前的《寧夏文藝》）發揮了重要的舉薦、扶持作用。寧夏許多青年文學愛好者都是通過《朔方》走向全國的，尤其是一些回族青年作家更是如此。1979 年，《寧夏文藝》劃歸剛剛恢復的寧夏文聯主管，作為寧夏唯一的一家省級文學月刊，它的辦刊原則與編輯方針代表了黨在寧夏的文藝政策方向，1980 年 4 月，《寧夏文藝》更名為《朔方》，新時期開明而寬鬆的政治環境引發了文學期刊編輯方針的改變，張賢亮得以重返文壇，再次進入公眾的閱讀視野，與《朔方》編輯的發掘和打造有很大關係。當時，張賢亮頭上頂著「右派」和「反革命」兩頂帽子，是《朔方》的編輯路福增、高奮、楊仁山、李唯、潘自強等人從一大堆來稿中把他的作品挑選了出來，並破格讓一個向未獲得平反的作家的作品連續三期排在頭條。1980 年，在時任寧夏文聯主席石天的積極爭取下，張賢亮從南梁農場的子弟學校被調到寧夏文聯擔任《朔方》的編輯，不久，他就成為寧夏第一個專業作家，加入了中國作家協會，並很快被選為寧夏文聯副主席兼寧夏作協副主席，繼而晉升為主席。《朔方》有意將張賢亮推向全國，繼而將其打造為能夠代表寧夏文學的一張名片。從 1979 年至 1988 年的十年間，《朔方》先後刊登張賢亮的各類文體作品 21 篇，發表關於他的小說評論 52 篇，在整個 80 年代，《朔方》多次在顯著位置刊發張賢亮的小說，例如，1980 年《寧

〔註54〕張賢亮：《滿紙荒唐言》，《張賢亮選集》（第一卷），天津：百花文藝出版社，1995 年版，第 192 頁。

〔註55〕張賢亮：《我與〈朔方〉》，《心安即福地》（散文集），貴陽：貴州人民出版社，2013 年版，第 161 頁。

夏文藝》第 1 期和第 2 期分別以頭條位置發表張賢亮的短篇小說《在這樣的春天裏》（與邵振國合寫）、《邢老漢和狗的故事》。同年，《朔方》又在第 9 期頭條位置推出張賢亮的短篇小說《靈與肉》，選送《靈與肉》參評 1980 年的全國優秀短篇小說獎（魯迅文學獎前身），最終《靈與肉》不負眾望，榮獲 1980 年全國優秀短篇小說獎，這對於一個剛離開勞改農場不久，在精神和神經兩方面仍然弱不禁風的作家來說，起到的激勵作用無疑是巨大的，作品獲獎堅定和鼓舞了張賢亮繼續從事文學創作的信念。正是從《朔方》起步，張賢亮重新走上了文學創作的騰飛之路。新時期最早的一批關於張賢亮小說的文學評論也刊登在《朔方》上，如，潘自強的《像他們那樣生活——讀短篇小說〈霜重色愈濃〉》（載《寧夏文藝》1979 年第 4 期）、劉佚的《文藝要敢於探索——讀張賢亮的小說想到的》（載《寧夏文藝》1979 年第 5 期）、李鳳的《初讀〈吉普賽人〉》（載《寧夏文藝》1979 年第 6 期）、李震傑的《塞上文苑一枝春——試評〈霜重色愈濃〉》（載《朔方》1980 年第 7 期）、黎平的《邢老漢之死瑣憶》（載《朔方》1980 年第 12 期）、陳學蘭的《有感於眞實的力量——也談邢老漢的形象》（載《朔方》1980 年第 12 期）等文章成爲新時期張賢亮文學評價史的開端。對於《朔方》的發掘與扶持，張賢亮一直心存感激並念念不忘，他說：「雖說我的『出土』主要依靠『大氣候』，但也不能忽視『小氣候』的作用。我是借助《寧夏文藝》登上文壇的。《寧夏文藝》——今天的《朔方》編輯部的同志都是我的老師或朋友，直到我後來做了他們的領導，對他們始終是尊敬的。『才微易向風塵老，身賤難酬自己恩』，只要我力所能及，我都會投桃報李。」〔註 56〕正是出於這種回報與感恩的心理，當張賢亮在 20 世紀 80 年代中期成爲文壇炙手可熱的著名作家之後，他將小說《肖爾布拉克》和《浪漫的黑炮》的電影劇本改編工作分別委託給《朔方》編輯部的楊仁山和李唯負責。張賢亮從 1993 年起連續十多年一直擔任《朔方》的名譽主編，爲寧夏文學的發展做出了重要貢獻，由此可以看出他對於《朔方》的感情之深厚。

二、「寧夏出了個張賢亮」

因爲過去的二十多年中長期與文藝隔絕，張賢亮重返文壇後意識到他對

〔註 56〕張賢亮：《〈寧夏文藝〉與我——爲〈朔方〉200 期而作》，《朔方》1990 年第 3 期。

當下的文藝政策與文藝理論已經十分生疏，很多生僻的詞彙甚至要通過《現代漢語詞典》來瞭解，因此，他一方面抓緊時間「補課」，彌補知識上的欠缺和差距，一方面以更大的熱情和精力投入到小說創作之中，他的刻苦努力以及他原有的文學修養和文學才華使他的小說創作很快就漸入佳境，繼《四封信》、《四十三次快車》、《霜重色愈濃》、《吉普賽人》四篇小說之後，他又創作出《在這樣的春天裏》、《邢老漢和狗的故事》、《靈與肉》等作品，這些小說無論是從思想深度還是藝術技巧上都顯示出張賢亮將個人命運與國家的前途命運緊密結合的時代特徵，他控訴極左政治路線給國家和個人造成的累累傷痕，歌頌十一屆三中全會後的社會新風貌，熱烈擁護黨中央實行的改革開放政策，二十多年的底層生活經歷給了他極爲豐富的小說寫作素材，他對情感的把握真誠坦誠、不矯揉造作，人物的心理活動十分真實自然，在藝術上超越了當時一般「傷痕小說」的那種以眼淚博取同情的悲情式的訴說，他的作品在批判極左政治的同時，讀後更能給人以溫暖和力量，因此受到了無數讀者的青睞。尤其是小說《靈與肉》在《朔方》發表後，被著名導演謝晉改編爲電影《牧馬人》，社會反響極大，讀者紛紛給《朔方》編輯部寫信寫稿表達他們對這篇小說的意見。1981 年，以《朔方》爲主要平臺，形成了一場關於小說《靈與肉》的文藝論爭。這場論爭大幅地提升了張賢亮的文學知名度和作品的社會影響力，使他當之無愧地成爲引領寧夏新時期文學的標誌性作家。張賢亮在文學上不斷取得的業績激發了寧夏作家的創作熱情，他們把張賢亮當作創作的標杆和追逐的目標。在張賢亮的帶動和影響下，寧夏作家呈現出活躍的創作態勢，湧現出一批富有時代氣息的新秀和作品，促進了新時期寧夏文學的蓬勃發展。爲此，80 年代的著名文學評論家閻綱說，寧夏文壇開始了人才輩出的新時期，其顯著標誌便是「寧夏出了個張賢亮」〔註57〕。

1、《靈與肉》的創作與獲獎

《靈與肉》在張賢亮的文學創作中佔有十分重要的地位，這不僅是由於這篇小說曾獲得 1980 年的全國優秀短篇小說獎，給作家帶來了文壇聲譽，更是因爲《靈與肉》是對當時占主流的「傷痕文學」創作理念的超越與發展，自此以後，張賢亮就從「傷痕文學」的束縛中脫穎而出，一舉進入了更爲廣闊的創作領域，他的小說創作由此開始受到越來越多的讀者的喜愛和文學批評家的重

〔註57〕閻綱：《〈靈與肉〉和張賢亮》，《朔方》1981 年第 1 期。

視。在談到寫作小說《靈與肉》的意圖時，張賢亮說，《靈與肉》就是要表現「痛苦中的歡樂，傷痕上的美」，並說，「美和歡樂，必須來自痛苦和傷痕本身，來自於對這種生活的深刻的體驗。」「在長達十年，甚至二十餘年的『左』的路線統治下，人們肉體上和心靈上留下了這樣或那樣的傷痕，這是無可諱言的。現在有許許多多文藝作品寫的就是這些。但是，怎樣有意識地把這種種傷痕中能使人振奮，使人前進的那一面表現出來，不僅引起人哲理性的思考，而且給人以美的享受，還並不為相當多的作者所重視。《靈與肉》不過想在這方面做個嘗試而已。」〔註58〕張賢亮試圖擺脫「傷痕小說」一貫的悲情式的敘事格調，在毫無節制的情感宣洩過後，他從極左政治帶給他的巨大傷痛中逐漸恢復過來，他將目光投向未來，在作品中表現出一種昂揚向上的樂觀情緒。

在《心靈和肉體的變化》這篇創作談裏，張賢亮對小說《靈與肉》的創作過程做了詳細的說明，「1980 年初，我獲得了一個去北京學習的機會。這是我在農村勞動了二十二年後第一次重返大城市。在火車還沒有進站時我就流淚了。到京後，我更被在首都集中表現出來的緊張而熱烈的社會主義新時期的勃勃生氣所感動，被活潑而坦誠的社會主義民主政治氣氛所鼓舞。但是，我不諱言，在我到一些比較『高級』的場所時，也有些東西損傷了我的民族自尊心，與我的感情、生活習慣格格不入。我不是一個抱有狹隘排外心理和不懂得高級物質享受的人。和《靈與肉》中的許靈均一樣，我出身資本家家庭，少年時期生活在十里洋場的上海，見過燈紅酒綠的豪華場面；我文學修養的根基開始是紮在西歐古典文學和北美近代文學上的。那麼，是什麼使我的感情、生活習慣、幸福觀和價值觀起了變化的呢？那就是體力勞動，以及作為一個普通勞動者和勞動人民長期的相處。」〔註59〕在二十二年的農村體力勞動中，張賢亮的心靈和肉體都發生了深刻的變化。「我接觸過許多和我有同樣經歷的人，我們在受到不公正的待遇時是委屈的、不平的、憤懣的，但是這些幸存者中沒有一個人（如果這個人是熱愛生活、身體健康和意志堅強的話）不承認他在長期的體力勞動中，在大自然的懷抱裏進行勞動與物質的變換中獲得過某種滿足和愉快，在與樸實的勞動人民的共同生活中治療了自己精神的創傷，糾正了過去的偏見，甚

〔註58〕張賢亮：《從庫圖佐夫的獨眼和納爾遜的斷臂談起──〈靈與肉〉之外的話》，《張賢亮選集》（第一卷），天津：百花文藝出版社，1995 年版，第 182 頁、183 頁。

〔註59〕張賢亮：《心靈和肉體的變化》，《張賢亮選集》（第一卷），天津：百花文藝出版社，1995 年版，第 196 頁。

至改變了舊的思想方法，從而使自己的心靈豐滿起來的。」〔註60〕從北京回寧夏后，張賢亮就想寫篇表現體力勞動和與體力勞動者的深入接觸對一個資產階級出身的小知識分子的影響為主題的小說，然而，一直沒有找到一個合適的情節線索，1980 年 3 月，《朔方》編輯部派張賢亮到寧夏靈武農場去採訪一對僑眷夫婦，準備寫一篇關於他們事跡的報告文學，這對夫婦是五十年代的大學生，在過去的二十多年中，他們因家庭的海外關係而頻遭打擊和折磨，1978 年，他們獲准出國探親，國外的親屬為他們辦好了永久居留證，安排好了舒適的生活條件，可他們住了幾個月，就毅然放棄優越的物質生活，回到偏僻的農場繼續從事家畜品種的養殖技術研究。張賢亮從中得到靈感，將他的小說的矛盾衝突設置為去與留的問題，整篇小說的架子很快就搭起來了。因此，「實際上，《靈與肉》是一支讚美勞動、特別是體力勞動、體力勞動者的頌歌。」〔註61〕張賢亮說「《靈與肉》並不是出於當前有些人想出國，以致人才外流這種背景的考慮寫的。寧夏地處邊陲，彈丸之地，我又陋見寡聞，這種情況在我心中還不占多大份量。寫《靈與肉》，一，我是為了反我一直深惡痛絕的『血統論』；二，我想表現體力勞動和與體力勞動者的接觸對一個資產階級家庭出身的小知識分子的影響，以及三十年歷史變遷對人與人的關係的新調整。」〔註62〕「我寫《靈與肉》，不過是想借編故事的形式忠實地記錄下我生命史上的一個時期的生活和感受，完全沒有奢望她能獲得讚許或得獎。」〔註63〕小說發表在《朔方》1980 年第 9 期的頭條位置，受到了讀者的好評，不久即榮獲 1980 年的全國優秀短篇小說獎，從而引起了批評家的注意。

新時期設立的「全國優秀短篇小說獎」是由中國作協主辦、《人民文學》編輯部負責評選事宜的全國最高規格的短篇小說評選活動，這一獎項成為後來的魯迅文學獎的前身，從 1978 年至 1988 年，「全國優秀短篇小說獎」連續評選了 9 屆，從中培養和發掘出大批優秀的青年小說創作人才，為壯大新時期的小說家隊伍起到了積極的作用。短篇小說在新時期之初發揮了重要的政

〔註60〕 張賢亮：《心靈和肉體的變化》，《張賢亮選集》（第一卷），天津：百花文藝出版社，1995 年版，第 197 頁。

〔註61〕 張賢亮：《牧馬人的靈與肉》，《張賢亮選集》（第一卷），天津：百花文藝出版社，1995 年版，第 205 頁。

〔註62〕 張賢亮：《從庫圖佐夫的獨眼和納爾遜的斷臂談起——〈靈與肉〉之外的話》，《張賢亮選集》（第一卷），天津：百花文藝出版社，1995 年版，第 183 頁。

〔註63〕 張賢亮：《牧馬人的靈與肉》，《張賢亮選集》（第一卷），天津：百花文藝出版社，1995 年版，第 203 頁。

治興情作用，為了凸顯對短篇小說的重視，作協專門設立「全國優秀短篇小說獎」，這一獎項帶有鮮明的政治色彩，是文學評價體系中的重要組成部分，學者孟繁華認為「獎勵制度是鼓勵文學藝術創作發展繁榮的重要機制之一，也是意識形態按照自己的意圖，以權威的形式對文學藝術的引導和召喚。因此，文學藝術的獎勵制度具有明確的意識形態性，權力話語以隱蔽的方式與此發生聯繫，它毫不掩飾地表達著主流意識形態的意志和標準，它通過獎勵制度喻示著自己的主張和原則。」〔註64〕1978 年，《人民文學》編輯部舉辦了首屆全國優秀短篇小說評選活動，在獲獎名單中，劉心武的《班主任》、盧新華的《傷痕》、王蒙的《最寶貴的》等 25 篇作品入選，「就當代中國文學而言，它無疑是一個重大事件，這是建國以來短篇小說的首次評獎，也是『文革』後文學成就的一次集中展示。就入選作品看，它們都是在社會上產生廣泛影響的作品，都是與當下的社會現實發生密切聯繫的作品，『傷痕文學』構成了獲獎作品的主要內容。」〔註65〕通過閱讀這些作品，讀者可以準確判斷出當下中國社會生活中正在發生的重大問題和主要事件是什麼。關於小說評獎的目的，周揚指出「我們評獎的目的，就是要發揮評獎的積極作用，促進我國社會主義文學事業的發展和繁榮，促進我國的文學藝術事業在三中全會路線和四項基本原則的指引下，沿著為人民服務，為社會主義服務的正確軌道前進，實現文學創作和文學理論的真正『百花齊放』、『百家爭鳴』，使文學創作水平和鑑賞水平更進一步提高。」獲獎的作品無不體現出「政治標準與藝術標準的統一」〔註66〕。這次小說評選採取了群眾推薦與專家評選相結合的方法，評委由茅盾、周揚、巴金等二十三人組成，〔註67〕從人員構成情況來看，既有著名的作家，也有高級的文化官員和知名的文藝理論家，因為評選方式最大限度地體現了文藝的民主而受到人們的褒揚。「一九七八年的全國優秀短篇小說評選的影響是重大的，借助於恰當的社會政治氛圍與最高政治級別的

〔註64〕孟繁華：《1978 年的評獎制度》，《南方文壇》1997 年第 6 期。

〔註65〕孟繁華：《1978 年的評獎制度》，《南方文壇》1997 年第 6 期。

〔註66〕周揚：《按照人民的意志和藝術科學的標準來評獎作品》，《文藝報》1981 年第 12 期。轉引自孟繁華：《1978：激情歲月》，濟南：山東文藝出版社，1998 年版，第 240～241 頁。

〔註67〕當時評委包括茅盾、周揚、巴金、劉白羽、孔羅蓀、馮牧、劉劍青、孫犁、嚴文井、沙汀、李季、陳荒煤、張天翼、周立波、張光年、林默涵、草明、唐弢、袁鷹、曹靖華、謝冰心、葛洛、魏巍。詳見李丹：《「一九七八年全國優秀短篇小說評選」對於當代文學批評的意義》，《當代作家評論》2012 年第 3 期。

文學刊物，當時中國最出色的批評家們得以擺脫渙散的處境，在組織上得到
統合，其文學思想、文學價值也經由評獎的方式廣爲傳播。更重要的是，『評
獎』本身實際上是一種頗具彈性的文學批評形式，相對於此前文學批評的種
種策略，其營建特定意識形態的效用顯然更加出色。於是，『評獎』在此之後
成爲一種常設制度。可以說，一九七八年的全國優秀短篇小說評選實際上是
當代文學批評的一個全新的開始。」〔註68〕首屆獲獎作品揭曉後，時任中國
作協副主席的沙汀在《人民文學》上發表文章表達了他的祝賀與希望，他特
別強調「四人幫」給人們造成的「創痛巨深，不會一下忘記掉的，而且一定
會反映在文學創作上。但是，我們不是爲反映而反映……處理這些題材的時
候，我們就不能只看到『傷痕』，看到災難，還得看到無數勇於『抗災』、『救
災』的人們。而只有這樣全面考慮問題，作品才能反映歷史的眞實，使廣大
讀者受到鼓舞，在新的長征中奮勇前進。」〔註69〕此後不久，時任國家總理
的趙紫陽在六屆人大一次會議上的政府工作報告中指出「我們的作品應該生
動地深刻地反映我國人民現代化建設偉大實踐，激發各族人民奮勇前進的巨
大熱情。」〔註70〕這些話語背後釋放出一個共同的信號：「傷痕文學」作爲與
社會轉型時期的政治變換緊密結合的文學思潮注定其命運必然不會長久。後
來的事實也進一步證明「傷痕文學」的高潮只短暫地出現在 1978 年至 1980
年之間，1980 年以後，寫作和發表「傷痕文學」的中心由北京轉移到上海，
這一文學思潮不久即爲「改革文學」和「反思文學」所取代。這種變化在 1978
年至 1980 年的全國優秀短篇小說評選活動中已有明顯表現，「傷痕小說」在
前三屆獲獎作品中的比重在逐漸減少，其他題材的獲獎作品數量不斷增加。
「至 1980 年，當代文學以驚人的速度走向成熟，《班主任》、《傷痕》等作品
因非文學性的因素而產生的影響，被作家日益感知，藝術性開始普遍受到重
視，就獲獎作品而言，社會重大事件爲題材的作品相對減少，而日常生活中
人的情感領域逐漸成爲文學表達的主要對象。」〔註71〕1980 年，周揚在全國
優秀短篇小說評選發獎大會上做了題爲《文學要給人民以力量》的講話，再
次說明當時社會更需要的不是含著眼淚的控訴，而是能給人以溫暖和力量的

〔註68〕李丹：《「一九七八年全國優秀短篇小說評選」對於當代文學批評的意義》，《當
代作家評論》2012 年第 3 期。
〔註69〕沙汀：《祝賀與希望》，《人民文學》1979 年第 4 期。
〔註70〕轉引自何鎮邦：《作家的「冷」與「熱」》，《學習與研究》1983 年第 9 期。
〔註71〕孟繁華：《1978 年的評獎制度》，《南方文壇》1997 年第 6 期。

文學作品。張賢亮的《靈與肉》恰恰就是這樣一部能夠反映時代讀者心理需求的作品，因此，其獲獎也就是順理成章的事了。

　　張賢亮重返文壇時，讀者對於「傷痕文學」裏浮誇和泛濫的情感宣泄已經司空見慣，並產生了不滿，在這種情況下，小說《靈與肉》能夠獲獎，並受到廣大讀者的歡迎，其根本原因就在於這部作品中真實的人道主義情感打動了讀者，從文學創新的意義上講，張賢亮的《靈與肉》超越並發展了新時期的「傷痕文學」理念，開啟了新時期文學對人生價值與人格尊嚴的追尋，作品對人的存在價值進行哲理性的反思，具有鮮見的思想深度。小說描寫資產階級家庭出身的許靈均從小被父親遺棄，1957 年被打成「右派」，受到不公正待遇，成為牧馬人的許靈均在勞動中，在農場群眾的關心和照顧下，逐漸擺脫了消極情緒，在鄉親們的撮合下，他與四川逃荒來的李秀芝結婚成家，他在與勞動者的長期接觸中，感受到了生活的美和勞動的美，在靈與肉的磨難中，他的精神境界通過勞動最終得以昇華。這是一首歌頌勞動和勞動人民的讚歌，是對中華民族勤勞善良的優秀品質的禮贊，作者要謳歌的正是勞動創造人、在與勞動人民結合的實踐中形成知識分子優秀品格和真正靈魂的道理。《靈與肉》發表後，讀者紛紛給張賢亮來信，表達他們閱讀小說後的個人感受，一位署名「旭旦」的讀者在給張賢亮的信中說：「您把許靈均寫得那麼可愛，那麼令人感動，那麼鼓舞人，使我覺得『傷痕』文學寫得妙，同樣是可以引人向上，使人充滿信心的。」〔註72〕《靈與肉》能夠給讀者耳目一新的感受，關鍵還在於作家對於生活的苦難沒有籠罩在悲觀絕望、怨天尤人的陰鬱氛圍之中，而是充滿樂觀向上和感恩的情懷。評論家黃子平指出「在展示這一艱難的精神歷程時，張賢亮很好地把握了那一代人真實的心理氣氛」，作品「以心理學上的極大真實性，重現了這個既悲壯又充滿了詩意的年代」。〔註73〕王蒙也認為在很多人看來，張賢亮的作品，更是因為對苦難的「真實呈現」而打動人心。「他的作品反映了時代、國家和知識分子的苦難命運，卻並不灰暗，小說中肯定了人性的善良，正是這種善良，給了人活下去的勇氣。」〔註74〕《靈與肉》很好地滿足了當時政治的需求和讀者的

〔註72〕張賢亮：《心靈和肉體的變化》，《張賢亮選集》（第一卷），天津：百花文藝出版社，1995 年版，第 195 頁。

〔註73〕黃子平：《我讀〈綠化樹〉》，《沉思的老樹的精靈》，杭州：浙江文藝出版社，1986 年版，第 149、150 頁。

〔註74〕周志忠、朱磊、周飛亞：《張賢亮：拓荒者和弄潮兒》，《人民日報》2014 年 9

精神期待，因而以較高的票數被評選爲 1980 年的「全國優秀短篇小說獎」獲獎作品。有研究者認爲「《靈與肉》的誕生，對張賢亮來說，是有著重大意義的。這重大意義就在於它獲得了 1980 年全國優秀短篇小說獎。可以設想，倘若由於某些出其不意的原因使《靈與肉》失去了獲獎的機會，那麼張賢亮在全國範圍內的影響至少會推遲很長一段時間。對於一個小說藝術家來說，獲獎的偶然因素甚至會影響到他整個的創作道路。從這一點來說，張賢亮是幸運的。因此，甚至可以說，《靈與肉》的獲獎給張賢亮終於推出《綠化樹》和《男人的一半是女人》準備了很好的外在條件。」〔註75〕《靈與肉》的獲獎，標誌著張賢亮的小說創作從一個地方作家水準邁進了全國優秀小說家的行列。

新時期評選「全國優秀短篇小說獎」，尤其是前三屆評選活動，在當時的社會上產生了極爲廣泛的社會影響，一批作家藉此確立了他們在當代文學史上的位置，王蒙、陸文夫、高曉聲、鄧友梅、張賢亮、李國文、馮驥才等重返文壇的「右派」作家的作品多次獲獎，這讓他們的創作引起了文學批評界的關注，「歸來作家」煥發出高昂的創作熱情，活躍在 80 年代文學創作的前沿，成爲新時期文學史上「重放的鮮花」，然而，作品的獲獎、社會的認可和批評家的重視，也在不同程度上給這些作家的創作帶來了負面影響，無形中規約和限制了他們未來的文學創作空間和個人的道路選擇。

2、《靈與肉》引發的爭鳴

《靈與肉》獲獎引起了文壇的矚目，讀者和批評家紛紛撰文發表對於這部作品的看法和評論文章，不同的意見相互激蕩碰撞，從而引發了一場關於小說《靈與肉》的爭鳴。

1980 年，《文藝報》刊發署名沐陽的文章《在嚴峻的生活面前》，作者認爲《靈與肉》中的許靈均是當代文學藝術畫廊裏一個成功的愛國者的典型，「是一個默默地從人民生活中汲取力量，腳踏實地的建設者和愛國者的形象」，〔註76〕對許靈均熱愛祖國、熱愛鄉土、熱愛人民的深情予以歌頌。1981

月 29 日。

〔註75〕劉紹智：《小說藝術道路上的艱難跋涉——張賢亮論》，《寧夏當代作家論》，寧夏文聯和寧夏文學學會編選，吳淮生、王枝忠主編，銀川：寧夏人民出版社，1988 年版，第 85 頁。

〔註76〕沐陽：《在嚴峻的生活面前》，《文藝報》1980 年第 11 期。

年，文學批評家閻綱在《朔方》上發表了《〈靈與肉〉和張賢亮》一文，在這篇評論文章裏，閻綱充分肯定了《靈與肉》的思想主旨，高度評價了張賢亮在小說中自然流露出來的與人民同甘共苦的眞情實感，他認爲張賢亮的小說發展了「傷痕文學」，深化了現實主義。他說「張賢亮的小說是和讀者交心的」，「他也暴露，也控訴，也寫『傷痕』，但它不同於一般流行的『傷痕文學』。他的思想更深沉，技法更圓熟，描摹更眞切，境界更加憂憤深廣。」「他的心，向著同自己一樣微賤而善良的父老，向著這養育大恩的苦寒之地，包括那裏的稚童和馬群，正像《靈與肉》中的許靈均那樣。」「張賢亮的小說，沒有一篇像《靈與肉》這樣開闊」，「也沒有一篇像《靈與肉》這樣踏實」。「許靈均沒有走，是因爲他愛他的土地和人民。」「在創作的追求上，作者和他在生活中發現的追求者許靈均一樣，正拾級而上、登上更高的境界。」〔註77〕閻綱是當時文壇上的著名評論家，他對張賢亮和小說《靈與肉》的評價是很有分量的，代表了大多數批評家的基本態度。在這一期的「讀者評刊」欄目中，《朔方》編輯部還刊登了一篇署名江蘇李懷塤的讀者來信，談閱讀小說《靈與肉》的感受，來信肯定了張賢亮對許靈均這一人物形象的塑造，認爲《靈與肉》跳出了寫「右派」題材的作品的悲劇化窠臼，讀後讓人覺得「別開生面、耳目一新」。〔註78〕此後，不斷有人給《朔方》編輯部寫信寫稿表達他們對這篇小說的閱讀體會。讀者普遍認爲《靈與肉》中的人物塑造是成功的，作品流露出許靈均對祖國的眷戀和熱愛之情。批評家大多對《靈與肉》持積極的肯定態度，認爲作品眞實地反映了青年外流這個重大的社會問題。作者出色地謳歌了「勞動者的愛國深情」，「寫得很美，很感人，字裏行間洋溢著一種熱愛祖國、熱愛鄉土的深情」。〔註79〕丁玲在讀過作品之後，稱贊《靈與肉》是「一首愛國主義的讚歌」，她說：「對於作者，我不認識。但通過這一篇，我以爲我和他已經很熟了。看得出作者大約是一個胸襟開闊而又很能體味人情和人生苦樂的人吧。」〔註80〕一些大專院校甚至將這篇小說作爲對青少年進行世界觀教育的形象教材。

　　1981 年，《朔方》第 4 期上發表的「編者按」說：「張賢亮的《靈與肉》

〔註77〕閻綱：《〈靈與肉〉和張賢亮》，《朔方》1981 年第 1 期。
〔註78〕《讀者評刊（五則）》，《朔方》1981 年第 1 期。
〔註79〕西來：《勞動者的愛國深情》，《人民日報》1981 年 2 月 11 日。
〔註80〕丁玲：《一首愛國主義的讚歌》，《文學報》1981 年 4 月 22 日。

發表之後，在區內外引起了強烈的反響，意見也不盡相同。本刊今年第一期發表了閻綱的文章《〈靈與肉〉與張賢亮》，為了貫徹『雙百』方針，活躍文藝評論，探討當前文藝創作的有關問題，現將湯本的《一個渾渾噩噩的人》介紹給讀者。本刊歡迎廣大文藝評論工作者和讀者踴躍參加這個討論。」〔註81〕湯本批評《靈與肉》滲透了宿命論的觀點，否定了許靈均這一人物形象。「作者抽象地談論勞動，不加分析地頌揚這種勞動」，「把一個青年右派分子在農場承受繁重的體力勞動詩意化，對原始狀態的勞動不是進行客觀的描述和分析，乃至提出破舊立新的願望，而是一味地歌頌，這是對生活的嚴重的歪曲。」作者肯定這一對於許靈均來說是不合理的人為的安排下的勞動，實質上也是間接地肯定了血統論對許靈均的摧殘，肯定了宿命的力量。湯本認為許靈均是一個在社會逆流和惰性的作用下被異化了的人，是「一個逆來順受、屈服厄運擺弄的可憐的人物」，是「一個既不知自己為何受苦、又不知自己的命運究竟是怎麼回事的人。一個渾渾噩噩的人」。湯本還指責許靈均與李秀芝的奇特結合方式，認為「這本來是一次在非人性的狀況下的野蠻行為，是一種不正常的社會狀態下必然出現的婚配現象，結婚的雙方事先沒有任何瞭解，全憑一面而定。產生這種剝奪盡人類美好品質、把人不當人，單純解決動物性欲要求的行為的社會根源本應得到批判。作者卻未能深掘不合理現象的社會根源。」作家把「一個新時代的渾渾噩噩的人」「當作正面人物加以歌頌、贊美。意圖把那種在災難厄運中放棄抗爭、自我滿足的感情傳染給讀者。這是文學創作中的一種倒退現象，應該引起文學評論界足夠的重視。」〔註82〕湯本的文章一經發表，立即引起了讀者的激烈爭論，爭論圍繞許靈均這一人物形象是否成功而展開，各地讀者紛紛來信來稿發表自己的見解，從1981年第5期開始，《朔方》陸續刊發了一批對《靈與肉》的評論文章，大多數批評家在文章中表達了與湯本截然不同的觀點。胡德培的《「最美的最高尚的靈魂」——關於〈靈與肉〉的主人公許靈均的形象剖析》認為許靈均「戀土之情、愛國之誠，在作品中的表現是生動、真實的，飽含深情的，是寫得充分的，有說服力的。作者「深入地刻畫了許靈均這種寶貴的品格和高尚的靈魂，從而更增強了人物性格的真實性和典型性，加深了作品的思想深度和主題意

〔註81〕《爭鳴欄目「編者按」》，《朔方》1981年第4期。

〔註82〕湯本：《一個渾渾噩噩的人——評小說〈靈與肉〉的主人公許靈均的形象》，《朔方》1981年第4期。

義。」「這種勞動者的情感,構成這個人物形象的靈魂,就可以稱得上是『最美的最高尙的靈魂』,這是今天一代新人的性格,特別是中年一代知識分子的一種典型,是可供我們仿傚和學習,可以作爲我們榜樣的一種典型,因此,作家熱情地贊美它,歌頌它,這是我們應當給予充分肯定,而不應當忽視以至加以貶低或否定的。」〔註 83〕李鏡如、田美琳在《也評〈靈與肉〉——兼與湯本同志商榷》一文中指出「評論文學作品,要從它反映的生活現實,它構思、創作的實際,以及客觀的社會效果出發,而不能脫離作品的實際,只從評論者的主觀臆想考慮問題。基於這樣的認識,我們不同意湯本同志對《靈與肉》完全否定的批評。」文章反駁了湯本的觀點,認爲許靈均是清醒、自覺的愛國者,不是「渾渾噩噩的人」,論者指出湯本的看法在社會上具有相當的代表性。長期以來,極左政治統治下的文藝作品以表現英雄人物和階級鬥爭爲主要內容,這種審美思維使一些人誤以爲「文學作品只有表現同厄運抗爭的『鬥爭美』,展現堅強的英雄人物的心靈美,才是美」,「一些同志責難『傷痕文學』,貶抑像《靈與肉》、《邢老漢和狗的故事》那樣的作品,其原因可能是多方面的。但主要的原因之一,還是因爲受了這種審美見解的影響。」「這種偏窄的審美標準,狹隘的美感見解,使我們一些同志不能正確、全面、恰當地分析、評價某些文藝作品。因而,也妨礙了豐富、擴大文學作品的思想內容,發展題材、風格、樣式的多樣化。」〔註 84〕李鏡如、田美琳的這篇商榷文章實際上已經抓住了產生分歧的關鍵問題,即文藝審美標準在新時期正在發生變化,而有些人的審美水平和認識能力仍停留於極左政治年代,這造成了批評家對作家和作品的誤讀和誤判。

但是,湯本在回應文章中仍然堅持認爲「許靈均身上厚積蒙昧之塵」,一些評論家「高度評價的,不是最美最高尙的心靈,而是一顆被社會逆勢力所扭歪的心靈!他們充分肯定的,不是現實主義的深化,而是對魯迅畢生精力攻打的,正在許靈均身上延續的民族劣根性的美化!」〔註 85〕1981 年,《朔方》第 5 期刊登孫敘倫、陳同方的文章《一個畸形的靈魂——評〈靈與肉〉的主

〔註83〕 胡德培:《「最美的最高尚的靈魂」——關於〈靈與肉〉的主人公許靈均的形象剖析》,《朔方》1981 年第 5 期。

〔註84〕 李鏡如、田美琳:《也評〈靈與肉〉——兼與湯本同志商榷》,《朔方》1981 年第 5 期。

〔註85〕 湯本:《讓智慧之光熠熠閃耀》,見《對於〈靈與肉〉的不同意見——來稿來信綜述》,《朔方》1981 年第 9 期。

人公許靈均》，論者聲援湯本，認爲「許靈均的靈魂不是高尚的，而是被冷酷現實踐踏的可憐的畸形靈魂。許靈均的形象是非正常歷史時期造就的悲劇形象，更不是廣大青年效法的榜樣」。許靈均的「愛」，不是愛國，而是「他消沉意志、悲愴命運、委屈情緒、孤獨心理的一種變形」，「這種愛就其實質來說是重返自然，向『人之初』邁步，是一種倒退的心理狀態。」「許靈均的靈魂是變態的，思想感情是落後偏狹的，是非觀是倒退荒謬的」，他「看不到時代的變遷、歷史的演變」，他對北京的「不適應」，「正是豐富奔騰的社會生活和包羅萬象的大千世界對於他那狹小的內心世界和狹隘偏僻小天地生活的一個猛烈衝擊」。〔註86〕這篇文章與湯本的觀點一致，只不過批判的語氣顯得更爲強烈。在《朔方》編輯部收到的讀者來信中，一些青年讀者也表示他們不喜歡許靈均這樣的人物。有位青年來信說：「說實在的，我們並不喜愛主人公許靈均。這樣一個卑躬屈膝、毫無抗爭、渾渾噩噩的典型人物，根本不是我們新時代青年的楷模和榜樣。」〔註87〕此外，發表在《朔方》1981 年第 8 期上的稅海模的《〈靈與肉〉的成敗及其緣由試析》一文認爲作家在許靈均的形象塑造上有得有失，不能一概而論。在「如何評價許靈均被錯劃右派流放到農場放馬的二十餘年歲月」，在這場冤案的折磨中他「究竟幸福不幸福」，經過這場折磨他「是否更加成熟」，以及「如何看待許靈均的不出國」等問題上，小說的回答是錯誤的。小說把「一場不折不扣的冤案」描寫成「值得留戀與慶幸的『艱苦的道路』」，認爲這場冤案「把幸福賜給許靈均」，表現這場冤案把許靈均「由『鐘鳴鼎食之家的長房子孫』，『變成了一個名符其實的勞動者』」，「成爲他愛國思想的物質基礎」，這就「肯定與贊美了一些不該肯定與贊美的東西」。因爲實際上，情況正相反，正是這場冤案，造成了主人公「認識上的狹隘性、閉塞性和保守性」，「把一個無產階級親自培養的我國第一代知識分子『改造』成了一個地地道道的小生產者。許靈均的自我意識的消失，就其實質而言，乃是『左』的錯誤所導致的一種普及愚昧的大倒退！」〔註88〕一位讀者在給《朔方》的信中寫道：「我認爲《靈與肉》的不足之處，是主人公許靈均的性格發展缺乏邏輯性，有點簡單化、理想化。具體表現在小說的結

〔註86〕孫敘倫、陳同方：《一個畸形的靈魂──評〈靈與肉〉的主人公許靈均》，《朔方》1981 年第 5 期。
〔註87〕《對於〈靈與肉〉的不同意見──來稿來信綜述》，《朔方》1981 年第 9 期。
〔註88〕稅海模：《〈靈與肉〉的成敗及其緣由試析》，《朔方》1981 年第 8 期。

尾許靈均的去留問題上，去與留的抉擇不可能不在他的心靈深處引起強烈的、甚至是痛苦的鬥爭。但讀者看不到這種內心矛盾衝突的描寫，因而許靈均毅然地留下來，也就缺乏說服力，難於使人完全信服，從而也在一定程度上降低了這個人物的真實性。」〔註 89〕新時期之初的文學批評尚未完全擺脫「左」的羈絆和因襲，一些批評家還沒有從「政治批判」的理論思維模式中解放出來，對什麼是社會主義新人、什麼是現實主義、寫真實等問題，存在著認識上的混亂，在對《靈與肉》的不同批評意見中，既有幫助作家提高創作水準的真知灼見，同時也難免存在一些帶有極左色彩的政治批評和道德評判。還有一些批評家凡事都以 50 年代中期那種社會生活狀態爲理想的評價標準，這顯然已經跟不上時代的發展要求。

　　爲了明辨是非，批評家以《朔方》爲主要平臺繼續展開爭鳴，何光漢撰文指出湯本等人對小說的評價，「脫離了作品的實際情況，無視了文學創作的特點和規律」，「從作品中，我們怎麼也得不出許靈均是『一個渾渾噩噩的人』和『一個畸形的靈魂』的看法，怎麼也引不出懷疑作品真實性的結論，相反地，我們只能得出《靈與肉》真實地反映了現實關係，真實地再現了『典型環境中的典型人物』的結論。」〔註 90〕《作品與爭鳴》發表批評家艾華的文章，論者認爲許靈均不是新時代的阿 Q，而是新時代的新人。〔註 91〕批評家曾鎮南認爲《靈與肉》「是一曲以勞動爲主題的雄渾的交響樂」，「是從作家幾十年的親身經驗和嚴肅思考中迸發出來的對勞動人民的讚歌」，「這讚歌以最有力的音調，對極『左』路線和反動的『血統論』作了獨特的控訴。」針對一些讀者對許靈均、李秀芝的婚姻提出的質疑與批評，曾鎮南認爲「許靈均和秀芝的奇特而又純樸自然的愛情，是我們當代文學近幾年來出現的最動人最有意味的愛情故事之一。這是一曲對勞動婦女的深情讚歌。」〔註 92〕1981年，《朔方》第 9 期以「本刊評論組」的名義發表了《對於〈靈與肉〉的不同意見——來稿來信綜述》，從《靈與肉》這篇小說不同於一般「傷痕文學」的

〔註 89〕《對於〈靈與肉〉的不同意見——來稿來信綜述》，《朔方》1981 年第 9 期。

〔註 90〕何光漢：《要尊重作家的創作個性——與否定小說〈靈與肉〉的同志爭鳴》，《朔方》1981 年第 6 期。

〔註 91〕艾華：《不是新時代的「阿 Q」，而是新時代的新人——也談小說〈靈與肉〉中的許靈均》，《作品與爭鳴》1981 第 9 期。

〔註 92〕曾鎮南：《靈與肉，在嚴酷的勞動中更新——談〈靈與肉〉內在的意蘊》，《朔方》1981 年第 9 期。

獨特之處；許靈均這一人物形象是否眞實、典型；許靈均和秀芝的婚姻是否眞實、是否具有美學價値；小說創作中的不足之處四個方面，對讀者來信來稿中的主要觀點進行了綜述，文章強調《靈與肉》雖然不是一部十全十美的作品，但這篇小說在思想和藝術上的健康向上的眞摯感情尤其應該値得肯定，論爭就此被畫上了一個句號。從《朔方》刊登的文章來看，大多數批評家對張賢亮的《靈與肉》持肯定態度。參與爭鳴的評論者普遍認爲《靈與肉》是一篇優秀的作品，小說的主人公許靈均是我國廣大知識分子中的一類典型人物形象，張賢亮是新時期文壇上的一位具有藝術才華和思想深度的作家。

對於這場論爭，張賢亮在一篇創作談中說：「《靈與肉》發表後，得到一些同志的好評，但也受到一些同志的批評。能得到讀者的欣賞，是在我意料之外的；而受到的批評，也使我感到委屈。」「有的讀者批評我塑造的許靈均是『新時代的阿Q』，『用未莊人的眼光來看大城市』；有的還說現在跳迪斯科和一九四八年跳侖巴，現在的『國際俱樂部』和過去的『百樂門』不是一回事，等等。這裡，我不想作什麼解釋，我只是說有這麼一種心情（『一種戰勝了生活，戰勝了繁重的體力勞動的折磨的自豪感』，作者原文有此解釋），而我借著作品如實地表達了這種心情。」「還有的讀者批評我把一個青年『右派分子』在農場承受繁重體力勞動詩意化了，把一種應該批判的荒唐事情當作合理的現象來歌頌。這種批評在道理上是對的，但文學作品總要以作者的感受爲基礎。愛默生說過，要寫自己眞實的感受，如果這種感受對你是眞實的，那麼就要相信它對許多人也是眞實的。」「關於他（許靈均，筆者注）和秀芝傳奇般的結合，有讀者批評我『沒有批判產生這種剝奪人的美好品質、把人不當人，單純解決生物性的欲求的行爲的社會根源』，『一味強調偶然性，卻忘記了被迫害者的必然的苦難遭遇。』我也不多作解釋；在道理上這種批評可能是對的，可遺憾的是我們過去並不是生活在道理中間，還正是生活在各種各樣的偶然性之中。一般的小民們只能在偶然性中解決自己生物性的欲求。在我勞動的荒僻而落後的農場，從一九七二年到一九七六年，如秀芝這樣的四川姑娘就來了好幾十，我本人就差一點獲得和『秀芝』結婚的幸福（如果當時我有一百塊錢，能支付她的旅費的話）。……從她們身上，我深刻體會到中華民族的堅韌性、頑強的苦鬥精神和對生活的摯愛。」〔註93〕「闕綱同

〔註93〕張賢亮：《心靈和肉體的變化》，《張賢亮選集》（第一卷），天津：百花文藝出版社，1995年版，第195～199頁。

志在對我的小說的評論中指出，我筆下多次出現的逃荒流浪，處於底層的勞動婦女，是最近短篇小說中『不可多得的動人形象』。是的，因為那都是我，也只能是屬於我的夢中的洛神。《吉普賽人》中的『卡門』，《在這樣的春天》中的『她』，《邢老漢和狗的故事》中的女乞丐，《靈與肉》中的秀芝，《土牢情話》中的女看守，這些藝術形象雖然在現實生活中並沒有具體的模特兒，但她們的心靈，的確凝聚了我觀察過的百十位老老少少勞動婦女身上散射出來的聖潔的光輝。……我覺得我並沒有欺騙讀者，賺取了一掬同情的熱淚，因為在她們的塑像中就拌和有我的淚水。在荒村雞鳴，我燃亮孤燈披衣而起時，我甚至能聽到她們在我土坯房中走動的腳步，聞到她們衣衫上散發出的汗味。從某種意義上來說，她們一個個都是實有其人。」〔註94〕「《靈與肉》本來準備寫成五萬多字的中篇，而我為了適應月刊的容量把它砍成了一個不足兩萬字的短篇。砍去的部分，多半是心理分析和理念的變化過程。」「被我砍掉的那些實際上是很重要的東西」。「這樣一來，反而使許靈均這個人物單薄了，從而引起了一番爭鳴。這種削足適履的做法，我將引為教訓。」〔註95〕在對待《靈與肉》的評價問題上，張賢亮與某些批評家之間雖然存在著分歧，但是，這一時期作家與批評家總體上仍保持著良好的協作關係，作家很重視批評家的意見，一些文學批評甚至會左右到作家的創作實踐。對於剛重返文壇不久的張賢亮而言，批評家的某些言論即使讓他覺得委屈和難以接受，他仍然表現出積極接受批評的謙遜姿態。作家與批評家之間的這種友好關係從90年代開始發生了明顯的改變，二者之間的關係變得越來越緊張對立。

　　在《靈與肉》引發的爭鳴中，有很多東西值得我們今天仔細回味，首先，《靈與肉》是一部短篇小說，卻在80年代初引發了如此強烈的反響，這說明在那個撥亂反正的特殊年代，短篇小說在當時人們的社會生活中曾發揮過多麼重要的作用；其次，80年代初的文學創作與文學評論是與政治和道德因素緊密聯繫在一起的，參與這場討論的人並不都是純粹的文學批評家，爭論的內容既有道德層面上的是否「出國就意味著不愛國」的愛國主義討論，也有政治層面上的如何看待過去的極左政治苦難。再次，即便是那些從文學層面

〔註94〕張賢亮：《滿紙荒唐言》，《張賢亮選集》（第一卷），天津：百花文藝出版社，1995年版，第190～191頁。
〔註95〕張賢亮：《牧馬人的靈與肉》，《張賢亮選集》（第一卷），天津：百花文藝出版社，1995年版，第203、205頁。

－47－

對作品進行評論的文學批評，也僅僅停留在分析人物塑造是否成功的淺層次上，沒有向縱深處挖掘。批評的方法也比較單一，大多是運用社會歷史的階級分析方法剖析資產階級知識分子的思想改造。在這場論爭結束之後，文壇對《靈與肉》的文學評價基本上是以肯定意見為主，許靈均的人物形象塑造也被認為是成功的。

3、《靈與肉》的電影改編

20 世紀 80 年代，文學的影視改編力度遠遠領先於文學改革實踐，影視於是成為文學改革的試驗場。很多小說經由文學的影視改編而擴大了文學作品自身的社會影響，例如，古華的《芙蓉鎮》、魯彥周的《天雲山傳奇》、路遙的《人生》等，影視改編對於張賢亮的小說傳播與讀者接受同樣發揮了重要的作用，很多讀者對於張賢亮的文學評價首先是從觀看電影開始的。在 80、90 年代，張賢亮先後有九部作品被改編為影視劇搬上銀幕，分別是：《靈與肉》（1982 年被改編為電影《牧馬人》，謝晉導演，李準編劇）、《龍種》（1982 年被改編為電影《龍種》，羅泰導演，張賢亮、羅泰編劇）、《肖爾布拉克》（1984 年被改編為電影《肖爾布拉克》，包起成導演，楊仁山編劇）、《男人的風格》（1985 年被改編為電視劇《男人的風格》，寧夏電視臺錄製播出）、《浪漫的黑炮》（1985 年被改編為電影《黑炮事件》，黃建新導演，李維編劇）、《臨街的窗》（1986 年被改編為電影《異想天開》，王為一導演，張賢亮編劇）、《我們是世界》（這是張賢亮 1988 年臨時受命為寧夏回族自治區成立 30 週年獻禮寫的一個劇本，1988 年被改編為電影《我們是世界》，方方、何平導演，張賢亮編劇）、《河的子孫》（80 年代被改編為電視劇《河的子孫》）、《邢老漢和狗的故事》（1993 年被改編為電影《老人與狗》，謝晉導演，李準編劇），張賢亮多次參與電影劇本的改編，成為 80 年代與影視關係最密切的當代作家之一。這種經歷為他在 90 年代「下海」創辦鎮北堡西部影城積累了一定經驗，成為他在商業上獲得成功的砝碼之一。

1981 年，上海電影製片廠準備將張賢亮的《靈與肉》改編成電影《牧馬人》，導演謝晉邀請著名作家李準擔任編劇，5 月 11 日，攝制組一行十八人來到寧夏銀川，與張賢亮商討電影劇本改編之事，並到銀川城郊等地訪問，瞭解寧夏的風土人情，尋找外景拍攝場地。這令張賢亮喜出望外，他盡可能地為電影劇組提供各種幫助，不但詳細介紹小說的創作經過，陪同攝制組訪問那些當年逃荒出來、如今已成為幸福的家庭主婦的「四川姑娘」，還從劇組提

供的備選女演員照片中，挑選出中央戲劇學院的 80 級學生叢珊飾演李秀芝，並且把銀川市郊的鎮北堡介紹給謝晉，在張賢亮的極力推薦下，電影《牧馬人》的大部分拍攝場景後來就選在鎮北堡。張賢亮爲電影《牧馬人》的拍攝付出了極大的熱情和精力。他也因此而成爲新時期最早「觸電」的作家之一。1982 年，當電影在國內上映時，張賢亮說：「銀幕上《牧馬人》的一幅幅畫面展現在我的眼前時，我不禁激動得肌肉都顫抖起來，潸然淚下。」〔註 96〕在謝晉執導下，《牧馬人》被拍成了一部引人思索、富有哲理性的正劇。整部影片笑中含淚、樂中有悲，抒情而又冷峻，具有質樸美和人性美的特色，從一個側面反映出新時期我國知識分子政策的變化，給人以昂揚向上的啓發和感受。電影《牧馬人》在觀眾中引起了強烈反響，該片先後獲得中國電影金雞獎、大眾電影百花獎等多個獎項，創造了 1.3 億人次的觀影記錄，成爲一部具有鮮明時代特徵的經典影片。在對小說《靈與肉》的文學評論中，有一些評論者從小說與電影改編的得失角度進行了比較分析，如，《這裡有我生命的根——讀〈牧馬人〉隨感》（周斌，《電影新作》1982 年第 1 期）、《深入開掘 刻意求工——評影片〈牧馬人〉的改編和藝術特色》（邊善基，《電影新作》1982 年第 4 期）、《影片〈牧馬人〉文學審美特徵》（聞啓鳴、洪鳳桐，《社會科學輯刊》1982 年第 5 期）、《爲什麼感人不深？——談影片〈牧馬人〉的不足》（王忠全，《電影藝術》1982 年第 8 期）、《許靈均的原型是誰》（加華，《電影評介》1982 年第 8 期）、《從〈靈與肉〉到〈牧馬人〉》（趙紅妹，《電影文學》2008 年第 22 期）、《論從小說〈靈與肉〉到電影〈牧馬人〉的改編藝術》（岳小戰，《電影文學》2009 年第 22 期）等。小說的影視改編及其評價構成了張賢亮文學評價史中的一個獨特的面向。

　　總之，小說《靈與肉》在張賢亮的創作生涯中歷來佔有極爲重要的文學地位，這部作品使張賢亮開始受到文壇的關注和廣大批評家的注意，《靈與肉》的獲獎、論爭和電影改編極大地提升了張賢亮的文壇知名度和社會影響力，使他迅速躋身全國優秀小說家的行列。

〔註 96〕張賢亮：《牧馬人的靈與肉》，《張賢亮選集》（第一卷），天津：百花文藝出版社，1995 年版，第 202 頁。

第二章 從受難者向改革者的身份轉化

　　新時期初期，張賢亮是以一個極左政治受難者的身份重返文壇並開始小說創作的，他二十二年的「右派」遭遇格外引人同情，傳奇性的身世經歷對讀者也頗具吸引力，這些因素共同促成了他早期「傷痕小說」真實、凝重而又不乏溫情的沉鬱風格，這以《吉普賽人》、《邢老漢和狗的故事》、《靈與肉》等作品最為明顯。他的作品深刻批判了新中國初期的血統論、書寫了飢餓與苦難的歷史記憶，深刻反映出當代中國知識分子的思想改造問題，展示出知識分子內心深處的矛盾與痛苦、批判政治苦難與反思陰暗歷史的勇氣，與「傷痕文學」具有相同的精神訴求，因而，他被一些文學評論家簡單地看做是「傷痕文學」代表作家。其實，張賢亮的小說美學風格與一般意義上的「傷痕文學」有很大的不同，如果說張賢亮的小說是所謂「傷痕文學」的話，那麼也只能限於他重返文壇之初一兩年時間內的創作，而不能涵蓋他在 80 年代後的整個文學創作道路，他的作品豐富和發展了新時期的「傷痕文學」書寫內容，較早地實現了從「傷痕文學」向「反思文學」的理性超越。與之相應地，他在 80 年代也完成了從受難者向文學啟蒙者和社會主義改革者的身份轉化，他熱烈擁護改革開放，積極參與社會主義建設事業，倡導中國當代作家首先是一個社會主義改革者，同時，他以自己激烈批判極左政治的覺醒者的態度，在讀者心目中塑造了一個新時期的文化英雄和人道主義精神啟蒙者的形象。從受難者向改革者的身份轉化，既彰顯了張賢亮政治地位的不斷提升，也反映出他的文藝美學風格的轉變。80 年代的文學思潮對張賢亮的小說創作具有

較大的影響，作家自覺地追隨「傷痕文學」、「反思文學」、「改革文學」等文學創作思潮，並積極參與到這些題材的小說創作之中，與當時的主流意識形態達成了政治訴求上的一致與同步，這對提升張賢亮的文學地位和文學評價起到了十分重要的作用。他的文學創作藉此顯示出與 80 年代文學思潮的緊密互動關係。

一、張賢亮的「傷痕小說」及其評價

張賢亮早期的小說並沒有表現出與其他「傷痕文學」作品截然不同的地方，在他重返文壇之初創作的幾篇小說裏，如，《四封信》、《四十三次快車》、《霜重色愈濃》、《吉普賽人》、《在這樣的春天裏》、《邢老漢和狗的故事》等，有他對林彪、「四人幫」反黨集團倒行逆施、極左政治給人們的心靈和肉體造成的傷害的揭露和控訴，這些展示苦難與創傷的小說與當時作爲文學主流的「傷痕文學」在精神訴求上並無二致。這些作品，除了《四封信》和《四十三次快車》在內容和技巧等方面顯得有些粗糙之外，其餘的幾篇小說都在當時產生了不同程度的影響，尤其是《邢老漢和狗的故事》在書寫「傷痕」題材的同類作品裏可以說是達到了相當高的藝術水準，受到了文學批評家的普遍讚譽。甚至有批評家認爲《邢老漢和狗的故事》比《靈與肉》在小說的藝術表現上更爲成功。〔註1〕

在寫作這些帶有早期「傷痕文學」特徵的小說的時候，張賢亮用傳統的現實主義手法，將自己的眞實感情與人生經歷投射到主人公身上，借作品中的人物來抒發他的苦悶與無助，他曾坦率地說：「因爲我長期在繾綣之中，腦力已經衰弱了，現在解放開來，想像的翅膀也只能撲騰兩下而已，所以在藝術的虛構上我不敢弄險。情節可以虛構，但虛構的情節如果沒有眞實的感情和細節作基礎，作品就不能成立。因而，我力求在描寫情節中的每一個場景和人物動作時都依據於自己的所聞、所見、所感。情節和細節的有機結合，不是憑想像，而是靠聯想來完成的。也就是說，雖然其中有許許多多東西不是自己的，可倒都是實有其人，實有其事，我是信手拈來，略加發展，揉合到作品裏去的。當然，這是個笨方法，不過，我這樣一個具體人，也只會這

〔註 1〕劉紹智：《小說藝術道路上的艱難跋涉——張賢亮論》，《寧夏當代作家論》，寧夏文聯和寧夏文學學會編選，吳淮生、王枝忠主編，銀川：寧夏人民出版社，1988 年版，第 86 頁。

樣做。」〔註2〕張賢亮在作品中多次談到他在勞改歲月中經受的各種苦難與所見所聞，他是以一個受難者的口吻來敘述這些催人淚下的感人故事的，因此，他小說中的故事情節就顯得格外真實，具有極強的說服力。《四封信》控訴的是林彪、「四人幫」給善良正直的人們造成的「內傷」和「外傷」；《四十三次快車》寫的是發生在「天安門事件」中的一趟火車上的鬥爭；《霜重色愈濃》描寫的是獲得政治新生的知識分子對黨的教育事業的忠誠與坦蕩情懷；《吉普賽人》通過對在「四人幫」橫行時期被迫逃亡在外的善良女青年「卡門」的描繪，歌頌新時期破除血統論和按階級成分定終身的撥亂反正政策；《邢老漢和狗的故事》揭露了極左路線統治下的鄉村的貧困和農民所受的苦難。正如有的批評家概括的那樣，張賢亮的這些「傷痕小說」總是試圖要告誡人們「那種不正常的政治生活再不要重複了，那些摧殘心靈的悲劇再不要重演了，讓勞動者之間的友誼、同情、愛戀，滋潤著、溫熱著每一顆善良正直的心吧。」〔註3〕從「反右」一直延續到「文革」的極左政治運動讓張賢亮的詩人夢破碎了，他的青春歲月也在繁重的體力勞動中蹉跎，母親去世時，他未能在堂前盡孝，母親的遺體由街道工作人員草草火化，就連骨灰也未能留下，由此產生的自責和愧疚之情纏繞、折磨著他，作家心底的傷痛之深是可想而知的。這不但是他個人的不幸，也是整整一代人的悲劇，為此，作家發出呼聲：「再給我們一段癒合的時間吧！到時我們會唱出夜鶯般的歌。」〔註4〕實際上，正如文學批評家張炯所說：「『傷痕文學』的悲傷和憤怒，都是時代的情緒，是一切具有正義感的人在反思『文化大革命』這段災難歲月時所必須作出的心理反應。」「它產生於歷史的政治轉折時期，大多數作品對於『文化大革命』的揭露與控訴，還主要限於政治的批判。」〔註5〕因此，「傷痕文學」的出現有其合理性與必然性，它是從創傷性的心理積澱中追尋導致創傷的社會歷史生活的根由。

　　批評界對張賢亮早期「傷痕小說」的文學評論，主要有潘自強的《像他們

〔註2〕張賢亮：《從庫圖佐夫的獨眼和納爾遜的斷臂談起——〈靈與肉〉之外的話》，《張賢亮選集》（第一卷），天津：百花文藝出版社，1995年版，第185頁。
〔註3〕沐陽：《在嚴峻的生活面前》，《文藝報》1980年第11期。
〔註4〕張賢亮：《滿紙荒唐言》，《張賢亮選集》（第一卷），天津：百花文藝出版社，1995年版，第194頁。
〔註5〕張炯：《新時期文學格局》，西安：陝西人民教育出版社，1991年版，第98、99頁。

那樣生活——讀短篇小說〈霜重色愈濃〉》（《寧夏文藝》1979 年第 4 期）、劉佚
的《文藝要敢於探索——讀張賢亮的小說想到的》（《寧夏文藝》1979 年第 5 期）、
李鳳的《初讀〈吉普賽人〉》（《寧夏文藝》1979 年第 6 期）、李震傑的《塞上文
苑一枝春——試評〈霜重色愈濃〉》（《朔方》1980 年第 7 期）、黎平的《邢老漢
之死瑣憶》（《朔方》1980 年第 12 期）、陳學蘭的《有感於真實的力量——也談
邢老漢的形象》（《朔方》1980 年第 12 期）等，這些評論文章是新時期張賢亮
文學評價史的開端。批評家在充分肯定這些小說政治立場的前提下，對張賢亮
小說的藝術得失進行了客觀公允的評價。例如，劉佚在《文藝要敢於探索——
讀張賢亮的小說想到的》一文中說：「由於張賢亮同志的創作敢於解放思想，也
就敢於衝破長期來只能歌頌不許暴露這個老框框。」「但作者並非為暴露而暴
露，而是通過暴露來激發人們對於『四人幫』的仇恨，對於黨的熱愛和對於四
個現代化的嚮往與責任感。」〔註 6〕在《像他們那樣生活——讀短篇小說〈霜
重色愈濃〉》中，潘自強評價張賢亮很注意開掘人物的內心世界，揭示人物細微、
曲折的思想變化，對於小說中人物的思想變化和內心鬥爭，「作者不是以空泛的
豪言壯語和抽象的政治口號去表現，而是通過他們內心的痛苦和矛盾，以及深
入的思考和真誠的反省來揭示的」，「它使我們在豐富的內心世界的開掘中，真
切地聽到了人物心靈的跳動，看到了人物思想的變化過程，從而使讀者產生了
強烈的共鳴。」〔註 7〕善於揣摩和把握人物細膩的心理、哲學思辨性強，無疑
是張賢亮小說創作中的一個鮮明特點。但是，也有評論者就此認為張賢亮小說
中的議論過多，有些議論甚至包含著理論上的謬誤和邏輯上的混亂，在《初讀
〈吉普賽人〉》一文中，李鳳肯定了這篇小說的立意和人物塑造，同時也提出了
善意的批評意見，「近年流行的作品中，正面人物不論出身教養，男女老少，多
帶書卷氣，好發議論，還往往喜好外國音樂。好像不這麼寫不足以表現新時代
的新人物多麼善於獨立思考、多麼熱心四個現代化似的。《吉普賽人》也有這種
趨向。我以為，這是不必要的。」〔註 8〕批評家們以敏銳而專業的眼光發現了
張賢亮早期小說創作中的一些不良傾向，這些問題在張賢亮後來的文學創作中
被證明確實存在。有研究者指出張賢亮早期的小說「篇篇充溢著對『四人幫』

〔註 6〕劉佚：《文藝要敢於探索——讀張賢亮的小說想到的》，《寧夏文藝》1979 年第
5 期。

〔註 7〕潘自強：《像他們那樣生活——讀短篇小說〈霜重色愈濃〉》，《寧夏文藝》1979
年第 4 期。

〔註 8〕李鳳：《初讀〈吉普賽人〉》，《寧夏文藝》1979 年第 6 期。

無可遏止的義憤和對新時期黨的政治路線和思想路線的由衷贊美。這樣一種基調，恰恰吻合了當時整個社會佔據了個人情感的突出位置的那樣一種政治熱情，於是張賢亮的作品成功了，張賢亮成功了，張賢亮終於在文藝界站穩了腳跟兒。」他的這些作品在當時之所以能夠獲得成功，「雖然可以說是在一定程度上由於它們顯示了一些小說藝術所需要的『特殊的資質』，但就其終極原因來說，毋寧說是由於鮮明的政治立場決定的。隨著時間的推移，隨著表面熱情的降溫和冷靜思考的增強，這些作品缺乏深沉的歷史感、缺乏豐厚的蘊含力的種種不足便比較清晰地呈露了出來。」〔註 9〕這些早期的「傷痕小說」在張賢亮整個的創作生涯中注定要逐漸退居到次要的地位，它們的價值只屬於那個特定的歷史階段。

《邢老漢和狗的故事》是這一階段張賢亮小說創作中的一部十分優秀的作品，這部作品已經達到了當時的「傷痕文學」的藝術巔峰。貧苦善良的邢老漢終生勤勞，卻難得溫飽，一輩子打光棍，最後不得不以狗為伴，從狗的身上求得人生的一些虛妄的精神寄託和安慰。邢老漢的遭遇是我國北方農村部分農民的真實生活寫照，長期推行的極左路線給我國農村的政治、經濟生活帶來了災難性的破壞，「沒完沒了的政治運動，貧窮落後的農村經濟，破滅了的家庭幸福，荒謬透頂的打狗風潮，孤獨無望的生活遭遇，這一切把邢老漢逼向了絕境。」〔註 10〕邢老漢最後只能在孤寂中死去。小說對邢老漢與要飯女人和黃狗之間動人感情的描寫情真意切、催人淚下。高嵩在《張賢亮小說論》一書中認為《邢老漢和狗的故事》實際上已經越入了全國優秀水平。劉紹智在《小說藝術道路上的艱難跋涉——張賢亮小說論》一文中也對《邢老漢和狗的故事》給予了極高的評價，「《邢老漢和狗的故事》問世，劃開了張賢亮小說的一個界限。如果說以前的作品由於過份的激情、強烈的義憤、動心的贊美從而使作家不自覺地忽視了藝術的感受和藝術的傳達，忽視了作品的哲理深度和結構空白，也從而使這些小說顯得單薄、蒼白和膚淺，那麼這篇小說在相當程度上克服了上述弊病，取而代之的是對邢老漢形象刻畫的關注以及對邢老漢悲劇命運因果鏈的探尋。《邢老漢和狗的故事》標誌著作家

〔註 9〕劉紹智：《小說藝術道路上的艱難跋涉——張賢亮論》，《寧夏當代作家論》，寧夏文聯和寧夏文學學會編選，吳淮生、王枝忠主編，銀川：寧夏人民出版社，1988 年版，第 86 頁。
〔註 10〕黎平：《邢老漢之死瑣憶》，《朔方》1980 年第 12 期。

隔絕了 20 餘年的藝術感受力的再度恢復和強化。」研究者認為「從某種意義上說，《邢老漢和狗的故事》才是小說家張賢亮的藝術上的真正起點。這不僅是由於這篇小說和以前他所創作的小說拉開了一個檔次，不僅是由於這篇小說在藝術上所顯示的功力，更重要的是由於這篇小說開闢了作家以後創作的方向，奠定了作家一系列後繼小說的優長和不足。」〔註 11〕劉紹智認為這篇小說比後來獲得全國優秀短篇小說獎的《靈與肉》在藝術上更為成功，他說：「如果抹去《靈與肉》被附加上的那些具有特殊意義的外在因素的話，那麼對於《邢老漢和狗的故事》，它實際上是一種倒退。它不具有《邢老漢和狗的故事》那種深刻性，缺乏《邢老漢和狗的故事》所顯露出來的歷史感，而許靈均也缺乏邢老漢那樣的藝術光彩和動人魅力。」〔註 12〕應該承認，這是非常準確而有藝術見地的藝術論斷。《邢老漢和狗的故事》寫於 1979 年 10 月，當時張賢亮還沒有獲得平反，仍在寧夏的農場勞動，所以，這個短篇小說還沒有後來他所創作的某些小說那樣矯飾，風格十分質樸平實。〔註 13〕這篇小說和《靈與肉》一樣，作家在控訴非人道的極左路線肆虐造成的人間慘痛的同時，非常注重對患難群眾之間相互理解、相互扶持的民間情義的歌頌，顯示出作家對人性、人情、人道主義的呼喚，張賢亮曾說：「孤獨悲涼的心，對那一閃即逝的溫情，對那若即若離的同情，對那似晦似明的憐憫，感受卻特別敏銳。長期的底層生活，給我的印象最深刻的，就是種種來自勞動人民的溫情、同情和憐憫，以及勞動者粗獷的原始的內心美。」「我在困苦中得到平凡微賤的勞動者的關懷，一點一滴積累起來，即使我結草銜環也難以回報。所以，在我又有機會拿起筆來的時候，我就暗暗下定決心，我今後筆下所有的東西都是獻給他們的。」〔註 14〕這種在苦難中獲得的切身體驗決定了張賢亮以後創作主題的一個重要方面。《邢老漢和狗的故事》發表之後，也遭到了

〔註 11〕劉紹智：《小說藝術道路上的艱難跋涉——張賢亮論》，《寧夏當代作家論》，寧夏文聯和寧夏文學學會編選，吳淮生、王枝忠主編，銀川：寧夏人民出版社，1988 年版，第 87 頁。

〔註 12〕劉紹智：《小說藝術道路上的艱難跋涉——張賢亮論》，《寧夏當代作家論》，寧夏文聯和寧夏文學學會編選，吳淮生、王枝忠主編，銀川：寧夏人民出版社，1988 年版，第 87 頁。

〔註 13〕陳思和主編：《中國當代文學史教程》，上海：復旦大學出版社，2014 年 5 月第 2 版，第 222 頁。

〔註 14〕張賢亮：《滿紙荒唐言》，《張賢亮選集》（第一卷），天津：百花文藝出版社，1995 年版，第 189～190 頁。

一些批評家的指責，有評論者認爲小說給人以「今不如昔」「人不如狗」的印象，還有評論者認爲張賢亮筆下的邢老漢不是「文革」中農村的典型人物，邢老漢之死不能代表廣大農民的眞實處境，這種暴露文學「充滿了暗色」，是「誇大錯誤，鼓吹感傷的文學」，是「向後看」的文學，是作家個人不幸的狹隘的「外化」。〔註15〕《寧夏日報》副刊《六盤山》爲此還專門開設了「爭鳴園地」，鼓勵批評家對該作品的思想藝術傾向展開討論。爲了進一步澄清讀者對於這篇小說的誤解，《朔方》在 1980 年第 12 期連續發表《邢老漢之死瑣憶》和《有感於眞實的力量——也談邢老漢的形象》兩篇文章，論者有力地駁斥了在某些讀者中間流行的錯誤觀點，認爲這篇小說講出了壓抑在農民心中多年不敢說的眞話，顯示了現實主義的驚人力量，並呼喚文藝界形成一種實事求是的批評風氣，擯棄極左文風帶來的不良影響。

「傷痕文學」作品大多給讀者留下的是帶著血淚控訴不正常的政治生活的刻板印象，作品本身缺乏文學的審美力量。儘管早期的「傷痕文學」作品獲得了較高的社會認可度和文學評價，但這主要是由於「傷痕文學」順應了新時期人民群眾揭批林彪、「四人幫」反動罪行的政治呼聲，從而引起了廣泛的社會共鳴。「傷痕文學」發揮了縫合新舊兩個政治時期的裂隙、鋪陳新的政治理念合法性的功能。在一個政治變動的大背景下，即使那些表面上與政治主題相距較遠的作品，其引起廣泛關注的原因仍然在深層次上與政治相關。有批評家認爲「傷痕文學的最大功效是喚醒了一代人對噩夢年代的反思和控訴，但這種反思和控訴僅僅停留在罹難者的抱怨和申訴層面，有點類似於『文學』告狀和上訪，而沒有從個人苦難中抽象與表達出人性張力。」〔註16〕「控訴」在當時具有壓倒一切的優先權。「傷痕」作品更多的只是試圖在煽情的創傷氛圍中否定帶給一定挫折的社會政治形態，根本上是被渲泄心理主導著，因此沒有站到客觀立場和理性高度去刻畫社會，僅僅是在個性反抗的意義上，強調社會成員的傷痕，缺乏對社會政治的眞知灼見，因此就必然喪失了作爲文學作品的持久生命力。「張賢亮是『傷痕派』文學陣營中最具才華的作家，也是當代中國作家中藝術天賦極高的一位。」〔註17〕逐漸恢復的藝術感受力使他很快就認識到這種文學創作的局限，因此，他開始有意識地做出調

〔註15〕黎平：《邢老漢之死瑣憶》，《朔方》1980 年第 12 期。
〔註16〕劉金祥：《張賢亮：新時期文學的拓荒者》，《黑龍江日報》2014 年 10 月 16 日。
〔註17〕劉金祥：《張賢亮：新時期文學的拓荒者》，《黑龍江日報》2014 年 10 月 16 日。

整和改變。如何在苦難中實現對自我的超越成爲張賢亮後來全部小說創作的精神內核。

「傷痕文學」對新時期文學的意義，首先便在於恢復了「人」在文學中的地位。而小說《靈與肉》恰恰就是這樣一篇弘揚人性溫情的力作，它超越了作家已往的那些悲情式的控訴，也超越了《班主任》、《傷痕》等一大批「傷痕文學」，大資產階級家庭出身的青年知識分子許靈均，在極左思潮盛行的特定歷史時期，歷盡了艱難困苦，通過了嚴酷的勞動，在精神上獲得了勞動人民的感情，樹立了堅定的社會主義信念，在肉體上摒棄了過去的養尊處優而適應了貧困的物質生活。新時期，許靈均拒絕和他在國外做資本家的父親出國，而寧願留在偏僻的農場爲牧民的孩子們教書，在主人公身上，我們看到了他在苦難中走向成熟和精神上的超越。和小說中的許靈均一樣，張賢亮經過長期的勞動改造在精神上也達到了一種新的人生境界，他從一個鐘鳴鼎食之家的長房長孫，變成了一個和勞動人民有著深厚感情的勞動者，獲得了精神上的滿足和愉快。他說：「在這揉和著那麼多辛酸、痛苦和歡樂的二十二年體力勞動中，我個人的心靈和肉體都有了深刻的、質的變化。……覺察到這種變化時，我並沒有什麼落伍感，倒是有一種戰勝了生活，戰勝了繁重的體力勞動的折磨的自豪」〔註18〕。這種深厚的愛國感情、拳拳的赤子之心，是張賢亮小說的靈魂，也是他的作品藝術魅力的「磁石」。張賢亮的小說儘管也寫出了生活中的消極因素，但是讀來卻並不讓人感到寒氣襲人，而是熱流遍身，令人感奮。也正是從這個意義上，《靈與肉》才被批評家看做是張賢亮小說創作史上具有里程碑意義的作品。

在《靈與肉》前後，張賢亮的「傷痕小說」還出現了一點值得關注的變化，他在早期小說中塑造的受難者形象大都如基督教中的殉道者一般光輝聖潔，雖然飽受磨難，但他們對於生活和前途始終充滿了無盡的希望和堅定的信念，他們相信黨、寬恕別人對自己犯下的錯誤，在這些人物身上，讀者幾乎找不出人性應有的缺點和醜陋。《四封信》中忠誠於黨的縣委書記、《四十三次快車》裏嫉惡如仇的廠黨委書記沈朝忠、《霜重色愈濃》中有志於教育改革的人民教師周原、《吉普賽人》中的流浪女青年「卡門」、《邢老漢和狗的故事》裏心地善良的邢老漢，無一不是這樣的形象，這種人物寫法明顯受到了十七年文學中突

〔註18〕張賢亮：《心靈和肉體的變化》，《張賢亮選集》（第一卷），天津：百花文藝出版社，1995年版，第196頁。

出正面人物形象寫法的影響，這些像耶穌一樣高大光輝的受難者形象無疑是脫離客觀實際情況的，也是有悖於現實主義的寫法要求的，他們只是作家幻想出來的一些政治概念化的符號，然而，從《靈與肉》中的主人公許靈均開始，張賢亮小說中的政治受難者形象在悄悄地發生變化，被打爲「右派」的許靈均在馬棚裏，也曾心灰意冷，掩面哭泣；摘掉「右派」帽子、落實知識分子政策後，他在是否要隨父親出國的問題上，也曾有過複雜的心理鬥爭。這樣的人物更眞實、更令人信服，人性的復甦是文學創作中可喜的進步。1981 年，張賢亮發表了中篇小說《土牢情話》，在這部作品中，作家進一步發揚了他在小說《靈與肉》中形成的側重於表現人物心理活動的寫法，以人物的意識活動爲貫穿小說的主要線索。面對劫難，「傷痕文學」常常只是控訴，缺乏應有的自我反省與批判精神，《土牢情話》因爲觸及了知識分子在政治高壓下的儒弱和迫不得已的出賣行爲，顯示出難能可貴的自省和懺悔意識。小說描寫的是黑暗年代裏男主人公的愛情創傷和精神懺悔，青年「右派」分子石在被關押在農建師的土牢裏，女看守喬安萍對他的不幸遭遇表現出同情，同時，也對他產生了眞摯的愛慕，然而，在極左運動的狂風暴雨中，人人自危，石在對喬安萍產生了信任危機，在一次突如其來的政治審查中違心地揭發了她，從而導致了喬安萍的悲慘命運，石在爲此感到內疚，伴隨著他的是深深的懺悔和自責。作家對喬安萍的形象刻畫十分生動，她單純而善良、天眞無邪、敢愛敢恨，石在與喬安萍之間的愛情悲劇既暴露出人性在特殊環境中複雜醜陋自私的陰暗面，同時又是一曲人性善的讚歌。張賢亮的小說由此顯示出知識分子敢於進行「自我解剖」的勇氣和眞誠。這些受難者的形象更加接近於現實生活中的眞人，在《靈與肉》之後，張賢亮的小說開始深切反思導致歷史悲劇發生的社會根源，抒發無盡的心靈傷痛，這種「向內轉」的藝術傾向在張賢亮後來的小說創作中表現得淋漓盡致，由此顯示出他作品的人道主義啓蒙特徵。

二、追求心靈超越的啓蒙者

1978 年底，巴金在香港《大公報》開闢《隨想錄》專欄，反思歷史、審視現實，他的反思並不是簡單地將「文革」的歷史責任推給「四人幫」了事，而是始終伴隨著叩問內心靈魂的個人懺悔，並把個人反思與民族反思相聯繫，把個人批判與社會批判相結合，巴金的「良心」批判與反思，是他對「五四」精神和知識分子責任意識艱難回歸的體現，他的《隨想錄》用知識分子

敢講眞話的勇氣建立起一座揭露「文革」精神創傷的「心靈博物館」，從而受到了人們的尊重，巴金的努力推動了內地「反思文學」思潮的崛起。80 年代初期，隨著改革的推進，人們的思想逐漸衝破了極左思潮的束縛，思想解放和改革開放日益深入人心，人們在將注意力轉向熱火朝天的社會主義建設事業的同時，批判和控訴極左政治的熱情逐漸冷卻，然而，給整整一代人帶來沉痛記憶的歷史無法被輕易地抹去，爲了防止歷史悲劇再次重演，經歷過「浩劫」的作家痛定思痛，以理性的利刃解剖歷史，在陣痛中探究歷史災難成因之謎，對過去一貫以爲正確而在實踐中被證明錯誤的政策、路線、事件進行深刻反省，1981 年 6 月 27 日《中國共產黨中央委員會關於建國以來若干歷史問題的決議》的通過，更是使作家們以客觀的態度評價過去發生的一系列歷史事件具有了合法性。「反思文學」思潮應運而生。「反思文學」是對「傷痕文學」的發展和深化，較之於「傷痕文學」，「反思文學」的視野更加開闊、主題更爲深刻、思考也更加深入，帶有較強的理性色彩。作家們不再滿足於對過去的苦難與創傷的展示，而是力圖探尋造成這一苦難的歷史動因，流露出知識分子的良知和對民族坎坷歷程的深入思考。「反思文學」把批判的對象由「文革」十年歷史擴展到自建國以來的整個社會主義時期，批判的角度由單純的政治根由的尋求擴大到了對思想、歷史和社會的溯源，在政治意識中融進了更多的歷史思考和理性分析，在以政治批判爲主調的同時，還融入了非政治批判的因素。這一時期的文學作品仍然是以講述悲劇故事爲主，但作家觀察的角度已不再限於「文革」，而是把反思的目光投向更早的年代，「反右運動」、「大躍進」、「知青下鄉」等一個個事件的歷史眞實不斷在文學作品中得到表現，這些構成了「反思文學」的主要故事題材。茹志鵑的《剪輯錯了的故事》、張一弓的《犯人李銅鐘的故事》、高曉聲的《李順大造屋》、王蒙的《布禮》與《蝴蝶》、張賢亮的《綠化樹》、古華的《芙蓉鎮》、張承志的《北方的河》等便是其中的代表作，「反思文學」是新中國文學史上第一次帶著檢討的目光理性地思考建國後近三十年社會主義歷史的文學潮流，是人們的思想解放發展到一定階段的產物，它對歷史原貌的呈現以及反思的深刻性都在「傷痕文學」之上。大多數「反思小說」的主人公的命運起伏都與新中國成立後各個時期的社會政治事件相關聯，作家們通過主人公命運的跌宕深刻地揭示了「文革」悲劇出現的歷史根源，將它產生的深層原因指向當代中國社會的民族文化和歷史上的封建專制主義積弊。

　　新時期，伴隨作家主體意識的覺醒，小說家們在反思歷史的同時又給自己的文學創作提出了新的課題，那就是個人對歷史應擔負的責任。這樣，「反思文學」就將展示歷史的進程與探索人生的真諦結合了起來。一批作家從政治層面轉到對「人本身」，如「人性」、「人的價值」、「人的生命力量」等更深刻的問題的思考上來。張潔的《愛，是不能忘記的》、諶容的《人到中年》、張弦的《被愛情遺忘的角落》等作品或張揚被左傾思潮壓制多年的「人道主義」，或歌頌某種「永恒的、超階級的人性」，長期以來，在中國「階級性」取代了幾乎一切的世俗感情，在樣板戲中甚至乾脆取消了主人公的配偶設置。似乎是出於悖反，新時期許多作家將創作視線投放在對「人性」的禮贊上。新時期文學經由「反思文學」而完成了它的一次重要的跨躍——由側重於表現時代精神到注重於張揚人的主體，由展示歷史沿革到致力於對人的心靈世界的探尋。新時期文學因此而具有了更加豐厚的容量與更為深刻的蘊含。

　　日常生活中人的情感在 80 年代逐漸成為文學創作表達的主要對象，理論家們將這種現象概括為文學上的「向內轉」，正如文藝理論家魯樞元所說：「一種文學上的『向內轉』竟然在我們八十年代的社會主義中國顯現出一種自生自發、難以遏止的趨勢。我們差不多可以從近年來任何一種較為新鮮、因而也必然存在爭議的文學現象中找到它的存在。」這一時期的作家都在試圖轉變自己的藝術觀察視角，「從人物的內部感覺和體驗來看外部世界，並以此構築起作品的心理學意義的時間和空間。……小說寫得不怎麼像小說了，小說都更接近人們的真實了。新的小說，在犧牲了某些外在東西的同時，換來了更多的內在自由。」[註19] 批評家謝冕說：「文學的向內轉是對於文學長期無視和忽視人們的內心世界、人類的心靈溝通、情感的極大豐富性的校正。心理學對於文學的介入，使新的歷史時期的文學極大地開掘了意識的潛在狀態和廣闊的領域。心靈的私語和無言的交流，人的潛意識的流動，都為文學提供了新鮮而豐富的表現可能性。可以說，文學的內向化體現了文學對於合理秩序的確認，也包含著文學一味地『向外轉』的岐變的糾正。」[註20] 這種變化也體現在這一時期的「反思文學」作品中，張賢亮的小說創作在「向內轉」的過程中，更加注重對社會轉型時期人的心靈世界的探尋和文學的審美

〔註19〕魯樞元：《論新時期文學的「向內轉」》，《文藝報》1986 年 10 月 18 日。

〔註20〕謝冕：《向內轉體現反撥精神》，《文學的綠色革命》，貴陽：貴州人民出版社，1988 年版，第 143 頁。

特徵的把握，「反思文學」特有的啓蒙與反思意識在張賢亮的作品中得到了突出地表現。

1981 年，張賢亮發表了短篇小說《夕陽》和《壟上秋色》，這兩篇作品都屬於劫後重生的人們在抒發對那段不堪回首的崢嶸歲月的無盡感慨，小說《夕陽》尤其寫得從容飽滿，感情充沛，且色調柔和，充滿溫情，小說寫的是上世紀 80 年代初期，獲得平反的作家桑弓重新來到當年改造過的勞改農場。故地重遊，幾多感慨。他受邀在縣文化館作講演時，一個青年聽眾站起來，向他提出了一個問題：「桑弓同志，您曾經說過，回顧過去，對我們現在有一種特殊意義。這點我們同意。現在是不是能請您不從政治理論上，而從美學意義上來談一談這個問題？」這個問題讓桑弓覺得無法回答，最後，當他和當年曾給了他活下去的勇氣和力量的女知青重逢，兩人牽著手，站立在夕陽西下的小橋上時，他感到那重新找回的愛情喚醒了過去世界裏的「理想和幻想」，他自信自己能夠回答那個青年提出的問題了：「這就好像我的寫作一樣，現在，我的筆下，不知不覺地就會出現過去的東西，而且，新的東西，在我看來，也只有和過去聯繫起來才有意義」。〔註 21〕桑弓雖然已經獲得了平反，但他總是情不自禁地想起過去，那個久別重逢的女人之所以使他心蕩神馳，就因爲在她身上凝結了他過去的理想，她的再次出現使他聯想到他在那一個已經消失了的混亂的世界裏的幻想。似乎唯有那些與過去發生聯繫的事物，才能證明今天的確切性，而不會讓他產生「恍如隔世」、宛如夢中的感覺，他的前後兩段人生才能獲得連貫性和完整性。在桑弓身上顯然有張賢亮的影子，桑弓關於文學的思考實際上也就是張賢亮的思考。小說《夕陽》的重要性在於，它透露出一個信息，張賢亮在經過兩年的小說摸索和文學熱情復甦之後，他終於擁有了自覺的創作意識，並給自己一個基本的定位。在怎樣處理文學與政治的關係問題上，張賢亮終於有了清醒的認識，他不再是被動地追趕社會潮流，而是要以文學爲武器積極主動地參與社會變革，做一個社會轉型時期的文學啓蒙者。只寫過去，只寫現實，很可能出現至少是題材上的局限。而張賢亮卻頗爲自信，這種自信基於他對文學史的考察：「我看過一些歐美、包括蘇聯作家在 60 年代、70 年代寫的小說，當然，其中有不少優秀之作，可是，大部分作品除了在尋找自我和表現自我上有些

〔註21〕張賢亮：《夕陽》，《張賢亮選集》（第二卷），天津：百花文藝出版社，1995
　　　年版，第 93 頁、102 頁。

新花樣外,對人生的思考、對歷史的探索、對社會生活的反映也不過平平,
只是形式上給人一種新奇感罷了。我們修了二十二年地球,放下鐵鍬就能寫
書,如不妄自菲薄的話,我們寫的東西至少不比他們遜色多少。這難道還不
夠使我們引以自豪的嗎?」「所以,我給我自己規定了這樣的任務:我不追
求藝術的永恒,我只追求我現在生活於其中的一瞬間的現實性。如果我真實
地反映了這一瞬間的現實,我的作品就能為廣大讀者所接受。而藝術,只有
根據表現和接受的相互關係,也只有站在社會實踐的立場上才能具有審美價
值。」〔註22〕這種積極參與社會發展變革的文學觀念,顯然是以損傷文學性
為代價的。這既是張賢亮一個人的局限,也是他們那一代作家在社會轉型背
景下的歷史局限性。然而,這種局限,從推動社會變革的角度來說,卻又令
人肅然起敬。小說《壟上秋色》表現的是大饑荒年代的糧食短缺在農民心中
造成的恐慌心理和由此產生的異化行為,極左路線使農村經濟瀕臨崩潰的邊
緣,吃不飽飯的農民不得不依靠偷盜集體的公糧維持生存,那種無法忘卻的
飢餓恐懼在新時期的農民身上仍然留有深刻的痕跡。對人的內心世界隱秘情
感的探索,成為這一時期張賢亮小說創作的主要藝術表現對象,他用文學的
方式去深刻反省自己的精神創傷,引導飽受政治苦難折磨的人們走出歷史的
陰霾。然而,這一時期批評家的注意力被剛興起不久的「改革文學」思潮及
其作品所吸引,這兩篇作品並沒有在讀者中間產生太大的反響,批評界也沒
有出現專門的評論文章。

1982 年 8 月,張賢亮參加了中國作協組織的赴新疆參觀考察團,途中他
遊歷了烏魯木齊、石河子、伊犁、庫爾勒、吐魯番、高昌古城和交河古城,
他欣喜地發現在過去的三十年裏新疆發生了可喜的變化,現代化的廠房和高
大華麗的賓館隨處可見,人們的臉上洋溢著幸福的微笑,今天的成就離不開
昔日的建設者,極左路線肆虐時期,有許多從內地以支持邊疆、投親靠友,
或是乾脆流落到這裡的人,憑著滿腔熱情和勤勞的汗水建立了自己的家園,
開創了自己的事業,在各自的崗位上做出了貢獻。這次參觀活動促使張賢亮
寫出了《伊犁,伊犁!》(《伊犁河》1983 年第 1 期)、《古今中外》(《綠洲》
1983 年第 2 期)、《人比青山更嫵媚》(《朔方》1984 年第 1 期)三篇旅疆隨筆,

〔註22〕張賢亮:《當代中國作家首先應該是社會主義改革者——給李國文同志的
　　　　信》,《張賢亮選集》(第三卷),天津:百花文藝出版社,1995 年版,第 654、
　　　　655 頁。

張賢亮由衷地感歎「在新疆，我看到了我們的民族性。」〔註 23〕同時，他也將自己的這種激動的心情帶到了小說《肖爾布拉克》的創作之中。在這部作品裏，張賢亮以他獨特的感受返顧歷史，同時將關注的目光投向未來。他以深邃的歷史縱深感，探討了社會主義制度下的歷史觀、道德觀、倫理觀、婚姻觀，抒發了作為「社會主義新人」的喜悅與受過苦難的靈魂走向崇高的自豪。小說中的汽車司機因饑荒流浪到新疆，他淳樸、善良、富於同情心，在平凡的崗位上，盡忠職守，勤懇工作。生活中，他經歷了一段無愛的婚姻，但他忍受著內心的極大痛苦，犧牲自己成全了米脂姑娘和陝北小夥。後來，在一次出車途中，他搶救了處於絕境的上海知青母子，先是同情被人糟蹋遺棄的母子倆，後來終於以莊嚴的責任感贏得了崇高的愛情，建立了美滿的家庭。張賢亮在小說結尾處寫道：「凡是吃過苦，喝過城水的人都是咱們國家的寶貝，都有一顆金子般的心！」〔註 24〕小說揭示了社會主義時代的婚姻與道德問題，在讀者中引起好評，受到了批評家的重視。有批評家評價《肖爾布拉克》是張賢亮「『通過歷史的反思，深刻地揭示現實、反映現實』的一個成功嘗試，是作家向前邁進的又一個深深腳印，是他——也是我國文壇今年的一個可喜收穫。」〔註 25〕1983 年，憑藉《肖爾布拉克》，張賢亮第二次獲得全國優秀短篇小說獎，這再次激發了文學批評家對張賢亮作品的評論熱情，不斷有關於張賢亮小說的評論文章湧現出來。有批評家撰文指出「小說（《肖爾布拉克》，筆者注）寫的都是日常最普通的生活現象，但作品探討的核心則是道德問題。」「人，無論在任何艱難困苦、坎坷曲折面前，都不應失掉崇高的道德情操。」〔註 26〕「張賢亮正是從這種具體然而複雜的人的關係中，揭櫫了靈魂的美與婚姻愛情問題的歷史性、社會性。在這兒，人的性愛本能讓位於作為社會的人的思考，崇高的心靈執著地扼制著一己的私利。」〔註 27〕「它力圖發掘人物思想發展的內在軌跡，寫出特定環境下人物精神境界昇華的歷程。金子般的心，是在苦難的磨煉中閃光的。」「在人與人的相互關係中，特

〔註 23〕 張賢亮：《人比青山更嫵媚》，《朔方》1984 年第 1 期。
〔註 24〕 張賢亮：《肖爾布拉克》，《張賢亮選集》（第二卷），天津：百花文藝出版社，1995 年版，第 147 頁。
〔註 25〕 王正昌：《真實的文學真正的人——讀〈肖爾布拉克〉兼與龍化龍、章仲鍔同志商榷》，《昭通師專學報》1983 年第 3、4 期合刊。
〔註 26〕 龍化龍：《人，應該有崇高的情操》，《人民日報》1983 年 8 月 30 日。
〔註 27〕 丁道希、蕭立軍：《張賢亮在一九八三年》，《文藝研究》1984 年第 3 期。

別是患難之際，相濡以沫的同情、信任、寬容和互助，是極可貴的。這是我國人民的傳統美德，也是我們民族賴以生存和發展的強大精神支柱。」〔註28〕小說《肖爾布拉克》描寫了一群有著各自不幸遭遇的苦兒，他們中有的是為逃荒而離鄉背井的「盲流」，有的是要改造自己、建設邊疆的「知青」，「他們雖然身受苦難和不幸，卻仍然保持著美好的道德情操。他們在苦難中奮鬥、抗爭、建設、創造。在他們的身上，體現出強烈的歷史感和時代感。」「他們從苦難中崛起，給人以信心和力量，使人看到前途和希望。所以，儘管作者寫了這群人的苦難和不幸，卻並不使人感到消沉。」作者歌頌了援疆建設者的英雄氣概和美好心靈，「滿腔熱情地謳歌了人民在苦難中，創造新生活的高尚的社會主義道德情操」。〔註29〕在汽車司機、陝北小夥、米脂姑娘、上海女知青等人物身上無不閃現出社會主義新人的光輝。社會主義的時代政治氛圍決定了人們對身處其中的個人的道德十分看重，在某種意義上，道德品質的重要性甚至在政治的正確性之上，一個沒有道德情操的人不僅要受到社會上人們的輿論譴責，而且也就喪失了獲得政治信任的可能，高尚的道德往往比政治的正確性更容易作出判斷，因此，對於《肖爾布拉克》，批評家們都及時地給予了高度的評價。但這種評價的價值與意義也就被緊緊限定在了道德認可的層面上，與文學的關係似乎不大。

在 1983 年的「全國優秀短篇小說獎」評選過程中，一些評委認為《肖爾布拉克》有抄襲蘇聯作家艾赫托瑪夫的中篇小說《我的包著紅頭巾的小白楊》的嫌疑，曾任《人民文學》副主編的崔道怡撰文回憶說「（我）在評議會上發言表示：我曾經對比了張作與艾作，覺得兩者在情節編織方面確實有些近似。但《肖爾布拉克》的生活內容、人物性格、主題思想等這些作品自身的基本素質，顯然表現著作家本人的體驗與技巧，因而絕不能說成是『抄襲』……我的意見得到了多數評委的認同，《肖爾布拉克》以 12 票當選。」〔註30〕《肖爾布拉克》表達的是經歷過特殊年代的中國人的愛情觀、婚姻觀和對於苦難的認識，與艾赫托瑪夫小說中傳達出的追懷逝去青春歲月中的愛情的感傷情緒是有本質不同的。作家和批評家普遍認為短篇小說是小說中難度最大的文

〔註28〕詳見章仲鍔在《文藝報》1983 年第 4 期「新作短評」欄目中的《肖爾布拉克》一文。

〔註29〕郎業成：《給人以信心和力量——評〈肖爾布拉克〉》，《朔方》1983 年第 11 期。

〔註30〕朱健國：《「回憶病」之一種》，《文學自由談》2000 年第 3 期。

體表現形式，從事小說創作不久的張賢亮能夠兩次獲得「全國優秀短篇小說獎」，說明他確實具有較高的文學造詣與藝術修養，比較他前後兩次的獲獎作品，讀者會發現《肖爾布拉克》比《靈與肉》在各個方面都有了質的飛躍，有批評家指出因為張賢亮和祖國人民一同經受了苦難的磨煉，所以，「他小說中的人物對黨、對祖國、對人民的熱愛，就顯得特別眞摯、深情而動人。這也就是他的作品往往有較大容量的原因」〔註31〕。對於自己文學創作上主動「向內轉」的變化，張賢亮有著清醒的認識，他說：「如果僅僅以題材的轉換來刷新自己，使自己獲得新的創作靈感和活力是不夠的。眞正的智慧，還必須通過這一途徑更往前走、更往深走，向自己的內心開掘。」「作家只有面對人本身，也就是面對自己內心，才能在『人』這個大題目上和整個人類取得共同性。」〔註32〕從 80 年代中期開始，張賢亮的小說風格逐漸趨於成熟，創作方向基本定型，他從一個政治受難者轉型為追求心靈超越的文學啓蒙者，對心靈世界的關注與人性的探索是這一時期張賢亮小說的主要方向，「向內轉」的努力促成了《初吻》、《綠化樹》、《男人的一半是女人》等作品的問世，作家從對人性中善與惡的反思，到對性、對苦難、對知識分子思想改造心路歷程的關注，使他的小說藝術眞正達到了他創作生涯中的高峰，可以說，他後來的文學創作基本上都是沿著這條路徑向前延伸的。

　　自 80 年代「朦朧詩」大行其道以後，文學的一個中心工作便是拆解「集體」，回到「個人」；告別「我們」，重新回歸「自我」。在這個過程當中，張賢亮的小說創作無疑是具有開拓性意義的。他的小說的最大價值，就在於他率先把反思的目光由外部世界轉向自己內心，敢於主動解剖並展露自己的靈魂，解剖得較為眞誠而且深刻。他的資產階級家庭出身背景使他在被送上「改造」位置之後，在與勞動人民的接觸中逐漸形成了他獨特的「懺悔意識」，他堅信像他這樣階級出身的人被掃進生活的最底層正是他們脫胎換骨的必由之路，他認為只有「能夠以體力勞動自食其力」的人才是生活中有價值的人。這種認識雖然不無偏頗，但其作品對知識分子自身一些性格弱點的分析卻堪稱中肯。張賢亮在小說中，冷靜地直面眞實的自我，暴露出自己尷尬甚至可

〔註31〕王正昌：《眞實的文學眞正的人──讀〈肖爾布拉克〉兼與龍化龍、章仲鍔同志商榷》，《昭通師專學報》1983 年第 3、4 期合刊。

〔註32〕張賢亮：《追求智慧》，《心安即福地》（散文集），貴陽：貴州人民出版社，2013 年版，第 105、107 頁。

鄙的一面，並進而對整個中華民族知識分子的靈魂本質進行深刻的剖析。雖然有評論者認為，張賢亮的小說在對知識分子自我解剖的力度上不如王蒙的《活動變人形》，有些地方有自我辯解之嫌。但不論如何，張賢亮的反思小說在「中國知識分子從政治客體的反思向文化主體的反思轉化」過程中的確起到了開拓性的作用，延續了郁達夫式的敢於「暴露真我」的文學傳統。同時，社會主義時代的愛情、婚姻問題一向是張賢亮十分感興趣的話題，他在作品中對此做了深入的分析、研究與表現。即使在一些並非專寫婚姻、愛情的作品中，他對於愛情、婚姻問題的剖析也同樣很深刻，富有哲理性。張賢亮在《龍種》、《肖爾布拉克》、《河的子孫》、《男人的風格》等作品中，在描寫主人公的精神、性格時，都深入地觸及了他們的婚姻、愛情問題，他將愛情作為美好的、引人向上的力量加以描寫並盡力展示出現實生活的複雜性，這種描摹人物內心細膩情感的創作風格對後來的一些女性作家影響深遠。

　　張賢亮的文學創作風格受俄蘇文學影響的痕跡很重。他從小接觸和閱讀了大量的俄羅斯古典文學作品，形成了他早期的資產階級人道主義現象。「十九世紀的俄羅斯古典文學作品有不少在解放前就已被譯成中文。解放後不少譯本重新出版，有些版本譯者進行了重譯或補譯，還有不少是新出的譯本。在這些譯介的俄國古典文學作品中，普希金、果戈理、列夫・托爾斯泰、屠格涅夫、陀思妥耶夫斯基、契訶夫等的作品占很大的比重。」〔註33〕「這些作家所持的人道主義傾向、對普遍人類價值和自由原則的關注，常常是與馬列主義的基本要義相悖的。」〔註34〕張賢亮出身資產階級家庭，他的少年時代正值抗日戰爭和解放戰爭的烽火燃遍中國大地的艱難時世，他親眼目睹了戰爭、饑荒、疫病給無數家庭和民族帶來的沉痛災難，因此，在外國文學作品中，他最喜歡俄羅斯的現實主義文學，其中，托爾斯泰的小說風格對他的影響尤為深遠。張賢亮在答《經濟觀察報》記者問時說：「托爾斯泰是我的啟蒙者，七八歲就開始看了。」〔註35〕善於描寫政治苦難和挖掘人物心理的小說筆法成為他與俄蘇文學的共通之處。隨著青少年時代的張賢亮對俄國文學作品閱讀量的增多，果戈理、屠格涅夫、萊蒙托夫、蒲寧、阿・托爾斯泰、高爾基等俄國小說家的名字

〔註33〕陳南先：《師承與探索：俄蘇文學與中國十七年文學》，武漢：華中師範大學出版社，2011 年版，第 41 頁。

〔註34〕（荷蘭）佛克馬：《中國文學與蘇聯影響（1956～1960）》，季進、聶友軍譯，北京：北京大學出版社，2011 年版，第 251 頁。

〔註35〕雷曉宇：《一切從人的解放開始》，《經濟觀察報》2013 年 11 月 9 日。

越來越多地出現在他後來創作的各類文學作品中。俄羅斯的文學經典成爲張賢亮日後復出文壇，進行小說創作的基石。建國初期，我國實行向蘇聯一邊倒的外交政策，在這種外交政策的影響下，以理想主義、愛國主義、革命英雄主義爲特色的蘇聯文學作品大量傳入我國，十七年時期，我國投入大量的人力、物力和財力，翻譯了大量的蘇聯文學作品。即使在中蘇關係交惡以後，這種譯介活動也沒有停止，可以說，五十年代成長起來的那一代中國作家是「吮吸」著蘇聯文學作品的「乳汁」成長起來的。馮驥才在《傾聽俄羅斯》中說：那時我們的一切都是『蘇式』的。從社會理想、政治制度、行政體制到行爲方式，再到語言與詞彙。從集體農莊、公有制、書記、集體舞、連衣裙、紅領巾、革命萬歲到『同志』之稱，我們是全盤蘇化！……爲此，我們的文化記憶中最深刻的是托爾斯泰、肖洛霍夫、列賓、柴可夫斯基、肖斯塔科維奇、斯坦尼斯拉夫斯基、奧依斯特拉赫、烏蘭諾娃和邦達爾丘克。我們幾乎被他們全方位地覆蓋。……於是，他們的文化精華亮閃閃地彌漫在我們的精神世界中。〔註 36〕張賢亮作爲新中國第一代接受蘇氏無產階級革命教育觀成長起來的作家，同樣也受到了蘇聯社會主義現實主義文學的深刻影響。

張賢亮的小說裏有俄國現實主義文學描繪生活苦難的壓抑與沉重感。他的作品注重細節的眞實，同時又略帶有詩意的憂鬱，小說的主人公身上洋溢著破落貴族的精神氣質，這些與十九世紀俄國的現實主義文學在藝術風格上極爲相似。在《談俄羅斯文學》一文中，張賢亮曾專門就十九世紀俄國文學深厚的寫實傳統做過介紹，他對俄羅斯文學作品中表現出來的「如黑深林般的深沉的憂鬱和兒童式的天眞的樂觀」極爲推崇，其中特別提到了十月革命後流亡法國的俄國作家蒲寧，他說「蒲寧的短篇小說曾給我很大的震撼」，蒲寧的小說筆法達到了「短篇小說的極致」。〔註 37〕在《浪漫的黑炮》裏，他以蒲寧描寫愛情故事的短篇小說《中暑》、《三個盧布》、《在巴黎》爲例，說明陌生的青年男女偶然相識後會不自覺地產生渴望「幸福的豔遇」的微妙心理，他對這些「絕妙的小說」大加贊賞，〔註 38〕可能是在蒲寧身上發現了自己命

〔註 36〕陳南先：《師承與探索：俄蘇文學與中國十七年文學》，武漢：華中師範大學出版社，2011 年版，第 50 頁。

〔註 37〕張賢亮：《談俄羅斯文學》，張賢亮作品典藏《心安即福地》（散文卷），第 115 ～116 頁，貴陽，貴州人民出版社，2013。

〔註 38〕張賢亮：《浪漫的黑炮》，張賢亮作品典藏《浪漫的黑炮》（中篇小說卷），貴陽，貴州人民出版社，2013。第 5 頁，

運的影子，張賢亮對既有俄國寫實精神，又有法國浪漫氣息的蒲寧小說推崇備至，蒲寧小說中流露出來的輓歌情緒也正是張賢亮一貫追求的美學風格，二人在某些方面確實有著驚人的相似之處。張賢亮的《吉普賽人》、《夕陽》、《靈與肉》、《肖爾布拉克》、《初吻》等短篇小說都似乎有意在模仿這種蒲寧式的小說寫法。《綠化樹》開篇的場景描寫也很有俄羅斯文學的特點：三匹瘦骨嶙峋的老馬走起路來東倒西歪，其中一匹馬的嘴角被韁繩勒得流下了殷紅的血，血滴落在黃色的塵土裏。而車把式卻無視這一切，冷漠得似乎不近人情，他憂鬱的目光落在了遙遠的前方。太陽暖融融的，裸露的原野黃得耀眼。車上是剛從勞改隊釋放的犯人的被褥行李，大車在通往另一個農場的土路上搖搖晃晃、顛簸前進，車後跟著七八個饑腸轆轆、心情複雜的勞改釋放犯，憂鬱氣氛中透出莊嚴肅穆，這段描寫很自然地讓讀者聯想到濃鬱的俄羅斯文學風情。〔註39〕

　　受俄蘇文學的影響，張賢亮的小說以具有懺悔意識和思辨性而著稱，「俄羅斯人有了過失以後，常常會產生一種負罪感、不安感，似乎只有經過懺悔才能獲得內心的平靜。懺悔意識成為俄羅斯民族精神生活的一個重要特點。果戈理的喜劇《欽差大臣》和長篇小說《死魂靈》，曾被赫爾岑直接稱作『現代俄國可怕的懺悔』。托爾斯泰和陀思妥耶夫斯基作品中流露出的懺悔意識，更是動人心魄。」〔註40〕這或許與俄羅斯民族的宗教觀有關。這種懺悔意識在張賢亮的《土牢情話》、《河的子孫》、《綠化樹》、《男人的一半是女人》等作品中都有所反映，尤其是在小說《土牢情話》中，石在對喬安萍的內疚，《綠化樹》中，章永璘對馬纓花的懺悔，表現得十分動人，有力提升了作品的審美意境。同時，俄羅斯文學又具有較強的哲學思辨色彩，對哲學的崇尚，其影響波及俄國整個十九世紀的社會精神生活。懷疑與爭辯、論爭與思索，已經成為俄羅斯民族的主要精神特點。張賢亮的小說向來以深刻的思辨性和哲理性而見長，這種哲學思辨性有時甚至破壞了作品本身的敘事美學，造成理念大於形象的不足。這在他的改革文學作品《龍種》和《男人的風格》中表現得最為明顯。上述種種因素都助推張賢亮在新時期重返文壇之後，迅速擺脫了「傷痕文學」的柔弱和感傷，而不斷「向內轉」，成為一個追求心靈超越

〔註39〕　張欣：《張賢亮的閱讀史》，《當代作家評論》2016年第4期。
〔註40〕　陳南先：《師承與探索：俄蘇文學與中國十七年文學》，武漢：華中師範大學出版社，2011年版，第49頁。

的啓蒙者。

三、做一個「社會主義改革者」

1、《龍種》和《男人的風格》

十一屆三中全會以後，爲了扭轉十年動亂造成的貧窮落後局面，國家開始了自上而下的經濟體制改革，經濟改革事關每個人的切身利益，人們的注意力很自然地從對「四人幫」罪行的批判和對極左政治的反思轉移到經濟建設上來。在這種情況下，許多作家將創作的重心由歷史返回現實，一邊關注著熱火朝天的經濟建設，一邊用文學的方式表達他們對於社會主義改革前途命運的思考和設想，以蔣子龍的《喬廠長上任記》、李國文的《花園街五號》、柯雲路的《新星》、高曉聲的《「漏斗戶」主》、張潔的《沉重的翅膀》等爲代表的一批反映體制改革、觀念和生活方式變革的文學作品應運而生。「改革文學」熱切追蹤現實生活中各個領域的改革活動，從誕生伊始，「改革文學」就鎔鑄出極富政治蘊含的主題，同時，還深入到社會歷史及民族心態的層次，「改革文學」是作家們對政治生活高度關注的結果，表現了他們對政治生活的強烈參與熱情。在「改革文學」的發展初期，作家們側重於揭示舊體制的種種弊端，強調改革開放的歷史必然性。感應著時代的節奏，改革的每一步進展都在作家們的文學作品中得到了及時的反映。叱吒風雲、大刀闊斧的「開拓者」與保守勢力之間的尖銳衝突，構成了這一時期改革文學作品的基本故事框架。對於這場影響每個中國人命運的改革思潮，張賢亮有著清醒的認識和深刻的體會，他在與作家李國文的通信中說：「不改革，中國便沒有出路；不改革，黨和國家就會滅亡；不改革，你我就又會墜入十八層地獄……不改革，便沒有當代文學的繁榮！」又說：「作爲一個當代中國作家，首先應該是一個社會主義改革者。我們自身具有變革現實的參與意識，我們的作品才有力量。如若我們自身缺乏變革現實的興趣，遠離億萬人的社會實踐，我們就等於自己扼殺了自己的藝術生命。我們也就不能再從事這種職業了。」〔註41〕這一時期的張賢亮自覺地以一名社會主義改革者的身份來從事文學創作，文學成爲了他參與改革開放的有力工具，順應著「改革文學」這一創作理念，他先

〔註41〕張賢亮：《當代中國作家首先應該是社會主義改革者——給李國文同志的信》，《張賢亮選集》（第三卷），天津：百花文藝出版社，1995 年版，第 650、657 頁。

後創作出了中篇小說《龍種》和長篇小說《男人的風格》。

　　《龍種》發表於《當代》（1981年第5期），1982年，這部作品獲得由《當代》雜誌社主辦的「《當代》文學獎」，在這部小說裏，張賢亮第一次嘗試塑造新時期的農場改革者形象，作品講述「文革」後上河沿農場黨委書記龍種大膽改革，建設農場的故事，面對低效的勞動生產率和完全沒有工作熱情的農場工人，龍種的改革矛頭指向不合理的生產關係和分配關係，他認為只有把國營農場的生產資料和生產勞動者直接結合起來，把企業的經濟權力交給生產勞動者，打破工資等級制，真正實行按勞分配，才能使工人真正成為農場的主人，從而把農場的生產搞上去，這在當時國家倡導農村經濟改革的背景下是非常有現實意義的。張賢亮將龍種置身於轉折時期的社會關係中來加以描寫，揭露了新時期農村經濟改革過程中錯綜複雜的矛盾和鬥爭，突顯了龍種身上的「社會主義新人」特徵。但是，小說明顯存在著「主題先行」的問題，作家對馬克思政治經濟學的闡述也顯得有些生硬，理念化的成份比較明顯地擠壓了人物形象的展開，從而削弱了小說的藝術性，因此，這部小說雖然發表於「改革文學」浪潮興盛之時，但卻沒有在眾多的「改革文學」作品中脫穎而出，也未能引起批評家的更多關注，與之相關的評論文章更是屈指可數，其中主要的評論文章有《清醒嚴峻的現實主義——評〈龍種〉兼談塑造改革者形象的社會意義和文學意義》（曾鎮南，《當代》1982年第5期）、《一個新時期的革新闖將——〈龍種〉讀後》（楊致君，《朔方》1982年第2期）、《一個進攻型的新人形象——〈龍種〉初探》（陳文堅，《朔方》1982年第7期）等。批評家曾鎮南閱讀《龍種》後認為「（《龍種》）是一部描寫國營農場內部以調整生產關係為中心內容的經濟改革的作品。這是我們當代文學尚未開掘過的一個題材領域。在仔細讀了這部作品之後，我感到它是有創見、有重量的力作。」「這部小說在思想和藝術上給人以深刻印象的獨立特色，是貫徹在人物和環境描寫中的清醒嚴峻的現實主義。」張賢亮將新時期經濟改革的迫切性和嚴重性提了出來，龍種作為具有進攻型性格的改革者形象在作品中得到了淋漓盡致地刻畫，但是，「在對待群眾的問題上，作品也表現出明顯的缺憾。作為改革者的龍種，似乎未充分地認識到沒有群眾的覺醒和主動精神，改革就寸步難行。〔註42〕批評家閻承堯指出「張賢亮的中篇小說《龍種》，是作者對我國社會正在發生的這場經濟變革，作出的

────────────

〔註42〕曾鎮南：《清醒嚴峻的現實主義——評〈龍種〉兼談塑造改革者形象的社會意義和文學意義》，《當代》1982年第5期。

第一個呼應，從中也可以看出作者開拓題材領域的意向。」「作者通過《龍種》所表達的對這場經濟改革的熱情和題材轉換的意向，得到了廣大讀者的關注。然而《龍種》不是成功之作。儘管作者充分調動了他的生活積累和藝術才能，但是《龍種》還是不可克服地存在著概念化的缺欠。對於這場變革，作者在理念上的認識是充分的，但是在藝術上準備不夠。作者沒有來得及通過對社會生活的總體審視，把獲得的體驗和感知化作獨特的藝術構思，缺少形象的血肉和震撼人心的藝術力量。」〔註43〕這種評價可謂中肯。1982 年，小說《龍種》被改編爲同名電影，作爲寧夏第一部彩色故事片，電影《龍種》展示出蓬勃發展中的寧夏新貌，電影在銀川市掀起觀看熱潮，銀川市前後共有 10 家影院放映該片，每家每天播放至少 10 場。「寧夏也能拍彩色故事片，而且同樣也能拍好！」電影獲得了寧夏觀眾的好評。《朔方》爲此專門開闢了討論小說《龍種》與電影改編的筆談專欄，刊登了劉德一的《小說好，電影也好》（《朔方》1983 年第 2 期）、慕岳的《塞上風情入畫來》（《朔方》1983 年第 2 期）、劉貽清的《時代要求理想的闖將》（《朔方》1983 年第 2 期）等一組文章。寧夏批評界普遍認爲《龍種》的電影改編是成功的，劉貽清在《時代要求理想的闖將》一文中認爲銀幕上的龍種比原作中塑造的龍種形象更爲精彩，原著中的龍種缺乏群眾觀點，憑藉領導人的權勢和鐵腕來強行推動改革，因此是一個並不理想的闖將，而電影中的龍種修正了小說中人物身上的缺點，電影中的龍種是一個既有堅定信念和探索情神，又有群眾觀點和革命膽略的開拓者，電影比原作有重大的突破。

張賢亮對小說《龍種》在藝術性上的不足有十分清醒的認識，他在給《朔方》編輯汪宗元的一封信中說：「我認爲，許多關於《龍種》的評論，都沒有按住《龍種》的脈搏。《龍種》的要害——用『文化大革命』中流行的話說，就是企圖用文學手段來『圖解』馬克思主義政治經濟學。」「《龍種》的缺點不在於別人評論的這個那個，而在於理念大於藝術形象。這是《龍種》的致命傷，這決定了它不會成爲可以傳世的作品。」〔註44〕應該說，張賢亮對小說《龍種》的判斷是準確的，但他同時又提出古今中外很多文學家都在自己的文學作品中「圖解」作家個人政治的、哲學的、倫理的觀念，《龍種》就是他用文學手段來闡釋馬克思主義政治經濟學的一次嘗試。儘管批評家普遍認爲《龍種》在文學

〔註43〕閻承堯：《黃河東流去——評中篇小說〈河的子孫〉》，《寧夏社會科學》1984
年第 4 期。
〔註44〕張賢亮：《以簡代稿談〈龍種〉》，《朔方》1983 年第 2 期。

性上是一部失敗之作，作家對此也深表認同，但這並不妨礙這部作品的思想價值，他說：「我一直對《龍種》的社會意義抱有很堅定的信心，我相信她的內容是經得起歷史的檢驗的（這意思並不是說作為藝術品她可以傳世）。」〔註 45〕「《龍種》在藝術上不過平平（說拙劣也未免太過），但我堅定地認為：它所表達的社會主義經濟改革的觀念，即社會主義經濟改革必須從生產者與生產資料的直接結合上入手，必須找到各種為我們現在的生產力所允許的、能反映出生產者與公有或集體所有的生產資料直接結合的分配形式，不僅已被現在正在推行的種種『經濟責任制』證實是正確的，而且將為以後的歷史證實是馬克思主義的科學社會主義在中國的具體實踐。」「隨著這種『結合』形式的鞏固和發展，或遲或早，必將引起上層建築各個方面的一系列社會主義改革。這就是我們社會主義最廣闊、最偉大的新局面。」〔註 46〕由此可見，張賢亮追求的不是文學作品的永恒，即非作品本身的文學藝術性，他更加看重的是《龍種》參與社會主義改革的現實針對性，《龍種》因此成了「圖解」政治的宣傳品。而實際上，抽象的馬克思主義政治經濟學原理是很難、也不適宜用小說的形式來加以表現的，這是《龍種》在藝術上沒有取得成功的一個主要原因。張賢亮上面的這段話其實已經暴露出他將文學看做是推動社會改革的工具論思想。這種文學工具論思想可以說一直存在於張賢亮的潛意識之中，他在一封書信中曾經專門談到過《龍種》的創作經過，二十多年的勞改生活經歷和對馬克思《資本論》的閱讀，使他對極左時期社會主義的經濟狀況有了比較清醒的認識，在他看來「我們全部改革的立足點，其實就是《資本論》第二卷第十八頁中關於生產勞動者與生產資料相結合的特殊方式與方法那段話。」《龍種》的創作靈感來自於張賢亮和蔣子龍的一次談話。在一次文學頒獎會上，張賢亮向蔣子龍表達了他對於喬廠長這一人物形象的看法，這時，他腦子裏突然產生一個想法：「為什麼我不能向子龍同志學習，寫出一個更進一步的經濟改革家來呢？這樣，龍種也就慢慢在我腦子裏孕育成型了。」「我之所以以農場為背景，不過是因為我熟悉農場的生活而已。」但由於過份注意作品蘊含的思想性，忽略藝術性，對小說《龍種》的創作造成了不良的影響，主題先行使「多數人在小說的各個環節中變成了用之則來，不用則無的幽靈」，為了「追求戲劇性，引進了不必要的愛情，而

〔註 45〕張賢亮：《「人是靠頭腦，也就是靠思想站著的……」——致孟偉哉》，《張賢亮選集》（第三卷），天津：百花文藝出版社，1995 年版，第 645 頁。
〔註 46〕張賢亮：《以簡代稿談〈龍種〉》，《朔方》1983 年第 2 期。

對愛情又沒作細緻的處理。」〔註47〕在另外一篇文章中，張賢亮說：「我當專業作家的時候，所謂的『傷痕文學』已經到了尾聲了，黨中央已經提出了四項原則，文藝界已經強調起作品積極的社會效果來。而恰恰在這個時候，我有一股不可抑制的想在現實問題上發見和表現自己的激情，於是我寫了《龍種》。……在寫《龍種》時，我是頂著社會上的一股風的。當時風行的是『引進外國現代化農機是促進農場改革的可行辦法』這種觀點，報刊上大力宣傳著黑龍江某大型農場引進美國農機的『先進經驗』；農村的生產責任制還被認爲在農場是不宜推行的；企業經濟責任制的概念還沒有完全形成，國營農場的改革不過是固定工資加獎金罷了。」〔註48〕《龍種》發表後的第三年，即 1984 年，寧夏農墾系統召開工作會議，大會討論的結果和張賢亮在小說《龍種》中的設想完全一致，改變不合理的生產關係和分配關係，打破工資等級制，實行按勞分配，成爲寧夏國營農場的改革方向，這讓張賢亮感到無比欣慰，也增添了他以文學創作參與社會改革的信心。小說《龍種》的文學藝術價值雖然不高，但這部作品確立了張賢亮一貫堅持的「中國當代作家首先應該是個社會主義改革家」的政治理念，實現了他將自己的創作與社會改革緊密結合的願望。

1983 年，張賢亮發表了城市改革題材的小說《男人的風格》，這是他的第一部長篇作品，《男人的風格》爲讀者展示出了一幅 80 年代初期中國城市改革的畫卷，塑造了一個有雄心、有魄力、有男子漢氣概的新時期改革家陳抱帖的藝術形象。這部小說剛一發表就引起了批評界的關注，被某些批評家看做是那一年「改革文學」中的精品。與之相關的評論文章主要有《到生活的大海中塑造當代英雄——評長篇小說〈男人的風格〉》（曾鎮南，《光明日報》1983 年 11 月 10 日）、《談談〈男人的風格〉的成就與不足——致張賢亮同志》（何鎮邦，《當代作家評論》1984 年第 2 期）、《〈男人的風格〉淺議》（光群，《朔方》1984 年第 5 期）、《〈男人的風格〉「理念大於形象」辯》（任國慶、陳襄民，《當代文壇》1984 年第 7 期）、《筆酣墨飽繪新圖 大氣磅礴頌英雄——試論張賢亮的長篇小說〈男人的風格〉》（劉岩，《渤海學刊》1985 年第 3 期）等。有批評家指出《男人的風格》最突出的貢獻是它成功地塑造了主人公陳

〔註47〕 張賢亮：《「人是靠頭腦，也就是靠思想站著的……」——致孟偉哉》，《張賢亮選集》（第三卷），天津：百花文藝出版社，1995 年版，第 644、645、646 頁。

〔註48〕 張賢亮：《必須進入自由狀態——寫在專業創作的第三年》，《張賢亮選集》（第三卷），天津：百花文藝出版社，1995 年版，第 681 頁。

抱帖這個具有中國新一代馬克思主義政治家特質的改革家的藝術形象，作爲一個改革者的形象，陳抱帖身上有一些新的東西。他由一個農民的兒子，成爲中央政法學院畢業的大學生、省委書記的秘書，在積累了一定的工作經驗後，他被任命爲西北一個有四十萬人口的城市的市委書記，他身上有農民家庭中形成的樸實品格，同時，又有較高的文化素養和馬列主義理論水平，有較爲開闊的視野和胸懷，是一個有「洋派」作風的新型領導幹部。「在陳抱帖這個人物身上所體現的典型性和歷史感，是遠遠超過《花園街五號》中的劉釗的。劉釗是一個一出場就沒多大變化的，靜止、凝固的改革者形象，而陳抱帖則是一個不斷地在歷史進程中展示自己的『男人的風格』──當代英雄的風格的形象。」〔註49〕評論家何鎮邦認爲在 1983 年湧現的描寫城市改革的小說中，張賢亮的《男人的風格》在表現改革運動波瀾壯闊的氣勢，揭示改革運動的必然性和勝利前景諸方面，展現出了相當的廣度和深度，強烈的時代精神和對生活挖掘的深度，使這部作品具有一種催人奮發的力量。論者在充分肯定這部作品表達的思想性的同時，也指出了小說在藝術性上暴露出來的缺憾。何鎮邦認爲小說中議論的成分過多，似有思想大於形象之嫌，同時，存在著把複雜的改革過程描寫得過於簡單化和理想化的問題。〔註50〕曾鎮南的評論文章則明確指出這部作品存在著「理念大於形象」的問題。陳抱帖發表的議論太多，「當陳抱帖的形象還沒有來得及通過他怎麼做的具體描寫在讀者心目中活起來的時候」，作家就讓他同人進行長篇談論、論戰以至發表演說，「未免呈現出一種平面的渲露的弊病」，從而使人物形象的「理念思維大於具體個性」。〔註51〕光群在《〈男人的風格〉淺議》一文中指出作家力求快速、及時地反映出當前社會生活中的變革是非常難能可貴的，表現出作家對生活的熱情、敏感和勤思。但是，《男人的風格》中的某些篇章，對現實生活的反映，仍有某些匆忙的痕跡。〔註52〕實際上，在創作小說《龍種》時，張賢亮就已經顯示出這種不良傾向，倉促行文無疑是文學創作的大忌，特別是對一部長篇小說而言，這種做法尤其是不可取的。對於這部作品是否存在

〔註49〕丁道希、蕭立軍：《張賢亮在一九八三年》，《文藝研究》1984 年第 3 期。

〔註50〕何鎮邦：《談談〈男人的風格〉的成就與不足──致張賢亮同志》，《當代作家評論》1984 年第 2 期。

〔註51〕曾鎮南：《到生活的大海中塑造當代英雄──評長篇小說〈男人的風格〉》，《光明日報》1983 年 11 月 10 日。

〔註52〕光群：《〈男人的風格〉淺議》，《朔方》1984 年第 5 期。

「理念大於形象」的問題，批評家內部也有不同的意見。例如，任國慶、陳襄民的《〈男人的風格〉「理念大於形象」辯》一文就認爲《男人的風格》對於陳抱帖議論的描寫符合人物性格發展的邏輯，是情節發展的必然，有助於主題的表達和作家創作意圖的實現，因而是成功的，並非是「理念大於形象」。〔註53〕而大多數批評家則看到張賢亮在令人動情的精彩描寫之後，喜歡在理性上生發一下。在某些段落和章節的尾部，作家總是喜歡點一下題，這幾乎已經成了張賢亮寫作中的一個不好的習慣。對這種批評意見，張賢亮在與李國文的通信中說：「《風格》發表以後，看到一些評論。在肯定這部作品的同時，許多同志又有『理念大於形象』的感覺。這種批評完全是善意的、誠懇的；我迄今所看到的此類意見，都表現了評論家對作者愛護和從嚴要求的拳拳之心。這是我在今後創作中應該注意的。但是，我心底也有些不同認識。不知你認爲如何；我認爲，只要作者不在小說中直接發表議論，而是以書中人物的口來發表適合這個人物性格的議論，就不能算是『理念大於形象』。寫這個人物的議論是塑造這個人物必不可少的一部分。從這種意義上說，他特定的理念就是他特定的形象的一個重要方面。」〔註54〕經典的現實主義文學作品固然是以塑造人物形象爲主，但理念和議論對於人物形象的塑造有時也起著極爲重要的作用，因此，如何處理好理念與形象之間的關係不能一概而論，只能依據作品的題材、作家對作品主題的理解和駕馭故事情節的能力來具體地分析。張賢亮的小說素以理性見長而著稱，因此有批評家稱張賢亮是「社會主義文學中傑出的理性主義者代表」〔註55〕，他的作品常常表現出理念先行和偏重於議論的特點，但是，這種寫法一旦不加節制而越過了某種限度就會成爲作品的缺點。文學批評家黃子平認爲「張賢亮的藝術感覺極好，但是生動的、多義的感覺，每每令人惋惜地被抑制不住的、單義的、過份明晰的理性說明所限制並被狹窄化了。」〔註56〕張賢亮在這個度的把握上，有時的確存在著過於直露和游離於小說情節線索之外的缺憾，過於鋪張、

〔註53〕 任國慶、陳襄民：《〈男人的風格〉「理念大於形象」辯》，《當代文壇》1984年第7期。

〔註54〕 張賢亮：《當代中國作家首先應該是社會主義改革者——給李國文同志的信》，《張賢亮選集》（第三卷），天津：百花文藝出版社，1995年版，第651～652頁。

〔註55〕 孫毅：《張賢亮——當代文學的理性主義者》，《當代文藝思潮》1985年第1期。

〔註56〕 黃子平：《正面展開靈與肉的搏鬥——讀〈男人的一半是女人〉》，《評〈男人的一半是女人〉》，銀川：寧夏人民出版社，1987年版，第3頁。

深奧甚至晦澀的理性思考經常會打斷敘事流程的連續性、合理性，從而破壞作品的藝術平衡。張賢亮的小說裏往往有豐富深邃的哲理，但是這些思想性的語言常常需要借助人物的心理，以議論的形式表達出來，這樣一來，作品中大段的議論就顯得多了些，小說《龍種》和《男人的風格》都存在這個問題。改革者大段地宣講理論的做法，使作品變成了時代精神的傳聲筒，從而削減了作品的文學美感。

　　《男人的風格》也深刻地觸及了改革者陳抱帖個人的愛情與婚姻問題，作品中有很大篇幅是對陳抱帖與他的妻子羅海南的婚姻危機的描寫，無論是在工作中還是夫妻關係上，陳抱帖始終都是以一個不屈服的「男子漢」的硬漢形象出現的，他從不向任何人低頭乞求理解和幫助，即使是在打了妻子一記耳光，妻子負氣出走，回到了北京的娘家之後，他也沒有登門認錯，甚至沒有給妻子寫一封信、打一個電話、說一句軟話。陳抱帖給讀者的印象是一個典型的高倉健式的男子漢的類型。1978 年，高倉健主演的電影《追捕》作為「文革」之後登陸中國的第一部日本電影，在中國大陸引起了巨大的轟動，70、80 年代的中國觀眾對高倉健有著太多的敬畏和崇拜，鴨舌帽、風衣、冷峻的表情一時間成為時尚的代名詞，高倉健本人也成為當時中國大陸一代人的偶像。《追捕》影響了幾代中國人的審美觀，由於對高倉健扮演的角色的熱愛，當時國內甚至引發了一場「尋找男子漢」的熱潮。1987 年，廣西電影製片廠還專門拍過一部電影，名字就叫《尋找男子漢》，因此，有評論者聯繫 20 世紀 80 年代中國社會興起的尋找男子漢熱潮，認為《男人的風格》是在探討男性的主體性，特別是知識男性身份認同和主體性重建的問題。〔註 57〕通過對主人公事業與婚姻的分析，說明新時期知識分子自信心的回歸，這是從一個全新的視角來看待這部「改革文學」作品所得出的結論，這種解讀也說明文學評論是一項見仁見智的文學再生產活動。

　　「改革文學」的出現，說明創造社會主義的英雄人物，仍是當前文學創作中的重要課題。讀者的閱讀審美欣賞心理歸根結底是受社會的主導思想、政治和道德風氣決定的，社會改革的潮流需要那種把人們引向建設宏偉的社會事業、樹立遠大的理想和美好的情操，為人們增添生活的經驗和力量的文學作品上去，那些充滿感傷氣息的「傷痕文學」正在越來越遠離讀者的審美

〔註 57〕詳見金曼麗：《重塑男性主體性——解讀張賢亮長篇小說〈男人的風格〉》，《濟南職業學院學報》2014 年第 5 期。

趣味，因此，儘管文學中的當代改革者形象還帶著不少缺點，沒有達到藝術上的真正成熟程度，卻因為具有一種新鮮、剛健的力量，而受到了讀者的熱烈歡迎。他們把這些文學中的改革者，視為可以在實際生活中發揮鼓舞教育作用、甚至是可以仿傚的人物。張賢亮滿懷熱情地關注著新時期的社會改革，他筆下的改革者身上雖不乏理想化的色彩，但卻真實地反映出那個時代的人們對於改革的盲目樂觀情緒與改革必將取得成功的自信。

張賢亮是一個具有高度的政治自覺性和歷史責任感、積極投身社會主義改革事業的參與型作家，他認為文學作品價值的決定因素，就在於作品要有「力圖變革現實的參與意識」，因此，他在進行小說創作時有一種強烈的變革現實的主觀意圖，「有一股不可抑制的想在現實問題上發見和表現自己的感情」，有一種「急於要趕到生活的前面」的內在情緒。《龍種》是這樣，《男人的風格》也是這樣。張賢亮自述他在寫《男人的風格》時候的心境是，「我已遏制不住對社會主義改革的熱情。因為全部情勢已經清楚地告訴我們，在如此艱難複雜的征途中，不進行社會主義改革我們國家便寸步難行。我相信《男人的風格》會引起評論界的注意，也可能由於描寫了主人公大膽的議論和潑辣的行動而受到這樣那樣的批評。」〔註 58〕作家創作《龍種》和《男人的風格》的目的就是要塑造具有政治家氣質和品格的新的藝術典型，藉以發表、張揚自己對當前這場社會改革的獨到見解。龍種試圖改革的是國有農場的各種積弊，希望用現代企業的管理方式來改革農場，而陳抱帖關注的改革領域則是城市，龍種和陳抱帖對馬克思主義政治經濟學的見解，其實就是張賢亮本人對馬克思主義的理解，他只不過是借這兩個人物的嘴說出了他自己的話。小說裏龍種和陳抱帖對馬克思主義的議論，的確招來了一些人的非議和批評，尤其是陳抱帖的「城市白皮書」被一些批評家看做是西方政治體制下的領導人宣言，認為這是與中國國情嚴重不符的，但後來的一系列國家改革舉措證明我國的政治經濟改革的一個很重要的方面就是向西方發達國家學習，增加改革政策的公開性和透明度。這說明張賢亮當時是很有先見之明的，他的改革主張從某種程度上說與國家戰略達成了一致。張賢亮不僅具有強烈的「變革現實的參與意識」，而且具有高度的認識生活、把握生活的能力，他認為「在一定意義上說，生活積累與對人生、歷史、社會現實的思考就是藝

〔註 58〕 張賢亮：《必須進入自由狀態——寫在專業創作的第三年》，《張賢亮選集》（第三卷），天津：百花文藝出版社，1995 年版，第 682 頁。

術的基礎」,「在寫小說時沒有理性和知解力的參與,小說是寫不好的」。因此,在進行文學創作時,他堅持作品要有明晰的「理性和知解力」,讓作品充滿著發人之所未發的哲理性光彩,這是張賢亮小說創作的一個重要特色。他喜歡並且善於在自己的作品中表現某種啓人心志的理念,喜歡並且善於把藝術家的激情和哲學家的思辨有機地結合起來,融為一體,鎔鑄於小說的創作之中。在他的作品裏,給人以強烈的藝術感染的,不僅有心靈上的純淨,更有理性上的深邃,有思想上雄渾深沉的撼人胸臆的力度。張賢亮的這一創作特色在《龍種》和《男人的風格》中有充分的體現。張賢亮並沒有為他的主人公陳抱帖的改革事業設置更多的障礙和矛盾,改革的成功似乎過於順利,作者也沒有設計錯綜交織的情節事件,整個結構佈局也似乎過於顯豁,但由於作家所著重表現的是人物的「心靈、才華、智慧和感情」,〔註59〕是作家傾注在人物身上的激情和思索,所以整部作品依然煥發出現實主義的藝術魅力。

2、《河的子孫》和《浪漫的黑炮》

　　如果說《龍種》和《男人的風格》在創作中明顯有「理念大於形象」的不足的話,那麼,張賢亮的另外兩部小說《河的子孫》和《浪漫的黑炮》則顯示出作家在創作改革題材作品時思想的深刻與技巧的圓熟。1983 年,張賢亮在《應該有史詩般的作品出現》這篇文章中說:「我們的生活是絢麗多彩的,然而又不盡如人意的,我們取得了偉大的成就,但同時又出現了種種新問題。從某種意義上說,我們面對的世界,要比過去複雜得多,豐富得多。所以,這就要求我們作家既有歷史的反思,又要直面當前的現實。……但也應該承認,通過歷史的反思,深刻地揭示現實,反映現實的史詩般的作品還寥寥無幾。而現在,卻是應該並且可能產生史詩般作品的時代。」〔註60〕他以一個啓蒙者的姿態,站在時代和民族的制高點上來從事文學寫作,呼喚早日出現史詩般的作品,可見作家在 80 年代的文學抱負之宏大,創作視野之寬廣,他是這樣說的,也是這樣做的,他在這一年推出的中篇小說《河的子孫》就是這樣一部具有史詩性質的「改革文學」作品。20 世紀 80 年代初,農村實行的家庭聯產承包責任制在我國的政治、經濟生活中具有十分重大的歷史意義。在人們還來不及對這一變革作出清晰的理性判斷時,早已經有敏銳的文學家

〔註59〕任國慶、陳襄民:《〈男人的風格〉「理念大於形象」辯》,《當代文壇》1984年第 7 期。
〔註60〕張賢亮:《應該有史詩般的作品出現》,《光明日報》1983 年 6 月 18 日。

在自覺地表現這一改革舉措，張賢亮就是其中的一個。他站在時代的潮頭熱情讚頌農村發生的土地改革，《河的子孫》中的魏天貴作爲西北農村基層幹部的藝術典型，是作家的出色創造。魏天貴是魏家橋大隊的黨支部書記，是個沒有多少文化，但性格樸實的莊稼漢，在政治運動不斷的年代，他信奉「好漢不吃眼前虧」的「格言」，爲了「好好保護鄉親們」，他狡點得似「半個鬼」。對待上級的錯誤命令，他陽奉陰違，卻居然成了全省農業戰線上的一面紅旗，在是否要實行生產承包責任制的問題上，他回顧自己大半輩子頗具傳奇性的經歷，決心在自己管理下的生產隊率先推行家庭承包責任制。《河的子孫》寫出了像黃河一樣永遠奔騰向前的民族精神。作品「展示給讀者一個極其樸素的眞理，人類歷史的發展正如奔流不息的黃河，依靠著健康的本能在不停地自我淨化，一切污泥濁水都將沉澱下去。莊戶人只有掌握了經濟自主權，眞正成爲生活的主人，才會有擁護改革的政治責任心。每個人都承擔責任，都來『過濾』，咱們國家的『自我淨化』，才能更快點，這是作家在小說《河的子孫》裏對我國農民的命運進行了嚴肅的思考之後所獲得的答案，也是他通過對歷史的回視和切身的體驗，對當前農村的改革作出的呼應。」〔註 61〕小說中的魏天貴「爲自己和鄉親們爭得了生活的保障和更多的實際利益，卻把許多沉重的秘密鎖在自己的心底，理性與良知的譴責，常常使他莊戶人和共產黨員的良心不勝重負」。〔註 62〕他對生活有著樸實的理解，爲莊戶人好好辦事的心願，經由「右傾分子」尤小舟的啓發，昇華爲「好好保護鄉親們」的信念，這也成爲他陽奉陰違行爲的道德依據，面對韓玉梅的熱烈追求，爲集體而死的獨眼郝三的陰影不斷出現在他的眼前，對捨生取義者的負疚，以及由此產生的良心自責，一次次熄滅了他心中如火的情慾。在人物強烈的生活欲望與內心矛盾的衝突中，張賢亮寫出了傳統生活內在的道德力量，這種道德力量，把「半個鬼」的魏天貴的分裂性格重新又統一爲一個完整的人。有評論者認爲「作者正是通過一個普通中國農民的遭際，深刻地告訴我們：『半個鬼』轉化爲大寫的人，不是靠道德的自我完成，而是和社會的發展變革密切相關，從而在更高的意義上揭示出當前農村這一場改革的歷史必然性。」〔註 63〕批評家季紅眞認

〔註 61〕 閻承堯：《黃河東流去──評中篇小說〈河的子孫〉》，《寧夏社會科學》1984年第 4 期。

〔註 62〕 季紅眞：《古老黃河的靈魂──評張賢亮的近作〈河的子孫〉》，《當代》1983年第 8 期。

〔註 63〕 閻承堯：《黃河東流去──評中篇小說〈河的子孫〉》，《寧夏社會科學》1984

爲「在《河的子孫》中，作者調整了他在《龍種》中的觀察角度，不再把現實體制改革的矛盾，僅僅放在經濟學的天平上加以權衡。幹部之間的思想衝突，更多地在農民群眾的原始生活狀態中，獲得了深厚的歷史內容。這不僅是當代文學審美地掌握生活方式的積極改善，也是革命的人道主義精神與客觀的歷史精神的統一。〔註 64〕從文學藝術性上看，《河的子孫》無疑是一部成功的作品，閻承堯在《黃河東流去──評中篇小說〈河的子孫〉》一文中，高度評價這部反映農村改革的作品，認爲「《河的子孫》標誌著張賢亮小說創作新的里程。」無論是從人物形象的塑造，還是故事情節的構思上，這部作品都遠在《龍種》和《男人的風格》之上，說明作家對於農村改革問題的思考在逐漸深入，而並非是在單純地用文學作品圖解社會主義改革。與《河的子孫》相關的評論文章主要有季紅眞的《古老黃河的靈魂──評張賢亮的近作〈河的子孫〉》（《當代》1983 年第 8 期）、陳漱石的《「半個鬼」的團圓與「這一個」的價值》（《朔方》1983 年第 8 期）、陳文堅的《魏天貴、賀立德與郝三──〈河的子孫〉人物淺析》（《朔方》1983 年第 8 期）、劉貽清、馬東震的《高尙的愛情才是美好的──評〈河的子孫〉愛情情節的藝術構思》（《朔方》1983 年第 8 期）、閻承堯的《黃河東流去──評中篇小說〈河的子孫〉》（《寧夏社會科學》1984 年第 4 期）、張志忠的《青山遮不住，畢竟東流去──談張賢亮〈河的子孫〉》（《讀書》1984 年第 6 期）等，上述文章探討的問題主要集中在張賢亮對小說人物形象的刻畫以及魏天貴與韓玉梅之間的愛情關係上。對於張賢亮在小說中塑造的幾個主要人物形象，批評家一致認爲作家描繪了血肉豐滿、眞實厚重的當代農民形象。「曾幾何時，在文學作品、銀幕和戲劇舞臺上，農村基層幹部多是『高、大、全』的概念的化身和蒼白無力的政策傳聲筒，他們失去了血肉，也失去了靈魂，只剩下軀殼。而作者筆下的『這一個』，不僅有著豐滿的血肉，還有一顆複雜的靈魂。」〔註 65〕但是，在如何看待魏天貴與韓玉梅之間的愛情問題上，批評家們則產生了意見上的分歧。

季紅眞認爲「《河的子孫》中的愛情描寫是異常成功的。作者擺脫了一般農村小說愛情描寫蒼白的道德化模式，把握了傳統生活自身的矛盾性，寫出

年第 4 期。

〔註64〕季紅眞：《古老黃河的靈魂──評張賢亮的近作〈河的子孫〉》，《當代》1983
年第 8 期。

〔註65〕閻承堯：《黃河東流去──評中篇小說〈河的子孫〉》，《寧夏社會科學》1984
年第 4 期。

了人性在現實關係中的多種色彩。雄渾神秘的自然風貌，起伏動盪的人生場景，蒙昧自由的生活風俗，都給主人公的愛情蒙上了濃鬱的熱烈的浪漫色彩，即使是情慾的衝動，也給人健康有力的美感。」〔註 66〕而劉貽清、馬東震對魏天貴、韓玉梅之間愛情的眞實性與合理性卻提出了不同的意見，「《河的子孫》愛情情節的藝術構思，我們認爲，設計、處理是不當的、失敗的。宣揚『婚外戀』的社會效果是不好的。塑造韓玉梅這個人物形象的意義，對主題思想的開拓、深化，對魏天貴這個人物性格的豐滿，起的都不是什麼積極的作用。大團圓的結局，固然表現了作者良好的願望、理想和美學追求，實際上破壞了整個情節的合理和眞實性。」〔註 67〕批評家的這種文學判斷顯然是站在當時社會婚戀道德評價標準之上而得出的社會學結論，從嚴格的意義上來說，這不是文學評價而是對於「婚外戀」行爲的道德譴責。也有評論者在比較分析了張賢亮的《肖爾布拉克》與《河的子孫》中的婚外戀現象後，指出「這兩篇小說關於愛情關係的描寫是符合道德的，它是和社會前進的方向相一致的，具有積極的意義。」〔註 68〕批評家在對待婚姻與愛情的問題上，之所以會出現如此截然不同的反應，說明 80 年代文學的評價標準正在向多元化方向發展。有的批評家是從倫理道德的層面來看待男女之間的愛情關係，有的批評家則是從文學審美的角度來評價文學作品中的愛情，不同的評價標準導致了評論者對男女愛情關係的差異性評價。這說明新時期的思想解放運動已經對人們的道德觀念造成了一定的影響。

很多批評家對《河的子孫》中魏、韓最後的重逢感到不滿。有批評家指出韓玉梅的再次出現使魏天貴的形象價值減色，「儘管魏天貴應該得到韓玉梅眞摯的愛，但這絕不是、也不應是使魏天貴能搏擊於浪潮的動力源泉。」〔註 69〕張志忠認爲小說結尾「把魏天貴這樣一個豐富多彩的藝術形象納入了抽象的簡單化的理念，這不是深化了人物，而是適得其反。同時人爲地編造的大團圓結局，也不僅違背了生活的眞實，更破壞了作品『缺陷美』的美學

〔註66〕 季紅眞：《古老黃河的靈魂——評張賢亮的近作〈河的子孫〉》，《當代》1983年第 8 期。

〔註67〕 劉貽清、馬東震：《高尚的愛情才是美好的——評〈河的子孫〉愛情情節的藝術構思》，《朔方》1983 年第 8 期。

〔註68〕 周致中：《試論〈河的子孫〉和〈肖爾布拉克〉中愛情關係的描寫》，《朔方》1983 年第 11 期。

〔註69〕 陳漱石：《「半個鬼」的團圓與「這一個」的價值》，《朔方》1983 年第 8 期。

風格的一致性。」〔註 70〕季紅眞認爲和小說中展現出來的廣闊的歷史背景、複雜的現實矛盾相比，《河的子孫》的結構有失於狹小，「作者剪裁全篇的歷史尺度，在這裡讓位於過份直接的現實性，使主題的深刻性與豐富性受到了限制，有損於作品整體的和諧，這不能不使人感到美中不足的遺憾。」〔註 71〕批評家們提出的問題再次暴露了張賢亮在文學創作中不惜以損害作品的藝術性爲代價，強調抽象的理論宣講，以實現其積極參與當下社會改革進程的強烈意願，但《河的子孫》在藝術性上畢竟是比《龍種》和《男人的風格》有了明顯的進步。

　　1984 年，張賢亮創作並發表了風格迥然不同於以往的短篇小說《浪漫的黑炮》，在這部作品中，作家用一種看似輕鬆詼諧實則莊重深刻的筆調，寫出了人們在長期的階級鬥爭環境中形成的歧視和懷疑知識分子品性的慣性思維，這種習慣意識束縛著人們的思想，並在現實生活中製造出種種的荒誕、混亂和災難。小說裏 S 市礦務局機械總廠的工程師趙信書因爲一紙無關緊要的尋找象棋中的「黑炮」的電文而引起公安部門和單位領導的懷疑，他被內查外調、控制使用，不僅專業才能得不到發揮，國家財產也因此蒙受巨大損失。作品一開始漫不經心的開篇佈局彷彿眞的是要告訴讀者小說是怎樣寫出來的，但在仔細品讀作品之後，讀者會覺察到《浪漫的黑炮》的基本立意是要通過生活中的一系列偶然事件揭示「文革」中形成的左傾思想遺毒如何成爲阻礙新時期人們思想解放的「習慣勢力」和政治偏見，在這個近似荒誕的故事背後，抒發了作家對於破除思想禁錮的熱切呼喚，新時期迫切需要建立起與黨的改革開放目標一致、與四個現代化同步的現代思維，需要有一批技術過硬的專業知識分子。各級領導不僅要從生活上關懷和重視知識分子，而且要打破舊的狹隘思想和思維模式，我們整個民族的文化心理結構也必須翻新，只有這樣才能喚起人們對極左年代形成的階級鬥爭心理的反省與更新，改變我們民族落後的文化心理積澱與現代化物質進程之間的矛盾，從而充分調動知識分子投身社會主義現代化建設的熱情。張賢亮在《浪漫的黑炮》中，揭示和抨擊的這種慣性思維阻力，與王蒙在 20 世紀 50 年代創作的

〔註 70〕張志忠：《青山遮不住，畢竟東流去──談張賢亮〈河的子孫〉》，《讀書》1984年第 6 期。

〔註 71〕季紅眞：《古老黃河的靈魂──評張賢亮的近作〈河的子孫〉》，《當代》1983年第 8 期。

《組織部來了個年輕人》中諷刺和揭露官僚主義的寫法有異曲同工之妙，作家們觀察問題的視角都已經深入到不健全的政治體制下的人性的本質，將人性中的醜陋、懶惰、不求有功、但求無過等陰暗面淋漓盡致地展現出來，這是需要很高的觀察能力和表現技巧的，在《浪漫的黑炮》中，張賢亮對新時期落實知識分子政策的問題表現得更加細膩和具有現實感，顯示出作家深入觀察和描摹現實生活中的小人物內心世界的文學功力，同時，作家的語言風格也顯示出鮮明的幽默與達觀，因此，從抨擊舊體制、舊思想的意義上來說，《浪漫的黑炮》無疑是符合新時期「改革文學」基本特徵的一篇諷刺力作。但是，面對這樣一篇思想性和藝術性俱佳的「改革文學」作品，文學批評家卻沒有給予足夠的重視，到目前為止，專門的評論文章僅有羅長青的《張賢亮小說〈浪漫的黑炮〉的象徵藝術分析》（《揚子江評論》，2012 年第 5 期），而且這篇唯一的評論文章還是在《浪漫的黑炮》已經誕生二十八年之後才出現的，為什麼當時沒有評論者來撰文分析這篇小說的思想藝術特色呢？這種不正常的批評現象大概與這部作品反映出的問題的尖銳性與敏感性有很大關係，王蒙的《組織部新來的年輕人》在 50 年代就曾經受到過嚴厲的政治批判，剛步入新時期的文藝批評家，對此應該是記憶猶新的，1983 年，國家掀起了「去除精神污染」的思想運動，在這種情形下，批評家們變得十分小心謹慎，對於充滿現實諷刺意味的《浪漫的黑炮》自然也就陷入了集體的靜默。張賢亮的這篇小說觸碰到了當時社會改革的痛點，敏銳的批評家絕不會意識不到《浪漫的黑炮》作為「改革文學」的價值所在，其對於現實的揭示程度遠遠超過早期的「改革文學」作品，真實地反映出改革初期由於人們思想禁錮造成的艱難局面，同期描寫「改革艱難」的作品還有張潔的小說《沉重的翅膀》、李國文的長篇小說《花園街五號》（在城市題材改革文字的深化過程中，陸文夫的短篇小說《圍牆》也是應當提到的一篇作品）、水運憲的短篇小說《禍起蕭牆》、劉賓雁的報告文學《艱難的起飛》等。但可能出於歷史原因產生的種種禁忌，批評家對這些干預現實、暴露積弊的作品唯恐避之不及，不約而同地出現了批評的「失語」，這也造成了中國當代文學史對「改革文學」作品的評價整體不高。

　　與小說發表後的寂寥形成鮮明對比的是，1985 年，根據《浪漫的黑炮》改編的電影《黑炮事件》卻受到了社會的廣泛關注，《黑炮事件》成為 80 年代中期一部重要的影片，電影劇本被選入王蒙、王元化主編的《中國新文學

大系（1976～2000）・影視文學卷》，而且還出現了多篇電影評論文章。如，張躍中的《讓鏡頭說話——故事片〈黑炮事件〉觀後》（《電影評介》1986 年第 4 期）、解師曾的《深刻雋永的現代寓言詩——評影片〈黑炮事件〉》（《電影評介》1986 年第 6 期）、鄒平的《讀解：〈黑炮事件〉的荒誕性》（《電影藝術》1986 年第 10 期）、饒曙光的《電影〈黑炮事件〉的美學開拓》（《文藝評論》1987 年第 1 期）、尹曉利的《風格化的紅色幽默——從小說〈浪漫的黑炮〉到電影〈黑炮事件〉導演藝術分析》（《小說評論》2007 年 S1 期）等，小說《浪漫的黑炮》與電影《黑炮事件》的命運差距如此之大，說明 80 年代電影對現實的探索力度要遠在文學之上，電影作為一種大眾傳媒手段具有迅速提升作品影響力的先天優勢，但即便如此，在嚴峻的社會現實面前，電影的刺激也無法改變小說《浪漫的黑炮》被冷落的命運。

正如學者陳思和所說：「從文學史的經驗來看，『改革文學』似乎又重複了 1950 年代國家政權利用文學創作來驗證一項尚未在社會實踐中充分展開其結局的政策的做法，改革事業本身是一項『摸著石頭過河』的探索性工作，文學家並不能超驗地預言其成功和勝利。」〔註72〕80 年代中期的國內外政治環境要求中國作家必須以啟蒙者和改革者的姿態站在時代的潮頭謳歌社會主義改革舉措，塑造大刀闊斧的改革者形象，實際上是迫使文學無條件地服從國家政治需要的一種表現。1985 年之後，改革在現實進程中遭遇的重重困難使得「改革文學」很快退潮，作家們又再次返回到尚未完成的歷史反思和文化啟蒙層面，文學界興起了「尋根文學」的熱潮。

相對於 80 年代中期以後文學在藝術和思想上所做的積極探索，「傷痕文學」、「改革文學」和「反思文學」都多少留有社會政治一體化年代固有的寫作模式和表達套路，作家與政治思潮的聯繫過於緊密，沒有以提升文學的審美功能為根本旨歸，對小說的語言、形式、風格等也都沒有進行深入地探討與藝術實踐，這些問題也都不同程度地反映在張賢亮的小說創作中，這種與時代背景緊密相關的「體制化寫作」從整體上限制了張賢亮小說原本可能達到的美學高度。

〔註72〕陳思和主編：《中國當代文學史教程》，上海：復旦大學出版社，1999 年版，第 230 頁。

第三章 充滿爭議的「唯物論者啓示錄」

　　中國當代著名文藝思想家劉再復先生在他的《性格組合論》一書中提出中國現代文學史上有三次對人的發現，第一次是五四新文化運動，「這個運動首先是發現我國封建專制社會是非人的社會，我國的傳統文學很大的一部分是非人的文學」〔註1〕第二次是「五四」後的二十年代到三十、四十年代，這是更高層次上的人的發現，只可惜這次思想解放到了「文化大革命」時期就逐漸走向極端和異化，從此，文學只能表現一種人，服從一種人，這就是高大完美的無產階級革命英雄形象。第三次是八十年代新時期文學思潮對人的重新發現，它主要表現爲三個特點：一是對歷史的反思，二是人的再發現，三是對文學形式的新的探求，其中最核心的問題是對人的重新發現，正是在這一過程中，張賢亮等作家的文學努力才顯得格外重要，無論是張賢亮對知識份子思想改造問題的關注，還是他對性與政治關係的探討，也都在這一層面上具有了不平凡的意義，他的文學創作在開時代風氣之先的同時也引起了無盡的爭議與討論。

一、當代中國知識分子的思想改造

　　改變張賢亮一生命運的「反右運動」最終被歷史證明犯了嚴重擴大化的錯誤。據1978年平反「右派」過程中公開發佈的統計數字，在1957年的「反右運動」以及後來的「擴大化」中，全國約有55萬知識分子先後被劃爲「右派」，約相當於當時全國知識分子總數的十分之一。1980年6月11日，中共

〔註1〕劉再復：《性格組合論》，合肥：安徽文藝出版社，1999年版，第21頁。

中央批轉中央統戰部《〈關於愛國人士中的右派覆查問題的請示報告〉的通知》中，對於20世紀50年代的「反右運動」首次下了這樣的結論：「把一大批人錯劃爲右派分子，誤傷了許多同志和朋友，其中有不少是有才能的知識分子。打擊面寬了，打擊的分量也太重，大批的人處理得不恰當。許多同志和朋友因而受了長時期的委屈和壓制，不能在社會主義建設中發揮應有的作用。這不但是他們個人的損失，也是整個國家的損失。」〔註2〕中國共產黨對舊時代過來的知識分子的思想改造是要將他們身上原有的資產階級、小資產階級的文化趣味和看待分析問題的立場觀點改造爲適合無產階級和人民大眾的思想感情，這對知識分子而言是一次脫胎換骨式的洗禮，也是保證革命勝利的必要手段。50年代的「反右」運動，僅是全國範圍內舊知識分子思想改造的一例，其實，這場浩大的思想改造運動早在1941年的延安整風運動中就已在當時的解放區內開始，新時期曾做過人民文學出版社社長的韋君宜在《思痛錄》一書中記述了中國共產黨在建國前後開展的改造知識分子思想的政治運動，其中包括：1942年的「搶救運動」、1950年的整風整黨運動、1952年對電影《武訓傳》的批判、1954年對俞平伯《紅樓夢》研究觀點及方法的批判、1955年對「胡風反革命集團」的批判、對丁玲、陳啓霞「反黨小集團」的批判、1957年的「反右」運動、1959年的「反右傾運動」等等。在歷次政治運動中，幫助知識分子改造思想都是一個重要的目的。然而，大批知識分子卻因此不幸成爲政治運動的受害者，知識分子自身的軟弱、動搖、盲從以及在運動中起到的推波助瀾作用，更加劇了自身的災難。「反右」運動使當時大量知識分子被錯劃爲「右派」，長期飽受苦難的折磨，在後來的「文革」中，還出現了一大批被打倒和被關進牛棚的「反動學術權威」，這場具有反智傾向的思想改造運動，最終演化爲一場空前的文化大革命，大批的知識青年放棄學業「上山下鄉」，加入到了體力勞動者的行列中，中國的文化界、教育界由此出現了可怕的荒蕪景象。當代中國知識分子的思想改造無論從運動規模還是持續時間上，在人類思想史上都留下了令人唏噓、值得反思的一頁，這場運動對中國的知識界無疑產生了巨大而深遠的影響。

張賢亮是新時期較早以小說的方式持久反思當代中國知識分子思想改造問題的作家。在小說《綠化樹》中，他第一次深刻地反思了舊中國知識分子

〔註2〕羅平漢：《春天：1978年的中國知識界》，北京：人民出版社，2008年版，第274頁。

在新政權體制下進行思想改造的艱難，此前他的作品雖然也對這一問題有所觸及，如《靈與肉》、《土牢情話》等，但都沒有就這一問題在作品中展開深入細緻的探討，在《綠化樹》中，他開始直面這個異常敏感而尖銳的問題，並用小說的形式進行了藝術的表達，從而引起了社會各界的廣泛關注。《綠化樹》爲中國的舊知識分子描繪了一幅如何被徹底改造成爲唯物論者的精神自畫像。然而，值得注意的是，張賢亮在小說《綠化樹》中的反思不是站在政治批判的立場，而是著重描寫知識分子從被迫改造到自覺自願地接受改造的思想轉變過程，這個反思結果恐怕是大大出乎當時人們的預料的，這與其在九十年代「下海」後對極左政治的強烈批判構成了鮮明的區別。張賢亮在知識分子思想改造這一問題上的態度轉變是頗耐人尋味的。

張賢亮的《綠化樹》、《男人的一半是女人》深刻反映了資產階級家庭出身的「右派分子」章永璘在知識分子的思想改造運動中遇到的問題，展示出知識分子內心深處的矛盾與痛苦、批判政治苦難與反思陰暗歷史的勇氣，揭示了「右派」知識分子在精神和肉體上受到的雙重擠壓，開拓了反思文學的表現領域，同時，由於張賢亮率先闖入了當代文學在極左思想禁錮下形成的性描寫禁區，引發了新時期文學中身體敘事的潮流和女性主義文學批評的覺醒，在80年代自上而下推行政治改革的時代背景下，這兩部小說的文學史意義自然引起了批評家的重視。《綠化樹》、《男人的一半是女人》是張賢亮的總標題爲「唯物論者的啓示錄」系列中的兩部，作家眞誠而勇敢地描寫極左政治造成的身體飢餓與性欲的壓抑，這既給作家帶來了聲望與讚譽，同時也引來了無盡的爭議，把張賢亮推向了他文創作學評價史上的矛盾頂峰，成爲80年代文學批評史上的一個奇特現象。

1、章永璘的思想改造

《綠化樹》發表於1984年第2期的《十月》雜誌，作家以近乎冷酷的自我解剖，展示了一個改造中的「右派」章永璘的心理變化軌跡。在純自然的生理需求的壓力下，兩個稗子麵饅饅就會使章永璘感到不可抗拒的生的誘惑，飢餓喚起的求生本能無情地驅逐著人性，知識分子的尊嚴感在生存的危機面前不斷喪失。他耍盡各種各樣的小聰明，把掌握的知識都用來多騙取一些定額外的食物，他刮籠雁布上的食物殘渣；利用改裝的罐頭桶造成的視覺誤差每頓多打半勺稀飯；用糊窗戶做漿糊的稗子麵在鐵鍬上攤煎餅；用微妙的圈套哄騙老鄉的黃蘿蔔，在爲了生存而墮落的過程中，他感到自己變成了

一個「生活的全部目的都是爲了活著的狼孩」。他一邊爲生存而搏鬥，一邊審視自己的飢餓本能所誘發的卑賤和邪惡，並爲此而深深自責，每當暫時擺脫了飢餓的困擾，主人公「心裏就會有一種比飢餓還要深刻的痛苦。餓了也苦，脹了也苦，但肉體的痛苦總比心靈的痛苦好受。」「深夜，是我最清醒的時刻。白天，我被求生的本能所驅使，我諂媚，我討好，我妒忌，我要各式各樣的小聰明……但在黑夜，白天的種種卑賤和邪惡念頭卻使自己吃驚，就像朵連格萊看到被靈貓施了魔法的畫像，看到了我靈魂被蒙上的灰塵；回憶在我的眼前默默地展開它的畫卷，我審視這一天的生活，帶著對自己深深的厭惡。我顫慄；我詛咒自己。」〔註3〕從主人公深深的自責中，我們不難感受到比飢餓更嚴重的痛苦就是人格的扭曲和尊嚴的喪失，因此，當善良的馬纓花無私地給章永璘提供衣食時，章永璘的內心該是多麼感動，馬纓花的幫助對他「超越自己」起到了多麼大的作用！馬纓花和《資本論》的出現，讓章永璘接續上了過去的記憶，他逐漸從生存需要向精神需要過渡，從而在精神上獲得了一種與普通勞動者相距甚大的價值觀。有研究者指出「作者對於這種知識分子的人格扭曲和變形是有清醒認識的，因此常常依靠懺悔來減輕心靈的痛苦，但懺悔無法眞正地超越苦難，也沒有使他認識到苦難的人性根源。他把自己的罪孽和墮落歸於血緣和階級屬性，歸於一種不自覺和不由自主。這種不徹底的反省和自審，使他的作品難以達到一定的人性高度，僅僅只是對苦難和創傷的展示。」〔註4〕應該承認，這種分析是有道理的。

在《綠化樹》的前言裏，張賢亮有過這樣的自述「『在清水裏泡三次，在血水裏浴三次，在鹹水裏煮三次。』阿·托爾斯泰在《苦難的歷程》第二部《一九一八年》的題記中，曾用這樣的話，形象地說明舊知識分子思想改造的艱巨性。當然，他指的是從沙俄時代過來的資產階級知識分子。然而，這話對於曾經生吞活剝地接受過封建文化和資產階級文化的我和我的同輩人來說，應該承認也是有啓迪的。於是，我萌生出一個念頭：我要寫一部書。這『一部書』將描寫一個出身於資產階級家庭，甚至曾經有過朦朧的資產階級人道主義和民主主義思想的青年，經過『苦難的歷程』，最終變成了一個馬克

〔註3〕張賢亮：《綠化樹》，《張賢亮選集》（第三卷），天津：百花文藝出版社，1995年版，第187頁。

〔註4〕王慶生、王又平主編：《中國當代文學史》，北京：高等教育出版社，2016年1月第2版，第135頁。

思主義的信仰者。這『一部書』，總標題爲《唯物論者的啓示錄》。確切地說，它不是『一部』，而是在這總標題下的九部『系列中篇』。現在呈獻給讀者的這部《綠化樹》，就是其中的一部。」〔註 5〕作家的這段自述說明《綠化樹》的創作初衷是爲了展示主人公章永璘怎樣從一個資產階級小知識分子，轉變成一個馬克思主義者的苦難的歷程。其實，早在上世紀 80 年代初，張賢亮就在頭腦中產生了要創作一部反映這種思想轉變過程的作品的藝術衝動，他說：「關於這種轉變，我將來一定要寫出一部書來。我想，一部描寫一個具有潛在的反黨反社會主義意識的青年，經過了『苦難的歷程』最終變成了一個馬克思主義者的小說，對祖國、對黨是有好處的，對下一代也是有教益的。」〔註 6〕作家寫的不是某一個人的遭遇，而是通過「這一個」「我」，寫出「我和我的同輩人」整整一代知識分子的苦難的歷程，其背後的潛臺詞顯然是對知識分子思想改造運動的認同和接受，這就不可避免地與大多數運動受害者的情感發生了衝突，因而遭到了他們的質疑與反感。批評家王曉明認爲像張賢亮、高曉聲這類長期經受過苦難的洗禮、身心受到嚴重傷害的作家，在心理上多少都有點程度不同的扭曲變形，這是他們爲生存下來而付出的慘痛代價，因此，他們必須要有尊重過去的誠意、有正視自己的勇氣和追求完美人性的信念，才能夠在創作中抓住消除這種變形的可能。然而，「理智的崩潰，人性的脆弱，自己以及類似自己這樣的靈魂深處的可怕的變形，這一切都引起他們深深的震驚、迷亂和不安。」張賢亮對自己的心理變形看得越清楚，就越不願意把它和盤托出，他借小說中的敘事人來洗刷自己，在《綠化樹》裏這個敘事人就是章永璘，在章永璘的自辯聲中，依然隱隱透出那股從地獄帶來的「鬼氣」。〔註 7〕在 80 年代中期紛紜複雜的觀念更新、方法轉變的文學批評中，王曉明在《所羅門的瓶子》一文中對張賢亮創作心理的分析無疑是相當深刻且有份量的，他第一次深入到作家的靈魂深處，窺探張賢亮的隱秘心理，這對作家與讀者都產生了強烈的震撼力量，對後來的文學批評影響深遠。90 年代，批評家張旭紅、趙淑芳在《試論張賢亮小說的政治思辨色彩》

〔註 5〕張賢亮：《綠化樹》，《張賢亮選集》（第三卷），天津：百花文藝出版社，1995年版，第 162 頁。

〔註 6〕張賢亮：《「人是靠頭腦，也就是靠思想站著的……」——致孟偉哉》，《張賢亮選集》（第三卷），天津：百花文藝出版社，1995年版，第 642 頁。

〔註 7〕王曉明：《所羅門的瓶子——論張賢亮的小說創作》，《上海文學》1986 年第 3期。

一文中也指出「在章永璘這代知識分子身上，深深地打著時代的烙印，它是不會在他們身上消失的。一個曾經畸變到非人程度的靈魂，即使經過矯正和外表修整，它的內部組織結構，卻不能完全復原。我們不懷疑章永璘這代知識分子最終會變成馬克思主義信仰者。但是，我們同樣不懷疑他也是帶著特定時代的心靈創傷，背負著精神十字架的一代人。」〔註8〕

　　經過二十多年的勞動改造，張賢亮宣稱他已經成為一個信仰馬克思主義的唯物論者，在遭受監禁的勞改農場，他把閱讀《資本論》和列寧的《哲學筆記》當做救贖和改造自己靈魂的「聖經」。然而，《綠化樹》中對於「舊知識分子思想改造」這一主題的呈現是矛盾、痛苦而複雜的，一方面，張賢亮承認由於自己青少年時代接受過封建文化和資產階級文化的薰染而在氣質和觀點上具有資產階級小知識分子的思想文化特徵，「具有潛在的反黨反社會主義意識」，需要在世界觀上進行社會主義的改造，而同時「正因為我接受過封建文化和資產階級文化，我才能比較容易地理解和接受馬克思主義」〔註9〕，表現出他對於自己過去所受教育的積極一面的認同和對實現自我思想改造前景的樂觀心態。而另一方面，他對於新政權對舊知識分子的思想改造手段，從內心深處是持否定和批判態度的，他認為在極左路線統治下的中國大地，一切事物都呈現出荒謬和可笑的面孔。他是在那種壓迫人的精神和肉體的長期體力勞動中，在與馬纓花、謝隊長、海喜喜等勞動人民的長期接觸中，在對《資本論》和列寧的《哲學筆記》等馬列經典原著的閱讀中，來變形地實現了他對於自我思想的艱難改造的。正如作家在小說結尾處懷著由衷的、發自肺腑的激情寫下的：「馬纓花、謝隊長、海喜喜……雖然都和我失去了聯繫，但這些普通的體力勞動者心靈中的閃光點，和那寶石般的中指紋，已經湧進了我的血液中，成了我變為一種新的人的因素。」〔註10〕至此，章永璘的思想改造看似已圓滿完成，但是，人格的扭曲和心理的變形則注定難以消除。《綠化樹》中的章永璘是中國知識分子在苦難歷程中自我救贖的一個典型，但他自我救贖的起點則值得商榷：他出身資本家家庭，因此認為自己生而有罪，「我

〔註 8〕張旭紅、趙淑芳：《試論張賢亮小說的政治思辨色彩》，《甘肅教育學院學報（社會科學版）》1998 年第 2 期。

〔註 9〕張賢亮：《「人是靠頭腦，也就是靠思想站著的……」——致孟偉哉》，《張賢亮選集》（第三卷），天津：百花文藝出版社，1995 年版，第 642 頁。

〔註10〕張賢亮：《綠化樹》，《張賢亮選集》（第三卷），天津：百花文藝出版社，1995年版，第 337 頁。

所出身的這個階級注定遲早要毀滅的。而我呢，不過是最後一個烏兌格人。我這樣認識，心裏就好受一點，並且還有一種被獻在新時代的祭壇上的悲壯感；我個人並沒有錯，但我身負著幾代人的罪孽，就像酒精中毒和梅毒病患者的後代，他要爲他前輩人的罪過備受磨難。命運就在這裡。我受難的命運是不可擺脫的。」章永璘把自己的現實處境歸於命運的安排，表明他並沒有真正理解知識分子思想改造的必要性，在對無辜的血統進行懺悔之後，章永璘要在勞動中將自己塑造爲體格強壯的「筋肉勞動者」，但當他得到「筋肉勞動者」馬纓花的愛慕時，知識分子的政治理想又使他覺得「她和我兩人是不相配的」，他急遽地想要恢復他的知識分子身份意識，他「感到勞動者和我有差距，我在精神境界上要比他（她）們優越，屬於一個較高的層次」。〔註11〕章永璘以馬纓花的愛情爲載體完成了他對「筋肉勞動者」的超越。

1983 年，社會上掀起了一場以批判和抵制人道主義、異化、非馬克思的經濟理論、藝術美學的自由主義爲內容的「清除精神污染運動」。這場運動有著複雜的國際國內政治背景。十一屆三中全會確立了以經濟建設爲中心的指導思想，開明的政治環境帶來了文藝、新聞、理論界的相對自由，西方敵對勢力與國內極右勢力利用人們對「文革」的反思肆意詆毀社會主義中國、宣揚資產階級自由化，妄圖在中國實行和平演變。在這種情況下，文藝界出現了關於「現代派」理論與「三個崛起」的討論。1983 年 3 月，周揚在爲中宣部、中央黨校、中國社會科學院和教育部聯合舉辦的紀念馬克思逝世 100 週年大會上所作的《關於馬克思主義的幾個理論問題的探討》的學術報告中，強調人在馬克思主義學說中的重要地位，認爲「只有馬克思主義的人道主義，才能真正克服資產階級人道主義」，並認爲社會主義仍然存在著異化，改革是克服異化的途徑。〔註12〕這篇文章在當時引起了不小的爭論，周揚因此受到主管意識形態的政治局委員胡喬木的嚴厲批評。1983 年 10 月 12 日，鄧小平在中國共產黨第十二屆中央委員會第二次全體會議上做了題爲《黨在組織戰線和思想戰線上的迫切任務》的講話，他在講話中指出，文藝理論界「存在相當嚴重的混亂，特別是存在精神污染的現象」，「精神污染的實質是散佈形

〔註11〕 張賢亮：《綠化樹》，《張賢亮選集》（第三卷），天津：百花文藝出版社，1995 年版，第 214～215、305、300 頁。

〔註12〕 周揚：《關於馬克思主義的幾個理論問題的探討》，《人民日報》1983 年 3 月 16 日。

形色色的資產階級和其他剝削階級腐朽沒落的思想，散佈對於社會主義、共產主義事業和對於共產黨領導的不信任情緒。」「清除精神污染」很快在全國範圍內演變爲一場聲勢浩大的政治批判運動。文藝界隨之展開了對周揚、王若水關於「人道主義」和「異化」問題的批判，時任中國作協黨組書記的劉白羽在《紅旗》雜誌上撰文公開表示「清除『社會主義異化』論對文藝創作的不良影響，是關係到社會主義文藝事業前途的全局性大事，是關係到要不要高舉社會主義文藝旗幟的根本性問題。」〔註13〕張賢亮說他寫作《綠化樹》的時候，「正是消除和抵制精神污染被一些同志理解和執行得最高譜的時候。謠言不斷傳到我的耳中，先是說中央要點名批判《牧馬人》，後又說自治區宣傳部召集了一些人研究我的全部作品，『專門尋找精神污染』。……那些背離了黨中央精神的理解（有的是可以見諸極端的），激起了我理智上的義憤，於是我傾注了全部感情來寫這部可以說是長篇的中篇；在寫的時候，暗暗地還有一種和錯誤地理解中央精神的那些人對著幹的拗勁。我寫了愛情，寫了陰暗面，寫了一九六零年普遍的飢餓，寫了在某些人看來是『黃色』的東西；主人翁也不是什麼『社會主義新人』，卻是個出身於資產階級兼地主家庭的青年知識分子。而我正是要在這一切中寫出生活的壯麗和豐富多彩，寫出人民群眾內在的健康的理性和濃烈的感情，寫出馬克思著作的偉大感召力，寫出社會主義事業不管經歷多少艱難坎坷也會勝利的必然性來。」後來的事實證明，因爲在一些人的頭腦中沒有徹底肅清極左思想的流毒，他們仍然習慣於按過去搞階級鬥爭與大批判的方式對待學者、藝術家與學術上的問題，常常將一些學術問題當成了兩條路線的鬥爭，不能以平等的方式進行認眞的商榷或討論，結果引起了社會上的混亂與不安。「清污」運動由於胡耀邦等國家領導人的干預，只維持了 28 天就宣告結束。「我們自治區宣傳部特地讓我在報紙上發表了談話，在電視上亮了相，也澄清了前一段時間所謂的『尋找』確係謠傳。但那時我已經把十二萬多字的初稿全部寫完了。我感到欣慰的並不是我能寫出《綠化樹》，而是我能在那種謠諑四起的氣氛中寫出它來。」〔註14〕

《綠化樹》中的章永璘是現實生活裏張賢亮的縮影，通過塑造這個落魄的資本家的後代，作家寫出了自己的兒時記憶，「我小時候，教育我的高老太

〔註13〕劉白羽：《清除精神污染，促進文藝創作繁榮》，《紅旗》1984 年第 1 期。
〔註14〕張賢亮：《必須進入自由狀態——寫在專業創作的第三年》，《張賢亮選集》（第三卷），天津：百花文藝出版社，1995 年版，第 683、684 頁。

爺式的祖父和吳蓀甫式的伯父、父親，在我偶而跑到傭人的下房裏玩耍時，就會叱責我：『你總愛跟那些粗人在一起！』」〔註15〕作為剝削階級家庭出身的青年，怎樣看待自己的家庭和過去的經歷，這是章永璘在接受思想改造時無法迴避的問題。章永璘身上有強烈的原罪感，他虔誠地認為自己是一個必須接受脫胎換骨式改造的資產階級「右派」，他在勞改農場接受懲罰是為了替一個正在走向滅亡的階級懺悔和贖罪。但是，荒謬的現實迫使他不得不產生疑問：「過去朦朧的理想，在它還沒有成形時就被批判得破滅了。儘管我也懷疑為什麼把能促使人精神高尚起來的東西、把不平凡的抒情力量都否定掉，但我也不得不承認，現實的否定比一切批判都有力！那麼，新的理想、新的生活目的究竟應該是什麼呢？據說，我這種家庭出身的人，一生的目的都在於改造自己，但是說『犧牲就是為了改造自己』，顯然是不合理的。因為那等於說我不死便不能改造好，改造自己也就失去了意義。今天，我已成了自由人，如果說接受懲罰是為了贖罪，那麼，懲罰結束了就可說是贖清了『右派』的罪行；如果說釋放標誌著改造告一段落，那麼，對我的改造也就進行得差不多了吧。今後怎麼樣生活呢？這是不能不考慮的。」為了和飢餓的野獸區別開，弄清「我怎麼會落到這種地步」、「我們今天怎麼會成了這種樣子」的問題，章永璘開始閱讀《資本論》，希望從中找到答案。章永璘在勞改隊閱讀《資本論》這樣的著作不感到艱澀，反倒覺得書中所有的概念對他來說並不陌生。「我出身在一個資產階級家庭，在交易所經紀人和工廠資本家的撫養下長大，現在倒有助於我理解馬克思的理論。有許多概念，我甚至還有感性知識，比如使用價值與交換價值的區別，金銀相對價值的變動，貨幣流通以及商品的形態變化，貨幣之作為流通手段、貯藏、支付手段、世界貨幣的各種機能等等，這都是我在兒時，常聽我那些崇拜摩根的父輩們說過的。我記得，我第一次知道有《資本論》這部書，還是我在十歲的時候，在那間綠色的客廳裏，偶而聽四川大學的一位老教授向我父親介紹的。他說，要辦好工廠，會當資本家，非讀《資本論》不行。」〔註16〕閱讀《資本論》對章永璘，或者說對張賢亮的思想改造起到了極為重要的作用。

　　張賢亮在自傳性散文《雪夜孤燈讀奇書》中說，有這樣幾本書陪伴他度過了人生中最艱難的歲月，過去的苦難也因此被打上烙印，永遠無法忘懷，

〔註15〕 張賢亮：《綠化樹》，貴陽：貴州人民出版社，2013年版，第36頁。
〔註16〕 張賢亮：《綠化樹》，貴陽：貴州人民出版社，2013年版，第107頁。

它們是「馬克思的《資本論》一、二、三卷和列寧的《哲學筆記》。特別是《資本論》第一卷和列寧的《哲學筆記》上，密密麻麻地有我當年的眉批和上萬字的讀書心得。」〔註17〕在很長時間裏，《資本論》是張賢亮在勞改農場少數能夠接觸到和被允許閱讀的書籍，在結束了一天繁重的體力勞動之後，夜晚在昏暗的油燈下閱讀《資本論》成了他與外部世界之間唯一的精神聯繫。「現在，只有這本書作為我和理念世界的聯繫了，只有這本書能使我重新進入我原來很熟悉的精神生活中去，使我從饅饅渣、黃蘿蔔、鹹菜湯和調稀飯中昇華出來，使我和飢餓的野獸區別開⋯⋯」〔註18〕《資本論》提升了張賢亮對馬克思主義的理論認知，也淨化了他的心靈。起初他和《綠化樹》裏的章永璘一樣，完全是「抱著一種虔誠的懺悔來讀《資本論》」〔註19〕的，原以為閱讀《資本論》可以改造資產階級世界觀，沒想到結果卻適得其反，《資本論》使他看清了現實的荒謬與可笑。「這部巨著不僅告訴我當時統治中國的極左路線絕對行不通，鼓勵我無論如何要活下去，而且在我活到改革開放後讓我能大致預見中國政治經濟的走向。」〔註20〕在二十二年的勞改歲月中，張賢亮多次閱讀《資本論》，對馬克思政治經濟學從陌生到熟悉，《資本論》影響和改變了他對於政治、經濟和人生的看法，使他在前途渺茫的時候豁然開朗，成熟了許多，借用《綠化樹》裏章永璘的話就是「隨著我『超越自己』，我也就超越了我現在生存的這個幾乎是蠻荒的沙漠邊緣」。〔註21〕

　　張賢亮早年的生活經歷、閱讀體驗和審美經驗都以某種氛圍和詩性的情感為主，隱隱帶有感傷、柔弱和不切實際的知識分子色彩。單憑這樣的文人氣質，顯然已經無法適應狂風驟雨般的革命歷史洪流的沖刷。通過對馬克思《資本論》和列寧《哲學筆記》等馬列經典原著的閱讀，讓他原本柔弱感傷的詩人氣質加入了哲學思辨的精神強力與洞悉人類社會發展規律的樂觀精神。閱讀張賢亮的小說會發現，裏面幾乎都有一個不斷思辨和善於反省的強人形象存在。這個強人，不管是在燈下閱讀《資本論》，還是在土牢中對著月亮抒懷，都是作者的精神自畫像。《綠化樹》作為張賢亮九部「唯物主義論者

〔註17〕　張賢亮：《雪夜孤燈讀奇書》，《南方周末》2013 年 7 月 25 日。
〔註18〕　張賢亮：《綠化樹》，貴陽：貴州人民出版社，2013 年版，第 23～24 頁。
〔註19〕　張賢亮：《綠化樹》，貴陽：貴州人民出版社，2013 年版，第 43 頁。
〔註20〕　張賢亮：《「文人下海」》，《美麗》（散文集），貴陽：貴州人民出版社，2013
　　　　年版，第 108～109 頁。
〔註21〕　張賢亮：《綠化樹》，貴陽：貴州人民出版社，2013 年版，第 107 頁。

的啓示錄」系列作品裏的一部，反覆出現主人公閱讀《資本論》的情節，這本大書如同一部能夠使主人公獲得心靈救贖的《聖經》，發揮了知識分子自我啓蒙和治癒精神創傷的功能。「念了這本書可以知道社會發展的自然法則；我們雖然不能越過社會發展的自然法則，但知道了，就能夠把我們必然要經受的痛苦縮短並且緩和；像知道了春天以後就是夏天，夏天以後就是秋天，秋天以後就是多天一樣，我們就能按這種自然的法則來決定自己該幹什麼。」「社會的發展和天氣一樣，都是可以事先知道的，都有它們的必然性。」〔註22〕因為有了這種信念作為支撐，張賢亮在勞改農場沒有喪失生存的勇氣，他沒有像有的人那樣選擇自殺，也沒有被極左政治異化為「非人」，而是依然保持了思想的自由。

　　《綠化樹》獲得了1984年的「全國優秀中篇小說獎」，這是80年代中國當代中篇小說裏規格最高的文學獎項，作品獲獎無疑是一種正面而且積極的文學評價，也是文學評價機制對作家進行精神嘉獎的象徵資本，它代表著文學體制對作家創作業績的認可和鼓勵，隨著張賢亮文學事業的發展，他本人也被一系列榮譽的光環所籠罩，1983年，張賢亮擔任全國政協委員，1984年，他加入中國共產黨，並在寧夏文聯第三次文代會上當選寧夏文聯副主席、寧夏作協主席，被寧夏自治區勞動人事廳記一等功，晉升三級工資。張賢亮獲得了新時期知識分子的話語權，成為文學管理體制中的決策成員，張賢亮對官方意識形態的默契與服從姿態，使得這一時期的文化權力機構和批評界對他的文學評價也多為讚譽和寬容。但是，作為全國政協委員和寧夏文聯主席的張賢亮，被新時期的政治體制、專業作家體制緊緊包圍，他的身份和由於身份而在體制內享受到的種種權利，使得他必須在現有體制允許的範圍內從事文學創作。這在無形中對他的創作構成了限制，他在後來的創作中試圖突破這種體制上的束縛，進入一種自由的創作狀態。

2、《綠化樹》的文藝論爭

　　《綠化樹》發表後在文壇引起了極大的反響，作品獲得了讀者的普遍好評。批評家紛紛撰文表達他們閱讀小說的體會與感想，大多數評論家認為這部作品在張賢亮的創作生涯中具有某種開拓性的意義，是作家在思想和藝術上趨於成熟的標誌。資產階級出身的章永璘在長期的艱苦勞動中，獲得了與

〔註22〕張賢亮：《綠化樹》，貴陽：貴州人民出版社，2013年版，第117頁。

廣大勞動者一樣樸實的無產階級的道德情感，他自覺地改造世界觀、成為社會主義新人，這對知識分子來說是具有典型意義的。章永璘靈魂的逐步「淨化」，社會主義新人因素的增長，尤其是他認識到「個人的命運和國家的命運是聯繫在一起的」，這使他的自我解剖從一開始就建立在一個較高的基點上。夏剛的《在靈與肉的搏鬥中昇華──〈綠化樹〉的「心靈辯證法」》一文認為章永璘是在靈與肉的自我搏鬥中實現了靈魂的昇華，人物的心理描寫已臻於成熟。《綠化樹》堪稱中國當代文學中一部有分量的優秀作品。〔註23〕敏澤的《〈綠化樹〉的啓示》一文指出《綠化樹》包含著豐富的、多方面的啓示意義。「可以名符其實地說是在思想藝術上都有眞正創新的作品，它敢於『發前人之已發和未發』。」〔註24〕無論從思想性還是藝術性上，《綠化樹》都無疑是一部很有價值的中篇小說，但是對於它的價值應該怎麼認識，批評家並未局限於知識分子思想改造這一話題，而是對它展開了多元化、全方位的評論。例如，批評家牛洪山撰寫評論文章認為《綠化樹》標誌著張賢亮審美心理結構的一次調整，這個審美心理結構與作家的內在本質更為接近，具有鮮明的時代特徵。作家把自身所意識到的歷史精神同生活的豐富性結合起來，作品滲透了歷史感，從而處於更高的水平。〔註25〕批評家牛玉秋則從美學風格的角度指出張賢亮的《綠化樹》、《浪漫的黑炮》等作品的出現代表了一種達觀文學風格的萌芽。〔註26〕韓梅村認為《綠化樹》等作品標誌著當代小說創作中專業化知識作為一種創作意識進入小說創作領域的新趨勢。〔註27〕批評家的這種看法顯然是受到了王蒙倡導的當代作家學者化觀念的影響。

在褒獎和讚譽之外，小說對知識分子的過份貶低、對苦難的病態崇拜、對落入俗套的才子佳人愛情模式的沿用、對《資本論》中經濟理論的大段論述等，也引起了批評家的諸多爭論，胡畔的《〈綠化樹〉的嚴重缺陷》（《文藝報》1984 年 9 月 11 日）、魯德的《〈綠化樹〉質疑》（《當代文壇》1984 年第 9 期）、李貴仁的《與張賢亮論〈綠化樹〉的傾向性》（《小說評論》1985 年第 1

〔註23〕 夏剛：《在靈與肉的搏鬥中昇華──〈綠化樹〉的「心靈辯證法」》，《當代作家評論》1984 年第 3 期。

〔註24〕 敏澤：《〈綠化樹〉的啓示》，《當代文壇》1984 年第 9 期。

〔註25〕 牛洪山：《從〈綠化樹〉看張賢亮創作的一次轉變》，《當代作家評論》1984 年第 6 期。

〔註26〕 牛玉秋：《一種新的文學風格──達觀風格的萌芽》，《小說評論》1985 年第 1 期。

〔註27〕 韓梅村：《論小說發展中的一種新趨勢》，《小說評論》1986 年第 6 期。

期)、譚解文的《幻造的沙漠中的綠洲——對張賢亮同志〈綠化樹〉的一點看法》(《岳陽師專學報》，1985 年第 1 期)、高爾泰的《只有一枝梧葉 不知多少秋聲——讀〈綠化樹〉有感》(《當代作家評論》1985 年第 5 期)等，就屬於其中比較有代表性的批評文章。魯德認爲《綠化樹》對知識分子思想改造的認識，與歷史現實之間存在著明顯的偏差。小說使人產生這樣的誤解：那種正常的、合乎規律的改造自然、改造社會的實踐沒能使主人公轉變過來，反而在黨的路線出了偏差，導致主人公受到不公正待遇的「落難」時期，被「改造」好了，這是無法令人信服的。章永璘的思想改造主要是在一個自我封閉的情況下，以內心反省的方式進行的，缺少社會實踐的依據，不具有典型意義。另外，作品中大段的對《資本論》的闡釋，是作者主觀意念的流露，顯得生硬、枯燥。〔註 28〕美學家高爾泰對小說中知識分子改造這一主題，提出了尖銳的批評，他認爲作家對歷史的認識和反映是虛假的、不眞實的，小說的出發點似乎就是要告訴讀者知識分子本質上就不好，只是通過勞動改造才變好了。極「左」路線不是阻礙了而是幫助了中國知識分子獲得馬克思主義世界觀。「所有這一切，無異把破壞說成建設，不僅是歷史的顛倒，而且是在爲極『左』路線辯護和粉飾了。」〔註 29〕這些批評意見很容易讓人想起當年批評界圍繞小說《靈與肉》產生的爭鳴和分歧。李貴仁認爲《綠化樹》在表現知識分子思想改造這一主題時，帶有很強的理念性，未能化入活生生的、有血有肉的藝術形象，章永璘的讀書活動大體上只是一種孤立的、充滿內省意味的活動，與作品所反映的具體生活內容並無直接關係，即作品的情節與它的思想傾向性之間存在著矛盾。題記中所要表達的知識分子思想改造的主題很大程度上是作家強加給作品的，而不是從作品所表現的生活內容裏自然產生的。〔註 30〕金輝認爲「《綠化樹》中的矛盾太多了，它的題記和內容之間，至少從表面上看，有著相當的差異。作家聲明要寫知識分子的思想改造，實際展示的卻是改造『右派分子』的生活環境。因此，主人公和環境始終處於逆向運動的狀態之中。」〔註 31〕楊桂欣在比較了《綠化樹》與《土牢情話》

〔註 28〕魯德：《〈綠化樹〉質疑》，《當代文壇》1984 年第 9 期。

〔註 29〕高爾泰：《只有一枝梧葉 不知多少秋聲——讀〈綠化樹〉有感》，《當代作家評論》1985 年第 5 期。

〔註 30〕李貴仁：《與張賢亮論〈綠化樹〉的傾向性》，《小說評論》1985 年第 1 期。

〔註 31〕金輝：《橫看成嶺側成峰——〈綠化樹〉之我見》，《當代作家評論》1985 年第 5 期。

之後，對文藝界高度評價《綠化樹》而忽視《土牢情話》提出質疑，他認為《土牢情話》的藝術性與思想性都遠在《綠化樹》之上，而前者卻沒有受到應有的重視，《綠化樹》對於極左政治的錯誤做法態度隱晦曖昧，「陷入了為『左』的那一套辯護乃至張目的泥淖」，卻受到批評家的普遍讚譽。這反映出批評界存在著認識不清的問題。〔註32〕客觀地講，《綠化樹》確實存在著故事情節與作品思想主旨之間的矛盾。小說《綠化樹》的矛盾性和複雜性，使它成為 80 年代文壇上一部富有極大爭議的作品，但是圍繞《綠化樹》的論爭並沒有阻礙小說的傳播，反而讓張賢亮和他的這部作品的文學影響力大增，爭鳴變相地起到了為作品進行宣傳的作用。從文學與歷史的角度來說，張賢亮在《綠化樹》中流露出來的對於知識分子思想改造的複雜心態恰恰是那個時代知識分子內心最真實的想法：一方面既覺得舊時代過來的知識分子應該改造他們的思想、與勞動人民融為一體；另一方面又對無休止的思想改造運動有一種排斥和抗拒心理，而這也正是章永璘這一人物形象不朽的價值所在。

　　1984 年 4 月 16～17 日，寧夏作協、寧夏《文聯通訊》編輯室、《朔方》編輯部在銀川聯合召開關於小說《綠化樹》的文藝座談會。這次會議邀請了一批寧夏知名批評家，會上一批具有代表性的評論文章被集中刊發在《朔方》1984 年第 7～8 期的「《綠化樹》筆談會」專欄中，文章包括高嵩的《章永璘靈魂的裂變——〈綠化樹〉札記》（《朔方》1984 年第 7 期）、陳學蘭的《可喜的突破——讀〈綠化樹〉》（《朔方》1984 年第 7 期）、閻承堯的《赤子情深——讀張賢亮近作〈綠化樹〉》（《朔方》1984 年第 7 期）、張澗的《讀完〈綠化樹〉致張賢亮》（《朔方》1984 年第 7 期）、弘石的《讀〈綠化樹〉》（《朔方》1984 年第 8 期）、曾文淵的《坦誠的自我解剖精神——讀張賢亮的〈綠化樹〉》（《朔方》1984 年第 8 期）、鍾虎的《做為起點的〈綠化樹〉》（《朔方》1984 年第 8 期）等。這些評論家對《綠化樹》都持積極肯定的評價態度，認為這是一部成功的現實主義作品，寫出了一個具有非無產階級思想的知識分子向馬克思主義皈依的過程，體現出作家坦誠的自我解剖精神，在當下的文學創作環境中具有積極的現實意義。但是，這些評論文章大多缺乏新意與創見，沒有顯示出批評家切中要害的犀利眼光與推陳出新的理論功力，言語之間多為溢美之詞，顯示出對寧夏作家的偏愛。

〔註32〕楊桂欣：《得失由人亦由天——論張賢亮的兩部中篇小說》，《當代作家評論》1984 年第 6 期。

　　爲了進一步推動爭鳴局面的形成，文藝界享有重要影響和權威地位的《文藝報》於 1984 年 9 月 26 日邀請部分在京的文學評論家、文藝理論工作者、文學刊物編輯和高校研究生召開小說《綠化樹》討論會。與會者「比較一致地肯定了《綠化樹》所取得的思想和藝術的成就，認爲作品表現出作者生活基礎厚實、藝術描寫準確、深刻、出色的特點。認爲《綠化樹》是一部在當代文學史上重要的、有價值的作品。」同時，與會者也指出了作品存在的不足，「其中涉及到如何站在今天黨的知識分子政策的高度，來正確看待、描寫六十年代初知識分子的歷史道路；如何正確看待和描寫知識分子作爲個人與勞動群眾的關係；主人公章永璘作爲一類知識分子的代表，其形象是否典型，等等。」〔註 33〕從 1984 年第 9 期開始，《文藝報》集中刊發多篇由著名批評家撰寫的關於《綠化樹》的評論文章，一直持續到第 12 期結束。其中包括胡畔的《〈綠化樹〉的嚴重缺陷》（1984 年第 9 期）、藍翎的《超越自己與超越歷史——關於〈綠化樹〉人物形象的片斷理解》（1984 年第 10 期）、黃子平的《我讀〈綠化樹〉》（1984 年第 10 期）、張炯的《關於〈綠化樹〉》評價的思考》（1984 年第 11 期）、嚴家炎的《讀〈綠化樹〉隨筆》（1984 年第 12 期）、吳方的《對〈綠化樹〉的種種看法》（1984 年第 12 期）等，胡畔認爲「《綠化樹》對於知識分子的貶低顯然是錯誤的，而其中有關苦難的種種教益的描寫則主要是把握分寸不準確的問題。」〔註 34〕藍翎認爲「《綠化樹》裏的章永璘，是充滿著複雜矛盾的人物形象，他身上的某些矛盾還是被歷史的曲折弄糊塗了的反映。」〔註 35〕雖不乏批評的意見，但這次文藝討論總體上仍是以肯定的聲音爲主。多數評論家在文章中表達了他們對這部作品的認可，張炯駁斥了一些批評家對《綠化樹》主題思想的質疑。嚴家炎認爲《綠化樹》「是一部寫得既厚實又深沉的作品。」特別是成功塑造了馬纓花這個當代文學畫廊裏罕見的女性形象，「這樣剛強爽朗機智明快的婦女形象在我們的文學中似乎還是第一次出現。」〔註 36〕《文藝報》作爲中國作家協會主辦的最具理論權威的文學藝術類報紙，歷任主編中有茅盾、丁玲、馮雪峰、張光年、馮牧等文化巨匠、文學大師和卓有建樹的文學理論家，毛澤東、鄧小平等黨和國家領導人生前

〔註 33〕《文藝報召開〈綠化樹〉討論會》，《渤海學刊》1985 年創刊號。
〔註 34〕胡畔：《〈綠化樹〉的嚴重缺陷》，《文藝報》1984 年第 9 期。
〔註 35〕藍翎：《超越自己與超越歷史——關於〈綠化樹〉人物形象的片斷理解》，《文藝報》1984 年第 10 期。
〔註 36〕嚴家炎：《讀〈綠化樹〉隨筆》，《文藝報》1984 年第 12 期。

也對《文藝報》的工作做過重要指示。《文藝報》在當代文壇以黨的文藝政策的宣傳者與闡釋者的身份發揮著重要影響。因此,《文藝報》組織的這次文藝爭鳴有力地擴大了張賢亮及其小說《綠化樹》的文壇影響,確立了《綠化樹》在新時期文學史上的經典地位。有研究者認為作為「反思文學」的《綠化樹》,在作品的政治傾向上沒有與主流意識形態產生較大分歧,它對知識分子身份與苦難的表述是可以被體制接受的同質聲音。〔註 37〕因此,儘管有批評家對這部小說的思想主旨提出了質疑和詰難,它仍然得到了當時占主流的官方文學體制的認可,並最終獲得了 1984 年的全國優秀中篇小說獎,這種分析不無道理。

　　許多作家、學者在讀過《綠化樹》之後,對張賢亮的文學才能和小說筆法都給以極高評價。孫犁說:「作者的經歷、常識,文學的修養,對事業的嚴肅性,都是當前不可多得的。」〔註 38〕從維熙對張賢亮在《綠化樹》中表現出來的精確的微觀描寫工夫甚為推崇,他說:「《綠化樹》在藝術上是成熟的。人物娓娓道來,毫無矯飾之處;文字錯落有致,描寫濃淡相宜。我特別欣賞你(張賢亮,筆者注)那雙既有宏觀時代又有微觀紋理的作家眼睛。」〔註 39〕著名學者李澤厚「從作品本身給人的審美感受和藝術味道的特徵著眼」,肯定了《綠化樹》的主旨及精神,他說《綠化樹》給人的感覺是「複雜而真實的」,「文藝最忌諱的是假。只要是真的東西,就能牽動你的情感,豐富你的心靈,引起你的思索,這就行了。」〔註 40〕他對《綠化樹》的評價「恰如許子東所說,我們要感謝張賢亮,他把一段令人難堪的歷史,真實地記錄了下來。」〔註 41〕他們從歷史真實性的角度對《綠化樹》給予了高度評價,由此可見《綠化樹》在當時文化界人士中的影響之大。

　　小說《綠化樹》之所以能夠在廣大讀者中間產生如此大的反響,很大原因要歸於在我們這樣一個以馬克思主義為立國之本的國度,極左時期的種種人為的政治災難使人們的心靈與肉體都受到了不同程度的摧殘,劫後重生的

〔註 37〕曹文慧:《論〈文藝報〉(1978～1985)的「討論會」》,《小說評論》2012 年第4 期。

〔註 38〕孫犁:《老荒集》,北京:人民文學出版社,2012 年版,第 76～77 頁。

〔註 39〕從維熙:《唯物論者的藝術自白》,《光明日報》1984 年 6 月 21 日。

〔註 40〕李澤厚:《走我自己的路》,北京:生活·讀書·新知三聯書店,1986 年版,第 96～97 頁。

〔註 41〕轉引自白草:《我看張賢亮》,《朔方》2014 年第 11 期。

人們難免會對馬克思主義的理想信念產生迷茫與動搖，那些曾經被錯誤地要求進行思想改造的知識分子，他們內心眞實的想法會是怎樣的呢？《綠化樹》恰恰是用文學的方式非常眞實地回答了這些疑問。章永璘的感情狀態與思維狀態和當時許多知識分子在不少地方是相通的。對於《綠化樹》的眞實感，贊揚者與批評者其實並無多大不同。但對它的歷史感，不僅批評者否定，就是好多贊揚者也有保留，這說明作家在思想認識上對歷史的認知確實存在著某些自相矛盾的地方。例如，張賢亮將章永璘放在苦難中來磨煉其心志和改造其思想，他在艱難環境中閱讀《資本論》，培養自己的馬克思主義信仰，結果在苦難中實現了自我超越，最終變成了一個馬克思主義的信仰者。這種故事情節也許符合作家當年的事實經歷，體現了那個時代知識分子盲從政治意識形態，將苦難當作是自我改造以實現與工農兵結合的不二途徑，然而，在「文革」結束之後，作家仍舊用這樣的思想動機來從事文學創作，如果不是出於反諷，其眞實性就大可懷疑，從許靈均身上展示出的牽強的「愛國主義」到章永璘歷經苦難之後的超然姿態，都表現出新時期之初作家在創作上的小心謹愼。學者孟繁華指出：20 世紀 50 年代被錯劃爲「右派」的青年作家和詩人，在重返文壇後，面臨著體驗與敘事的矛盾，「他們眞實地經歷了幾十年靈與肉的摧殘，經歷了底層的貧困與愚昧，藝術良知使他們不能不眞實地道出這一切；但他們又不能懷疑哺育他們成長的歷史故事，這些敘事曾是他們生存下來的理由和依託。那些偉大的歷史敘事於這代人來說幾近於宗教，他們後來雖然是受難者，但同時又是聖徒。」正是這種近乎宗教徒般的虔誠信仰，使我們的「歸來者」經受住了歷史的考驗，他們在歸來之初沒有迷惘也沒有危機，又重新找回了自己的角色和歸屬感，在贏得了社會敬意的同時，也獲得了文學話語權，成爲文壇「重放的鮮花」，「但他們後來的文學實踐表明，這一『危機』和『迷惘』並非不存在，只不過是遲到了而已。對『歸來』一代文學作檢討式的回顧，並不意味著『徹底的否定』，那些眞假參半的敘事及策略帶著它們的全部特徵成爲留給我們的精神遺產。對於研究這代作家來說，它的豐富性還遠未被我們揭示。」〔註 42〕以「反思文學」的姿態出現在 80 年代文壇上的《綠化樹》，實際上是知識分子內心深處對歷史與現實之間矛盾情感的眞實寫照，它「沒有著力表現思想改造的那種強制、暴力壓迫性質，

〔註42〕孟繁華：《中國當代文學通論》，瀋陽：遼寧人民出版社，2009 年版，第 230、236 頁。

精神自主剝奪的虛妄也未得到有力揭示，相反，倒是試圖證明當代知識分子改造的文化邏輯的合理」。〔註43〕「章永璘等並不是歷史的犧牲品和被動的受害者，而是主動經受苦難並在磨難中最終成長爲成熟的『唯物主義戰士』的煉獄者。可怕的歷史夢魘，在這些小說中，閃耀著神聖的，近乎崇高的受難色彩」，張賢亮「以一個挺身接受考驗的成長者、受難者形象」，說明「儘管歷史曾經帶給知識分子災難，但一切並不那麼可怕，因爲這僅僅是一個過程，一個更爲成功的社會自我，將在災難的盡頭等待，並將給予受難者豐厚的報酬。」〔註44〕這無疑是對知識分子受難心理與歷史眞相進行所謂反思的一種空前的嘲諷，這種巨大的矛盾與複雜之處也許就是哲學家李哲厚所說的作品反映出「思想史上的眞實」的確切涵義。

雖然有這樣或那樣的問題存在，然而，這部作品的思想價值與文學價值是無法抹殺的，張賢亮在《綠化樹》中描寫了特定歷史環境下的嚴酷的現實生活，他沒有迴避和掩飾「右派」知識分子內心的矛盾和痛苦，而是以眞誠的態度去剖析自己的靈魂，顯示出作家敢於直面現實的勇氣和膽識，因此，這部小說雖然尚未達到讓所有批評家都感覺滿意的程度，仍然產生出震撼人心的力量。即使在進入90年代以後，重讀《綠化樹》的評論文章仍不時在報刊上出現，再次證明了這部作品恒久的藝術魅力，所不同的是讀者對於《綠化樹》的思考已經超出80年代探討的話題範圍，對作品的研究不斷向縱深領域發展，小說的語言特色、西北地域文化風情、民歌的敘事功能、回族人物形象、心理分析、女性主義等日益成爲批評家關注的對象。

二、掀起了一場關於「性」的革命

1、張賢亮小說中的性與政治

在農場勞動改造的知識分子不僅要忍受飢餓的煎熬和精神的苦悶，還要面對性的壓抑。對此，張賢亮有刻骨銘心的體驗，他不止一次說過他在長期的勞改生涯裏有種揮之不去的孤寂感，年過四十還孤身一人，他特別羨慕那些有家的農工，形影相弔的孤獨增加了他對異性的渴望，而從小嚴父慈母的家庭成長環境，也使他在潛意識裏有種強烈的戀母情結，他說他「從每一個

〔註43〕洪子誠：《〈綠化樹〉：前輩，強悍然而屏弱》，《文藝爭鳴》2016年第7期。
〔註44〕賀桂梅：《人文學的想像力》開封：河南大學出版社，2005年版，第219、220頁。

憐憫他的女人眼裏都能看見母親的眼睛」，他在每一個女性身上尋找對於母親的憶念，因此，動人的愛情故事注定成為他的小說創作的重要情節元素，他在小說裏成功塑造了一批質樸、勤勞、善良而又美麗的女性形象，「《吉普賽人》中的『卡門』，《在這樣的春天》中的『她』，《邢老漢和狗的故事》中的女乞丐，《靈與肉》中的秀芝，《土牢情話》中的女看守，這些藝術形象雖然在現實生活中並沒有具體的模特兒，但她們的心靈，的確凝聚了我觀察過的百十位老老少少勞動婦女身上散射出來的聖潔的光輝。……我覺得我並沒有欺騙讀者，賺取了一掬同情的熱淚，因為在她們的塑像中就拌和有我的淚水。在荒村雞鳴，我燃亮孤燈披衣而起時，我甚至能聽到她們在我土坯房中走動的腳步，聞到她們衣衫上散發出的汗味。從某種意義上來說，她們一個個都是實有其人。」〔註45〕這些閃耀著「聖潔的光輝」的女性，被他稱為「夢中的洛神」。在張賢亮的小說中，落難的知識分子總能得到女性的眷顧，無論身在何處，也無論陷入怎樣窘迫的境地，他的身邊總會出現一個甘願奉獻、為他犧牲的女性。「卡門」愛上了為躲避「四人幫」抓捕而逃亡的男青年，為了保護一個不知道姓名的「愛人」，她暴露自己引開查車人的注意；女看守喬安萍向一個被關押的「右派分子」大膽表白，並冒著風險為心上人傳遞書信；馬纓花使章永璘擺脫了飢餓的威脅，得以實現精神上的超越，卻拒絕了章永璘提出的結婚請求；黃香久幫助章永璘克服了對性的恐懼，讓他找回了作為男人的自信，最終卻又被章永璘拋棄。這些善良而又癡情的女性撫慰了男主人公瀕於崩潰的生命，成為受難知識分子心靈和肉體的拯救者和推動他們超越苦難的力量。張賢亮的小說在結構模式和人物設計上，無意中接續了某些「傳統」因素。正如批評家黃子平指出的，《綠化樹》等作品暗合了古典戲曲、小說表現「公子落難、小姐搭救」的敘事模式。〔註46〕這種「才子佳人」的敘事模式雖然顯得有些老套，但在特定的社會轉折時期卻獲得了新的歷史內涵，性、愛情、婚戀都與政治發生了複雜而微妙的聯繫。很多女性主義文學批評家認為張賢亮的小說中有強烈的男權意識，男權意識也被稱作菲勒斯主義（phallocentrism），弗洛伊德心理學認為男性的社會中心地位決定了他們在

〔註45〕張賢亮：《滿紙荒唐言》，《張賢亮選集》（第一卷），天津：百花文藝出版社，1995年版，第190～191頁。

〔註46〕黃子平：《同是天涯淪落人——一個「敘事模式」的抽樣分析》，《中國現代文學研究叢刊》1985年第3期。

藝術創作中充當強者角色，男性優於女性，後者只能作爲從屬或被選擇的配角出現。小說中的女性成了被「菲勒斯」拯救的對象，男性對女性身體資源可以任意掠奪，女性依賴男權社會，接受來自男性的創造和懺悔。在《土牢情話》、《綠化樹》、《男人的一半是女人》等作品中，男主人公都以追求更高理想爲藉口，把女性的身體作爲過渡時期的階梯和懺悔時救贖的工具來看待，結局多落入「始亂終棄」的古典小說窠臼，字裏行間浸淫著中國知識分子對傳統男權文化的崇拜。〔註47〕

在中國文人的傳統觀念中，女性經常是被當做一種具有價值衡量功能的社會資源而出現的，對女性資源的配置客觀上體現出男性社會地位的高低。這決定了「才子佳人」式的愛情不是現代性愛意義上的愛情，而總是寄寓著小說家許多愛情之外的思想感情和社會內容的構想。張賢亮作品中的「才子」是政治上無權無勢的落魄知識分子，「佳人」則是在當時擁有較高社會地位的底層勞動婦女，二者之間的身份和地位差別懸殊，作家讓這些聖潔的女性無一例外地愛上受難中的知識分子，從弗洛伊德精神心理學的角度來看，這實在是一種文人理想化的心理補償表現，表明特殊時代背景下的知識分子缺少社會應有的尊重和價值認同，知識分子作爲精神導師的固有優越感迫使他們從現實世界退向「書中自有顏如玉」的理想世界，從中尋找安慰和寄託。《土牢情話》中喬安萍喜歡石在的原因是「我挺喜歡有文化的人」，「右派都是好人」。《綠化樹》裏的馬纓花拒絕擅長各種農活的海喜喜的原因之一，就是因爲海喜喜是個「沒起色的貨，放著書不念，倒喜歡滿世亂跑」。她喜歡燈下讀書的章永璘，喜歡聽他吟詩、講故事，當海喜喜故意插嘴搗亂時，她就瞪著海喜喜說「你懂啥？！」「你就懂得吃飽了不餓！」她拒絕章永璘提出的結婚要求，也是出於怕章永璘婚後吃苦的考慮，她說「你是個念書人，就得念書。只要你念書，哪怕我苦得頭上長草也心甘。」在那個知識分子被打成牛鬼蛇神的混亂年代，沒有多少文化的底層勞動婦女能夠拋開世俗的眼光，鍾情於柔弱的文人，實在不能不令人對這種愛情的基礎和可信性產生懷疑。然而，我們在閱讀這些作品時，往往被張賢亮筆下女性慈母般的悲憫情懷所打動，會自覺地忽略掉這些可疑的女性的存在，這裡面就涉及到一個問題：即小說反映的時代與作品寫作的時代的問題，小說中的故事發生在極左路線猖獗的

〔註47〕陳由歆：《談張賢亮的近作〈壹億陸〉中的兩性關係》，《理論界》2011 年第 6 期。

時期,讀者從真實性的角度來看這些女性,會覺得不可思議,然而,這些作品發表的年代是撥亂反正、給知識分子恢復名譽的新時期,新時期的文學中有一個「文明與愚昧的衝突」的主題,曾經飽受苦難折磨的知識分子重新掌握了話語權,而此前政治身份價值頗高的「工農」則隱入沉默地帶。敘事作品中出現了大量關於農民愚昧的描寫,知識分子則被描述為新時代的啟蒙者,他們在愛情的競爭中必然處於絕對優勢,而過去地位崇高的農民、工人則必定落敗。新時期的很多作品,如,劉心武的《愛情的位置》、古華的《爬滿青藤的木屋》、《芙蓉鎮》等作品對此都有生動反映。這種變化在張賢亮的短篇小說《夕陽》裏表現得格外明顯,桑弓在極左年代裏是被批鬥改造的對象,女知青雖然鍾情於他,最後也只能嫁給農民出身的縣造反派「司令」,新時期桑弓獲得平反,成為受人尊敬的作家,昔日的女知青也與他的丈夫結束了不幸的婚姻,知識分子在這場愛情的競爭中終於以勝利者的姿態出現,並收穫了如夕陽般遲來的愛情。

張賢亮筆下的女性形象光彩照人、呼之欲出,是因為在她們身上傾注了作家無比真摯的感情,這些女性形象一開始出現就受到了文學批評家的關注,閻綱在《〈靈與肉〉和張賢亮》這篇評論中就曾較早指出張賢亮小說中多次出現的逃荒、流浪,處於底層的勞動婦女是「近幾年來短篇小說中不可多得的動人形象」,〔註48〕曾鎮南、王曉明、高嵩等批評家也都對張賢亮小說中令人動容的女性形象進行過精彩的點評,但早期的張賢亮小說評論裏缺少對這些女性形象的系統論述,很多評論者只是在分析某部作品時順帶談及這些女性形象,雖然也有一些評論者為闡明作品的藝術特色或主題思想,而在個別文章中進行過專門論述,但張賢亮小說中女性形象的專論文章直到 80 年代中期女性主義文學批評興起之後才開始大量湧現。批評家大多對張賢亮小說中的女性形象持讚賞態度,認為這些人物是真實感人的,她們能夠在極左年代里保護和愛慕知識分子,說明了勞動人民的情感是樸素真摯的,她們的選擇是對極左勢力的最有力的反駁,是對知識分子價值的認同。20 世紀 80 年代中期,隨著當代中國女性意識的覺醒和西方女性主義文學批評理論傳入中國,在文學批評領域出現了一批專門分析張賢亮小說中的女性形象、性別立場的評論文章,其中如,王雷的《「夢中的洛神」——張賢亮小說的女性形象》(《遼寧師範大學學報》1985 年第 2 期)、茉莉的《男人的肋骨——張賢亮筆

〔註48〕閻綱:《〈靈與肉〉和張賢亮》,《朔方》1981 年第 1 期。

下的女性形象批判》（《文學自由談》1988 年第 6 期）、田美琳的《張賢亮筆下的勞動婦女形象》（《寧夏大學學報（社會科學版）》1996 年第 3 期）、朱常柏的《論張賢亮小說中的女性形象》（《揚州大學學報（社會科學版）》2000 年第 6 期）、景瑩的《張賢亮的女性觀》（《廣西社會科學》2002 年第 4 期）、汪冬梅的《「喚取紅巾翠袖，搵英雄淚」——論張賢亮小說的女性意識、苦難意識及其「類士大夫」氣質》（《中文自學指導》2002 年第 4 期）、王溭海的《張賢亮作品中的女性情結》（《南京理工大學學報（社會科學版）》2004 年第 3 期）、姚成麗的《男權話語下的女性——張賢亮小說中的女性形象分析》（《時代文學（雙月版）》2006 年第 2 期）、鄧禮華的《從「女神」到「女奴」——論張賢亮筆下女性的命運》（《科教文匯（下旬刊）》2007 年第 9 期）等。批評家從女性主義的情感立場出發，對張賢亮小說中反映出的女性觀和男權思想提出了批評，女性主義批評從而成爲適用於張賢亮小說評論的一個獨特視角。

　　張賢亮小說裏的女性身上幾乎都呈現出母性的慈愛。她們在爲心愛的男人獻出自己的一切同時，給予情人或丈夫更多的是母親般的關懷與疼愛，甚至使性愛退居次要地位。男人們從她們懷中得到的也更多是母愛一樣的溫暖。汪冬梅認爲「張的女性系列似乎皆有如下柔美氣質：近乎母性的憐憫、施捨和愛；而且她們對男人的寬恕，並非出自深究原委後的通達，更多的是近乎溺愛的遷就，夾著憐愛的姑息。」〔註49〕這些女性既是男主人公靈魂的寬恕者和拯救者，又是死心塌地以身相許的女奴。石在的軟弱和背叛，使熱戀他的喬安萍遭到連首長的姦污，可她卻對出賣自己的戀人無怨無悔。章永璘在馬纓花的食物和愛情的滋養下變得強壯，卻認爲勞動人民出身的馬纓花跟他這個知識分子之間有著不可能拉齊的距離，她那種愛情的方式和愛情的語言，令他覺得彆扭、覺得可笑。「我在她的施恩下生活，我卻不能忍受了，我開始覺得這是我的恥辱。我甚至隱隱地覺得她的施捨玷污了我爲了一個光輝的願望而受的苦行。」〔註50〕黃香久用她火一樣的熱情和體貼把章永璘變成了一個眞正的男人，結果卻被章永璘拋棄了。正如批評家王曉明所形容的那樣，當張賢亮打開了深藏於心底的所羅門瓶子時，從中湧現了不少對女性

〔註49〕汪冬梅：《「喚取紅巾翠袖，搵英雄淚」——論張賢亮小說的女性意識、苦難意識及其「類士大夫」氣質》，《中文自學指導》2002 年第 4 期。

〔註50〕張賢亮：《綠化樹》，《張賢亮選集》（第三卷），天津：百花文藝出版社，1995 年版，第 304 頁。

的動人的溫情印象，但也湧現出了更多的關於背叛的陰暗記憶。這應該是張賢亮精神世界的某種眞實寫照。〔註51〕作家賦於他筆下的女性原始自然之美，表達他強烈的「女性崇拜」意識，然而實際上仍舊是一種「拯救男性」的寫作策略。景瑩在文章中指出張賢亮「在男權意識的支配下更多的是再現這些女性如何貌美體貼而又永遠無法與男人主要是知識者進行心靈溝通的蔑視，這種意識在它最初的幾篇以農民爲主的小說中並不強烈，但在他後來的『系列中篇』《唯物論者的啓示錄》中則有明顯的體現。」張賢亮對女性由崇拜、感激到蔑視的思想根源是他的戀母情結。「他的母親出生於名門大家，她有貴婦人的雍容、典雅和從容不迫的氣度，這毫無疑問的影響了張賢亮對女性的認識態度。而在他經歷了風雨磨難之後才發現那些普通的勞動婦女是根本不能跟母親相提並論的，於是他開始失望，而且是一次又一次的失望，終於導致他對女性態度的轉變。」〔註52〕在這些批評家看來，作家站在男性立場上的女性觀顯然是有問題的，馬纓花等女性只不過是章永璘等男性通往成功路上肆意拋棄的墊腳石，她們心甘情願地獻出一切，卻不求回報，面對被拋棄的命運，她們仍然報以寬恕的微笑，這是女性主義者所無法理解的，張賢亮長期經受的是一種被人踩在腳下的屈辱，一種不斷泯滅男性意識的折磨，因爲曾經喪失過男性的尊嚴和權利，他在小說裏反覆渲染那個敘事人的男性力量。「儘管他心中躁動著張揚自我的激情，處處想顯示男子漢的力度，他實際上並未完全從苦難強加給他的軟弱心態中解脫出來。」〔註53〕作家設立的敘事人原本承擔著解脫其道德壓力的功能，然而，由於讀者被這些女人所感動，從而更不能原諒敘事人的過失。張賢亮小說的理智大堤被感情的潮水衝垮，他自己也始料未及。他把最完美的筆墨投入到那些女人身上即已經反撥了他創作的初衷。這種創作上的矛盾，恰恰成爲張賢亮小說的獨特魅力。

　　一些批評家還從張賢亮小說中的性描寫入手，分析了女性身體與性和政治之間的關係，陳娟的《欲望的幻滅——張賢亮論》（《文藝理論研究》1997年第5期）、陳靜梅的《性與政治——重探張賢亮小說中的性描寫》（《貴州大

〔註51〕 王曉明：《所羅門的瓶子——論張賢亮的小說創作》，《上海文學》1986年第3期。
〔註52〕 景瑩：《張賢亮的女性觀》，《廣西社會科學》2002年第4期。
〔註53〕 王曉明：《所羅門的瓶子——論張賢亮的小說創作》，《上海文學》1986年第3期。

學學報（社會科學版）》2005 年第 5 期）、田鷹的《談張賢亮小說中性愛描寫的旨趣》（《名作欣賞》2008 年第 6 期）等就是其中的代表。陳靜梅的文章指出「從以『愛情』點題的劉心武的小說《愛情的位置》開始，到張潔討論愛情和婚姻關係的小說《愛，是不能忘記的》,『愛情』作爲一種社會象徵資本，不但意味著個人精神的蘇醒與解放，同時也成爲『美』和『道德』這套從樣板戲中沿襲而來的主體性話語的重要組成部分，這就使得儘管身體得以一步步『解放』，卻仍然要處於『道德』控制之下。」〔註 54〕直到 1985 年，張賢亮的小說《男人的一半是女人》的出現，才標誌著女性的身體眞正從善與美的政治神話中還原爲現實生活中吸引男性欲望的肉體，所以，這部小說被看作是新時期文學由「情」到「欲」的分水嶺。〔註 55〕張賢亮對新時期文學創作中性描寫禁區的率先突破，使得從 80 年代後期開始，文壇相繼出現了一批描寫人的生理欲求的作品，如，劉恒的《狗日的糧食》（1986 年）、《伏羲伏羲》（1988 年）、王安憶的「三戀」（《荒山之戀》、《小城之戀》、《錦繡谷之戀》）、《崗上的世紀》、鐵凝的「三垛」（《麥稭垛》、《棉花垛》、《青草垛》）、賈平凹的《廢都》（1993 年）等，因此，有研究者認爲「沒有張賢亮的作品，中國作家大概還不敢理直氣壯地談情說愛，在小說中橫陳裸露的身體。」〔註 56〕可以毫不誇張地說，張賢亮開「性」之先河對 80 年代的文學創作具有重大的影響，《男人的一半是女人》代表了一種時代思想的轉變，即欲望的主體開始代替道德主體粉墨登場，但值得注意的是，這並不意味著從此就丟掉了「美」和「道德」以及「自由」這類抽象的概念，相反，這些理念被內在化、感覺化和肉身化了，張賢亮的小說實際是通過描寫「肉體」來實現人們對於政治自由的某種設想。〔註 57〕

對於那些剛剛從思想禁錮的政治環境中獲得解放的讀者來說，對女性身體進行細膩描摹的作品基本上等同於涉性文學。這是他們瞭解異性心理活動和身體特徵的一個途徑，張賢亮在刻畫他小說中的女性的身體外貌特徵時十

〔註 54〕陳靜梅：《性與政治——重探張賢亮小說中的性描寫》，《貴州大學學報（社會科學版）》2005 年第 5 期。

〔註 55〕何西來、杜書瀛主編：《新時期文學與道德》，濟南：山東教育出版社，2001 年版，第 152 頁。

〔註 56〕蔣暉：《當代寫作中的性別話語》，韓毓海主編：《20 世紀的中國：學術與社會（文學卷）》，濟南：山東人民出版社，2001 年版，第 448 頁。

〔註 57〕陳靜梅：《性與政治——重探張賢亮小說中的性描寫》，《貴州大學學報（社會科學版）》2005 年第 5 期。

分傳神，例如，喬安萍出場時的描寫是「齊耳的短髮配上圓圓的臉，表現出無邪的稚氣：肩膀胸脯和手都厚實、豐滿，彷彿勃勃的生氣要往外溢出似的。」她背著槍穿著發黃的綠軍裝的裝束不就是一幅英姿颯爽的革命女將的畫像嗎？張賢亮筆下雖不乏風流多情的女性，如，韓玉梅、馬纓花等，但她們對待愛情的態度是純潔的、認眞的、癡情的，韓玉梅爲了在饑荒的年月裏撫養孩子，和別村的男人有過不正當的關係，當魏天貴要求她以後別再胡來後，她就眞的從此本本分分地過日子，因爲她眞心喜歡的人是魏天貴，並願意一直癡情地苦等對方。馬纓花家裏經常有各種各樣的男人光顧，被人譏笑是開著「美國飯店」，可是海喜喜卻說：「啥『美國飯店』，那都是人胡編哩！我知道，那鬼女子機靈得很，人家送的東西要哩，可不讓人沾她身。」這間接說明她並不是那種和任何男人都保持曖昧關係的輕浮女人。

在這場改造知識分子世界觀的運動中，張賢亮一方面揭露極左政治對正常人性的摧殘，長期的性壓抑竟然導致了章永璘作爲男性功能的喪失，竟然將「完整的人」變成了「半個人」和「廢人」，這是何等的殘酷；另一方面，作家通過對女性身體被非法佔有的血淚控訴來實現對強權政治權威性的挑戰。在張賢亮的小說裏，女性的身體經常被工農兵出身的掌權者非法佔有，《在這樣的春天裏》的「她」因爲沒有和「右派」父親劃清界限，被農場領導以「歷年來資助右派分子的父親搞翻案活動」爲名，判決爲「堅持反動立場的五類分子子女」，被群眾監督勞動。當國家要爲運動中搞錯的人落實政策時，她向農場站長提出申訴，結果卻被對方利用職權姦污。《河的子孫》裏貧農出身的韓玉梅被魏天貴推薦進了棉紡廠工作，因爲長相出眾，先後有三個技術員、一個科長用誘姦和哄騙的方式與她發生過性關係，她明明是受害者，結果卻落下個「拉幹部下水」的罪名，被開除廠籍，交回村裏成爲管制分子。《土牢情話》中的喬安萍被勞改農場的連首長姦污並導致懷孕，最後被迫嫁給了一個她不愛的農民。《肖爾布拉克》中的上海女知青抱著改造自己、建設邊疆的決心來到新疆，結果卻被連裏的「造反派」頭目在一片紅柳林裏欺負，她只能忍辱吞聲地生下了一個沒有父親的孩子。諸如此類的悲劇，在張賢亮的小說中實在太多了。女性的身體被極左政治路線下的掌權者玷污，幾乎成爲了新時期初期文學家表現女性與政治之間隱喻關係的常用手段，對黑暗年代的控訴藉此取得了藝術上的成功，而這也成爲當時在性欲望禁錮的年代裏表達性、瞭解性的唯一合法途徑。正因爲如此，當張賢亮推出《男人的一半是

女人》時，才會有批評家驚詫於書中對女性身體的露骨描寫，批評作品中的性描寫成分太多、太過份。章永璘偷看黃香久在蘆葦叢中洗澡的一段描寫，將女性的身體之美淋漓盡致地展現在讀者面前，「（她）揮動著滾圓的胳膊，用窩成勺子狀的手掌撩起水灑在自己的脖子上、肩膀上、胸脯上、腰上、小腹上……陽光從兩堵綠色的高牆中間直射下來，她的肌膚像繃緊的綢緞似的給人一種舒適的滑爽感和半透明的絲質感。尤其是她不停地抖動著的兩肩和不停地顫動著的乳房，更閃耀著晶瑩而溫暖的光澤。而在高聳的乳房下面，是兩彎迷人的陰影。」〔註58〕如此大膽而具體地描寫女性的胴體和男人的欲望、性心理的隱秘文字在張賢亮之前那個特定的歷史時期的作家筆下還從未出現過，因此，小說《男人的一半是女人》發表後在文學界引起一片譁然。通過塑造女性形象、揭示女性與政治的關係，張賢亮把「性」這個隱秘的話題帶入了文學的殿堂，他使人們意識到，那個年代裏的知識分子被政治扭曲變形到何種痛苦的程度，他們連人性中最基本的食色之性也無法得到滿足，他筆下的男人和女人因此而顯得更加真實。其實在《綠化樹》中，張賢亮就曾經借當地被人們叫做「河湟花兒」的西北歌謠，抒發過黃河兒女對於愛情大膽奔放的熱烈追求和癡男怨女無法言說的性欲渴求。小說裏馬纓花、海喜喜隨口吟唱出的「花兒」不就是一首首質樸無華但卻能撼動讀者心靈的愛情詩嗎？只不過這些歌謠是以隱晦的方式表達人們對於性的欲求，並沒有顯得粗俗不堪，反而增加了他小說的詩意境界，而在《男人的一半是女人》中，他則是採用通俗的語言文字來描寫和展示性心理和性行為。

　　《男人的一半是女人》第一次在當代文學的嚴肅氛圍中大膽地描寫了健康的性，確實很前衛，但這種「前衛性」更多來自那個特殊的時代。性是生理的，也是社會的，極「左」路線使得中國人的性觀念長期被壓抑、扭曲，導致許多人生理和心理上受到了傷害。作家因為對知識分子的性壓抑與性苦悶有著切身的感受，他才會如此癡迷於書寫女性的身體，並成為新時期文壇上率先打破性描寫禁忌的作家。在小說《男人的一半是女人》裏，張賢亮確實大量地描寫到了性，但他的這些描寫還是比較含蓄而富有詩意的，同時，作家的創作態度也是嚴肅的，表達了他對人性的重視與尊重。這與作家後來創作發表的《習慣死亡》、《一億六》等作品中頻繁出現的性描寫場面是有本

〔註58〕張賢亮：《男人的一半是女人》，《張賢亮選集》（第三卷），天津：百花文藝出版社，1995年版，第437頁。

質區別的，張賢亮後期在將性作爲一種表現知識分子心理變形的慣用手段的同時，暴露出他的文學才情和藝術表現力正在變得日趨匱乏。

2、批評聲中的《男人的一半是女人》

李陀認爲新時期之初的「傷痕文學」、「反思文學」、「改革文學」仍然是在延續「舊」的工農兵文藝路線，眞正的「新」文學是從 1985 年開始的。〔註 59〕1985 年是中國新時期文學發展史上的重要年份，當代文學在這一年開始發生一系列重大變化，以前那種一元化狀態的文學主潮忽然退落，文學呈現出絢爛的多元化圖景，「尋根文學」、「先鋒文學」、「新寫實小說」的出現宣告了一個新的文學時代的來臨。也正是在這一年，張賢亮推出了他的長篇小說《男人的一半是女人》。

《男人的一半是女人》在《收穫》（1985 年第 5 期）上發表後，因其中的性描寫在文壇引起軒然大波，批評家從政治權力的隱喻、婚姻的道德倫理、女性主義批評、弗洛伊德精神分析等各種角度來對這部作品進行闡釋和解讀，結果一部 20 多萬字的小說竟然引出了 200 多萬字的批評文章，成爲整個 80 年代裏爭議最大的一本書。隨著社會的發展和思想解放的深入，今天回頭再來看這部小說中的性描寫，我們也許會覺得這些已經算不得什麼驚世駭俗之舉，但在剛剛撥亂反正的年代，這種描寫確實讓人難以接受。很多批評的聲音直接指向章永璘這個人物，批評他對待黃香久的決絕態度，批評他的僞君子性格，批評他的愛情觀，甚至批評他的人格。當時有一篇批評文章的題目就叫《章永璘是個僞君子》（周惟波，《文匯報》1985 年 10 月 7 日），這說明一些批評家並不是從文學的審美角度出發來對作品進行評價，而是在用道德倫理的評價標準來看待這部文學作品，道德評價和政治評價仍然在以一種慣性的力量支配著某些批評家的文學批評思維。《男人的一半是女人》引發了社會廣泛而熱烈的爭鳴，爭論的內容包括性描寫的禁忌、女性形象的塑造、飢餓和苦難的歷史記憶、知識分子的思想改造和批判精神、作家的創作心理等，其中有些討論的話題已經明顯越出了文學的邊界，而進入到社會學探討的領域。批評家許子東指出人們在評論《男人的一半是女人》時，似乎說什麼的都有，意見特別紛雜，沒有像以往那樣，形成截然相反的兩種觀點，構成針鋒相對的爭鳴，之所以出現這種「混亂」的局面，乃是由於批評家們同

〔註 59〕李陀、李靜：《漫話「純文學」──李陀訪談錄》，《上海文學》2001 年第 3 期。

時在不同層次上把握和評判作品，這反映出文學創作和批評觀念從單一性的社會政治或倫理判斷向社會文化心理結構的多層次變化，《男人的一半是女人》因為具有多層次的意蘊結構，「可以召喚、導致、經受和容納那種種或憤怒或陶醉或苛刻或奇特的批評」，才造成了多層次批評局面的形成。〔註60〕同時，張賢亮在作品中表現出來的政治姿態、道德姿態與美學姿態的混淆也加劇了批評的混亂。這種多層次批評其實早在《綠化樹》的爭鳴中就已經初露端倪。作為《綠化樹》續篇的《男人的一半是女人》更是以其深厚的哲學思辨的穿透力和對人性不同凡響的探求，刺激了處在不同知識層面上的讀者的接受意識，為新時期文學提供了多方面的美學思考和研究角度，因而引起了批評家們的廣泛關注。小說發表後僅一年，全國就有四五十家報刊發表評論文章，形成了各抒己見的爭鳴態勢。

　　1987年，寧夏人民出版社編輯出版的《評〈男人的一半是女人〉》就是一部很有代表性的文學評論總集，從中可以看出當時批評界對這部小說的爭論和評價概況。該書收錄了1985～1986年期間發表在各類期刊、報紙上的評論文章四十四篇，其中既有黃子平、李兆忠、藍棣之、曾鎮南等著名評論家的文章，也有韋君宜、張辛欣、王緋等女性作家、女性批評家對這部作品的評論，黃子平在文章中指出《男人的一半是女人》以中國當代文學前所未有的深度，正面地展開「靈與肉」的搏鬥及自我搏鬥，「『性』的饑渴，是小說中最精心動魄的段落」，「封建專制主義（『全面專政』）和禁欲（禁他人之欲）主義對正常人性的摧殘，似乎還從來沒有像這樣觸目驚心地、嚴肅而勇敢地、深入地得到表現。」但他對章永璘這一人物形象在婚姻中表現出來的自私和冷漠也進行了批評，「章永璘對『女人造就的家庭生活』的『超越』，儘管以陰影的壓迫為理由，也總讓人覺得不近人情。」「在生動具體的情慾與尖銳激烈的政治之間，似乎只存在著一種抽象化了的兩性之間的永恒搏鬥。女人不是首先被看成一個平等的『人』，而是首先被看成一個異性。實際上，無論被當作『聖母』來膜拜或當作『超越』的階梯來利用，都是同一種心理同一種歷史偏見的兩類變態。」〔註61〕《男人的一半是女人》在處理章永璘的自然

〔註60〕許子東：《在批評圍困下的〈男人的一半是女人〉——兼論作品的多層次意蘊和多層次評論》，《社會科學》1986年第5期。

〔註61〕黃子平：《正面展開靈與肉的搏鬥——讀〈男人的一半是女人〉》，《評〈男人的一半是女人〉》，銀川：寧夏人民出版社，1987年版，第2、3頁。

情慾與政治使命感之間的關係上，因缺少必要的中介而顯得生硬，這一點遠不如《綠化樹》對章永璘的描寫更令人信服。曾鎮南撰文指出像章永璘「這樣一個自我暴露的知識分子性格，在當代文學中，確實還從來沒有過。」面對他「這樣一個多少帶著某種自覺的惡意和虛僞的、負荷著時代的痛苦的靈魂」，任何同情或貶斥都是軟弱無力的，「已有的道德觀念很難評判這個人物，只有冷靜的社會歷史分析和社會心理分析才能幫助我們去理解這個人物內含的一切矛盾」。〔註62〕藍棣之則認爲《男人的一半是女人》和《綠化樹》一樣，都是要寫出一個人是怎樣從食與色這樣平庸的世俗生活中獲得精神超越的過程，在《男人的一半是女人》裏，章永璘「從情慾中超越出來，去追求眞正的愛情；從觀念的道德束縛下超越出來，去擷取生命的感覺」，針對有些讀者批評小說中存在的「自然主義描寫」和拿了道德原則去衡量主人公行爲的做法，他認爲這是對作家的誤解，是沒有看到作品眞正深刻的思想所在。〔註63〕李兆忠在文章裏認爲《男人的一半是女人》較之《綠化樹》，從整體來看水準雖並未見提高，甚至有令人厭惡之處，但作家繼續創新以求超越自己的努力卻是顯而易見並應予充分肯定的。《男人的一半是女人》「是張賢亮迄今爲止寫出的全部作品中最有力度和深度、最成功的作品」。〔註64〕這些批評家能夠秉持客觀嚴謹的文藝評論態度，因此，他們對小說《男人的一半是女人》都做出了較爲中肯的評價，但是，也有一些評論者從性描寫的道德層面完全否定了這部作品的藝術價值。石鎔的《一個危險的藝術信號——評〈男人的一半是女人〉的性意識描寫》（《今日文壇》1986年第2期）就是其中一篇有代表性的批判文章，論者認爲「《男人的一半是女人》是一部全篇充斥著性意識的作品，它有能量地敗壞了嚴肅文學的聲譽，串連起了部分讀者齷齪的審美追求和獵奇獵色情趣。這是應該引起今日文壇所要警覺的。」「《男人的一半是女人》的審美趣味似乎全在於女性的人體上，藝術理想似乎也全在於男女性欲追求滿足的所謂『幸福』上。」「作家忘卻了他應該具備並已曾經被公認的強烈的社會責任感，不是去寫陰暗時代人們潛藏的健康的心理意識、品德

〔註62〕 曾鎮南：《負荷著時代的痛苦的靈魂——評〈男人的一半是女人〉》，《評〈男人的一半是女人〉》銀川：寧夏人民出版社，1987年版，第356、346頁。

〔註63〕 藍棣之：《談談張賢亮的〈唯物論者啓示錄〉》，《評〈男人的一半是女人〉》，銀川：寧夏人民出版社，1987年版，第212頁。

〔註64〕 李兆忠：《在藝術與哲學之間——〈男人的一半是女人〉的象徵意蘊》，《評〈男人的一半是女人〉》，銀川：寧夏人民出版社，1987年版，第111頁。

情操，而是以所有嫻熟的藝術手段去大力渲染人物的陰暗心理、變態情緒、卑鄙意識和可惡行為。可以說，《男人的一半是女人》的問世，是作家偏離自己光明的藝術航道的一個確證，同時也是作家的藝術創造力萎蛻的一個表現。」〔註65〕這種評價顯然有失公允，在《男人的一半是女人》裏雖然有比較大膽的性描寫，但它的主題是嚴肅的，它並非像論者所批評的那樣是一部充滿低俗趣味的色情文學作品。論者使用的是一種十分情緒化的批判式語言，批評的態度也顯得咄咄逼人，很多地方還留有極左年代的思想鬥爭痕跡，讀來無法令人信服。此外，韋君宜的《一本暢銷書引起的思考》（《文藝報》1985年12月28日）、林之豐的《反映性愛和婚姻問題要有正確的態度》（《作品與爭鳴》1986年第1期）、王緋的《性崇拜：對社會修正和審美改造的偏離——從〈男人的一半是女人〉的性描寫說開去》（《文學自由談》1986年第3期）等文章也都對張賢亮的這部小說持否定和批評意見。時任人民文學出版社社長的韋君宜撰文說：「我自己作為一個女讀者，就覺得受不了書裏那種自然主義的描寫，我想還會有不少女讀者也是如此。……很受不了被人看成單純只是『性』的符號，只以性別而存在。那實在是對人的侮辱。」「我並非說作者有意迎合讀者的低級趣味，或說它與黃色淫穢的書等同，但是，對於兩性關係的自然主義的描寫實在太多了一些。」作品「在眾多的讀者中發生那種不良社會效果，難以全怪讀者。作品本身是應負主要責任的。」〔註66〕王緋認為由於作家在對性的認識和藝術實踐的把握上表現出的性崇拜，造成了小說對人類性本能的社會修正和性描寫所必須的審美改造的偏離，從而使作品本該有的嚴肅政治性主題庸俗化了。《男人的一半是女人》使人看到的是對墮落的高揚。黃香久「是帶著男性的而且是囿於生物學的眼光觀照社會生活所塑造出來的男性心目中的女性，是被作者的性崇拜扭曲的女性。」「這類性描寫，不能作為審美對象，只能是官能感受對象；進入不了審美層次，只能停留在官能刺激的層次。」〔註67〕林之豐認為《男人的一半是女人》「如此露骨地大段描寫性心理與性行為，不論其主觀意圖如何，都是不嚴肅、不慎重的。」「作品的格調，是作者思想境界的反映。這些格調低下的性描寫，充斥

〔註65〕 石鎔：《一個危險的藝術信號——評〈男人的一半是女人〉的性意識描寫》，《今日文壇》1986年第2期。

〔註66〕 韋君宜：《一本暢銷書引起的思考》，《文藝報》1985年12月28日。

〔註67〕 王緋：《性崇拜：對社會修正和審美改造的偏離——從〈男人的一半是女人〉的性描寫說開去》，《文學自由談》1986年第3期。

於通篇小說，反映了作者思想境界的低下。由於作者是帶著欣賞的態度來刻畫和描寫這些人的本能，對讀者的不良誘惑更甚。」〔註68〕筆者認爲這樣的評價實在是誤解了張賢亮的創作初衷，《男人的一半是女人》是在當時「創作自由」的文藝背景下出現的一部嚴肅文學作品，而並非是80年代的《金瓶梅》。女批評家囿於自身情感經驗而得出的偏激結論恰恰也說明極左文藝思潮，尤其是「文革」期間的禁欲主義對女性性觀念禁錮的嚴重程度，張賢亮對女性身體和性心理、性行爲的大膽描摹，使這些女性批評家覺得受到了侮辱，因而無法容忍，但我們不能因此而否定這部作品的思想價值。1988年，灕江出版社出版的《新十年爭議作品選》在第三卷中收錄了《男人的一半是女人》，同一卷中還有莫言的《透明的紅蘿蔔》、王安憶的《小城之戀》等作品。其中對《男人的一半是女人》的爭議最多，光論文目錄就羅列了九頁之多，因該書收錄的評論文章與寧夏人民出版社的《評〈男人的一半是女人〉》多有重合，故此處不再贅述。

　　《男人的一半是女人》發表後，在批評界引起強烈反響，《當代文壇》、《當代作家評論》、《小說評論》、《文學自由談》、《讀書》等刊物都紛紛設立專欄發表與之相關的評論文章，其中主要有孫毅的《理性超越中的感性困惑——關於〈男人的一半是女人〉的思考》（《當代作家評論》1986年第1期）、吳方的《斷想〈男人的一半是女人〉》（《當代作家評論》1986年第2期）、劉蓓蓓的《獸·人·神——關於〈男人的一半是女人〉》（《當代作家評論》1986年第2期）、李樹聲的《難得的永恒 難釋的解——漫談〈男人的一半是女人〉》（《當代作家評論》1986年第2期）、蔡葵的《「習慣於從容地談論」它——讀〈男人的一半是女人〉》（《當代作家評論》1986年第2期）、邱學成的《眞誠，呼喚批評睜開第三隻眼睛——我讀張賢亮中篇系列小說及其評論》（《當代作家評論》1986年第4期）、丁小卒的《是「解放」，還是扭曲的加深？——漫談〈男人的一半是女人〉》（《當代文壇》1986年第4期）、石天河的《與批評家談〈男人的一半是女人〉》（《當代文壇》1986年第4期）、李貴仁的《一個特定時代的「懺悔錄」——〈男人的一半是女人〉辨析》（《小說評論》1986年第3期）、李劼的《創造，應該是相互的——評〈男人的一半是女人〉的性觀念》（《讀書》1986年第9期）、李書磊的《〈男人的一半是女人〉接受檢討》（《文學自由談》1989年第1期）

〔註68〕林之豐：《反映性愛和婚姻問題要有正確的態度》，《作品與爭鳴》1986年第1期。

等，這些爭鳴文章從多個視角對《男人的一半是女人》展開了文學與思想上的探討。如此集中而且大規模地討論同一部作品，這在 80 年代的批評界是比較罕見的。大多數批評家將這部作品當做道德小說或政治小說來解讀，其中既有中肯的評價，也不乏嚴厲批評的聲音，值得一提的是，那個年代的讀者普遍將其作為一部性啓蒙的教科書來看待，刊載小說的雜誌被搶購一空，許多年輕人搶著閱讀，彷彿在偷嘗禁果一般。中國社會科學院文學研究所的研究員楊早說：「《男人的一半是女人》是共和國文學中第一篇大面積進行性愛描寫的公開發表的作品。無數人（包括我）第一次從這篇小說中得到性的啓蒙，儘管這種『啓蒙』雜亂而怪異，但對於大多數讀者而言，它仍是第一次目睹肉欲在白紙黑字間釋放。這讓張賢亮與其他『傷痕文學』作者在識別度方面高下立判，也成為了新時期文學『性浪潮』的濫觴。」〔註69〕在嚴肅文學面臨危機、通俗文學大行其道的 80 年代末，這本書卻能轟動一時，這的確不能不引起人們的思考。

張賢亮在《男人的一半是女人》中大膽地描寫女性的身體器官，剛剛走出禁欲時代的人們第一次在書本中讀到了這樣的字眼：窈窕的身軀、高聳的乳房、富有曲線美的胸脯和小腹，像「緊繃的綢緞一樣，給人一種舒適的爽滑感和半透明的絲質感」的肌膚，對於 80 年代中期的青年讀者來說，這些句子無疑能夠強烈地震顫他們的每一根神經，簡直是一種奇妙到超驗的「出格」描寫。在中國的文化傳統中，「性」與「愛」向來是不能合一的，「性」從來就被視為淫穢、色情的代名詞，難登大雅之堂。在當代文學前三十年的文學作品中，身體不僅是與鉛字絕緣的，在現實生活中也是被遮蓋和迴避的，十七年文學中的女性形象以女烈士和女幹部為主，不管是在電影銀幕上還是現實生活中，年輕的女性一概穿著寬大的軍裝或工裝，她們的形象如同第三套人民幣畫面規定的那樣整齊劃一，「文革」時期的樣板戲更加有意識地去消解女性的身體特徵。張賢亮第一次剝掉了女性身上寬大的工裝，他讓人們驚奇地發現，女性的身體原來竟如此美妙。從張賢亮的《男人的一半是女人》開始，女性軀體和性愛描寫大量出現在新時期作家的筆下，並成為歌頌和讚美的對象。但是，很多文藝界人士對這種寫法卻表現得相當反感，據曾任《收穫》副主編的程永新回憶說，《男人的一半是女人》寄給《收穫》，「編輯部看了這個小說以後都覺得不錯，認為張賢亮寫出了人性，有一些真實的體驗在

〔註69〕楊早：《張賢亮：文學史裏的壞小子》，http://www.aiweibang.com/yuedu/dushu/1974484.html。

裏面。之後，把它作爲一部重要作品，由李小林編發了。」小說在《收穫》
上發表以後，「北京的一些女作家對此很有意見，說張賢亮的作品不尊重女
性。作家冰心也因此打電話對巴金說：你要管管《收穫》了。」巴金看完小
說之後認爲沒有什麼問題。李小林還記錄下了巴金的大概意思：這是一部嚴
肅的小說，不是爲了迎合市場化的需要而寫的；最後的一筆寫得有一點「黃」，
但是寫得確實好。〔註70〕因爲巴金的肯定，這場風波才逐漸平息。

　　雖然很多批評家因爲作品「性裸露」的程度而對它進行指責，但也有一
些作家、批評家從這個角度爲它辯護。如，女作家張辛欣在《我看〈男人的
一半是女人〉的性心理描寫》一文中說「我認爲：單就這部小說的個體性心
理的過程描述來看，是合乎心理和生理邏輯的。」「在這部作品裏，人性中最
基本的性心理的扭曲正揭示、控訴和剖析了那個特定時代的氣氛，整個社會
的狀態和每一個個體的隱秘的內心狀態互相構成著總體氛圍，互相決定著。」
〔註71〕長期的勞改生涯和禁欲氛圍使主人公章永璘喪失了性能力，在一次勞
動搶險中他成了群眾眼中的英雄，在黃香久的撫慰下，他的性能力突然得到
恢復。「如果說迫害，說摧殘，還能有比這更甚的麼？把性心理、性意識的描
寫，有機地融進那個特殊的環境和特定的社會背景，並且又寫得那麼合乎情
理，不能不說是對作品歷史感的一種有力的深化。」〔註72〕如果我們將章永
璘這個人物的性觀念、性意識，放置在那個特殊社會歷史、文化的大背景中
去考察，就會發現這部作品對於極左政治扼殺人性的批判和控訴眞是達到了
前所未有的深度。面對激烈的批評，張賢亮說把這部小說當做性文學，他感
到很冤枉，「我是用很嚴肅的態度去寫這篇小說的。我想通過人性的被扭曲，
來反映一個可怕的時代，告訴世間這樣的時代不能再存在下去。」〔註73〕作
家借男女之間的情愛故事來表現「文革」歷史，從而使性與政治建立起了某
種關聯。正如胡少卿在《中國當代文學中的「性」敘事（1978～）》一書中指
出的，「《男人的一半是女人》爲『性』爭取到了一個重要的話語據點。它成
功的秘訣在於將『性』與『政治』同構，將『性壓抑』與『政治壓抑』同構，

〔註70〕程永新、吳越：《巴金與〈收穫〉》，《新民晚報》2016年9月7日。
〔註71〕張辛欣：《我看〈男人的一半是女人〉的性心理描寫》，《文藝報》1985年12
　　　月28日。
〔註72〕苑坪玉：《性與象徵——評〈男人的一半是女人〉》，《今日文壇》1986年第2期。
〔註73〕轉引自林樹：《是性文學嗎？——評〈男人的一半是女人〉》，《今日中國》1986
　　　年第6期。

在『陽痿』和『政治壓抑』之間建立一種必然聯繫。『欲望』和『壓抑』都被
編織到一個有關控訴的大敘事中去了，從而在大歷史中獲得了命名。」〔註74〕
性描寫被張賢亮編織到對於黑暗歷史的控訴和揭露之中，借助這種深層控訴
的名義，性欲望被合法化，性描寫在「文革」後第一次獲得了人們正面而積
極的評價，讀者從政治批判的意義上接受性，把性看成是人們日常生活中的
合理要求，這部小說由此被文學研究者和文學批評家評價爲新時期文學中率
先打破性描寫禁忌的破冰之作。然而，剛剛走出「文革」歷史陰霾的人們，
還沒有做好充分的準備來考慮文學中性描寫的合法化問題，也可以說，人們雖
然在對於政治層面的意識形態問題上，已經達成了「解放思想」、「實事求是」
的共識，但是，在倫理道德層面，仍然被極左時期的禁欲主義思想束縛，人們
恥於談論性愛和婚戀方面的私密話題，這導致很多文藝評論家在評價張賢亮的
《男人的一半是女人》時，首先是以激烈批判的態度出現的。張賢亮雖然是以
新時期文學性描寫禁區開拓者的姿態出現的，但胡少卿分析後認爲《男人的一
半是女人》「仍然是在『罪感敘事』的範疇內展開，這決定了它既召喚『性』，
又必然要超越『性』。」小說裏「始終存在著『靈』與『肉』兩個層次，一邊
是極度的性饑渴，一邊則是孜孜不倦的對國家前途命運的焦灼。『生活難道僅
僅是吃羊肉嗎？』小說中，章永璘不停地追問自己，在他心靈的天平上，『靈』
顯然遠遠重於『肉』。這種對『性』的罪感邏輯促使他離開了黃香久（許多女
性主義批評家正是從性別角度對這一結局進行指責）。」〔註75〕

　　福柯說過「在社會領域中，有一些話語是被允許出現，而另一些則是不讓
出現的，而受到最爲嚴格控制和禁止的話語領域是：性和政治。因爲性和政治
的討論絕非中性的，它們同欲望和權力有關。對欲望的談論本身就是欲望的對
象，對政治的談論本身同樣是政治的對象。」〔註76〕《男人的一半是女人》既
奠定了張賢亮在新時期文學史上的性描寫禁區開拓者的地位，開啓了八、九十
年代文學創作中性描寫的濫觴，同時，這種寫作方法以及他對女性的態度也讓
他在一些文學批評家，尤其是女性批評家心目中的形象受到了一定的損害。1995
年，《文學自由談》刊登了一篇題爲《當代某些男性作家的落後婦女觀》的文章，

〔註74〕 胡少卿：《中國當代文學中的「性」敘事（1978～）》，合肥：安徽教育出版社，
　　　　 2008年版，第49頁。
〔註75〕 胡少卿：《中國當代文學中的「性」敘事（1978～）》，合肥：安徽教育出版社，
　　　　 2008年版，第51頁。
〔註76〕 汪安民：《福柯的界限》，北京：中國社會科學出版社，2002年版，第150頁。

批評張賢亮、蘇童、賈平凹小說中體現出的婦女觀，認為他們的作品「無視婦女的獨立人格，無視她們的社會存在和精神世界，把她們醜化為男子的工具、玩物甚至奴僕。」章永璘身上流露出的「自私的佔有欲事實上是將女人淪為私有的賞玩工具，男人附屬品的一種觀念表現。」論者認為這是當代男性作家大男子主義和封建士大夫思想的反映，說明很多作家頭腦中還沒有徹底擺脫封建思想，因此必須加強女權主義的文學批評。〔註77〕對於批評家的指責，張賢亮說愛一個人必然就會想要佔有對方，這是男人和女人共有的心理特徵，批評家以道德標準來對章永璘進行批判是有失公正的。「我只能說我描寫的就是『這一個』。不管『先進』也好，『落後』也罷，那個（或這個）時代的男女就是『這個樣』！……我只是真實地寫出了我們這一代人就是這麼一副『德行』，也許將來的讀者看了會覺得真可笑、真落後（現在已有人覺得可笑和落後了）！然而，作品的價值大概也就在這裡了吧。」〔註78〕

《男人的一半是女人》是80年代中後期影響最為深遠，同時也是爭議最大的作品之一，它讓張賢亮長期處於「低俗」作家的批評漩渦中，改變了一些批評家對他的原有印象，小說在社會上掀起了一場關於「男人和女人」的性文化旋風，引發了新時期女性主義文學批評的覺醒，王安憶、鐵凝等作家都多少受到過這部小說的影響。王安憶對張賢亮的《男人的一半是女人》給予了高度評價，認為它完成了新時期文學「關於寫性的革命」。〔註79〕章永璘是張賢亮作品中最具有爭議性的人物，這一人物的價值，「不只它所包含的深廣的社會內容和社會批評意義，還在於它蘊含的美學，乃至人類學、歷史學的意義，在於它以文學的手段，從審美的角度，把對人類精神深層的開掘向前推進了一步。」〔註80〕可以這樣說，是一次次激烈的爭論使張賢亮迅速成為80年代知名度很高的作家。總體來說，張賢亮以描寫人物的食、色兩方面的欲望為落筆點，藉此揭示人性、反思人性，是成功的。然而，這也容易轉移注意力，導致作品在對政治、歷史的批判與反思上面用力不夠。1985年10月，作家出版社以《感情的歷程》為題，出版了「唯物論者的啟示錄」第一

〔註77〕余小惠、鮑震培：《當代某些男性作家的落後婦女觀》，《文學自由談》1995年第3期。
〔註78〕張賢亮：《睡前絮語》，《心安即福地》（散文集），貴陽：貴州人民出版社，2013年版，第109～110頁。
〔註79〕王安憶、張新穎：《談話錄》，桂林：廣西師範大學出版社，2008年版，第63頁。
〔註80〕張志英、張世甲：《張賢亮代表作·前言》，鄭州：黃河文藝出版社，1989年版。

部，其中包括短篇小說《初吻》、中篇小說《綠化樹》和長篇小說《男人的一半是女人》。著名評論家夏志清在讀完《感情的歷程》後，對張賢亮的文學才能進行了高度評價，他說「如果要爲 20 世紀 80 年代中國內地小說發展的傑出成就選一位代表作家，我會選擇張賢亮，……當我第一次碰巧讀到他的小說《男人的一半是女人》（1985 年）時，我便震驚於張氏寫作水平之高，同時也爲此閱讀經歷而感到欣喜。那時我就想，就文學技巧與思維的活躍度而言，在我讀過的爲數不多的 20 世紀 80 年代作家中，尚沒有人（包括評價甚高的阿城）能與張氏比肩。」「後來進一步讀了張賢亮的小說，我便確信，如果不是從創作實績而僅就創造的天賦來說，張賢亮確可與張愛玲、沈從文等量齊觀，其水準應在老舍、茅盾這樣的 20 世紀 30、40 年代的小說家之上。……無疑地，張賢亮是當代中國最重要的作家之一。」〔註81〕

「1979 年到 1984 年前後，是新時期文學的第一個段落。」〔註82〕這一時期張賢亮的文壇地位不斷攀升，迅速成爲當代重要作家，批評家對他這一時期的文學評價整體上以肯定成績爲主，他的小說很好地與這一階段的政治環境相契合，既展現出對過去不合理的左的政治路線的批判，又傳達出他對新時期改革開放政策的支持與積極投身現代化事業的參與熱情。張賢亮前中期的小說之所以能在 20 世紀 80 年代不斷引起讀者和批評界的重視，一方面是由於作品本身的藝術價值，張賢亮可以說是上世紀 30 年代出生的那一批作家裏面最有才華的人之一，他的詩人氣質在小說中得到了很好地展示和發揮，豐富的人生經歷，使他的作品具有哲理性、思辨性；另一方面，張賢亮的小說與 80 年代那種社會轉型的時代背景互動融合，與政治聯繫得十分緊密，張賢亮曾說他的所有小說都是政治小說，而 80 年代最牽動人們注意力的就是政治風向的轉變，是大的政治環境成就了張賢亮的文學創作。文學思潮在張賢亮前中期的小說創作中具有很大影響，在 1985 年之前那種具有一元化的文學主潮的文學年代，迎合與追趕文學思潮無疑是取得成功的捷徑，張賢亮在 80 年代的很多想法都與國家當時倡導的政治走向不謀而合，用作家的話說就是他具有某種超前性、前瞻性，因此，他的小說更容易得到主流意識形態的青睞並引起批評家的注意。1985 年之後，文學多元化的趨勢日益明顯，純文學

〔註81〕 夏志清：《張賢亮：作者與男主人公——我讀〈感情的歷程〉》，李鳳亮譯，《中山大學學報・社會科學版》2008 年第 5 期。

〔註82〕 洪子誠：《中國當代文學概說》，北京：北京大學出版社，2010 年版，第 93 頁。

的地位遭到通俗文學和新媒體的挑戰而變得式微，張賢亮的小說失去了一元化時代文學主潮的引領，對極左政治的批判和反思，變成了某些作家的個人寫作方向，尤其是進入 90 年代以後，張賢亮等「右派」作家迅速被市場控制下的文壇邊緣化，逐漸淡出了讀者的視線。在這個過程中，張賢亮發覺了文學的無力，他要繼續扮演社會改革參與者的角色就必須投身與時代結合最緊密的商業大潮，在這種情況下，他創辦了鎮北堡西部影城，成爲「文人下海」的典型。

第四章　商業大潮中的「下海」文人

　　80 年代後期，張賢亮陷入了政治和文學上的雙重困境，因為發表不當言論，他被左派人士看做是資產階級自由化思潮的代表人物而受到猛烈批判，他的兩部長篇小說《早安！朋友》（1987）和《習慣死亡》（1989），一部剛一出版即被禁，一部則備受質疑，在讀者中沒有引起太大的反響，這種情形顯然出乎作家的預料，在失落和困惑之餘，張賢亮的文學創作熱情和小說產量銳減。批評界在這一時期對張賢亮的文學創作評價也開始發生由「熱」向「冷」的轉變。

　　進入 90 年代，在「文人下海」的熱潮中，張賢亮以他小說的全部海外版稅收入作為抵押向銀行貸款，在寧夏銀川創辦了鎮北堡西部影城，從此，他將大部分的時間與精力放在影視城的經營與管理上，小說創作進入低潮並最終停滯，到他逝世前的二十一年中，只有短篇小說《普賢寺》（《芙蓉》1996 年第 5 期）、中篇小說《無法甦醒》（《中國作家》1995 年第 5 期）、《青春期》（《收穫》1999 年第 6 期）、長篇小說《我的菩提樹》（又名《煩惱就是智慧》，上部發表於《小說界》1992 年第 5 期、下部發表於《小說界》1994 年第 2 期）、《一億六》（《收穫》2009 年第 1 期）等為數不多的幾部作品問世，從讀者反饋和批評家對這些作品的評價情況來看，張賢亮的文學影響已經明顯失去了80 年代時的那種轟動效應。《一億六》甚至被一些批評家指責為情趣低俗、完全喪失了一個知識分子應有的批判精神。張賢亮之所以沒有被人們徹底遺忘，得歸功於他在市場經濟大潮中創辦了「出賣荒涼」的鎮北堡西部影城，媒體的宣傳使他成為了「文人下海」的成功典型，而這實際上也是作家主動迎合時代需求、遠離文壇的結果。

一、「下海」前的失落與困惑

1、張賢亮的政治危機與文學危機

20 世紀 80 年代後半葉，「二戰」後的「冷戰」格局以東歐巨變、蘇聯解體而宣告終結，東方的社會主義陣營土崩瓦解，國際共產主義運動遭受嚴重挫折，國際政治局勢的惡化也影響到中國的穩定，從 1986 年至 1989 年，在中國的知識分子中間出現了嚴重的資產階級自由化思潮，一些人公開反對共產黨的領導，反對社會主義道路，主張全盤西化，1986 年的下半年，高校學生中出現了要求加快社會主義民主化進程的「民主熱」，資產階級自由化的鼓吹者利用學生的不滿情緒，煽動學生上街遊行示威，合肥、上海、北京等地相繼出現了大規模的學潮事件，當地正常的生產、生活秩序受到干擾和破壞，後經各地有關方面和學校當局的教育和疏導，事件逐漸平息。這一年年底，鄧小平就學潮事件同中央幾位負責同志談話，強調必須堅決抵制資產階級自由化思潮，1987 年 1 月 6 日，《人民日報》發表社論《旗幟鮮明地反對資產階級自由化》，指出搞資產階級自由化，即否定社會主義制度，是根本違背人民利益和歷史潮流，為廣大人民群眾所堅決反對的。此後不久，方勵之、王若望、劉賓雁因為攻擊社會主義制度、鼓吹資產階級自由化先後被開除黨籍。一場全國範圍內的反資產階級自由化思潮的鬥爭就此展開。張賢亮因為發表不當言論，受到了左派人士的攻擊和批判。1986 年的《文藝報》事件成為批評界對張賢亮的政治評價和文學評價的轉折點。

在新時期作家中，張賢亮因為熟讀《資本論》等馬列經典著作，對資本主義在人類社會發展史上的作用有比較深刻的認識，強烈的政治自信，使他在批判極左政治的社會轉型時期，顯得遊刃有餘，他抨擊「四人幫」的罪行，擁護鄧小平的改革開放政策，主張「中國當代作家首先應該是一個社會主義改革者」，體現出他參與社會變革的政治熱情，然而，他思想解放的超前性使他對社會變革中的某些體制問題產生了嚴重的不滿情緒，這使得他與 80 年代後期急劇變化的社會環境之間顯得有些格格不入，他的一些大膽言論在當時的政治輿論環境下，被認為具有資產階級自由化思想傾向，他的一些充滿哲學思辨色彩的小說也被左派人士視為有「反黨小說」的嫌疑。張賢亮與某些左派文藝批評家的關係變得十分緊張。1986 年 8 月 23 日，作協機關報《文藝報》刊發了張賢亮的《社會改革與文學繁榮——與溫元凱書》，在這封公開信中，張賢亮明確提出要「給資本主義『平反』」，他說：「資本主義，作為人類歷史發展中

的一種社會形態，它是不可逾越的。……種種強加於資本主義頭上的『誣衊不實之詞』，現在是需要我們理論工作者大力給予平反的了，給資本主義『平反』，將會使我們更好地解決我國當前政治、經濟、法制改革中的種種實際問題。」「我們要給資本主義『平反』，要參照現代資本主義的經驗和模式來改造自己國家的社會——政治體制。」〔註1〕在反對資產階級自由化的敏感時期，這些話自然被一些人視為「冒天下之大不韙」的反黨言論。張賢亮的政治觀點受到了黨內外左派人士的一致批判，他也因此被看做是宣揚資產階級自由化思想的代表。張賢亮後來在接受《經濟觀察報》記者採訪時回憶說「那是給溫元凱的一封信。1986年他邀請我到杭州參加一個關於改革開放的座談會。我沒有去成，就給他寫了一封信。我說，自1949年以後資本主義被批判得體無完膚，認為它是一切罪惡的淵藪，是人類社會悲慘命運的歷史。可是按照馬克思主義的說法，資本主義是人類社會必經的一個階段，而且人類社會只有經過了資本社會才創造了如此巨大、豐富的財富。而且資本主義強調了個性，要求自由、平等、博愛，這是具有普適性價值的。資本主義在人類歷史上起著不可磨滅的作用，它為人類創造了非常大的一筆精神財富和物質財富，這些是我們必須繼承的。後來，這封信以《社會改革與文學繁榮——與溫元凱書》的題目發表在《文藝報》上，惹了大禍。」「當時小道消息到處跑，你知道，在中國小道消息有時候比官方消息更可怕。有一則小道消息說，中央已經擬訂了一個名單，還有20多人『待處理』，我就在其中。那時開各種會議批判『資產階級自由化』，我作為寧夏的文藝團體負責人不得不參加這些會議，每天灰頭土腦地聽各種『幫助』。為了幫助我和發表我文章的《文藝報》解圍，中國作協負責人請老資格的馬克思主義學者胡繩出面講了幾句話，大意是說，張賢亮是個寫小說的，對馬克思主義研究不夠，談社會改革的理論問題有錯誤、表達不準確，是可以理解的。」〔註2〕在各方面力量的干預下，對張賢亮的猛烈批評才逐漸停止。1989年前後，資產階級自由化思潮再度泛濫，張賢亮又受到了某些左派人士的批判，1988年，《瞭望週刊》刊發何滿子的文章《對藝術和人生的莊嚴感》，文章批評沙葉新的劇本《馬克思秘史》將

〔註1〕 張賢亮：《社會改革與文學繁榮——與溫元凱書》，《文藝報》1986年8月23日。

〔註2〕 馬國川：《張賢亮：一個啟蒙小說家的八十年代》，《經濟觀察報》2008年4月19日。

偉人與糟糕的「秘史」聯繫起來，是對偉人不敬和「輕佻」的表現；而張賢亮對偉人則更「輕薄」，「小說（《男人的一半是女人》）竟放肆地把馬克思、恩格斯、燕妮這些崇高的名字和一頭騸馬拉在一起，分擔小說人物性無能的惱恨」，如此對待馬克思，「實在令人難以容忍」，「這是對人類莊嚴感的褻瀆，當然也是對藝術的褻瀆。」何滿子為此寫了一篇措辭尖銳的短文，但投寄給好幾個報刊都被退回。他說「從退稿的回信很容易察覺，原因是張賢亮是名作家，名字要維護。很難懂得的是，張賢亮和馬克思之間，誰更值得維護呢？」〔註3〕何滿子的文章引發了激烈的辯論，很多讀者紛紛在《瞭望週刊》上撰文對張賢亮的政治觀點進行了異常尖銳的批判，柯曉達的《莫不是在維護一頭騸馬》（《瞭望週刊》1988年第28期）、何滿子的《對答：談談張賢亮的小說》（《瞭望週刊》1988年第35期）、黃鋼的《張賢亮臆造的馬克思幽靈》（《瞭望週刊》1988年第36期）、劉志洪的《迷路的文藝作品與文藝批評的迷路——〈對藝術形象的非藝術批評〉一文質疑》（《瞭望週刊》1988年第49期）、何滿子的《張賢亮的鋼絲》（《瞭望週刊》1988年第51期）等文章認為張賢亮小說的思想藝術傾向有嚴重的政治問題，作家沒有客觀地反映出知識分子思想改造的實際情況，「在殘酷的歷史真實面前，小說卻為那世界裝點歡容，編織玫瑰色的夢……（主人公）咀嚼著動物般蠕動中的豔遇，還滿心歡喜地感謝這殘酷的現實的賜予，告訴人那裏也有天堂的一角，只要你會享受。」〔註4〕《男人的一半是女人》是一部「用臆造馬克思的幽靈來藉以反對馬克思的『創新』之作！」「作者對馬克思主義在當今世界中的實踐和社會主義的存在是持否定態度的」。〔註5〕同時也有一些批評家站在同情和理解的立場上，認為張賢亮借馬克思之語，否定了當時盛行的偽社會主義、假共產主義，而評論家的批評卻上綱上線，這是把文學與政治混為一談，對於小說「應該是藝術的批評而不是政治的判決。」〔註6〕樊建川的《張賢亮和馬克思誰更值得維護》（《瞭望週刊》1988年第27期）、盧英宏的《對藝術形象的非藝術批評——與黃鋼先生交換意見》（《瞭望週刊》1988年第41期）、彭彬的《走鋼絲的張賢亮》（《瞭望週刊》1988年第42期）、吳穎的《從張賢亮小說談起》（《瞭望週

〔註3〕何滿子：《對藝術和人生的莊嚴感》，《瞭望周刊》1988年第12期。
〔註4〕何滿子：《對答：談談張賢亮的小說》，《瞭望周刊》1988年第35期。
〔註5〕黃鋼：《張賢亮臆造的馬克思幽靈》，《瞭望周刊》1988年第36期。
〔註6〕盧英宏：《對藝術形象的非藝術批評——與黃鋼先生交換意見》，《瞭望周刊》1988年第41期。

刊》1988 年第 48 期）等文章從文藝的角度對張賢亮的藝術處理方式表示理解和聲援，認爲馬克思出現在《男人的一半是女人》中屬於藝術形象，小說中看不出張賢亮惡意對待馬克思，以至到「難以容忍」的程度，「張賢亮讓騙馬與馬克思幽靈同臺說法，荒誕歸荒誕，卻是藝術的需要」。〔註 7〕今天回頭來看這場「文藝論爭」，它實際上是在當時複雜的政治形勢下，左派力量對自由化思潮的一次集中打壓，論戰的實質是對馬克思主義神聖政治權威的捍衛和對張賢亮政治態度的批判。《瞭望》雜誌是由新華通訊社主辦的大型時事政經新聞週刊，1981 年 4 月，由穆青主持創辦，經鄧小平同志親自批准，從「中南海紀事」專欄起步，獨家發佈來自中國高層的第一手新聞信息。《瞭望週刊》的讀者群以左派文人爲主，在海內外具有一定的政治影響力。在這樣的一份刊物上討論文藝問題，是不能不令人產生某些聯想的，雖然《瞭望》編輯在「編者按」中反覆強調論爭是爲了「助成平等討論的風氣」，「是爲著中國文藝繁榮的辛勤探索者，不要輕易給對手扣上『左』或『右』的帽子。」〔註 8〕但是，任何刊物都有自己的政治傾向和辦刊宗旨，在這場論辯中，聲援張賢亮的讀者來稿無論是數量還是文字力量都明顯處於劣勢，讀者很容易從中看出刊物的政治態度和立場。

　　對於左派人士的詰責，張賢亮在 80 年代沒有做出正面回應或者進行反駁，但險些因言獲罪的他並沒有就此放棄他的政治經濟主張，1997 年，他發表了二十萬字的文學性政論散文《小說中國》，書中詳盡闡述了他對中國政治經濟體制改革的整體思路，其中「『改造』共產黨」、「勞者有其資」、「給資本主義『平反』」和「重建個人所有制」等觀點在中國的改革開放實踐中相繼獲得證明。張賢亮說「雖然在上世紀 80 年代中期我就因提出『給資本主義平反』險些再一次受到批判，但中國後來的發展證明了我還是有一定前瞻性的。」〔註 9〕自 1986 年的《文藝報》事件以來，文化界對張賢亮政治觀點的爭議和批判一直存在，且不斷增強，不時有左派人士對張賢亮進行攻擊，認爲他在資本主義道路上越走越遠。這自然引起了張賢亮的不滿，並最終導致了他與部分批評家之間的矛盾激化。2000 年第 3 期的《朔方》雜誌刊登了張賢亮的文章《請用現代漢語及現代

〔註 7〕　彭彬：《走鋼絲的張賢亮》，《瞭望週刊》1988 年第 42 期。

〔註 8〕　參見《瞭望週刊》1988 年第 27 期上的「編者按」和 1988 年第 48 期上的「編者贅語」。

〔註 9〕　張賢亮：《「文人下海」》，《美麗》（散文集），貴陽：貴州人民出版社，2013年版，第 109 頁。

方式批判我》，其中援引寧夏批評家劉貽清寄呈中央領導和寧夏自治區首長的信件，劉在信中說他去北京展覽館參觀「光輝的歷程——中華人民共和國建國50週年成就展」，看到「寧夏館」在顯著的位置展出了張賢亮的巨幅照片，感到「驚詫莫名」，當即在留言簿上寫下：「建國五十年成就展不宜展覽張賢亮」的意見，因爲「眾所周知，張賢亮是一個著名的右派反動作家，怎麼能把這種人作爲寧夏建國 50 年社會主義建設事業的成就展示在首都千百萬參觀者的面前呢！這是對寧夏回漢各族 50 萬人民群眾的莫大諷刺和嘲弄！」劉貽清歷數張賢亮的各種「反動」作品及「反黨」言行，「強烈要求立即拆除張賢亮個人的大幅照片，不要再給寧夏丟人現眼了！不要再給中華人民共和國建國 50 年『光輝的歷程』抹黑了！」對於劉貽清的政治攻擊，張賢亮言辭激烈地回應說這封「批判揭發控告信」「仍是三十多年前害人的把戲」，並表示他要「繼續向劉某人深惡痛絕的道路走下去」。〔註10〕張賢亮諷刺劉貽清是個向領導告黑狀、到處散發「小字報」的文人，想要通過「批」他而「揚名」，但是對劉的指責卻沒有作出更爲有力的反駁，他的這篇文章不僅沒有起到反批評的作用，而且那些侮辱性詞語也有失他作爲著名作家的身份。此後，劉貽清在《中流》雜誌（2000 年第 9 期）上發表了題爲《張賢亮的又一次自我暴露》的答辯文章，就幾個原則性的問題，再次重申了他的看法，劉貽清還將他多年來在各類報刊上發表的關於張賢亮文學創作的批評文章整理選編成《張賢亮現象——從現象到本質的透視》一書，但這部書稿一直未能正式出版（此外，他還寫有《真實的謊言——張賢亮小說透視》一書，也未能正式出版）。在這部書稿的「前言」中，劉貽清這樣評價張賢亮的文學創作：「截至目前，張賢亮的全部作品，根據其主要特色即政治傾向的變化，可以說經歷了一個一百八十度的政治大轉彎、一個政治立場的根本轉變。前期從 1979 年末到 1985 年的 6 年，他發表了一些符合『爲人民服務、爲社會主義服務』方向的好的或比較好的作品。但是到了後期，從 1986 年到 2000 年的 15 年間，他卻改弦更張，在作品的政治立場、政治傾向上與前期根本對立、背道而馳，特別是他那些用第一人稱寫的小說，其主人公其實就是張賢亮自己，其內容則是他的『家仇』和『己恨』的宣泄，具有鮮明的個人家史性、現實政治的針對性和影射性。張賢亮現象的特殊典型意義即在於此，張賢亮之所以成爲有爭議作家的基本原因也在於此。」〔註11〕劉貽清對張賢亮的評價顯然已經

〔註10〕張賢亮：《請用現代漢語及現代方式批判我》，《朔方》2000 年第 3 期。
〔註11〕劉貽清：《張賢亮現象——從現象到本質的透視》，http://www.wyzxwk.com/

超出了文藝批評的範疇，而轉向對作家政治立場的批判。筆者在此無意對張賢亮的政治觀點做出是非判斷，而只是以此說明80年代末的政治批判事件使張賢亮在公眾心目中的形象進一步受到了損害，尤其是他與批評家之間的關係一度變得十分緊張，二者矛盾衝突的不斷加劇和公開化也讓這種不良的影響擴大到了文學批評領域。

張賢亮非常強調作家對社會的參與意識，他對改革開放總是抱有一種不可遏制的熱情，「提起筆我便想起參與社會活動，我是把寫作當成我社會活動的一種方式來對待。」〔註12〕他聲稱「要用自己的筆，直接參與為了建設社會主義社會而進行的意識形態的和政治上的鬥爭。」〔註13〕這種參與性的精神訴求，不僅是對創作社會效應的重視，也是作家自身生命力的張揚，它潛含著個人價值的實現和對人性的思考。張賢亮說他的所有小說都是政治小說，「而政治對於人最大的影響，無過於靈與肉、生與死。這樣，我寫政治其實就一下子觸到了文學的根本，人最關心的終極價值。」〔註14〕正因為如此，他的小說始終與當下政治結合得相當緊密，從最開始的「傷痕文學」，到後來的「改革文學」，張賢亮時常「會產生一種政治的激情和衝動，似乎非要在敏感的、尖銳的當代政治題材上發見和表現自己不可」，〔註15〕「正因為我始終把關注和參與現實社會放在單純的文學創作之上，即使蜷縮在西北一隅，彈丸之地，我自認為自己也有一定的敏銳，有一定的超前感。在中國大陸，我是第一個寫『性』的、第一個寫城市改革的、第一個寫中學生早戀的、第一個寫知識分子沒落感的、第一個揭示已被很多人遺忘的『低標準瓜菜代』對整個民族，尤其是知識分子的生理和心理損傷的……你可以認為我寫得不好，但我畢竟開了風氣之先，是功是罪，我以為只有後人才有資格評說。」〔註16〕在政治開明、言論寬

Article/wenyi/2009/09/28737.html。

〔註12〕 張賢亮：《張賢亮小說自選集‧前言》，《邊緣小品》，西安：陝西人民出版社，1995年版，第5頁。

〔註13〕 張賢亮：《必須進入自由狀態——寫在專業創作的第三年》，《張賢亮選集》（第三卷），天津：百花文藝出版社，1995年版，第679頁。

〔註14〕 張賢亮：《對生命的貪婪》，《心安即福地》（散文集），貴陽：貴州人民出版社，2013年版，第99頁。

〔註15〕 張賢亮：《必須進入自由狀態——寫在專業創作的第三年》，《張賢亮選集》（第三卷），天津：百花文藝出版社，1995年版，第679頁。

〔註16〕 張賢亮：《對生命的貪婪》，《心安即福地》（散文集），貴陽：貴州人民出版社，2013年版，第99頁。

鬆的社會氛圍下，作家可以無所顧忌地侃侃而談，但是，在談論政治成爲禁忌的 80 年代末，社會空氣變得異常緊張，寫作政治小說就成爲了一個極爲敏感的問題，特別是在經歷了 80 年代末批判資產階級自由化思潮的鬥爭之後，無論是對極左政治的遺毒繼續進行控訴，還是繼續塑造不畏阻力的改革者形象，似乎都顯得那麼不合時宜，在這種情況下，張賢亮感到他的創作已經有些跟不上社會生活變化的節拍，越來越多的讀者對他回憶勞改生活的自傳體小說也顯示出厭倦情緒。從 1986 年到 1989 年的三年間，張賢亮僅發表了《早安！朋友》（作品剛一發表即被禁）和《習慣死亡》兩部作品，小說產量銳減。進入 90 年代以後，中國已從「文革」的歷史陰影中徹底走出，極左政治造成的「傷痕」逐漸癒合，國家政治完成了它在過渡時期的變革任務，社會改革的重心由政治領域向經濟領域轉移，改革開放成爲社會主旋律，讀者不需要再像過去那樣從文學作品中尋找國家釋放出來的改革信號，文學隨之失去了它在 80 年代的那種特殊魅力。

從 80 年代末開始，張賢亮的小說創作與作品評價接連遭遇挫折。1987 年，他創作了中篇小說《早安！朋友》，小說描寫一群中學生的學校生活和情感困惑，其中涉及到學生早戀的內容，爲了愼重，小說手稿在送印刷廠排印之前，交給寧夏文聯黨組和有關部門審查，得到批准後，負責該書發行的《朔方》編輯才按計劃全文發表在 1987 年第 1 期的《朔方》上（整本刊物只刊登了這一部作品）。爲了擴大影響，提高徵訂發行量，小說的部分片段先行發表在《寧夏青年報》上，這些摘錄的內容在社會上引起極大反響，「尤其是在教育界，很多教師強烈抗議張賢亮，說他寫出一部有害於青少年身心健康的壞書，應立即予以查封。狀告到省裏及北京有關部門。」《朔方》編輯部本來已經與張賢亮簽訂好小說的出版發行合同，結果「出版部門的領導火速調樣書審讀，通過幾次討論，決定暫不發行。」先期印好的 14 萬冊書和刊登小說全文的《朔方》也全部被打入冷庫「冷藏」。據曾任《朔方》編輯的都沛回憶說：「書一但被禁，社會上的壓力就更加大了。什麼話都說得出來。但說書如何如何不好的，絕大部分都沒看過書，都是捕風捉影，人云亦云。因爲書根本沒有問世。除了編輯和印廠的排字工人，誰也沒看過。而攻擊的浪潮卻一浪高過一浪。」〔註 17〕當年一篇名爲《歪曲了的人生》的報導，記錄了銀川市一些接受探訪的中學師生對這部小說的批評意見：「中學生的早戀現

〔註 17〕詳見都沛：《張賢亮和〈早安，朋友〉》，《星光》1995 年第 2 期。

象是存在的，要正視它。但學生中的早戀絕非張賢亮筆下所達到的那種程度。……張賢亮描繪的淫亂現象，說明張賢亮根本不瞭解我們中學生。聽說張賢亮根據一篇女學生的日記，撰寫了這部小說，……僅憑這樣一點東西，關起門來塑造中學生，看了眞叫人感到噁心。」「一所名校的校長則以自己幾十年的教師生涯爲證據反駁道：這部小說不符合中學生的生活實際，我從教近三十年沒有見過這些現象，男女同學間早戀現象是有的，但小說把中學生寫成了一群動物，這些現象在工讀學校裏也找不到。」〔註18〕張賢亮完全沒有想到這部小說會成爲敏感的社會事件，「在那颱風四起之時也確實有點吃不住勁兒了」，因爲著急上火住進了醫院。〔註19〕可見此事對他打擊之大。

　　《早安！朋友》被禁與 80 年代末的文化出版環境有很大的關係，1987年，文化部門加強了對文學作品的監管力度，這樣做主要是爲了配合中央反資產階級自由化思潮的政治決策，清理文藝界存在的問題，1987 年因此而出現了一批禁書，《文化大革命十年史》、《醜陋的中國人》、《查泰萊夫人的情人》（中譯本）等一批圖書先後被查禁、封存，〔註20〕《人民文學》刊登的馬建的小說《亮出你的舌苔或空空蕩蕩》，因爲宗教問題被認爲「污蔑西藏人」而受到嚴厲批評，《人民文學》主編劉心武因此事被免職，當期的《人民文學》也被禁止發行，並在電臺、報紙上播發此消息。這在當時的文藝界曾引起不小的轟動。在這種緊張的文化空氣裏，作品中凡是涉及性、政治、宗教、民族問題的小說想要發表變得十分困難，文學期刊對此類作品也變得格外謹慎。《早安！朋友》因爲涉及在當時絕對敏感的中學生早戀話題，所以剛一發表即被禁。在風浪逐漸平息後，《早安！朋友》最終由《小說月報增刊·中長篇選粹》刊發，並由天津的百花文藝出版社出版單行本，但此時這部小說的影響和熱度早已大幅下降，因此大受冷落，並逐漸被讀者遺忘。1988 年，時任文化部部長的王蒙在一次訪談中提到了這部小說，他說，張賢亮是個嚴肅的作家，可這部小說卻讓他不敢恭維，「實在是丟份兒的小說」；「《早安！朋友》他並不擅長，這並不在於寫了多少所謂性的東西。他對當代青年瞭解

〔註18〕《歪曲了的人生——銀川市一些師生評小說〈早安！朋友〉（縮寫稿）》，《宣傳手冊》1987 年第 7 期。轉引自白草：《張賢亮的〈早安！朋友〉》，《朔方》2016 年第 2 期。

〔註19〕詳見都沛：《張賢亮和〈早安，朋友〉》，《星光》1995 年第 2 期。

〔註20〕《讀書》編輯揚之水在她的《〈讀書〉十年》日記中記錄了 1987 年的禁書情況。

得如此可憐，這實在是他對自己才能的一次浪費」。〔註21〕文學批評界對這部作品保持了集體靜默，大家既不說好也不說壞，八、九十年代沒有出現一篇關於該小說的文學評論。目前對這部小說進行評論的文章只有寧夏社科院研究員白草撰寫的《張賢亮的〈早安！朋友〉》（《朔方》2016 年第 2 期），而這也是小說發表三十年後唯一可見的一篇評論文章。白草認為小說《早安！朋友》有一個嚴肅的主題，那就是少年人的反抗意識，「《早安！朋友》決不只是單純地寫了性，同張賢亮以往的作品一樣，性描寫中亦蘊含著反抗的主題，性即抗議。但這部中篇小說嚴重的失誤在於，它突破了人類倫理底線，也突破了寫作倫理底線，把中學生寫成了成年人，把少年人蒙矓、神秘甚而可說美麗的性意識萌發，直接化約為黑暗的、不可控制的且極具破壞力的性衝動。」〔註 22〕一部成功的作品必須具有文學性，但僅有文學性顯然還不足以造就一部作品的成功，從文學性的審美角度來看《早安！朋友》，很難說這是一部多麼失敗的作品，但從讀者的反應來看，這部作品的確存在著道德上的滑坡，「題材本身的敏感性可能才是誘惑作家和編輯的主導因素」〔註 23〕，對中學生早戀行為的誇大，是導致這部作品被禁的主要原因，由此可見，中國當代的文學創作只能在道德和政治允許的範圍內進行，一旦突破了社會倫理道德和國家政治的底線，必然會引起讀者的反感和文化管理部門的警惕，甚至遭到國家行政手段的干預。這已為出版界的很多事實所證明。

　　1989 年，張賢亮的長篇小說《習慣死亡》在中國作協主辦的大型期刊《文學四季（夏季號）》上發表，全篇以近乎病句式的語言，通過主人公在飽受「文革」壓抑摧殘之後，只能不斷地用做愛來證明自己還活著的悲劇，展示了不正常的社會進程造成了人們信仰缺失、道德淪喪、內心空虛，最終沉淪欲海，活像行屍走肉的可怕後果。小說的主題是當一個人在精神和肉體被嚴重摧殘的時候，他已經沒有了感受愛和幸福的能力，整個人陷入了死亡的狀態。如果一個人連死亡都習慣了，這個人也就徹底喪失了作為人的神聖與莊嚴。這部作品採用了大量現代派的藝術表現手法，書中的主要人物都沒有名字，主人公的人稱在「我」、「你」、「他」之間轉換，非理性的自由聯想不斷湧入，

〔註21〕王蒙：《王蒙文存》（第 20 卷），北京：人民文學出版社，2003 年版，第 263 頁、280 頁。

〔註22〕白草：《張賢亮的〈早安！朋友〉》，《朔方》2016 年第 2 期。

〔註23〕白草：《張賢亮的〈早安！朋友〉》，《朔方》2016 年第 2 期。

時而國內、時而國外，時空顛倒錯亂。有評論家認爲「這是我國十年來小說創作中空前大膽和大規模運用現代派小說技法」的一部作品，〔註24〕但是這也造成了作品語言的「難解」，很多讀者在閱讀之後都表示沒有讀懂，爲此，張賢亮解釋說：「我寫的是愛是如何被毀滅的」，「在此書中，很多處，語言並不是『意思』的載體，而是一種情緒和感覺的符號。」〔註25〕這種現代主義的敘事格調，說明張賢亮在當時確實有自覺向先鋒文學看齊的味道，爲了與時代保持同步，張賢亮在創作上一直在緊跟社會思潮和文學思潮的步伐。張賢亮十分看重《習慣死亡》這部小說，他認爲這是他在藝術上最成功的一部作品，是他創作上的又一次突破，但他也承認對這部作品的接受需要時間和過程，「現在的確許多人讀不明白」，「我相信隨著時間的推移，明白的人會越來越多。」〔註26〕2009 年，張賢亮在接受《文學報》採訪時，仍然堅持這種看法，「我此後於 1989 年推出的《習慣死亡》，從藝術上說是有超越的。只是因爲我的《綠化樹》等小說影響太大，使得它的價值被長期掩蓋。我想，要對這部小說有足夠的認識，該等到四五十年以後吧。很幸運的是，儘管這麼多年我始終處在風口浪尖上，但始終保持了探索的勇氣和熱情。」〔註27〕小說裏「我」對死亡的恐懼如揮之不去的夢魘始終縈繞在「我」的腦海，常常有一支黑乎乎的手槍對準「我」的大腦。作品中的這種意象來源於作家對曾經苦難的深刻體悟，張賢亮的妻子馮劍華女士認爲對飢餓和苦難的恐懼已經深植張賢亮的內心，張賢亮曾幾乎被餓死，還被「陪殺場」、「假槍斃」，留下的恐懼、創傷是終生的。「他時常做同樣的噩夢，夢見被拉去槍斃了。」黑洞洞的槍口不時出現在他的筆下，讀者以爲是意識流手法，其實那是非虛構的生活場景。〔註28〕張賢亮本人也表示被他寫進小說中的各種恐怖的死亡事件並不是故事，沒有一點虛構的成分。〔註29〕這些歷史記憶後來也被他寫進了小說《無法甦醒》和回憶「文革」的散文《美麗》之中。

〔註24〕程麻：《文學的實與虛——〈唯物論者的啓示錄〉啓示之四》，《當代作家評論》1990 年第 6 期。

〔註25〕程明：《張賢亮訪談錄》，《東方藝術》1994 年第 4 期。

〔註26〕張賢亮：《關於〈習慣死亡〉的兩封信》，《當代作家評論》1990 年第 6 期。

〔註27〕閻綱、張賢亮、王宏甲：《六十年，印象深刻的文學往事》，《文學報》2009 年 9 月 17 日。

〔註28〕趙興紅：《張賢亮小說的戲劇性》，《南方文壇》2015 年第 2 期。

〔註29〕張賢亮：《美麗》，《美麗》（散文集），貴陽：貴州人民出版社，2013 年版，第 184 頁。

　　無論是向現代主義靠攏，還是非虛構的寫實主義，《習慣死亡》都可以說是張賢亮文學創作道路上的一部里程碑式的作品，在這部作品中，許多深埋作家心底的「秘密」得以呈現，小說涉及政治與性等敏感話題，在 1989 年的特殊背景下，這部小說的發表顯得格外醒目。小說寫男主人公以一種近乎變態的心理瘋狂地漁獵女色，其動因不在情，而在政治，在於政治的壓抑和苦悶。作家用「我」的墮落來表現抗議。在當時嚴峻的社會政治環境下，這部作品在發表之後的最初兩年，論者寥寥，90 年代以後，才開始有評論文章出現，批評家對於作品的思想傾向以及現代派手法等問題存在著爭議。一些批評家認爲《習慣死亡》延續了張賢亮在「唯物論者的啓示錄」系列中對當代中國知識分子思想改造話題的關注，只不過這次探討的力度更爲深刻，關注的精神面向更趨近於 80 年代末的社會現實，充滿了對極左政治的恐懼心理和悲觀情緒，主人公作爲曾經飽受政治迫害的知識分子，他以個人生活的混亂和墮落作爲對黑暗年代遺留的政治迫害恐懼症的反抗。脫離了苦難生涯的主人公不再受飢餓威脅，也不再有性壓抑的苦惱，但卻時時徘徊在死亡的陰影中，死亡的恐懼記憶將他異化爲非人，這是受迫害的知識分子人格分裂的象徵和靈肉衝突的隱喻。「在這裡，作者對人生、人性的思考是嚴肅而深刻的，他以無畏的勇氣解剖人性，並試圖深入開掘生命的底蘊。」「這部小說在人生、人性的探索上，達到了一個新的深度。」〔註 30〕但也有一些批評家表達了完全不同的看法，李楊認爲「《習慣死亡》中充滿了矛盾和悖論：作者既定了殺死『他』的敘述態度卻又時時爲『他』辯護；作者違背了既定的敘述態度卻又無意中展現了當代知識分子的眞正的心態，小說處處顯示著先鋒小說姿態卻又處處流露著傳統技巧留給作者的痕跡……。《習慣死亡》就是這樣無休止地纏繞著。儘管它證明了這個世界的矛盾，但對於追求文學的最高境界的讀者以及作者來說，這種矛盾是難以容忍的。」〔註 31〕李建軍認爲《習慣死亡》是一部失敗的作品，「從審美品位和思想深度方面來看，《習慣死亡》沒有了他（張賢亮）早期作品的高嚴和深刻。」「其失敗之處，可以用粗鄙和膚淺來概括」〔註 32〕北京大學的董學文教授在《中國教育報》上撰文《一頭兩腳獸的表演》，批評《習慣死亡》以自我爲中心，陷入了狹隘的個人主義小圈子，

〔註30〕張子良：《在死亡的陰影下——讀中篇小說〈習慣死亡〉》，《當代文壇》1990年第 1 期。
〔註31〕李楊：《〈習慣死亡〉敘事批評》，《當代作家評論》1990 年第 4 期。
〔註32〕李建軍：《〈習慣死亡〉：粗鄙膚淺的文本》，《文學自由談》1993 年第 1 期。

對「性解放」、「性自由」的呼聲起了推波助瀾的作用，造成了極為惡劣的社會反響。〔註33〕「到《習慣死亡》，章永璘與女性的關係更為複雜，他在每一個女性身上尋找對母親的憶念，同時，女性又成為無法擺脫沉重往事的章永璘的一帖麻醉劑。」〔註34〕還有一些評論家抨擊《習慣死亡》的政治傾向性，從而在根本上否定了這部作品，張散在《〈習慣死亡〉疏評》一文中批評小說表達了「中國要補資本主義的課」的思想主旨，顯示出作家共產主義理想的破滅。〔註35〕批評家劉潤為認為「『以最惡毒的敵意、最瘋狂的仇恨、最放肆的誹謗』反對中國共產黨及其領導的一切，就是這篇小說的主要意蘊所在。」他不無憤慨地說「這篇小說以顯赫的聲勢發表，是資產階級自由化思潮在文藝領域泛濫的典型表現。然而，就是這樣一篇極其猖狂、極其露骨地反對四項基本原則的反動小說，非但一直沒有得到認真的清理，反而還受到一些同志糊裏糊塗的、不著邊際的喝彩，非但作者至今還沒有做出絲毫的自我批評，就是在推出這篇作品的期刊、選刊、出版社以及有關的文藝界領導同志中間，也不曾見誰對此表示一個明確的態度。面對資產階級自由化代表人物以文藝的形式赤裸裸地向黨和社會主義進行猖狂進攻的嚴峻事實，某些同志至今視而不見、聽而不聞，仍在那裏大發『文藝不是政治』、『創作中沒有自由化』之類的媚俗之論。所有這一切，難道是正常的麼？」〔註36〕張賢亮的政治傾向受到了很多人的嚴厲批評，從作品發表後的社會反響和文學評價情況來看，《習慣死亡》並沒有獲得讀者的普遍理解和認可，文學困境與政治危機相伴相生，對張賢亮政治觀點的抨擊和對其作品的批評始終糾纏在一起。

20世紀80年代末，很多作家為了自保或出於對現實的悲觀、失望，紛紛選擇逃避、躲避崇高，遠離人性與靈魂，不敢再觸碰政治，像《煩惱人生》、《風景》、《一地雞毛》等新寫實小說從頭至尾講的都是家長里短、雞零狗碎，真的是「一地雞毛」，這樣，作家和作品是安全了，但是文學的使命卻也隨之失落。張賢亮敢於在政治敏感時期發表這樣一部非常大膽的小說，說明他確

〔註33〕董學文：《一頭兩腳獸的表演——評〈習慣死亡〉》，《中國教育報》1991年4月18日。

〔註34〕張志忠主編：《中國當代文學60年》，北京：高等教育出版社，2009年版，第178頁。

〔註35〕張散：《〈習慣死亡〉疏評——試說張賢亮的旨趣究竟何在？》，《北京社會科學》1991年第4期。

〔註36〕劉潤為：《評長篇小說〈習慣死亡〉》，《文藝理論與批評》1993年第6期。

實是一位有勇氣和膽量的文壇「闖將」，但是，長期對性的執著書寫，也導致他的作品日益顯示出步入低俗化的傾向，批評家對他的文學新作或保持緘默或不斷貶損。一些評論家針對小說中主人公精神信仰的崩潰和放縱沉淪的生活態度進行了嚴厲批評，嚴格來講，這部小說不屬於那種下作、淫穢的作品之列，它其中沒有直露的、自然主義的「性」細節描寫，一切都抽象化和非理性化了，「但作者在主客體兩方面都找不到任何進行批判時作為正面參照標準的東西，所有能給予人物眞善美的因素都消失得無影無蹤。死亡的回憶、死亡的幻覺、死亡的氣息，以及『習慣死亡』等同於『習慣性愛』的公式，使小說從思想到措辭都『給語言賦予純粹肉體的性質』（馬克思語）。」〔註37〕

　　值得一提的是，在《習慣死亡》發表一年後，王安憶的中篇小說《叔叔的故事》發表於《收穫》（1990 年第 6 期）上，在這篇小說問世前，王安憶曾有過一年的封筆期，她後來寫文章談到這段時間的心情說「她感到一切都被破壞了，有一種世界觀遭到粉碎的巨大痛苦；嚴峻的現實社會迫使她必須對時代做出新的思考，或者說進行世界觀的重建工作。」《叔叔的故事》是一個雙層敘事結構的文本，小說中的「叔叔」是一個類似精神領袖的著名作家，同時也是一個時代的信念的象徵，「叔叔」在極左年代曾被打成右派下放青海，他在雪天暗夜裏聽到了一個童話：鷹寧可喝鮮血只活三十年，也不願像烏鴉那樣吃死屍而活三百年，他從此像受到洗禮似的，把崇高的理想主義存在心中，終於在「文革」後成了知名作家。然而，敘述者很快就對叔叔故事的莊嚴和神聖進行了無情地拆解，即眞正的情況是叔叔根本就沒有眞正的理想主義信念，他也沒有被下放的經歷而是被遣返回鄉，在蘇北的一個小鎮上過著與常人無異的平庸生活，還曾經有過一次婚外戀的桃色事件，他徹底遺忘了理想主義的人生信念，整個人墮落爲一個自暴自棄的生存主義者甚至是肉欲主義者，精神世界呈現出極醜陋的面目。「這樣一來，儘管叔叔在文革後成了知名的作家，爲自己塑造起了社會英雄般的崇高形象，但他仍時時感到一種潛在的危機，他愈想要擺脫自己醜陋的過去，就愈加被套上了精神桎梏。當他面對新鮮的生活渴望改變自己時，卻無法獲得眞正自由的心態，這就使他徹底喪失了眞正的快樂，而且還瀕臨了『虛無主義的黑暗深淵』。」當叔叔的故事背後虛假的神聖與高尚都被拆解掉之後，敘述者「終於揭開了叔叔不

〔註37〕布白：《爲「性自由」、「性解放」推波助瀾的〈習慣死亡〉》，《作品與爭鳴》1992 年第 4 期。

幸的根源，即在他那光彩照人的形象之下，還有著一個曾經醜陋的自我，而
在他那得意輝煌的現在背後，還存在一段卑賤屈辱的過去；叔叔盡一切力量
來擺脫他的醜陋和屈辱，但他卻沒有想到，這醜陋和屈辱其實就是他的自我
和過去的全部，甚至就連他現在的光彩和輝煌也正建立於其上。當他一旦由
於現實的變故醒悟過來，那一切虛浮的假象在頃刻間就崩潰了，叔叔不得不
面對自己那黑暗的心靈，完全喪失了自我救贖的可能。」〔註38〕王安憶的小
說試圖展現的是叔叔及他所代表的那個時代的理想主義其實都只是後來歷史
書寫者賦予的虛偽假象，顯示出一個時代的荒蕪與醜陋。作家的雙層敘述在
作品中成功地造成了一種反諷效果，解構了敘述內容的嚴肅性和崇高感。小
說開始於叔叔的那句話：「原先我以為自己是幸運者，如今卻發現不是。」而
敘述者所以要講這個故事，則是為了表達：「我一直以為自己是快樂的孩子，
卻忽然明白其實不是」的道理。這篇小說暴露出存在於時代的精神現象中的
一場巨大危機，叔叔的悲劇及其精神世界的虛妄，是對一個理想至上時代的
總結與檢討，是作家站在個人立場上對一個悲劇時代的反省。有研究者指出
「王安憶《叔叔的故事》主人公被認為以張賢亮為藍本」，應該說，這種猜測
是有一定合理性的，小說中寫到的事件和細節，都不免讓人聯想到張賢亮。
王安憶因此還受到過張賢亮的詰問。〔註39〕八十年代，王安憶到美國愛荷華
州參加由聶華苓夫婦創辦的國際寫作計劃，與同在那裏的張賢亮接觸並熟
識，因此，不排除她以張賢亮的「右派」經歷為原型創作出了《叔叔的故事》
的可能性。「王蒙的小說《青狐》也寫到張賢亮，卻只強調了他的『補償』心
理：因為從前吃過太多苦，40 歲還是處男，所以幾乎是以一種把吃了的虧補
回來的心態在追求異性。在王安憶筆下，這種場景被形容成『叔叔來搶我們
的女孩了』，然而『這種掠奪的故事演出多了，卻使我們感覺到，叔叔這樣做
的興趣似乎並不在女孩們身上，倒是在我們這些青年身上，他似乎是在同我

〔註38〕陳思和主編：《中國當代文學史教程》，上海：復旦大學出版社，2014 年 5 月
　　　　第 2 版，第 343、345、346 頁。
〔註39〕王安憶在《自強悍的前輩而下》（載《文匯報》2014 年 12 月 29 日）一文中寫
　　　　道，在一次文學評獎活動上，張賢亮「走到我們這堆人裏，對我說：據說你
　　　　的《叔叔的故事》裏的『叔叔』是我，那麼我就告訴你，我可不像『叔叔』
　　　　那麼軟弱，你還不知道我的厲害！他的話裏攜帶了一股子威嚇的狠勁，令人
　　　　駭怕和生氣，可如今想起來，那景象確實有一種象徵，象徵什麼？前輩！前
　　　　輩就是叫你們駭怕和生氣，然後企圖反抗，這反抗挺艱巨，難有勝算，不定
　　　　能打個平手。有強悍的前輩是我們的好運氣！」

們作一種較量』，這較量是什麼呢？『叔叔終於獲得了新生，可是他卻發現時
間不多了，他心裏起了恐慌，覺得時間已不足以使他從頭開始他的人生，時
間已不足以容他再塑造一個自己，他只得加快步伐，一日等於二十年！』這
種不甘心不服老的衝動，讓張賢亮無論在文壇，還是在情場，在商場，都成
了一種特立的存在，談不上德高望重，德藝雙馨，卻活力驚人，風流不羈。」
〔註40〕這種不願受羈絆的性格和追求「補償」的心理，逐漸使張賢亮不爲既
有的體制所喜所容。

　　張賢亮一直想在小說敘事風格和創作手法上進行新的嘗試，從 1984 年創
作《浪漫的黑炮》開始，他就在作品中加入了當時比較流行的黑色幽默、荒
誕感、意識流、元小說〔註41〕等現代派文學慣用的表現手法，《臨街的窗》（後
被改編爲中國第一部無聲頭電影《異想天開》）、《習慣死亡》、《無法甦醒》等
小說也都顯示出他朝現代主義文學轉型的努力，但是，張賢亮骨子裏是一個
受經典現實主義文學敘事方式影響根深蒂固的作家，對於先鋒文學的敘事技
巧他並不擅長，因此，這些作品並沒有在藝術的形式上取得更大的突破，反
而受到不少批評家的質疑，認爲他的創作出現了才能衰退的跡象，布白在《爲
「性自由」、「性解放」推波助瀾的〈習慣死亡〉》一文中就曾指出「作者放棄
了先前作品中所表現出的愛國意識、鄉土觀念和自強信念，放棄了自己一貫
擅長的現實主義寫實敘事手法和藝術感受生活、表現生活的長處和能力，迷
戀和生澀地傚仿西方現代非理性主義以心理時間爲經緯的結構方式，竭力展
示主人公『我』在政治迫害、性放縱的黑黃色漩渦中失去『主體性』的個性
沉淪。在充滿世紀末情緒的宣泄中，小說提供的是一幅危機四伏的個體扭曲、
受難、麻醉的自嘲圖。」〔註42〕張賢亮在 80 年代末遭遇的種種危機及其受到
的攻擊和批判表明屬於他的文學黃金時代已經一去不復返。

　　新中國十七年至「文革」期間形成的用文藝作品圖解政治、充當政治傳聲
筒的做法，一直備受詬病，不少人鑒於過去的經驗教訓，提出了「文學去政治

〔註40〕楊早：《張賢亮：文學史裏的壞小子》，http://www.aiweibang.com/yuedu/dushu/
　　　　1974484.html。
〔註41〕元小說即所謂的後設小說，就是關於小說的小說，它的根本特點是編製故事
　　　　的過程也出現在文本中，而它的主要功能就在於打破它所講述的故事的真實
　　　　性，同時強化了敘述者的個人觀點。
〔註42〕布白：《爲「性自由」、「性解放」推波助瀾的〈習慣死亡〉》，《作品與爭鳴》
　　　　1992 年第 4 期。

化」的口號，主張突出文學的獨立性和審美性，但由於 80 年代初的特殊政治環境，中國作家自覺興起了批判極左路線的「傷痕文學」、「反思文學」，接著又出現了鼓吹改革開放的「改革文學」，「文學去政治化」的理想未能在現實中得到貫徹執行，從 80 年代中期開始，伴隨尋根文學、先鋒文學的出現，一元化的文學主潮已經不復存在，多元化的文學創作局面終於到來，在經歷了 1989 年的政治風波之後，「文學去政治化」的創作風氣再一次抬頭，作家主動規避政治化的文學寫作，讀者也對那種政治性很強的作品失去了興趣，人們更關心文學對永恆人性的描寫與對愛情關係的思考，市場經濟促成了趣味性濃厚的通俗文學的再度崛起，純粹追求文學表現形式的先鋒文學和現代派手法成為作家競相模仿的對象，在這種社會文化背景下，張賢亮的那種與政治聯繫緊密的創作思維顯然已經無法適應時代的需求，受到讀者的冷落也就是在情理之中的事了。同時，苦難的生活記憶成為張賢亮在整個 80 年代始終無法超越的題材的牢籠，這種創作「慣性」仍在作家 80 年代後的小說中艱難延續，雖然作家在作品形式上努力求新求變，但卻始終無法給讀者耳目一新的感覺。這也造成了張賢亮的文學評價在八十年代末由「熱」向「冷」的轉變。

2、張賢亮與「文人下海」現象

20 世紀 90 年代是中國全面由計劃經濟向市場經濟轉型的深化時期，1992 年 6 月，鄧小平「南方講話」發表不久，中共中央、國務院出臺了《關於加快發展第三產業的決定》，爭取用十年左右或更長一些時間，逐步建立起適合我國國情的社會主義統一市場體系。同年 10 月，黨的第十四次全國代表大會更明確提出我國經濟體制改革的目標是建立社會主義市場經濟，這標誌著中國的改革開放和現代化建設邁入了新的歷史階段。此後，諸如「股份」、「公司」、「下海」、「國企改革」、「下崗」等大量帶有鮮活時代印記的經濟詞彙頻繁出現在新聞媒體的報導之中，隨著市場經濟活動向市民生活領域的滲透，人們的日常生活日益呈現出商業化的特徵。知識分子陷入了前所未有的尷尬境地。「很多文化人茫然不知所措：是繼續堅持自己的專業還是隨波逐流，也湧到雜亂而又繁榮的，嫌嫌而又誘人的市場上去？」〔註43〕這成了擺在知識分子面前的一個亟待回答的問題。這種重商主義風氣也影響到了文壇，作家張潔因為向雜誌社預支稿費而遭到無端指責，她憤然在報紙上撰文表示「從

〔註43〕張賢亮：《文化型商人宣言——致我親密的商業夥伴》，《朔方》1993 年第 2 期。

今以後我決心不再清高，請別再高抬我，也別再指望我將那知識分子的美德發揚光大。」〔註 44〕市場經濟激發起人們脫貧致富的理想，改變了人們在計劃經濟體制下形成的平均主義財富價值觀，與 80 年代相比，大家更關心自己的腰包而不是對於形而上問題的思考，人們的生活態度趨於理性、務實，純文學讀者大量流失，文學期刊遭遇生存危機，紛紛改刊或停刊，文學的地位大幅下降。為此，作家馮驥才不無感慨地說：「『新時期文學』這個概念在我們心中愈來愈淡薄。那個曾經驚濤駭浪的文學大潮那景象、勁勢、氣概、精髓，都已經無影無蹤，魂兒沒了，連那種『感覺』也找不到了。」〔註 45〕一個文學的時代徹底宣告結束了。

1992 年，文學體制改革作為一項文化產業政策被提了出來，作家和文學刊物、出版社進入市場成為大勢所趨。在這種情況下，作家隊伍迅速完成了自身的分化，有的作家堅守書齋，繼續從事純文學的寫作；有的作家迎合讀者需求，製造暢銷書籍；有的作家進入政界或「下海」經商。這一年，北京作家王朔創辦了海馬影視創作中心，成為 90 年代「下海」文人中的第一個弄潮兒。隨後，楊爭光、張賢亮、陸文夫、魏明倫、沙葉新、宗福先、胡萬春等人也都紛紛「下海」，「下海」作家有的創辦公司，有的經營企業，有的則乾脆脫離作協體制，成為簽約作家和自由撰稿人。一時間「下海」成為作家圈裏最時髦的現象。

「文人下海」現象引發了社會的廣泛關注，人們由此對 90 年代知識分子的生存狀態展開了熱烈的討論，讚同者認為「文人下海」是順應時代潮流的明智之舉，作家更新觀念、參與競爭，為熟悉市場經濟條件下的社會生活而「下海」，有助於將來創作出更貼近時代的作品；反對者則認為「下海」是文人耐不住寂寞，想借助名人效應發財，「污染了文藝的聖潔殿堂」。〔註 46〕但無論是贊成者還是反對者都能感受到市場經濟大潮對於知識分子人文理想的猛烈衝擊。時任中國作協黨組書記的唐達成認為：「文人下海是社會轉型期一種心理失衡狀態造成的。面對商品經濟浪潮洶湧而來，文人也會產生常人一樣的困惑。」〔註 47〕在計劃經濟體制下，物質生活的匱乏是一種普遍狀態，精神上的優越感可以使

〔註 44〕張潔：《不再清高》，《光明日報》1994 年 4 月 26 日。
〔註 45〕馮驥才：《一個時代結束了》，《文學自由談》1993 年第 3 期。
〔註 46〕洪鐘：《文藝家「下海」之我見》，《當代文壇》1993 年第 3 期。
〔註 47〕張寶珍：《保住心愛的筆》，《中國軟科學》1994 年第 12 期。

知識分子獲得心理上的極大安慰,然而,90年代經濟體制的變革帶來了社會文化的轉型,以商品經濟為核心的社會生活催生出世俗化的大眾文化價值取向,導致知識分子社會角色、社會地位的變化。知識分子感到他們從80年代思想啓蒙的中心位置一下子被拋向了邊緣,啓蒙者的地位面臨著民營企業家和個體暴發戶的深刻挑戰,知識分子由於這場急遽的轉型而陷入迷惘、失落與焦慮,由此引發了1993~1995年間關於「人文精神」的大討論。正像有的學者指出的,80年代的社會轉型還只是一種觀念上的轉型,停留在思想意識的層次,90年代則進入了提倡實踐與物質層次的階段。「一個富於中國特色的世俗化社會從官方到民間對那些慣於編織理想主義、英雄主義、精神主義、奉獻主義神話、以啓蒙領袖與生活導師自居的人文知識分子形成了雙重擠壓。」〔註48〕採取何種方式參與現實文化實踐,站在什麼樣的文化立場發言,成為了90年代知識分子首先需要解決的問題。「人文精神」大討論是知識分子在市場經濟刺激下自發的一場自救運動,其根本目的是要解決知識分子在市場經濟體制下的身份認同危機,通過探尋商業環境中人文精神的失落,試圖重建知識分子的話語中心地位,重返80年代那種具有集體性熱情的啓蒙時代。張承志、張煒、王蒙、陳村、蔡翔、南帆、張汝倫、朱學勤、許紀霖、王彬彬等一批作家、學者、理論家都加入到了這場討論中來,然而,事實證明「人文精神」大討論並沒能在洶湧的商品經濟大潮中力挽狂瀾,文學邊緣化的趨勢仍然在不斷加劇,知識分子的身份認同危機仍然懸而未決,作家清貧艱辛的生活狀況依然如故。在這種情況下,張賢亮對外界宣佈了他「下海」的決定。

1992年11月7日,在銀川的一個由各界代表參加的座談會上,張賢亮動情地說:「改革14年來,我一共發表了300多萬字的作品,被翻譯成17種文字介紹到國外。作為寧夏文聯主席,在自治區所有的正廳職幹部中,唯有我一個沒有小汽車。我花了三年完成的作品《煩惱就是智慧》,稿酬只有4100元,還不值劉歡唱一首歌。我曾試圖勸阻許多改行『下海』和走出寧夏到外面『撈世界』的同仁。然而他們一句話就把我頂回來:『你張賢亮這麼高的成就,就這麼個待遇,你還讓我們指望什麼?』中國現代作品集從魯迅開始僅出過20多本,我的作品也出版了,僅僅只有300元稿費。今年政府所給的財政費用從44萬元下降到24萬。從1985年以來,寧夏沒有給一個優秀作家和

〔註48〕陶東風:《社會轉型與當代知識分子》,上海:三聯書店,2005年版,第141頁。

一部優秀作品發過獎金。自治區音協主席調到了江蘇,《朔方》雜誌主編調到了北京。有的同志下了海南,還有的開了飲食店,有的開了裝潢部。」「寧夏文化界面臨一個重大問題就是怎樣才能穩定隊伍,因爲沒有人何談繁榮?!與其讓文化人各自『下海』,不如把他們組織起來。目前,我們文聯已開辦了聯誼實業總公司。採取股份制,我就是董事長。我就把我的名字捐出來,用我來爲文聯的實體作廣告,我要把寧夏的文化人都團結起來。」〔註49〕會後,他對記者說:「我個人願借用我在國內外的文學聲望,在寧夏充當紅色買辦,接受海內外有意在寧夏投資和做生意的朋友的委託,替他們代理經營業務。我將向人們證明:我不僅有文學才能,也有商業才能!」〔註50〕這裡提到的聯誼實業總公司,是寧夏文聯爲解決經濟困境而興辦的第三產業經濟實體的統稱,包括藝海實業發展有限公司和寧夏商業快訊社等,「經營包括廣告業務在內的一切可以買賣的物資。」〔註51〕公司在銀川市最熱鬧的商業地段設立了30個電子廣告屏,收取廣告服務費,此後不久,張賢亮以他作品的全部海外版稅收入做抵押向銀行貸款五十多萬元人民幣,再加上部分募集到的資金,以93萬元註冊資金(實際78萬元),以股份制的形式,創建了寧夏華夏西部影視城公司,即鎮北堡西部影城。

然而,寧夏文聯的經濟困境並不是促使張賢亮「下海」的全部原因,他還有更深層的考慮,他說:「作家辦企業,或曰『下海』,別人我不知道,反正我不只是爲『掙錢』,更重要的是貼近生活,貼近火熱的市場經濟生活,把自己的實際與現實生活緊密地聯繫起來,寫出自己的眞實情感的東西來。試想,成天關起門來創作,躺在被窩裏寫東西能有什麼好的!」〔註52〕「我認爲作家要深入當前市場經濟生活,最好的方式無過於親自操辦一個企業,就趁著這個潮流『下海』,創辦了『寧夏華夏西部影視城公司』,公司的基地在鎮北堡,稱爲『鎮北堡西部影城』。」〔註53〕張賢亮一開始的確是把「下海」

〔註49〕沉默:《文人下海憂思錄》,《新疆藝術》1994 年第 1 期。亦可參見 2008 年 7 月 2 日《銀川晚報》上《張賢亮「下海」》一文的相關報導。

〔註50〕沉默:《文人下海憂思錄》,《新疆藝術》1994 年第 1 期。

〔註51〕張賢亮:《文化型商人宣言——致我親密的商業夥伴》,《朔方》1993 年第 2 期。

〔註52〕劉彥生:《張賢亮:我的所有小說都是政治小說》,《文化月刊》1994 年第 6 期。

〔註53〕張賢亮:《「文人下海」》,《美麗》(散文集),貴陽:貴州人民出版社,2013 年版,第 108 頁。

當做作家深入生活的一種方式來看待的，他「下海」的主要目的是爲了創作出更符合生活實際的作品，這顯然是出於一個將文學作爲畢生事業的作家的考量。但他又說：「我不是一個輕易被時尙所動的人，只是對專業作家制度一直有自己的看法，認爲文學創作與學術研究不同，作家應該多讀社會這部大書，而專業作家制度突出了文學創作的技能性，將文學創作當作一種特殊的職業，從而無形中使文學的生命脫離了它依賴的土壤。許多有才華的作家在這種類似『鐵飯碗』的寫與不寫都一樣的『優越』制度中逐漸喪失靈氣及敏銳的藝術感覺，不幸地變成『寫家』、『坐家』、『爬格子的』、『碼字兒的』，或是從此輟筆。在編制上，我雖然是一名所謂的『專業作家』，但我總在尋找一種與現實生活能緊密聯繫的結合點。當市場經濟已經成了中國社會中最『熱火朝天』的生活，在緊鑼密鼓的『大辦第三產業』、『尋找第二職業』中，我『下海』也就成了必然。」〔註54〕從這些話可以看出張賢亮「下海」的初衷是爲了保持敏銳的藝術感覺，然而，這番話也表達了他對中國作協體制的不滿，有想從體制中掙脫出來的意思，這一從前蘇聯繼承下來的文學制度對一些作家的創作已經構成了限制，但作協體制對作家的創作更多的還是起著保障作用，使作家可以沒有後顧之憂、全身心地投入到文學創作之中，身爲寧夏作協主席的張賢亮自然明白這個道理，因此，他並沒有像有些作家那樣最終完全脫離作協，而是轉型成爲一個既創作又經商的文化型商人。

在「下海」是否會影響創作的問題上，張賢亮的態度顯得十分矛盾，他一方面認爲「下海對作家來說是磨刀不誤砍柴工。」「下海可以讓被『養起來』的作家走出象牙之塔，腳踏實地地體驗生活，介入生活，學會生存，創造出富有生活實感和時代氣息的藝術作品。」另一方面，他又不得不承認「眞正的藝術家，應該全身心地投入藝術的空間，較少地受外物干擾，不被形形色色的非藝術因素所左右。」〔註55〕應該說，張賢亮在「下海」之初對如何處理經商與創作之間關係的估計顯得過於樂觀，後來的事實證明，「下海」作家都付出了慘痛的代價，一些文人在嘗到了海水苦澀的滋味後，甚至無法重新回歸文壇，而這是他們在剛「下海」時沒有料想到的。90 年代初兼職做房地

〔註54〕張賢亮：《出賣「荒涼」》，《美麗》（散文集），貴陽：貴州人民出版社，2013
　　　　年版，第 134 頁。
〔註55〕程明：《「東方好萊塢」與文人「下海」──張賢亮訪談錄》，《唯實》1994 年
　　　　第 9 期。

產中介的臺灣女作家陳若曦說：「從商，或從事任何一種工作，對寫作都會分心，這是無可置疑的事，……我現在從事的工作，對我的寫作便有影響：不利於創作小說，較適合專欄文章。因爲這種工作把一周的時間零碎分割了，總投入時間不算多，但空閒時間卻顯得支離破碎。而小說創作（對我而言）則需要較完整的時間作思考，不宜分心爲佳。」在談到大陸作家的「下海」現象時，她說：「我並不主張文化人都『下海』從商或兼職賺錢。事實上也沒有這麼多生意好讓知識分子去做。我相信，目前的紛亂，部分是以前禁制太凶而出現的反彈現象，爲多元文化催生的陣痛。當然，若長此下去則毛病大矣，整個民族一起退化沉淪下去，那將是大悲劇。」〔註56〕對於「文人下海」現象，讀者和批評家往往從文人傳統和對文學的聖潔情感出發，更欣賞那些能夠在商海浪潮中自覺抵禦金錢的誘惑，將文學事業視爲崇高使命，全身心投入文學創作的作家。「下海」經商對一個作家創作靈感的傷害是不言而喻的，從某種意義上說，「文人下海」即意味著純文學創作道路的終結，那些在商業上取得成功的作家最後大多淡出了讀者的視線。張賢亮是 90 年代「下海」文人中爲數不多的成功者之一，但他的文學園地也在「下海」後日趨荒蕪。

《文學報》刊登過王蒙與張賢亮關於「文人下海」和作家心態的通信，王蒙對張賢亮「下海」表示由衷的惋惜，然而，張賢亮卻不以爲然，他在致王蒙的公開信中闡明了他的價值觀「就是阻止極左路線在中國復活，不能讓我們國家民族再次陷入全面瘋狂和全面貧困的深淵。」〔註57〕張賢亮說：「我認爲搞市場經濟是中國近百年來最深刻的一場變革。只有市場經濟建設成功，中國人嚮往的繁榮富強的日子才可能到來。只有建設一個商品經濟形態的社會，我們的社會才能興旺發達。如果我不親自參與這次變革，將是我最大的遺憾。」〔註58〕「雖然近些年我在文學上似乎止步不前，但至少我爲社會提供了 200 多個就業機會，給鎮北堡西部影城周邊的農民每年提供 5 萬個工作日，原來舉目荒涼的地方被我帶動成爲繁榮的小鎮，附近數千人靠我吃飯，這總使我感到自豪。」〔註59〕

〔註56〕戈雲：《文人「下海」及其他──與陳若曦筆談》，《學術研究》1994 年第 2 期。

〔註57〕王若谷：《芻議職業作家制》，《理論與當代》1994 年第 7 期。

〔註58〕程明：《「東方好萊塢」與文人「下海」──張賢亮訪談錄》，《唯實》1994 年第 9 期。

〔註59〕張賢亮：《「文人下海」》，《美麗》（散文集），貴陽：貴州人民出版社，2013年版，第 113～114 頁。

　　參與國家政治經濟改革的熱情促使張賢亮最終做出了「下海」的決定。在一次訪談中，張賢亮說：「我被打成右派後，研究了 22 年《資本論》，我的興趣早在經濟方面了。」「如果說過去我是一個專業作家，主要從事文學創作，業餘愛好是經濟學的話，那麼我現在愛好的是經濟學並主要從事經濟方面的事，業餘時間當作家。這不是什麼趕潮流，也非人們所理解的那樣，是被時代異化了的一種現象。」「如果說以前在作品中謳歌改革家，我只是一個熱心而不乏好奇的旁觀者的話，那麼現在我就是一個身體力行的參與者了，將自己的理論完美地運用於經濟實踐中。」〔註 60〕這番話頗能夠說明張賢亮的人生志向，他的理想就是做一個緊跟時代的社會主義改革者，以最有效的方式，親身參與中國的改革開放進程。創辦和經營鎮北堡西部影城，貫穿了張賢亮對社會主義市場經濟的全部理解，而他對待文學的態度則是典型的文學工具論，80 年代，文學是影響思想變革的有力武器，通過文學創作，他扮演著人文精神啓蒙者的角色，進入 90 年代，文學的輝煌不再，發展市場經濟成爲社會主旋律，他失去了繼續堅守文學的信心和耐心，於是，他選擇「下海」經商，轉型成爲民營企業家，可以說，他一直在循社會潮流而動。在文學事業與社會改革之間，張賢亮的態度是明確的，他不止一次說過他對於社會改革的重視程度遠遠超過文學，文學在他看來僅是改革社會的一種手段。「有權發表文章以來，我一直沒有將『作家』當作一門職業，僅靠寫小說安身立命。提起筆我便想參與社會活動，我是把寫作當成社會活動的一種方式來對待。說是『主題先行』也好，說是『文以載道』也罷，我總是把我的作品能給人以什麼這個問題放在首位。個人的作爲和個人的作品相比，我重視前者。我不願做一個除了會寫寫文章之外別無它能的人。今天看來，事實證明我這種生活態度或說是生存方式是對的。」〔註 61〕在談到 90 年代純文學地位的式微時，張賢亮說：「我倒以爲文學今天眞正降落到了它應該待的那個位置，這就是漢武帝早就給規定了的『俳優文學』。聽說張承志要告別文學，我猜想他並不完全是對當今『文學的墮落』表示激憤，也有一種整個文學的無力感。而我，我早已看慣了

〔註 60〕程明：《「東方好萊塢」與文人「下海」——張賢亮訪談錄》，《唯實》1994 年第 9 期。

〔註 61〕張賢亮：《對生命的貪婪》，《心安即福地》（散文集），貴陽：貴州人民出版社，2013 年版，第 98～99 頁。

比『墮落』更墮落的人和事，面對作家見『意義』就躲、『純文學』變成了高智商文字遊戲的書攤，我絲毫沒有激憤，我採取的方式是乾脆宣佈我所有的小說都是『政治小說』，在人們的印象中儘量減弱它的文學性。」「我把文學創作當作參與社會活動，便眞正發揮了語言的基質——用有意義的工具做有意義的事情——因而它就比任何玩弄語言以逃避現實的猜謎遊戲式的作品具有生命力。」〔註 62〕這番話雖不無偏激，充滿了實用主義、功利主義的處世哲學味道，但這也許恰恰就是二十二年勞改經歷賦予他的眞實人生感悟：一切爲了生存、一切爲了有用。

張賢亮是一個對社會改革抱有極高熱情的參與者，不論是在新時期發表批判極左政治的文學作品，還是在市場經濟大潮中創辦鎮北堡西部影城，都是他積極參與社會政治生活的一種表現。面對 90 年代的商業化語境，文學發生了全方位的轉型，文學的非意識形態特徵得到強化，人文精神被淡化，娛樂功能被強調，政治小說的最佳創作時期已經過去，相對於文學的邊緣化，影視等大眾傳媒的影響力卻在逐漸增強。張賢亮感受到了作爲一個小說家在市場經濟體制下的無力，爲了能夠在社會的改革進程中繼續扮演文化先鋒的角色，張賢亮停止了在文學王國裏的探索，選擇了一條與時代需求聯繫更爲緊密的道路，從而蛻變爲一個文化型的商人。一個作家如果不寫作，無異於丟棄了時代賦予他的使命，浪費了他的文學才能。張賢亮對於中國的社會主義改革而言，其作爲作家的生命意義其實要遠遠超過作爲商人的價值；張賢亮「下海」對於中國新時期文學來說是個莫大的損失。

張賢亮在 90 年代的轉型具有特殊性，他的轉型是積極參與社會改革的必然結果，主動改變以適應時代發展的意味更濃，而非像其他作家那樣是出於被迫和無奈，同時，他的轉型又具有某種代表性，在成功轉型的過程中，他和其他知識分子一樣，同樣經歷了蛻變帶來的各種陣痛，並付出了沉重的代價，這位有才華的作家做出「下海」的選擇，即意味著文學生命的行將終結。對此，無論我們今天作何評價，張賢亮在 90 年代人生岔路口的抉擇都能代表中國作家或者說中國知識分子在社會轉型大背景下的一種蛻變方式，一種新的知識分子形態。

〔註 62〕張賢亮：《對生命的貪婪》，《心安即福地》（散文集），貴陽：貴州人民出版社，2013 年版，第 98～99 頁。

二、「下海」後的小說創作與評價

「下海」後的張賢亮將大部分時間與精力放在影視城的經營和管理上，小說創作進入低潮並最終停滯，雖然他一直沒有放棄自己的作家身份，保持著勤於寫作的習慣，並經常接受各大新聞媒體的採訪，但到他逝世前的二十餘年中，只有爲數不多的幾部作品問世，從讀者反饋和批評家對這些作品的評價情況來看，這些新作沒有受到讀者的歡迎和批評家的重視，可以這樣說，張賢亮「下海」後的小說創作已經完全失去了 80 年代的那種轟動效應。這種情況不只發生在張賢亮一個人身上，90 年代以後，整個「右派」作家隊伍在當代文學史上的地位都出現了大幅度的下滑，對比新時期之初，由茅盾、周揚、巴金、陳荒煤、馮牧擔任顧問、中國社會科學院文學研究所主編、蘇州大學、復旦大學、杭州大學等多所院校協作編纂的大型叢書《中國當代文學研究資料》將王蒙、從維熙、劉紹棠等「右派」作家的研究資料以專集的形式整理出版，足見重視程度，而到了 2006 年，由孔範今、雷達、吳義勤、施戰軍主編的大型文藝叢書《中國新時期文學研究資料彙編》出版時，其中的《中國新時期小說研究資料》卷中已經看不到王蒙、張賢亮等「右派」作家的身影，這說明文學研究界和批評界對當年那批「右派」作家的整體文學評價正在發生新的歷史認知。張賢亮「下海」後的小說創作與文學評價就是這種變化的一個縮影。

1、《我的菩提樹》及其他

90 年代的張賢亮小說創作沒有取得更大的突破，作品的題材和內容仍是以他對往昔歲月中遭受極左政治迫害的慘痛經歷爲主，作家繼承並延續了他在 80 年代的那種寫作思路，揭露痛苦的人生經歷在當事人身上留下的心理陰影和無法治癒的精神創傷，只是批判和反思的力度更爲深刻，這就決定了張賢亮在 90 年代的小說創作與政治的聯繫仍然十分密切，沒有超越所謂的「政治小說」模式，也許是因爲人到晚年格外懷舊的緣故，張賢亮小說中對他童年、青年時期往事的回憶描寫頗多，人生自傳的色彩十分濃厚，他試圖將他對黑暗年代政治的批判與當下社會的某些不正常現象聯繫起來，希望以此引起人們對極左思潮可能回潮的警覺，這使他的作品又具有了一定的現實意義。他於 1992～1994 年期間創作完成的長篇小說《我的菩提樹》（原名《煩惱就是智慧》）用日記體的形式描繪了「低標準，瓜菜代」時期的嚴重饑荒，對大躍進和人民公社化時期的各種天災人禍進行了無情地嘲諷；他在中篇小說《青春期》裏通過回憶主

人公生命中不同時期的人生經歷，再現了那個荒謬可笑、秩序失常的社會怎樣一步步剝奪了人的尊嚴、良知和美好青春，從而表達了他的「世紀末情懷」；在中篇小說《無法甦醒》裏，他通過主人公趙鶩（「照舊」的諧音）做的一場噩夢，以時而現實、時而荒誕的意識流筆法，把主人公又拉回不堪回首的「文革」時期，一切彷彿都處在令人恐懼的、無法甦醒的夢幻之中；而在短篇小說《普賢寺》裏，他以佛教的仁慈與寬厚之心，勸慰世人放下一切煩惱，徹悟人生的苦難，營造內心寧靜平和的精神世界，展現出作家晚年對「終極關懷」問題的關注與思考，這部作品也因此在張賢亮晚期的小說創作中具有特殊的意義，但是，這些作品都沒有引起批評家和讀者應有的重視，其中有些小說還被認為存在著嚴重的政治傾向問題而受到評論家的指責。總體來說，80 年代的文學創作是一種由作協、文聯等權威機構主導作品評價走向的「體制化寫作」，而 90 年代以後，作家創作則進入到一種「個人化寫作」時代，許多作家與市場消費主體、出版商、新聞媒體發生直接的聯繫，因而，在市場經濟面前，老作家原有的創作思維一時之間還無法適應這一轉變。張賢亮在 90 年代的文學創作既無法受到五六十年代出生的老讀者和傳統批評家的持續關注，又無法引起在新時期語境下成長起來的年輕讀者和新銳批評家的閱讀興趣，處境極為艱難，這一時期的張賢亮也因此在心理上承受著巨大的失落感。

《我的菩提樹》是張賢亮在「下海」前後創作完成的一部長篇小說，這部作品是在他 60 年代初在勞改農場改造期間的一本日記的基礎上，經過作家後期的注釋加工整理而成的，這本日記記錄了他從 1960 年 7 月 11 日到同年 12 月 20 日半年間的勞改生活經歷，在那個特殊的年代，為了防備日記落入他人之手，成為新的「罪證」，他只能把日記記得像一本流水賬，不敢出現任何與當時政策不符的「反動」言論，日記所述的事情大多語焉不詳，張賢亮在新時期獲得平反後，日記和其他檔案被農場政治處退還給他，90 年代初，張賢亮通過給日記做注釋的形式創作出了這部形式頗為奇特的小說，作品再現了當年勞改生活的可怕與殘酷，飢餓與死亡是小說的全部內容。張賢亮在這部小說的開篇部分說：「我寫這部書，正是要一反我過去的筆法：我在嘗試一次對一般性文學手法的挑戰」，〔註63〕這部日記體的作品在張賢亮看來是他對小說藝術形式的一次全新探索。小說初刊名是《煩惱就是智慧》，分上下兩部在《小說界》雜誌發表。1994 年，《煩惱就是智慧》由作家出版社出版時，正

〔註63〕張賢亮：《我的菩提樹》，貴陽：貴州人民出版社，2013 年版，第 147 頁。

式更名爲《我的菩提樹》。書出版後不久，北大的「批評家周末」（一個批評家學術沙龍）就有感於當時批評界對張賢亮這部新作的冷淡，曾專門組織過一次作品討論會，然而，他們的努力並沒能改變這本書的命運，批評界仍然鮮有人關注此書並撰寫相關的評論文章，《我的菩提樹》在國內讀者中間一直處於不溫不火的狀態。與國內形成強烈反差的是，1993 年，美國的馬撒・艾弗里女士（Martha Auery）以極大的興趣將《煩惱就是智慧》翻譯成英文，取名《野菜湯》，在英國出版發行。這部小說在國外出版後，引起了英美批評界的注意，受到了當地讀者的追捧，英國的《文學評論》月刊緊跟配合，於該刊 1994 年 4 月號上發表了署名馬特・西頓的評論文章《在社會主義知識分子的活地獄中》，文章認爲「這是一部關於知識分子的羞辱的書。它是中國知識分子默認他們自己的恥辱和受壓迫的一個記錄。」〔註 64〕內「冷」外「熱」的出版狀況和讀者評價成爲當代文壇上的一大怪聞。

　　《我的菩提樹》在國內的主要相關評論文章有謝冕的《我讀〈我的菩提樹〉》（《作品與爭鳴》1995 年第 12 期）、孟繁華的《體驗自由——重讀〈走向混沌〉〈我的菩提樹〉》（《小說評論》1995 年第 6 期）、謝冕、史成芳、陳順馨等人的討論實錄《〈我的菩提樹〉讀法幾種》（《小說評論》1996 年第 3 期）、張賢亮致友人的書信《爲何不能「徹悟」？》（《文學自由談》1996 年第 2 期）、白草的《對知識分子理性的剖析和批判——讀〈我的菩提樹〉札記》（《朔方》1997 年第 4 期）、孫靜波的《理性頹退和銷鑠的輓歌——〈我的菩提樹〉的一種解讀》（《伊犁師範學院學報》2004 年第 2 期）等爲數不多的幾篇。謝冕等北大學者對張賢亮這部小說的藝術價值進行了高度評價，謝冕認爲這部沒有主題、結構、情節，甚至沒有技巧的小說，體現出新文體所蘊含的新價值，在充斥著迎合淺薄趣味的 90 年代文壇，這本書的出現昭示出超常的文本價值。他認爲「《我的菩提樹》不僅有文獻的意義、社會檔案的意義，而且也有美學風範的意義。」〔註 65〕謝冕還在《小說評論》上主持了關於《我的菩提樹》的小說討論會，他在「主持人的話」中說：「張賢亮寫過許多小說，但是這一本《我的菩提樹》的價值超過了以往的任何一本。」「在遍地都是迎合世俗趣味的矯情之作的今天，平空出現了這樣一本素樸無華的書，的確讓人耳

〔註64〕 轉引自劉貽清：《評說張賢亮的〈我的菩提樹〉——兼談張先生的失落感和困惑》，《作品與爭鳴》1995 年第 12 期。

〔註65〕 謝冕：《我讀〈我的菩提樹〉》，《作品與爭鳴》1995 年第 12 期。

目一新。」〔註66〕批評家孟繁華在《體驗自由——重讀〈走向混沌〉〈我的菩提樹〉》一文中也認爲《我的菩提樹》是張賢亮迄今爲止所有作品中最優秀的一部，它「寫出了那一時代人們眞實的心態，同時觸及了知識分子性格中最脆弱、卑微而又長期被掩蓋了的那一部分。」〔註67〕寧夏社科院研究員白草認爲「《我的菩提樹》是部知識分子心靈退化的活的歷史。它也是映照知識分子心靈的一面鏡子。」〔註68〕小說雖然得到了北大學人和一些批評家的好評，但是國內讀者的冷淡反應還是讓張賢亮感受到了「過去從未受過的冷落」，他說「《煩惱就是智慧》和我的其他作品相比，似乎是遭到了空前的冷落，並沒有引起多麼大的反響。雖然也有讀者寄來熱情洋溢或行文哀痛的信，而比起我以前發表作品後所收到的信件，也少得多，僅有十幾封而已。這對別的作者來說也許屬於正常，不能奢望每部作品都會有強烈的反應，但我好像是習慣了每發表一部作品就坐等四面八方傳來的喧囂，習慣了把自己的書桌當作旋風的中心，於是，在周圍這樣冷清的時候，便不由自主地產生了失落感和某種困惑。」又說「我以前所發表的作品幾乎每部都幫助我與失散的一同勞改過的難友取得了聯繫。可是，唯獨此書發表後，我竟沒有接到一封當年的同件的來信。人們不是已經淡忘便是不願再去回憶，無暇再去回憶，連我這部描述當年生活的眞實故事也不能震動他們。我敘述的事情在他們讀來應該是歷歷在目，應該是記憶猶新的，難道直到今天還使我顫抖、使我經常在熟睡中驚醒的事就這樣像風一般地消失了麼？我當然不想讓人們再度陷入沉痛，但是，至少我應該得到個會心的微笑吧！」讀者的反應令張賢亮感到費解和疑惑，「由於受到我過去從未受過的冷落，我也曾對此書的藝術表達方面做過檢查。我一頁一頁地翻下來，就我的文學水平來說，我並沒有發現此書在藝術的表達上有什麼明顯的不足，只是發現所有的人物都似乎以一種漫畫式的形象在活動或在死亡。這好像違反了我們中國文學一貫遵循的典型化和重視細節描繪的原則。」〔註69〕但他接著自我辯解道這不能怪他不善於刻畫

〔註66〕謝冕、史成芳等：《〈我的菩提樹〉讀法幾種》，《小說評論》1996 年第 3 期。

〔註67〕孟繁華：《體驗自由——重讀〈走向混沌〉〈我的菩提樹〉》，《小說評論》1995 年第 6 期。

〔註68〕白草：《對知識分子理性的剖析和批判——讀〈我的菩提樹〉札記》，《朔方》 1997 年第 4 期。

〔註69〕張賢亮：《我的菩提樹》，貴陽：貴州人民出版社，2013 年版，第 145～147 頁。

人物，而是當時的社會環境粗暴地將人變爲動物的眞實反映。謝冕認爲這部小說在國內遇冷的原因，是由於 90 年代的「寫作界充斥著迎合淺薄趣味的熱情，讀者的胃口和判斷力因而受到了損害。」〔註 70〕他認爲問題不在作家和作品，而是時代和讀者出現了問題。但是，也有批評家認爲《我的菩提樹》在客觀上迎合了西方敵對勢力對我國人權狀況和社會主義制度進行攻擊和污蔑的政治需要，因此它才在國內遭到廣大讀者的空前冷落，而在國外受到某些居心叵測的人的熱烈歡迎。被張賢亮稱作「批張專業戶」的劉貽清對這部小說進行了措辭嚴厲的批評，他認爲《我的菩提樹》充滿了胡編亂造出來的「天方夜譚」式的政治笑話，完全是子虛烏有的謊言，「爲西方敵對勢力提供了反華的一枚炮彈」，這部作品在錯誤的路上比《習慣死亡》走得更遠，產生的社會效果也更壞。正是這種不正確的政治傾向導致了這部小說在國內外引起了截然不同的反應。他希望張賢亮回到正確的創作道路上來，寫出眞正符合當代讀者需求的藝術作品。〔註 71〕劉緒源爲此撰文指出劉貽清等批評家的思維邏輯和對待外國評論的態度是有問題的，論者將政治立場是否正確作爲評價文學作品優劣的唯一標準，這種簡單粗暴的批評方式「實在離文藝批評相去得太遠」。〔註72〕劉貽清對張賢亮的批評很大程度上是政治意識形態批判的產物，而非嚴格意義上的文藝批評，小說畢竟是帶有虛構成分的文學創作，不同於追求客觀效果的眞實歷史材料，劉貽清的批評思維帶有極左年代的政治批判色彩，他認爲文學是一種社會意識形態，從而將文學與政治混爲一談，忽視了二者之間的差異，他對作品價值的判斷，不是看作家「寫什麼」，而是看作家「怎麼寫」，即站在什麼立場，用什麼觀點，以什麼思想感情去認識和表現作品中的人物和生活，這種批評模式在剛剛撥亂反正的政治敏感時期或許還有用武之地，但在多元化、個性化特徵不斷突出的 90 年代文壇則缺乏有效的說服力。從 80 年代末的《習慣死亡》到 90 年代初的《我的菩提樹》，張賢亮通過種種細節描寫，眞實地再現了知識分子精神的全面萎縮和異化，小說的眞實性令人戰慄，文學的感染力卻十分缺乏。在這些作品中，也透露出張賢亮創作面臨的精神危機和藝術危機。

　　張賢亮對《我的菩提樹》遇冷原因的分析，其實已經觸及到了問題的關

〔註70〕謝冕：《我讀〈我的菩提樹〉》，《作品與爭鳴》1995 年第 12 期。
〔註71〕劉貽清：《評說張賢亮的〈我的菩提樹〉──兼談張先生的失落感和困惑》，《作品與爭鳴》1995 年第 12 期。
〔註72〕劉緒源：《怎樣看外國的評論》，《文學自由談》1997 年第 1 期。

鍵所在，中國人的劣根性之一便是有選擇性的歷史遺忘症，那段並不光彩的歲月帶給他們的痛苦實在是太沉重了，爲了避免再次引發傷痛，經歷過那段往事的人們不願再去回憶（這也符合官方維護穩定的政治意願），老讀者不願回憶、新讀者不感興趣，而作家卻還要不厭其煩地舊事重提，這種出力不討好的創作必然導致小說讀者的流失和作品影響力的下降。張賢亮則認爲遺忘有可能導致歷史悲劇的再次重演，他不安地感到「讀者現在彷彿對幻想與虛構比對歷史的眞實更有興趣，或者說對用顏料塗抹過或經過編造的歷史比白描的歷史更有興趣。」〔註73〕這恰恰是他所不願意看到的。在一次訪談中，張賢亮說：「這部小說是鄧小平同志南巡談話之後的產物。」「我的所有小說都是政治小說。我已經沒有那樣的閒心爲文學而文學；也不想遠離政治而在藝術上攀什麼高峰，使作品傳之久遠。我只是想在小說裏用我眞實的血和淚告訴人們：如果不按小平同志設計的具有中國特色的社會主義道路走，而走那條通往蠻荒去的小道，全體中國人民將會再過我小說中描寫的生活！」〔註74〕在《我的菩提樹》「代後記」中，張賢亮說他是新時期作家中受批評最多的一個，這顯然與他的小說表達的政治見解有關，他在與友人的通信中，專門談到他寫作這本書的初衷：「我們這十幾年來一直對過去所受的災難性影響估計不足，尤其是對在精神上的惡劣影響估計不足，對過去的所謂『思想』的餘毒清除不力，我們還沒有深刻地認識到今天的困難並不是改革開放帶來的，而是我們還沒有完全從惡夢中蘇醒過來。」〔註75〕作家認爲《我的菩提樹》對當下讀者的歷史警示意義就是這部作品的價值所在。同時，張賢亮還認爲《我的菩提樹》遇冷與 90 年代「文學已經失去了轟動效應」的整個社會文化氛圍有關，「文學家、作家，像以前那樣充當人民的唯一代言人和民意表達者的『文學輝煌期』肯定已一去不復返；文學只能是文學，小說只能是小說，文學正慢慢地移向她應該呆的那個位置。」「讀者對文學作品的態度正逐漸正常化；……把閱讀文學作品當成消遣和享受，而不是像過去一樣企圖從中尋覓某種教育和啓迪。」讀者不再「急需文學家、作家通過作品去加以開導。」〔註76〕知識分子作爲社會啓蒙者的地位在 90 年代已經基本喪失，意味著在大眾文化和新媒

〔註73〕張賢亮：《我的菩提樹》，貴陽：貴州人民出版社，2013 年版，第 146 頁。
〔註74〕劉彥生：《張賢亮：我的所有小說都是政治小說》，《文化月刊》1994 年第 6
　　　　期。
〔註75〕張賢亮：《爲何不能「徹悟」？》，《文學自由談》1996 年第 2 期。
〔註76〕張賢亮：《我的菩提樹》，貴陽：貴州人民出版社，2013 年版，第 146 頁。

體面前，知識分子失去了他們的文化領導權，特別是在經過 80 年代末的政治風波後，人們迴避談論敏感的政治話題，張賢亮選擇在 90 年代初推出《我的菩提樹》，注定了這部小說被冷落的命運。

1995 年，張賢亮在《中國作家》雜誌上發表了中篇小說《無法甦醒》，作品問世至今已有二十餘年，但筆者在中國知網進行檢索竟然沒有發現一篇專門的評論文章。雖然張賢亮的文學影響在 90 年代急遽下降，但是，這樣的檢索結果還是令筆者感到詫異。批評家劉貽清認為這部作品之所以沒有產生什麼反響，乃是由於張賢亮用荒誕的夢境影射中國改革開放的現實，污蔑當時社會上極左路線已經回潮。〔註 77〕一些評論家將《無法甦醒》看成是《習慣死亡》創作思路的延續，認為主人公「無法甦醒」的病態心理是過去嚴酷的政治運動造成的，過去的經歷像毒瘤一樣留在主人公的記憶裏，時時影響著他現在的思維和生活，以至於主人公在獲得平反後，失去了精神上的信仰，他想在新的現實生活中尋求精神支柱，卻無法獲得，想清醒卻無法從現實與夢境交織的夢魘中徹底醒來。《無法甦醒》與《習慣死亡》一樣，都表達了知識分子精神信仰的失落和政治追求的迷惘，「他們無法擺脫右派情結的纏繞，只好在死亡與墮落中徘徊」。〔註 78〕這種說法似乎更為合理可信。從《無法甦醒》使用的荒誕筆法和表達的主題來看，它確實是對《習慣死亡》的繼承和發展，這部小說沒有在讀者中間引起任何反響，原因是多方面的，除了有作品自身的因素，還有許多其他方面的原因，決不能僅僅歸咎於文學作品的政治傾向性有問題。1995 年的中國文壇頗為熱鬧，有人總結出了這一年文壇的十大熱點事件，包括：人文精神論爭、「二張」（張承志、張煒）熱、「二王」（王蒙、王彬彬）之爭、新市民小說的興起、《魯迅全集》的重編、火鳳凰批評叢書受關注、晚生代作家叢書的出版、張愛玲熱等，在這種眾聲喧嘩的文化氛圍中，張賢亮的《無法甦醒》被冷落，也就成了一件不難理解的事情。

1999 年，不甘寂寞的張賢亮又在《收穫》雜誌上推出了他的中篇小說《青春期》，在小說前的序言中，張賢亮說：他的這部作品表達了一種「世紀末的情懷」，他認為這部作品比十四年前發表於《收穫》上的《男人的一半是女人》

〔註 77〕劉貽清：《張賢亮現象──從現象到本質的透視》，http://blog.sina.com.cn/s/blog_520efc100100bvzd.html。

〔註 78〕張旭紅、趙淑芳：《試論張賢亮小說的政治思辨色彩》，《甘肅教育學院學報（社會科學版）》1998 年第 2 期。

有所提高，「至少不比它遜色」。〔註79〕對於作家自己給出的評價意見，讀者和批評家卻並不讚同。很多評論者在閱讀完這篇小說後表達了他們對作品的失望，劉永昶在《從〈青春期〉看張賢亮創作情感的變化》一文中說：閱讀《青春期》時的感受「彷彿是在冬天溫暖的爐火旁，靜靜地聽一位老人無休無止的絮叨。」作家在小說《青春期》中的心態和表達方式與早期相比已經迥然不同，少了當年的衝動、激情和自負，更多的是表現出老年人的成熟、感傷和無奈，流露出一種濃重的暮年心態。〔註80〕牧歌在《墮落的張賢亮》一文中對這部小說進行了激烈的批評，評論者認為小說「敘述多於展示，議論多於描繪，許多毫不相干的事件就在嘮叨中被連綴成了《青春期》。作為小說家的張賢亮好像看家本領都丟了，以至於這嘮叨像白開水一杯，平淡得實在難以卒讀」，針對小說主人公與農民因爭地而險些發生械鬥的糾紛描寫，論者認為張賢亮從《靈與肉》到《青春期》，對農民的感情發生了明顯變化，由充滿感恩之情到變為極端憎惡，導致變化的直接原因是張賢亮的影視城與當地農民發生利益衝突，因此，農民在他的筆下被醜化為無理取鬧的刁民，主人公表現出的是「一幅欺壓百姓的惡霸嘴臉」，在小說《青春期》裏看不到張賢亮作為一個作家的正義和良知，「下海」後的「張賢亮已經墮落了」，「完全墮落成為一個貪婪的不擇手段弱肉強食的市場經濟動物」，為此論者發出疑問「這還是曾寫過《靈與肉》、《綠化樹》、《男人的一半是女人》的那個張賢亮嗎？」〔註81〕但也有一些評論者對這部作品持肯定態度，例如，惠繼東的《一部民族劣根性的批判書——析〈青春期〉主題意向》認為「《青春期》的深刻主題是文學反思精神和批判精神的繼續和發展，其銳利的批判鋒芒體現在對民族劣根性的批判上。」小說表現了作家反思歷史、批判現實的勇氣和呼喚改革的心聲，同時，也流露出作家的憤懣與無奈、憂慮與期待。〔註82〕2000年1月18日，《朔方》編輯陳繼明專門就小說《青春期》採訪了張賢亮，對於作品蘊含的「世紀末情懷」，張賢亮解釋說「我覺得在展望新世紀的一刻，重要的是反思我們過去所受的苦難、挫折，反思我們所飽嘗的痛苦。只有這

〔註79〕張賢亮：《〈青春期〉序言：秋天的話》，《收穫》1999年第6期。

〔註80〕劉永昶：《從〈青春期〉看張賢亮創作情感的變化》，《鹽城師範學院學報（人文社會科學版）》2000年第3期。

〔註81〕牧歌：《墮落的張賢亮》，《大舞臺》2000年第5期。

〔註82〕惠繼東：《一部民族劣根性的批判書——析〈青春期〉主題意向》，《寧夏大學學報（哲學社會科學版）》2001年第5期。

樣才能鞭策和鼓舞我們前進。」「那一段歲月，凡經歷者都有切膚之痛，我再次將它凸顯出來，可以提醒人們在我們探索前進道路的歷史時刻，認識到什麼路都可以走，就是不能走回頭路！」「有些人責難我的作品充滿了荒誕感，寫到了一些粗俗的東西，我不理解，為什麼責難我？卻不去責難製造和產生這種荒誕和粗俗的根本原因？」〔註83〕當別人都在憧憬未來的時候，張賢亮卻仍然在執拗地回顧過去，他拒絕遺忘過去，更不贊成年輕的一代遺忘歷史，但在商業化的社會環境中，年輕讀者更期待閱讀的愉悅，而不是對沉痛歷史的思索，《青春期》發表於文學早已被排擠到社會邊緣的年代，世紀末的中國眾聲喧嘩，信息擁塞，商業動機左右一切，人們競相追逐的是金錢與物質享受，以及新媒體帶來的感官刺激，正如批評家陳曉明在《無邊的挑戰》一書中所說：「那個『大寫的人』卻無論如何也無法修復，那個懷抱昨天的太陽燦爛而別的歷史主體，再也找不到回歸的精神家園。」〔註84〕不合時宜的寫作觀念造成了張賢亮的小說與青年讀者之間無法克服的疏離感。這導致了張賢亮小說評論熱度的下降。

　　張賢亮說他「下海」後發現民間企業發展的難點在於周邊環境的不寧靜與地方邪惡勢力的干擾，而政府對一些地方邪惡勢力無可奈何。「在這種地方邪勢力面前，若無一種『青春期』的勇氣、魄力、膽識、斷然手段，則必倒臺無疑。我覺得，面向二十一世紀，……我們不缺乏想法，不缺乏信息，缺乏的正是青春的勇氣和膽量。」〔註85〕正是這種想法促使他去寫作《青春期》這樣一部小說。「下海」後的張賢亮更加務實，為了辦好影視城，他傾注了大量的心血與汗水，經營的艱辛喚起了他昂揚的鬥志與不服老、不認輸的精神狀態，《青春期》在很大程度上正是他晚年帶有自我標榜性質的一部作品，但其文學意義和文學影響顯然都無法與《男人的一半是女人》相媲美，而且作品的主人公身上帶有太多的作家自己的影子，以至於使人無法分清哪些是虛構哪些是寫實。作品結構過於瑣碎，敘事邏輯也不夠清晰，難以說是一部發人深省的高水平之作。

　　《普賢寺》是張賢亮在90年代創作、發表的唯一的短篇小說，也是他晚年在藝術風格上轉變的一個嘗試，這是一部很有特色的作品，但小說發表後卻一

〔註83〕石舒清：《就〈青春期〉訪張賢亮》，《朔方》2000年第2期。
〔註84〕陳曉明：《無邊的挑戰》，北京：時代文藝出版社，1993年版，第237頁。
〔註85〕石舒清：《就〈青春期〉訪張賢亮》，《朔方》2000年第2期。

直未能得到應有的重視和評價，筆者在中國知網進行檢索發現，專門評論《普賢寺》的文章只有兩篇，分別是：杜秀華的《從精神的煉獄中超拔——論〈普賢寺〉的「終極關懷」兼談張賢亮創作思想的發展》（《錦州師範學院學報・哲學社會科學版》1998 年第 3 期）、白草的《被忽視了的〈普賢寺〉》（《朔方》2004年第 10 期）。小說寫在化工局工作了幾十年的工程師「羅」，是一位印尼華僑的兒子，他年輕時在大學裏學的專業在單位派不上用場，因為有海外關係又得不到單位領導的信任。他一輩子謹小愼微、郁郁不得志，退休後在一次佛教徒靜坐請願要求政府機關歸還普賢寺的集會中，偶遇命運同樣坎坷艱辛的老婦人「梅」，梅的丈夫在「文革」期間被打成「反革命」，她在街道靠給人洗衣服度日達二十年，以致手指如鳥爪一般拘攣著，好不容易等到丈夫平反回家，沒過幾天老伴卻又中風去世，她想不通為什麼壞事都落在了自己身上，非常痛苦，但「自信了佛，心裏亮堂多了」，心中放下一切掛礙，煩惱也少了，一切都想開了，她勸導羅凡事要看開。兩人在暢談佛理、相互照顧的過程中產生好感，最終決定結成善緣，相扶度此殘生。小說用散文化的筆法寫成，語言清新優美，顯示出不同於作家以往的創作風格。杜秀華認為「《普賢寺》在張賢亮的小說創作中具有特殊意義。小說以佛宗禪理觀照主人公的心性，展示他們徹悟自己坎坷多難的一生，看破世事，放下煩惱，構建了快樂、安祥、崇高的精神世界的過程。這種獨特的『終極關懷』帶有濃鬱的佛學色彩。」〔註86〕在經歷了勞改、平反、成名、「下海」等人生風雨之後，張賢亮從躊躇滿志的中年逐漸步入到惜時傷春的老年，不堪回首的往事帶給他的有無盡的滄桑，也有對人世榮辱的深刻體認，命運的沉浮讓他最終把佛教看做是解除人世間一切苦難的精神家園，晚年張賢亮認識到佛理對於人們超脫苦難的徹悟作用，他開始專心研讀佛教典籍，創作心態逐漸趨於平和，小說《普賢寺》為那些有不幸遭遇的人們，特別是為曾經飽受政治摧殘的知識分子提供了一個從精神的煉獄中超拔的範例。〔註87〕白草評價小說《普賢寺》是張賢亮晚年的一部非常優秀的短篇，是他自我超越的一個嘗試和實踐，《普賢寺》似乎是張賢亮小說中的一個「異數」。「它沒有明確的社會性主題，也沒有緊張焦慮的情緒，寫法上顯

〔註86〕杜秀華：《從精神的煉獄中超拔——論〈普賢寺〉的「終極關懷」兼談張賢亮創作思想的發展》，《錦州師範學院學報（哲學社會科學版）》1998 年第 3期。

〔註87〕關於張賢亮晚年轉而信佛、研讀佛學典籍的材料，可以參見拙作《張賢亮的閱讀史》，《當代作家評論》2016 年第 4 期。

得從容、平和，而又包含著豐富的意味」。他認爲這部作品之所以被讀者和批評家忽視，原因是多方面的，最主要的有三點：一是張賢亮在 80 年代曾經產生過不同反響乃至轟動性的作品，如《靈與肉》、《綠化樹》、《男人的一半是女人》、《習慣死亡》等，它們對這部短篇起到了某種「遮蔽」作用，使其未能進入到讀者和批評家的閱讀與評價視野。二是與張賢亮在 90 年代逐漸淡出文壇的個人選擇有關。三是評論界自 80 年代中後期以來對張賢亮小說主題、創作理念形成的認識上的「偏見」，影響了讀者對作品的期待。〔註88〕除了作家自身的因素與文學環境的變遷之外，筆者覺得《普賢寺》不被重視與 90 年代以後長篇小說越來越受關注，短篇小說優勢地位喪失也有很大關係，但作家作品自身的原因肯定是最關鍵的因素，90 年代的張賢亮已經不是嚴格意義上的純文學作家，他既有人大代表、政協委員的從政背景，又是一個文化型的商人，是一個有著多副面孔和多重身份的非職業化作家，這勢必會影響讀者、批評家對他的閱讀選擇與文學評價。

　　回顧 90 年代以來批評界對張賢亮小說創作情況的評價，筆者發現這一時期評論家對張賢亮新推出的作品失去了如 80 年代時的那種濃厚興趣，對他的文學創作多表現爲不滿和責難，這一時期湧現出的張賢亮小說評論文章大多集中在對過去某些問題的重複性闡釋上，不同的是批評家的觀察視角更爲細緻，從作品的思想內容、人物形象到抒情方式、語言特色無所不包，但是其中由著名批評家撰寫的有影響、有洞見的文學評論明顯減少，有關張賢亮小說的評論文章的發刊級別也普遍不高。90 年代以後，學術界沒有產生一部對張賢亮小說的研究專著，僅在一些學者撰寫的批評著作的個別章節裏有關於張賢亮小說的文學綜論，其中較爲重要的有陳曉明的《失樂園裏的舞者：張賢亮的傷痕與信念》（《陳曉明小說時評》，河南大學出版社，2002 年版）、鄧曉芒的《張賢亮：返回子宮》（《靈魂之旅——90 年代以來中國文學的生存意境》，上海文藝出版社，2009 年版）等，這些變化說明 90 年代批評界關注的焦點和研究的興趣已經不在張賢亮這樣的「右派」作家和「下海」文人身上。此外，張賢亮小說在海內外的文學評價失衡現象也說明生活在不同地域文化圈子中的讀者具有不同的閱讀審美趣味，對同一部作品的文學評價不僅具有時間差異性，而且具有地域差異性。

〔註88〕白草：《被忽視了的〈普賢寺〉》，《朔方》2004 年第 10 期。

2、「以俗制俗」的《一億六》

2009 年春節期間,《收穫》雜誌推出了張賢亮的長篇新作《一億六》,隨後上海文藝出版社出版了小說的單行本。張賢亮說:他寫作《一億六》最初只是因為《收穫》主編李小林向他約稿。「我曾答應給《收穫》寫一個短篇的,但一直沒有寫。2008 年 9 月,我抓了個題材,就開始動筆了。沒想到,一發就不可收。本來只是一個短篇的構思,寫著寫著就變成了長篇。」〔註89〕《一億六》是張賢亮逝世前公開發表的最後一部長篇小說,作品以荒誕的形式,講述了一個優異「人種」保衛戰的故事。借著改革開放而迅速暴富的農民企業家王草根收購了一家醫院,他想生一個兒子傳宗接代,可是他的精子已經絕滅,需要借種生子。恰在此時,優生專家劉主任發現一個品行高尚的年輕人竟然擁有高度活躍的一億六千萬個精子和比例完美的身體,他就是「一億六」,為了實現借種生子的計劃,一場圍繞「一億六」的精子爭奪戰和保衛戰隨之拉開帷幕。張賢亮說這部作品的靈感來源於一則關於精子研究的科普文章,「2008 年 8 月份,我到重慶開會,住宿賓館有當地的報紙,我打開後看到一個很短的科普文章。」〔註90〕文章說金融危機並不可怕（2008 年正在上演金融危機）,人類的「精子危機」才是個大問題,搞不好會使人類絕滅。「我覺得很有趣,就隨手拿這個『精子危機』做引頭。當然僅有這個引頭也不足以成為故事,聯想到自己多年對社會的觀察,就想借這個借種生子的故事把當代現實世界的風情畫描摹出來」。〔註91〕張賢亮覺得可以用這個素材寫一個調侃性的小說,而這也正是他擅長的,此前他曾寫過中篇小說《浪漫的黑炮》和短篇小說《臨街的窗》,運用的主要就是調侃、諷刺和黑色幽默的荒誕筆法。在寫這部小說時,張賢亮的精神處於一種信馬由韁的自由狀態,小說寫得很順利也很快樂,「我於 2008 年中秋節動筆,當時正在做白內障手術,我每天對著電腦不能超過兩個小時,但我一動筆,最近 20 多年目睹的社會怪現象全都湧到我眼前來了。種種社會怪現象都在裏面,但我還是努力寫出希望來,畢竟裏面還沒有壞人,於是我就用了 40 天,每天兩個小時完成了這部小說。」〔註92〕小說中的人物都沒有原型,完全是他多年來觀察和感受到的社會現象

〔註89〕徐穎:《張賢亮「荒誕」新作〈壹億陸〉惹爭議》,《新聞晨報》2009 年 2 月 6 日。

〔註90〕趙興紅:《張賢亮小說的戲劇性》,《南方文壇》2015 年第 2 期。

〔註91〕卜昌偉:《「一億六」遭批 張賢亮「制俗」》,《京華時報》2009 年 3 月 30 日。

〔註92〕趙興紅:《張賢亮小說的戲劇性》,《南方文壇》2015 年第 2 期。

在腦海中自然堆積的一個個形象。作品一問世，立刻就引起了爭議，很多人看完小說之後，覺得故事太過離奇和荒誕，而張賢亮卻覺得，他只是通過一個荒誕的形式，來全面展開一幅當代社會的風情畫，「我的形式必須荒誕，但書中提到的處處都是現實問題。很多作家喜歡繞開當代題材，但我就是要直指當代城市，也連帶到農村，通過一個男人和三個女人的故事來展開當代社會的風情畫，這是『80後』們根本寫不出來的東西。」〔註93〕又說：「我寫作向來喜歡劍走偏鋒，我的作品從來都是評論家們無法評價的。」〔註94〕「大家都以為我只會寫苦難、勞改和反右，如果他們讀過我的《浪漫的黑炮》，就知道我不是一個走套路的作家。」〔註95〕任何作家都不希望自己的創作模式化、固定化，張賢亮也不例外，他知道缺乏新鮮感的作品在當下已很難引起讀者的閱讀欲望，因此，追求文學內容和形式上的創新與突破就成為市場化的必然選擇，張賢亮在創作《一億六》時存在主動迎合市場和讀者心理的企圖，他要通過這部作品向讀者展示一個完全不同於以往的張賢亮，小說《一億六》出版時，正值賈平凹的《廢都》解禁重版，兩部作品因為都有大量的性描寫，而被一些媒體炒得沸沸揚揚，據說上海文藝出版社首印的 5 萬冊《一億六》很快就銷售一空，有批評家指出「正如小說封面對『一億六』的媒體闡釋，『一億六是關乎生命的神奇數字，一億六又是某俊男的雅號，一億六竟成各方人馬激烈爭奪的優異『人種』，一億六和三個女人的情感糾葛離奇又曲折』，故作神秘、性暗示、金錢與權力爭奪、情感糾葛成為整部作品的賣點和實質指向。」〔註96〕這說明在市場經濟語境下，一些昔日的嚴肅文學作家開始主動向消費文化靠攏，並與媒體達成了以追求利益最大化為目標的互動與合謀。經過多年的「下海」歷練，張賢亮對社會有了更為深刻的觀察和體會，然而，作品卻因為刻畫了一幅金錢萬能、倫理顛覆、浮躁縱慾的現實世界而備受爭議和指責，在小說中暴發戶、妓女、嫖客、國學大師等一一登場，很多人物對話是用四川方言寫成，充滿了市井百姓戲謔笑罵的粗俗俚語，這也被一些讀

〔註93〕王達敏：《余華論》，上海：上海人民出版社，2006 年版，第 207～208 頁。
〔註94〕徐穎：《張賢亮「荒誕」新作〈壹億陸〉惹爭議》，《新聞晨報》2009 年 2 月 6 日。
〔註95〕田志凌：《張賢亮新長篇被批「俗」　久蟄復出寫精子危機》，《南方都市報》2009 年 2 月 10 日。
〔註96〕江飛：《「以俗制俗」：虛妄的知識分子想像——張賢亮長篇小說〈一億六〉批評》，《藝術廣角》2010 年第 3 期。

者看做是小說低俗的一大表現，不少人看完後大跌眼鏡，小說寫得如此之俗，這還是當年那個寫下了《靈與肉》、《綠化樹》等經典文學作品的張賢亮嗎？很多讀者對於著名作家張賢亮竟然寫出了一部如此低俗的作品感到極大失望。長期主持北京大學「當代最新作品點評論壇」的青年批評家邵燕君，在《西湖》雜誌 2009 年第 7 期的「『北大刊評』主持人語」中對當年各大文學期刊上發表的長篇小說進行回顧與評價時，提到了劉震雲的《一句頂一萬句》、王剛的《福布斯咒語》、蘇童的《河岸》、張潔的《靈魂是用來流浪的》、黃永玉的《無愁河上的浪蕩漢子》和張賢亮的《一億六》，在評價《一億六》時，邵燕君不無感慨地說：「最令人失望的是張賢亮的《一億六》（《收穫》第 1 期），滿紙荒唐言，一副市井腔，讓人深感對於功成名就的老作家而言，節制是基本美德。」〔註 97〕婉轉的批評話語背後透露出的是失望和惋惜。這一期的「北大刊評」欄目刊登了曉南的文章《用市井腔講述俗故事——評張賢亮長篇新作〈壹億陸〉》，論者認爲在《一億六》裏，讀者絲毫找不到過去張賢亮的痕跡，「掩卷回憶，竟想不起一個令人難忘的細節、畫面或者令人感動的人物、情感。故事之外，一無所有。」「小說的人物語言採用四川腔調，本是討巧之舉，但敘述語言卻也變得和大白話一樣的直陳無味，甚而流於粗俗。不僅如此，作者也一任靈魂附身於市井勾欄人物、匍匐在市井哲學的思維上，津津有味地與小說中所表現的生活融爲了一體。」張賢亮沉淪於世俗的「合理性」，喪失了對現實的懷疑與詰問，沒有體現出作爲一個作家的思辨高度和道德批判力量。〔註98〕這種批評意見雖不無偏激之處，卻很有代表性。《雲夢學刊》2009年第 5 期刊登了郭戀東的文章《花斑鶴、猴子還是人？——評張賢亮〈壹億陸〉》，論者指出「在這個充滿了道德淪喪與價值觀混亂的時代，我們需要的是作家、知識分子對現實困境的有力批判之聲，而不是僅僅沉浸在語言快感中的鬧劇，更不是一種借靠生物學的戲謔之說。」〔註 99〕文章批評張賢亮喪失了作家應有的批判精神，與現實同流合污。吳梅在《呼喚文學的回歸——試論張賢亮新作〈一億六〉》一文中表達了與之相同的觀點，「張賢亮主動從知識分子的精英立場退向大眾世俗化的觀照視點。視點下沉，致使他以世俗

〔註97〕邵燕君：《「北大刊評」主持人語》，《西湖》2009 年第 7 期。
〔註98〕曉南：《用市井腔講述俗故事——評張賢亮長篇新作〈壹億陸〉》，《西湖》2009年第 7 期。
〔註99〕郭戀東：《花斑鶴、猴子還是人？——評張賢亮〈壹億陸〉》，《雲夢學刊》2009年第 5 期。

的感受能力和眼光去寫作，主動遁入了流俗文化的現實語境，銷蝕掉對小說詩情境界的追求。」「面對不斷下滑的道德和人性，張賢亮主動放棄了作家存在的意義，不再以罪惡爲罪惡，不再以羞恥爲羞恥，放棄了嚴肅和崇高，將創作投向了世俗化生活的平面，喪失了作爲一個作家應具有的思辨高度。張作家這種精神和熱情的卑微，使他筆下的文學阻斷了文學超越性的根本意義而跌進了現實的泥潭，只能任作品格調急劇下移與媚俗。」〔註100〕

　　面對讀者和批評家的指責，張賢亮在接受媒體採訪時表示，他寫這部作品就是要「以低俗制低俗」的方式，抨擊當下低俗的社會現象。他認爲，在現代西方文明的衝擊下，中華傳統文化不管是糟粕還是精華都隨風而去；與此同時，人們精神空虛、價值標準一切向「錢」看、人文精神失落，海外的影視文化商品成爲老百姓乃至青少年的精神食糧和啓蒙教材。「說我寫得低俗？可是大家正眼看一下，這不就是我們生活的現實嗎？其實我們每一個人都在低俗中穿行，我們就是生活在一個有嚴重低俗化傾向的社會之中。這是我長期以來憂慮的社會問題。」「說我的作品低俗，其實生活中的現實比我的作品還要低俗，還要惡劣。就說借種生子這事吧，你眞當現實生活中沒有啊，多著呢，生活其實比小說要精彩。」「當然小說還是重在講故事，如果讀者從中能讀出我這一丁點良苦用心，那就是我的意外之喜。」對於質疑和爭議，在文壇闖蕩多年的張賢亮早已習以爲常，他說：「當年我寫《綠化樹》《男人的一半是女人》時，一開始也是叫罵聲一片。但讓我欣慰的是，許多年後，它們終於打敗了時間、成了經典。所以對於讀者指責的聲音，我一點也不在意。」〔註101〕在張賢亮看來，《一億六》顯示了他敢於直面現實生活的勇氣，「現在很多作家要麼寫歷史故事，要麼寫個人情感，很少有人涉及現實。我的小說卻是直指當下的社會現實。」之所以「以這個荒誕的『精子戰爭』故事爲包裝，目的是讓小說更好看，可讀性強，現在你寫現實社會的種種問題，如果寫得嚴肅沒人看的。」〔註102〕針對一些讀者提出小說語言粗俗化的問題，張賢亮說：「我寫的就是現實的世俗社會，底層的人物注定他的語言就是粗俗的，你讓我怎麼把他們寫雅呢？」「俗人說出來的話如果文縐縐的，那就完全

〔註100〕吳梅：《呼喚文學的回歸──試論張賢亮新作〈一億六〉》，《當代小說（下半月）》2010年第2期。

〔註101〕卜昌偉：《「一億六」遭批　張賢亮「制俗」》，《京華時報》2009年3月30日。

〔註102〕田志凌：《張賢亮新長篇被批「俗」　久蟄復出寫精子危機》，《南方都市報》2009年2月10日。

不對路了。」〔註 103〕雖然張賢亮在媒體上一再發聲，力挺他的這部作品，但《一億六》在文壇的反響卻並不盡如人意，絕大多數的中國當代文學史對這部作品都隻字不提，批評家對這部小說也多以否定看法和負面評價為主。

不得不承認，《一億六》確實深刻、逼真地摹寫了當前的社會現實，部分內容觸碰到了當下生活的痛點，金錢如何決定人的地位與尊嚴，國家在醫療、教育、商業、環境治理和法制建設等方面存在的問題在小說裏都有所展示，為了吸引讀者，張賢亮把迎合大眾文化消費心理的通俗元素融入到新作裏，小說的可讀性很強，他很注意小說故事情節的通俗化、大眾化以及由此而產生的市場價值，但是，他在《一億六》中表現出來的創作態度卻不能說是嚴肅的，一蹴而就的創作過程給讀者的感覺是作家在調侃文學，因為欠下《收穫》的文債而去倉促寫作，對作品缺乏足夠的文體自覺、控制力和預見性，沒有將文學作為知識分子對社會批判或審美的神聖事業，而是表現出一種遊戲文學的娛樂姿態，這是對純文學寫作精神的背叛和遺棄。他在媒體上為自己做出的辯解，也沒有抓住問題的關鍵，人們並沒有否認他作品的真實性，但嚴肅文學的價值不僅在於作品的真實，還在於作家對現實永不妥協的批判精神，在這一點上，張賢亮恰恰是一直在避重就輕，他自「下海」以後的作品逐漸缺少了對當下社會的有力批判，更多表現出的只是對自身不幸遭遇的顧影自憐，在《一億六》的最後，張賢亮讓小說主人公從四川來到寧夏鎮北堡，並在古堡城外的一片燦爛如金的向日葵田地中野合，這種類似於影視劇中的「植入式廣告」的做法，顯然也是嚴肅作家所不取的。而張賢亮則認為廣告無可厚非，他就是要借機宣傳寧夏，提高當地的知名度。〔註 104〕這與作家的「下海」經歷以及由此形成的重視市場價值的商業化思維有著密不可分的聯繫，張賢亮「下海」後的作品中流露出強烈的商人氣息。小說的主人公「一億六」是土地和質樸生活方式的象徵，他擁有健壯的身體、純淨的心智、善良的天性，是個天賦異稟的道德完人，卻沒有根植於現代社會的真實靈魂。這種藝術處理方式使他無形中成了一個虛化的理想人物、一個遠離世俗社會且面目模糊的人物，無法使讀者對其產生深刻的印象，這無疑是小說人物塑

〔註103〕田志凌：《張賢亮新長篇被批「俗」 久蟄復出寫精子危機》，《南方都市報》2009 年 2 月 10 日。

〔註104〕李志強、石雷：《〈一億六〉：入木三分寫眾生——訪著名作家張賢亮》，《共產黨人》2009 年第 10 期。

造上的失敗之處。張賢亮在《一億六》中一如既往地延續了關於性的描寫與敘述，批評家吳炫評論他的小說時提到「重要的不在於寫性，而在於我們在性的問題上能否獲得啓迪。」〔註105〕讀者在這部小說中，顯然無法獲得像在《男人的一半是女人》中的那種性的啓蒙與政治批判力量。小說被各種欲望話語所遮蔽，沒有顯示出任何的批判精神。批評家南帆曾說：「文學應當在生存的表象後面附加什麼，作家應當在種種形而下的騷動後面給出一個精神家園。文學當然有義務告知與揭示現實所包含的平庸。然而，更爲重要的是，文學必須同時具有反抗平庸的功能。即便是反抗不合理的現實，文學的反抗精神仍應保持在藝術的維度之上，存留在審美方式之中。這即是審美與平庸的抗爭。」〔註106〕張賢亮自稱寫作《一億六》是爲了「把當今社會低俗的東西砸碎給人家看」，可是我們從中並沒有看到他將低俗的東西砸碎，反而是抱著一種欣賞的態度在觀看玩味。「以俗制俗」成了作家貌似反抗實則妥協、貌似拯救實則墮落的自欺和詭辯之詞。當然，也有一些批評家以較爲寬容的態度表達了他們對張賢亮這部作品的理解，例如，有評論者認爲「張賢亮在《一億六》中表達了他對當前種種社會問題的思考，憂國憂民的同時極具悲憫情懷，體現了一個老作家、老知識分子的眞誠。」〔註107〕在狂歡和戲謔背後，在平凡、瑣屑、粗鄙乃至荒誕的市井生活題材之下，《一億六》表達了「天人合一」的文化旨歸。〔註108〕還有人評價《一億六》是「一部解剖現代人的生活的小說，一部反映都市人生活的小說，把所有人的面具都扯了下來，讓你看其眞實的嘴臉。從這個意義上來說，它是值得你一讀的好小說。」〔註109〕魯迅文學院研究員趙興紅認爲《一億六》是呈現中國當代社會亂象和反觀人類自身危機的寓言，是作家在他的寫作走向成熟之後，其思維方式上升到哲學層面的思考。「雖然小說寫的社會現象是低俗的，但我仍然要說這部小說的立意是高境界的，是大手筆寫出來的」。〔註110〕雖然得到了部分批評家的肯

〔註105〕吳炫：《穿越中國當代文學》，南京：江蘇教育出版社，2007年版，第166頁。
〔註106〕南帆：《文學的維度》，上海：三聯書店出版社，1997年版，第193～194頁。
〔註107〕徐玉松：《多維度鑒賞 多一份理解——對〈一億六〉的多維解讀》，《宿州學院學報》2012年第3期。
〔註108〕姬志海：《在狂歡與戲謔的背後——〈一億六〉「天人合一」的精神旨歸》，《朔方》2010年第4期。
〔註109〕王海珺：《荒誕背後的眞實社會剖析——張賢亮長篇小說〈一億六〉的世象解剖和人性雕刻》，《湖南第一師範學院學報》2016年第2期。
〔註110〕趙興紅：《張賢亮小說的戲劇性》，《南方文壇》2015年第2期。

定，但無論是在藝術性上還是在思想性上，《一億六》仍然被大多數批評家看做是一部流於低俗的不堪之作。

對於《一億六》創作失敗的教訓，不少批評家進行了鞭闢入裏的分析，其中，江飛的文章《「以俗制俗」：虛妄的知識分子想像——張賢亮長篇小說〈一億六〉批評》分析得相當透闢而精彩，論者指出「『以俗制俗』是張賢亮為最新長篇小說《一億六》低俗傾向尋求的自辯之辭；然而，我以為『以俗制俗』是一種虛妄的知識分子想像，它無力拯救社會文化的低俗傾向。在內是由於作家自覺放棄了知識分子的主體性和批判精神，為追求多元而棄雅從俗、誤用其才；在外是由於當下社會文化語境對文學精神的魅惑與遮蔽。所以，我們更迫切地呼喚讓崇高、良知、理想、尊嚴等人類最可寶貴的東西重新回到我們的文學中來，成為知識分子內心世界必須追求的『想像和希望』。江飛認為作家必須抵制不正常的社會現象，在物欲衝擊一切的市場經濟條件下，作家應自覺以『拒絕和批評』的方式關注現實、貼近現實、切入現實，拓墾出當代社會生活中最深刻、最豐富和最能說明人與人性的部分來，以深邃透徹的思想品位和精廣淵深的審美情趣去打動、感染人的心靈，喚起人們對低俗、墮落的質疑與鄙棄，對文學獨立的反抗精神的關注和熱愛。」〔註111〕此外，吳梅在《呼喚文學的回歸——試論張賢亮新作〈一億六〉》一文中對張賢亮晚年的創作狀態進行了異常尖銳的批評，「聰明的讀者已敏銳感到這位昔日著名的作家如今已深陷寫作困境：『右派』經歷為主的寫作資源早已耗盡，新的資源又不能從閱讀、體驗和思考中生成，更無意於艱難的小說技巧探索和創作力的積聚，其寫作才能已瀕臨江郎才盡。為了掩蓋其寫作境地的荒涼，張賢亮只能孤注一擲，竭盡全力將『人種』保衛戰這一故事編織得光怪陸離，以期迎合大眾的刺激和獵奇的心理。」〔註112〕江飛、吳梅等青年批評家對《一億六》與張賢亮的指責無疑是淩厲而切中要害的，他們的批評話語在向來以中庸者和溫和派居多的文藝批評界，顯示出一種令人耳目一新的矯健風格，在作家隨波逐流、放棄文學批判精神的時候，批評家理應抱著對作家作品高度負責的態度站出來展示他們敢講真話的勇氣與不凡的藝術見解。沉默不語或毫無原則地讚譽絕不是健康的文藝批評風氣。

〔註111〕江飛：《「以俗制俗」：虛妄的知識分子想像——張賢亮長篇小說〈一億六〉批評》，《藝術廣角》2010 年第 3 期。

〔註112〕吳梅：《呼喚文學的回歸——試論張賢亮新作〈一億六〉》，《當代小說（下半月）》2010 年第 2 期。

在創作方法上，張賢亮在《一億六》與《浪漫的黑炮》兩部作品中都大量地使用了具有荒誕感的黑色幽默筆法，然而，《浪漫的黑炮》卻能夠突顯出相對嚴肅的主題，表達了知識分子在平反後仍然得不到社會信任的問題，而《一億六》則試圖通過「精子爭奪戰」反觀人類自身的生存危機，但它明顯缺失了張賢亮以往作品中那種嚴峻、清醒而又深刻的哲學思辨色彩與理性批判意味，這導致了作品總的格調不高。在故事形式的荒誕離奇和敘事話語的「低俗」問題上，作家的辯解尤其應引起批評家的足夠警惕，因為這些自辯之詞很容易蒙蔽某些批評家的眼睛，從作家對媒體和市場的主動迎合態度可以看出張賢亮「下海」後小說創作觀念的轉變，從這個意義上講，這部作品無疑是一個值得分析的文本，然而，多數批評家顯然不願意在一個已經被讀者遺忘的作家身上花費更多的精力，這不僅是落幕作家的悲哀，也是批評界追新逐異不良風氣的表現。

「70後」小說家石一楓從作家視角，表達了他對於《一億六》遇冷現象的獨特理解，他說：「通觀近年的長篇小說創作，一個壯觀景象，就是成名作家一窩蜂地折戟沉沙。從王安憶《遍地梟雄》的無人喝彩，到張賢亮《一億六》所受的冷嘲熱諷，似乎真的證明八十年代成名的作家逐漸被『翻過去了』。他們已經被寫進了文學史，但彷彿只剩下了文學史的意義，而新作則越來越難在今天的讀者中獲得反響。究其原因，創作能力衰退、寫作方法陳舊等等，彷彿都說得通。而最致命的一個『短板』，應該還要算生活經驗、社會經驗的缺失。比如說《一億六》，張賢亮津津樂道地列舉了我們這個時代的種種聳人聽聞、光怪陸離，但其中又有幾件事情是他真有實際感觸的呢？作家以為新鮮的，讀者已覺不新鮮，作家嘖嘖稱奇的，讀者早就司空見慣。」〔註113〕他認為老作家們由於跟不上讀者和社會發展的要求而導致作品遇冷，文壇永遠只屬於那些充滿創作潛力與時代氣息的新生代作家。他的這番話引出了一個很有意思的話題，作家是否會因為年齡、知識體系、生活經驗的落伍而被讀者淘汰，晚年的張賢亮被文壇冷落到底是一種個別現象，還是一代作家無法擺脫的宿命？在這一點上，張賢亮與柯雲路的遭遇很相似，80年代中期，剛剛涉入文壇的柯雲路就以描寫改革題材的長篇小說《新星》而一舉成名，而在此後，他陸續推出的許多新作卻並沒有產生太大的反響，尤其是進入90年

〔註113〕石一楓：《再次炫技——讀莫言〈蛙〉》，《當代（長篇小說選刊）》2010年第1期。

代以後，他基本上已經被讀者遺忘，淡出了主流作家行列，張賢亮和柯玉路都屬於那種只靠一兩部作品就迅速在文壇成名，並在文學史上占有一席之地的新時期作家，他們被時代黯然冷落的命運，也恰如他們成為文壇新星一樣充滿了時代的偉力，在文學史上，這樣的作家並不在少數，曇花一現、過眼雲煙，這些詞語用在他們身上都再恰當不過，他們的創作本身無疑存在著這樣或那樣的缺陷，但他們遇阻更為關鍵的原因似乎卻不在於此，他們是時代的寵兒同時又是時代的棄子，他們是應時而生的天才作家，但輝煌期卻如天上的流星一閃即逝。不能否認，作家作品的命運除了受社會政治、文化環境的制約之外，與批評家、讀者代際更迭的變化也有很大關係。作家的創作理念與讀者的閱讀情趣無疑是存在著代際上的差異的，儘管有時這種差異表現得並不十分明顯。「50後」作家與「70後」作家所關注的內容、慣用的語言風格是不同的；「60後」批評家與「80後」批評家的知識構成也顯然是有區別的；20世紀80年代的讀者與21世紀的讀者在閱讀審美標準上更是有天壤之別。80年代以後，張賢亮的文學評價不斷下降，其中既有作家自身的問題，與讀者、批評家新老更迭的代際原因也有一定關聯。當代文壇新老作家間的交替過渡是一個很有意思的話題，也是文學史研究者十分關注的現象，從新老兩代作家「冷」與「熱」的興替過程中，我們不僅能夠窺見不同時代的讀者在審美趣味上的差異，以及由此在作家創作心理上造成的積極或消極影響，而且也能藉此把握一代作家由稚嫩到成熟的創作轉變過程。青年作家總是以趕超成名的老作家為目的，而老作家總是要盡力維護他們的文學權威，為了應對青年作家的挑戰，不被讀者過早地遺忘，老作家不得不對自己已經定型的創作風格做出改變，然而，他們被迫做出的這種求新求變之舉，有時卻並不為批評家和讀者所看好，有時甚至增加了作品失敗的風險。在老作家的陰影下成長起來的青年作家，面對前輩作家的輝煌和驕傲，心中難免有壓抑不平之氣，但他們身上那股初生牛犢不怕虎的闖勁，使得他們敢於睥睨一切成規，敢於挑戰一切權威，新老作家間的這種「明爭暗鬥」最終總是以老作家被文壇新秀取代而劃上句號，青年作家終將迎來屬於他們的文學時代，這是代際發展的自然規律。80年代初，張賢亮曾向老作家蕭軍提出一個問題：一個作家到了多大歲數就寫不成小說了？蕭軍風趣地說：「到多大歲數都能寫，越老越成熟。問題是寫小說就像談戀愛一樣，是青年人的事。到我

這麼大歲數，談戀愛的心勁兒沒有了，寫小說的心勁兒當然也沒有了。」〔註114〕蕭軍顯然沒有真正理解張賢亮問題背後包含的憂慮，像張賢亮這批重返文壇的「右派」作家，由於政治原因曾經擱筆二十年，對他們來說寫作的黃金時代已經隨青春年華一同消逝，新時期重新復出時，他們已經人到中年，因此，年齡對他們來說就顯得格外緊迫重要。雖然年齡並不是能不能寫小說的絕對界限，但一個作家對於生活的激情，往往也會隨著年齡的增長而變得遲鈍，而一個對生活缺少激情的作家是無論如何也寫不出優秀的作品的，應該說，張賢亮的憂慮不無道理。除了年齡因素之外，基於文學觀念和與此相關的創造力的變化也是導致作家分化和更替的重要原因。既然 90 年代後的社會生活和文學環境已經發生了翻天覆地的變化，作家也將做出選擇和面臨被選擇。

　　福柯說過「重要的不是話語講述的年代，重要的是講述話語的年代。」〔註115〕任何作家、批評家都無法脫離他們生活的年代去從事文學創作與文學批評，張賢亮發表《靈與肉》、《綠化樹》等作品時正是舉國上下撥亂反正、痛定思痛的轉型年代，而他「下海」以後的社會文化環境則發生了驚人的改變，在張賢亮由「熱」到「冷」的文學評價演變過程中，作家個人的變化比起時代的巨變顯然要小的多，而政治環境、社會文化、代際更迭等因素對文學批評的影響似乎起了更為關鍵的作用。在「下海」之前，張賢亮本以為「下海」的經歷可以使他親身參與到社會主義市場經濟建設的洪流之中，從而激勵他創作出更多貼近生活、貼近時代的文學作品，但是，結果卻並不完全如他所願，他在《張賢亮近作·自序》中說：「據我所知，中國作家中只有我與市場經濟的結合最緊密。……我對目前的社會改革和社會經濟生活比一般中國作家熟悉得多，又比一般企業家有一種『邊緣優勢』。可是，有很多人生經驗及社會批判是很難用我所熟悉的小說形式表達的。」〔註116〕「下海」對一個作家文學情感的戕害和破壞作用是不言而喻的，尤其是當張賢亮憑藉出色的智慧和才能成為成功的文化型商人之後，他晚年的社交活動異常豐富多彩，從政、經商、習書法、讀佛經、關注慈善，作家的創作精力被嚴重分散，

〔註114〕張賢亮：《寫小說的辯證法》，《張賢亮選集》（第三卷），天津：百花文藝出版社，1995 年版，第 670 頁。
〔註115〕轉引自陳曉明：《無邊的挑戰》，北京：時代文藝出版社，1993 年版，第 264頁。
〔註116〕張賢亮：《張賢亮近作·自序》，上海：文匯出版社，2006 年版，第 2～3 頁。

再也無暇進行嘔心瀝血式的書齋寫作，更多的時候是出於朋友的請託為應對雜誌社約稿而去完成文債，缺少明確的寫作計劃和創作動力，「作為 20 世紀80 年代以來中國最有爭議的作家之一，張賢亮似乎早已習慣了站在風口浪尖享受明星似的榮光，其浪漫氣質、苦難傳奇、多重身份、政治激情等都讓他有足夠理由離經叛道，徜徉於文壇與商界之間。」〔註 117〕而晚年張賢亮的處境恰如批評家南帆所說：「無論作家和企業家有沒有可能在終極的意義上殊途同歸，人們必須承認，美學和經濟學意味了兩種解讀生活的方式。不知不覺之間，張賢亮愈來愈多地以企業家的身份發言」。〔註 118〕張賢亮作品中原先具有的知識分子批判意識與哲學思辨性的逐漸喪失，使得他從新時期文學的開拓者、性描寫禁區的破冰者蛻變為與世俗社會同流合污的庸俗作家，這並非是一個偶然現象，而是「文人下海」的必然結果。

〔註 117〕江飛：《「以俗制俗」：虛妄的知識分子想像——張賢亮長篇小說〈一億六〉批評》，《藝術廣角》2010 年第 3 期。
〔註 118〕南帆：《後革命的轉移》，北京：北京大學出版社，2005 年版，第 74 頁。

第五章　對張賢亮文學評價史的反思

　　張賢亮的文學評價史與新時期以來的當代文學批評狀況、文學史話語權威地位的確立與發展以及張賢亮小說自身獨特的思想價值、文學價值等有著不可分割的關聯，首先，批評家對張賢亮在不同時期的文學創作評價與新時期的文學批評史之間具有同構性，我們從對張賢亮文學評價史的生成過程考察中，可以反觀整個新時期中國文學批評理論的發展演變軌跡，這項研究工作的開展將有助於我們對新時期的文學評價機制與作家作品命運關係的認知。其次，中國當代文學史對張賢亮的文學評價有一個從無到有、從簡略介紹到重點闡述其思想複雜性和作品開拓性的書寫轉變過程，20世紀80年代學者編寫的文學史教材和90年代、以至21世紀出版的文學史著作在對張賢亮文學形象的建構與文學創作評價上均有不同之處，通過閱讀其中一些具有代表性的權威版本的文學史著作，可以看出張賢亮在文學史家心目中的印象和地位是在逐漸發生變化的，同時，也可以從中發現文學批評對文學史寫作的介入和影響。再次，一個作家的評價史只有在與同類作家的比較中才會看得更清楚，與張賢亮同時代的王蒙、高曉聲、從維熙、李國文、鄧友梅、劉紹棠等作家，他們的身份雖然同屬「文革」後復出文壇的「右派」作家，也都曾在各自的作品中批判過極左政治對國家、民族、社會、個人造成的巨大傷害，但是，文學批評家和文學史研究者對他們的文學評價卻有很大的不同，特別是張賢亮與王蒙之間的文學評價差異性顯得尤為突出，為什麼會有這種不同？是什麼原因導致了不同？這些問題應該引起文學研究者的重視和思考。通過比較分析張賢亮與王蒙在人生經歷、創作心理、作品風格等方面的差異，筆者試圖回答上述問題。以上這些構成了筆者對張賢亮文學評價史的反思內容。

一、批評史視野中的張賢亮文學評價

從文學社會學的意義上來講，對作家作品的評價總是發生在一個相互作用、協調運作的系統之內，這個系統是隸屬於整個文學制度的一種隱性的存在，作家作品的評價總是受到這個系統內各因素合力作用的制約，我們將這種具有制度規約力的系統稱之為文學評價機制。文學評價機制的建構是政治、經濟、社會、歷史、文化等各種力量博弈的結果，摻雜了大量非文學的偶然因素，作為整個文學生產製度鏈條上的組成部分，文學評價機制是一個判斷文學產品是否滿足國家意識形態需求和讀者閱讀期待視野的檢驗系統。它是一個動態的演進體系，隨著歷史語境與制度環境的變遷而不斷發生調整，有時甚至是顛覆性的重構，因而，相應地，作家作品的命運也就表現出跌宕起伏的狀態，同時，由於系統具有較好的穩定性結構，文學評價機制總是要努力維護自身的權威性和連貫性，除非是在發生重大政治變革的社會轉型時期，一般情況下，文學評價機制的內部調整是緩慢而不易察覺的，文學評價機制因此得以在一個或長或短的歷史時期內相對平穩地運行並發生作用，對於作家作品的評價也就具有了在一定的時間範圍內實現讀者共識的可能性。

從毛澤東的《在延安文藝座談會上的講話》發表至今，當代文學生態經過七十多年的體制建構和制度完善，逐步形成了當下中國的文學評價機制，文學評價機制是國家權力意志的間接表達，是一種與國家意識形態相關聯的文學制度。文學制度是一個大的範疇，它包括文學生產機制、文學傳播機制、文學消費機制、文學評價機制等子系統，文學評價機制是在對作家作品、文學現象、文學思潮等做出歷史評價時無法迴避的制度環境，它直接影響到對作家作品進行評價的目的、方式和標準，簡言之，文學評價機制就是對作家作品評價發生規約與引導作用的制度體系，如，文學評獎制度、文化權力機構、文學批評生態、書報檢查制度等。當然，必須看到，文學制度的各個子系統之間不是孤立存在並單獨發生作用的，而是相互關聯、交錯滲透的，因為作家選擇生產什麼樣的文學產品，這本身就暗含著一種價值判斷，而能夠進入流通、消費領域的作品，本身就意味著得到了文化權力機構的認同和許可，這在無形中就是一種暗含了肯定態度的評價。所以，在考察當代文學評價機制的時候，我們難免要跨越界限，進入到文學生產和文學傳播等領域中去全方位地看待作家作品，從這種角度出發，文學制度的各個子系統之間就

無法再明確而細緻地區分你我，而只能是你中有我，我中有你，或者可以這樣說，整個文學制度都關係到作家作品的命運，從作品創做到出版發行再到文學評價，文學制度本身就是一種廣義的文學評價系統。

「文學評價對文學活動而言是一個優勝劣汰的過程，也是一個爲作家、作品在文學史上準確定位的過程，因此，文學評價所依附的文學制度直接影響到文學評價的最終效果，影響到文學活動的進程。」「文學制度以觀念和意識形態的形式積澱於文學傳統和文學慣例之中，建構了文學主體意識和行爲的發生，進而影響著文學的評價。主體是帶著符合社會及文學制度的意識形態色彩審視每一項文學活動的，對文學活動的評價標準、評價取向、評價態度、評價方法以及評價效果等一系列評價因素和行爲就必然具有維護意識形態的諸多特徵。因此，文學評價是一種制度化、體制化、規範化的文學實踐活動和行爲。在文學制度的保障和規範下，文學評價活動逐步建立並完善了評價機制，形成評價標準。從某種意義上說，文學評價活動參與了文學秩序和規則的制定，事實上起到了引導文學活動和文學價值朝文學制度要求的方向進展的重要作用，也促成了文學制度的建構和發展。」〔註1〕文學評價機制通過文學評獎、文學會議、文學批評、重寫文學史等多種手段從觀念和制度上影響主體的文學活動，從而保證文學制度的合法性。

文學評價機制爲考察和理解當代作家的生存狀態提供了一個獨特的視角，在分析和評判當代文學評價機制的時候，我們不僅要看到這種體制的局限性，同時，也要承認我國的文學制度對於作家創作起到的保障作用，「帶著鐐銬跳舞」是人類一切藝術創作必須遵循的規律，文學作爲審美意識形態的特殊形式，在遵循文學制度的同時，必須要有效地突破和超越社會制度的束縛，與文學以外的因素保持適當的距離，只有這樣，才有可能產生眞正超越時代的經典作品，因此，怎樣看待「文學是意識形態的手段，同時又是使其崩潰的工具」〔註2〕，無疑是一個發人深省的問題。

文學評價機制命題的提出是對已有的文學制度研究的一種深化，能夠拓寬作家作品研究的學術視野，以往的作家作品研究大都是一種評傳性質的文

〔註1〕 王坤：《文學制度對文學主體活動的潛在建構》，《江蘇教育學院學報（社會科學版）》，2005 年第 3 期。

〔註2〕 〔美〕喬納森·卡勒：《當代學術入門·文學理論》，李平譯，瀋陽：遼寧教育出版社，1998 年版，第 41 頁。

學內部研究，作家作品評價史研究也常常停留在批評史的述評階段，缺乏對於文學外部制度因素的深入分析，在文學評價機制這一大的制度環境中考察當代作家作品，不但可以發掘文學制度與作家作品之間的錯綜複雜關係，而且可以反思當代文學評價機制暴露出來的制度缺陷，爲建設合理的文學生態環境提出構想。

　　張賢亮是 20 世紀 80 年代最具爭議的作家之一，關於他的文學創作留下了許多值得重新審視的評論文章，對張賢亮小說的文學批評構成了張賢亮文學創作評價史的主要內容，通過梳理這些批評文章，可以建構起人們對於張賢亮文學評價史的整體認知。目前，很多研究者只是從文本考證和精神分析的角度來考察張賢亮的作品，而忽略了作家作品依存的制度環境，因此，研究成果缺乏有效的說服力，文學批評在文學制度體系中是影響作家作品命運走向的重要因素，通過分析張賢亮文學評價史的形成過程，闡釋政治權力、道德規範、倫理觀念、時代環境、美學風格等因素對於文學批評的影響，可以揭示文學批評與作家作品經典化之間的內在關係，從而反思當代文學批評的制度性問題，最終在事實與材料的基礎上，得出結論：當代文學批評經歷了從以政治和道德評價爲主向社會歷史、文藝美學評價爲主的轉型過程，同時，也經歷了由泛政治化的大眾言說向學術化專業研究的轉型過程。

　　中國當代文學批評迄今經歷了六十餘年的發展進化，文學批評的話語形態在各個時期的批評實踐中形成了自身鮮明的時代特徵，這種時代特徵，既與當代文學自身的發展狀態、演變邏輯等直接相關，也顯著地受到政治走向、社會環境、文化思潮等宏觀條件的影響或制約。尤其是在當代國家權力範圍邊界模糊、制度變革進退矛盾的轉型時期，文學批評往往成爲國家內部各種權力話語之間相互博弈的工具，因此，可以說當代文學批評關聯、關涉國家意識形態直接或間接地表達。對於當代文學批評史的研究，在很大程度上具有當代中國政治研究的意義。這也就意味著，可以將當代文學批評視爲一種與國家文化權力相關聯的特定的文學政治。張賢亮的文學創作評價史反映出來的最爲突出的問題就是文學批評與中國當代政治的關係問題。建國初的「中國社會在其整體上仍然是一個文化極端落後的社會，這決定了政治對中國社會整體的決定性作用，也決定了政治關係對整個社會關係的主導作用。新文學的讀者不論在其主觀上多麼重視新文學，但實際進入的莫不是本質上屬於政治關係的社會關係的網絡，新文學意識的淡化以及政治意識的強化幾乎是

每一個中國知識分子自身成長和發展過程中一個不可避免的『大趨勢』。在這裡，固有的國家機器當然是政治性的，即使那些不滿於現實社會的大量新派知識分子，也不能不越來越感到以政治的力量改造現實社會的重要性和急切性，強化的是政治意識。」〔註3〕這導致很多文學批評家是站在政治的立場上批評文學，而不是站在文學創作的立場來批評文學。新時期的文學批評是從反思文化大革命及其之前的文學批評的基礎上發展起來的。極左時期的政治批評給中國當代知識分子帶來了太多的痛感，對中國當代文學藝術的發展也造成了諸多的實際傷害，但我們在反思的時候，卻極少注意分析這種文學批評的內在根據以及它在當時之所以能夠成為主流批評話語的原因。文學批評一旦與政治相結合就會具有決定作家作品命運的強大力量，文學批評家的地位也因此而得到空前的提升，正是這一原因，作家和批評家在新時期之初成為最令人羨慕、最具有魅力的職業之一。作家和批評家出現的地方總是會受到人們的尊重和熱烈歡迎。90年代以來，文學批評逐漸擺脫了政治的桎梏，成為相對獨立的文學實踐活動，批評家的社會地位因此大幅下降，這種巨大的落差難免會使有些批評家感覺失落和心理上的不平衡。文學失去了往昔的社會影響力，文學的邊緣化一度讓有些作家和批評家覺得不習慣、不適應，因此，很多文人主動放棄了他們的專業作家身份，投身於「文人下海」的熱潮，然而，正如有的學者所指出的那樣「二十餘年來的試圖使文學在遠離或逃避政治這一帶有強大社會能量的話語、制度、作用力的文學努力，同樣是使文學步入歧途和困境。新世紀的文學面臨著一個『再政治化』的問題。」〔註4〕文學批評話語是一個寬泛和籠統的概念，而非正規學術意義上的文學批評術語，它既可以指文學批評模式，同時也包括決定批評家知識構成和精神狀況的批評觀念、批評態度。當代文學批評話語在內涵與形式上有一個隨時代變化而變化的轉型軌跡，而這種轉型最直接的表現就是批評家對作家作品評價目的、評價標準、評價方式的改變。張賢亮的文學評價史與中國當代文學批評史之間具有相同的話語屬性，它以作家作品個案研究的方式體現出中國當代文學批評史觀與文學批評模式的發展、演變，將張賢亮的文學評價史放置在當代文學批評史的整體學術視野和發展線索中進行考察和把握，可以探尋張賢亮及其作

〔註3〕王富仁：《中國現代文學批評略說》，《北京師範大學學報（社會科學版）》2011年第3期。
〔註4〕鄭國友：《新時期文學的「去政治化」趨向與新世紀文學的「再政治化」》，《湖南科技學院學報》2010年第5期。

品被批評家不斷闡釋和重構的歷史原因。

趙俊賢在《中國當代文學批評史研究芻議》一文中指出:「中國當代文學批評史,是賡續不斷的文學批評模式、包括內涵與形態的嬗變史。」「所謂文學批評模式,指的是由批評主體與客體相結合而形成的相對穩定的批評系統或類型。它的主要組成因素是文學批評目的、文學批評標準及文學批評方式。」「制約不同批評模式的最直接的條件是文學批評家的批評態度、批評觀與哲學思想。間接地看,不同文學批評模式的形成原因則在於社會背景,個中以政治文化環境與創作態勢尤爲重要。換言之,不同的社會環境、不同的創作作用於不同群體的文學批評家,因而構成了不同的文學批評模式。」〔註5〕他認爲中國當代文學批評發展的內在動因主要是批評模式的歷史嬗變。從建國初到「文革」前的十七年,文藝界奉行的是馬克思主義批評史觀指導下的政治批評模式,「政治批評模式以評判文學作品或文學現象的政治是非、功過爲目的或主要目的,以政治標準第一、藝術標準第二或者以唯一的政治標準爲批評標準,其批評方式有的遵循著辯證邏輯,有的則只是順從形式邏輯,思維方式較爲單一乃至淺表、片面。這種模式常用的概念是:社會現實、眞實、現實主義、典型、英雄人物、階級鬥爭、思想鬥爭等。對於這些概念,批評家的具體理解並不完全一致,但在總體上大致統一。批評家表明或在主觀上意在堅持馬克思主義的文學批評觀,事實上,有的批評家對文學批評本質及功能的理解較爲正確,有的則相當狹隘與片面。」「十七年的政治批評模式又可分爲前期與後期兩個段落,大致以 1957 年的『反右派』鬥爭爲界限。大體說來,前期的政治批評模式雖在草創,較爲稚嫩、膚淺,但還樸實清新,而後期有正常的政治批評,也有錯誤的、過火的政治批評。」〔註6〕前期產生了一些積極干預生活的好作品,但受制於當時的國際國內形勢,作家創作整體上以引導教育人民群眾樹立起熱愛中國共產黨、擁護社會主義的政治自覺性爲主要目的,因此,文學家的創作就主要表現爲配合新政府歌頌新政權的合法性與合理性,頌揚革命理想主義的紅色經典文藝作品得到了主流批評界和官方意識形態的一致肯定,《紅岩》、《紅日》、《紅旗譜》、《創業史》、《山鄉巨

〔註5〕 趙俊賢:《中國當代文學批評史研究芻議》,《西北大學學報(哲學社會科學版)》
1992 年第 2 期。
〔註6〕 趙俊賢:《中國當代文學批評史研究芻議》,《西北大學學報(哲學社會科學版)》
1992 年第 2 期。

變》、《青春之歌》、《林海雪原》等一批革命英雄主義作品盛極一時；從 20 世紀 50 年代中後期開始直至「文革」結束，這一時期，在中國文壇占統治地位的是日益偏離正確軌道、失去控制的極左文藝思潮，文藝作品必須經過嚴格的政治審查才能得以發表，「三突出」與「兩結合」的創作方法成為通行的文藝準則，所有的文藝作品呈現出千人一面的共同特徵，這一時期的文藝批評雖然仍是延續此前的政治批評模式，但更加強化階級鬥爭意識、不加分辨地批判資本主義的一切經濟產物和文化成果，其中，1957 年的反右派運動對當時文藝界的影響十分嚴重和突出，不少小說、雜文和理論文章都被裁決為反黨反社會主義的「毒草」，文學批評在極左思潮的嚴密監控下，失去了對文學創作的促進作用，反而成為粗暴打擊和干預作家創作的政治鬥爭工具，在這種嚴酷的批判下，王蒙、張賢亮、鄧友梅、從維熙、劉紹棠、李國文、陸文夫、張弦、方之、白樺、邵燕君、流沙河等許多青年作者都被錯化成「右派分子」，中斷了剛剛展露才華的寶貴的創作生命，造成了創作隊伍的嚴重損失。應該說，政治批評模式的出現是中國建國初期特定歷史階段的必產物。當時，我國雖已轉入和平建設時期，但仍然處於東西方兩大敵對陣營的「冷戰」格局之中，國家強調進行階級鬥爭，保衛無產階級革命勝利的果實，重視文學批評的價值判斷和教育引導功能，特別是辨別政治是非的工具作用，而且當時的文學創作也自覺地以意識形態領域的鬥爭為主要潮流，因此，文藝批評界選擇政治批評模式就成為了與創作傾向的必然契合。不幸的是，「文革」期間政治批評模式被進一步扭曲，林彪和「四人幫」集團利用、誇大了政治批評模式爭奪政治話語權的作用，從而走向反面，出現了「大批判」的文學批評模式。這種批評模式以服務於「路線鬥爭」為目的，以無產階級革命路線作為衡量文學作品與文藝現象政治上正確與否的唯一標準，採取簡單化的對照、比附、推理的主觀化思維方式。這一批評模式通常使用的概念有：毒草、反黨、反社會主義、階級鬥爭、路線鬥爭、三突出、三結合、無產階級英雄等。這些概念並無科學的界定，使用者可以隨心所欲的為我所用。它發生在極其獨特而又複雜的政治運動與狂熱的社會情緒之中，所謂的批評家並不追求真理，而是信奉與實踐功利主義實用哲學。正是在這一階段，張賢亮在勞改農場受到嚴酷的政治迫害，不但被剝奪了創作的權力，也被剝奪了起碼的人的尊嚴，這造成了很多知識分子為了生存下去而不擇手段的扭曲性格與陰暗心理，面對自身的屈辱、懦弱和卑劣，這些知識分子常常需要在新

時期進行人格的反省與懺悔。

1976 年 10 月「四人幫」的覆滅和 1978 年 12 月黨的十一屆三中全會的召開，是當代中國具有劃時代意義的歷史事件，它宣告了「文化大革命」的結束，中國從此進入了改革開放的新時代，中國當代文學也迎來了快速發展的新時期。1979 年 10 月 30 日至 11 月 16 日，全國第四次文代會在北京召開，它標誌著文藝界的全面「解凍」，大會提出了新的文藝指導思想——「爲社會主義服務，爲人民服務」，這爲新時期文學在恢復期裏走向繁榮起到了積極的推動作用。鄧小平代表黨中央、國務院爲大會作《祝詞》，《祝詞》總結經驗教訓，明確提出了新時期社會主義文藝的總任務，成爲我國新時期文學藝術的戰鬥綱領。文代會閉幕不久，鄧小平在題爲《目前的形勢和任務》的講話中進一步強調：「不繼續提文藝從屬於政治這樣的口號，因爲這個口號容易成爲對文藝橫加干涉的理論根據，長期的實踐證明它對文藝的發展利少害多」〔註 7〕。1980 年 7 月 26 日，《人民日報》發表社論《文藝爲人民服務，爲社會主義服務》，用新的口號取代了過去長期使用的「文藝爲工農兵服務」「文藝爲政治服務」的提法，把「文藝爲人民服務，爲社會主義服務」和「百花齊放，百家爭鳴」作爲新時期社會主義文藝的基本方針確立下來。中國當代文藝理論批評自此掀開了新的一頁。

「文革」結束後至 80 年代初，文學批評界形成了新政治批評的文藝批評模式。這種批評模式是對「文革」前政治批評模式的揚棄與發展，它企圖恢復前者的現實主義批評傳統，同時又迎合時代的潮流，引進了人文主義的內容。新政治批評除「文革」前的常用概念之外，增加了人性、人道主義等範疇。它試圖正本清源，實現馬克思主義的文學批評。雖然這種批評模式也有過失誤，有其不足與局限，但是，它的主要功績不可低估：它對「文革」中反動文藝批評展開批判，爲「文革」前正確或基本正確的文藝理論辯誣，爲「文革」前優秀作品遭受的批判平反，並展開重評，對現實主義的新作大力扶持，這種批評模式的功利性目的與批評方式，是歷史轉折、新舊交替時期政治、文化狀況的規定。這一時期，批評家大多能夠堅持馬克思主義的、歷史唯物主義、現實主義的文學批評觀。寬鬆而開明的政治環境促成了新時期之初文藝理論和文學批評的活躍和繁榮，批評家們從極左思想的禁錮中掙脫

〔註 7〕 鄧小平：《鄧小平文選》（第 2 卷），北京：人民出版社，1994 年版，第 255頁。

出來，對文藝理論和文學作品的探討和爭鳴呈現出異常活躍的局面，發表論文之多、涉及範圍之廣、爭論氣氛之熱烈、探討問題之深入，都為建國以來所罕見。革命現實主義傳統的恢復和發展順應了時代和人民的心聲，但由於長期受極左文藝思潮的影響，更由於十年「文革」期間造成的種種謬論流毒既廣且深，所以，在革命現實主義理論復甦的道路上，布滿了政治上的各種障礙，因此，文學批評家為配合揭批林彪、「四人幫」迫害作家、扼殺作品的罪行，一開始主要偏重於對「四人幫」推行的極左文藝路線進行批判，為被誣衊的作家與作品恢復名譽。正是在這種政治背景下，尚未獲得徹底平反的張賢亮才能夠在《寧夏文藝》上接連發表《四封信》、《四十三次快車》、《霜重色愈濃》、《吉普賽人》等作品，並獲得好評。「文學理論批評本身，在撥亂反正中也得到了飛躍的發展。無論是論著數量之豐，還是開拓領域之廣，抑或是思想學術水平之高，都超過了建國後的任何時期。」〔註8〕過去批評家評論作品，常常只注重分析作家的政治立場和社會觀點是否正確，而忽視對作家的美學追求、藝術修養和藝術趣味的研究，而且動輒上綱上線，新時期的文學批評在這方面有了明顯的進步，改變了文學批評對作家作品主要作政治裁判的面貌，使文學批評重新回到文學的軌道上來，文學批評家開始注重闡明作品的社會內容、客觀意義，又注重探討作品的藝術特色、表現技巧，力求把思想評價與藝術評價統一起來，並進而探尋作家獨特的美學理想和藝術風格。在研究方法上，批評家也開始注意糾正過去往往就作品論作品，孤立地分析問題的現象，力求用開闊的視野，從廣泛的社會生活，從中外文學思潮、文學傳統的影響，以及作家獨特的人生道路、思想感情、藝術氣質、創作方法等方面出發，進行綜合考察，從而得出較為貼切的結論。

　　這一時期，文學批評為現實主義傳統的恢復和深化，為藝術個性的解放和發揚，起了鳴鑼開道的作用。批評家圍繞張賢亮作品中的文學思潮表現、愛國主義、人性論、人道主義精神回歸、新時期的婚姻愛情倫理關係以及性描寫展開了熱烈的探討和爭鳴，《邢老漢和狗的故事》、《靈與肉》、《肖爾布拉克》、《綠化樹》、《男人的一半是女人》等作品因為觸及這些敏感的話題，而成為批評家爭論的重點。在這中間，張賢亮雖然也受到來自代表政治保守勢力的批評家的指責和攻擊，但是卻沒有遭到不同政見者行政手段的干預與迫

〔註 8〕 朱寨主編：《中國當代文學思潮史》，北京：人民文學出版社，1987 年版，第535 頁。

害，持不同意見評論者之間的爭論，都是以發表商榷文章、開研討會的形式進行，這是一個國家走向民主、法治的表現，也是文學批評步入學術理性時代的反映，其後雖然有十二屆二中全會推行的「清污運動」，但這並未能從根本上阻礙中國文學批評界健康風氣的形成，此後，越來越多的批評家敢於進行學術爭鳴、熱衷於學術爭鳴，甚至於部分評論家到了「不爭不快」的地步，時常一幅「虎視眈眈」的樣子。作家和學者們敢於發表意見、追求與探尋文學創作中的真理，那種長期以來單調、一元、非此即彼的思維模式被打破。80 年代的學者和評論家們在關於「傷痕文學」、「反思文學」的論爭、關於「現代主義」的論爭、關於人道主義和異化問題的論爭、關於「尋根文學」的論爭、關於「重寫文學史」的論爭中開始有了自己的批評意識和學術立場，為中國未來的文學發展、思想走向奠定了一個良好的開端，釐清了一些基本的概念與內涵關係，如，文學與政治、文學與生活的關係問題、歌頌與暴露的關係問題、文學為誰代言的問題、「寫什麼」和「怎麼寫」的問題、對作家與批評家關係的認識問題等。這對新時期文學理論的深入發展無疑是大有裨益且影響深遠的。

　　80 年代中期以後，文學批評的模式再次發生了較大的變化調整，並一直持續至今。概括地說，就是初步形成了以歷史審美批評模式為主導而又多元化批評模式蜂起的態勢。歷史審美批評是新時期批評家實踐馬克思主義美學的產物，是對政治批評模式、新政治批評模式的積極揚棄。歷史審美批評的目的在於對文學作品做出符合社會歷史的、美學的評估，歷史審美批評要求作品具有真實性、思想性與審美性，即做到真善美的有機統一。關於真，不僅要求所反映的事物的真實、包括現象真實與不同層面的本質真實，而且要求作家的創作態度真誠。關於善，要求對黨、對無產階級、對人民大眾具有道德引導的功利價值。關於美，要求將人的本質力量對象化為文學作品中的形象與情感。這種批評模式通常使用的概念有：黨性、人民性、政治、道德、歷史、審美、社會現實、世界觀、價值觀、現實主義、典型環境、典型人物、結構、語言、風格、社會效果、美學價值等。這一時期的批評家大多能夠自覺堅持馬克思主義的文學批評觀，對於文學本質的認識，他們既重視文學的意識形態性，又重視其審美性，關於文學的發生，他們既堅持現實生活是文學發生的唯一源泉，又不忽視作家的主觀表現因素，而對於文學的功能，他們力圖全面把握其認識功能、教育功能與審美功能。這一時期，張賢亮的《早

安！朋友》、《習慣死亡》、《我的菩提樹》、《青春期》、《一億六》等作品，之所以相繼受到讀者和批評家的負面評價，有的甚至遭到指責與抨擊，就是評論家在政治與道德前提下，自覺運用歷史審美批評對作品進行價值判斷的結果，當然，在這一過程中，有些批評家更多地關注了作品的思想性與審美性，即善與美的層次，因而，也就更多地發現了張賢亮作品中的不足與缺陷。

歷史審美批評是 80 年代後的主要批評模式，但決不是唯一的批評模式。新時期的文學批評家從國外引進了許多新觀念、新方法，女性主義、精神分析、原型批評、英美新批評、結構主義、解構主義等西方文藝理論大行其道，文學批評界一度出現了方法論熱，但也造成了部分批評家對西方文學理論的生搬硬套、消化不良，這在批評家對張賢亮小說的評論中也有所表現，吳秉傑在《新批評：目標與發展》一文中指出：「張賢亮的創作，社會——歷史的批評無疑會注重其作品的時代背景，社會生活的形勢，作品表現的極『左』路線與政治等等。這種批評向人本主義方向發展，又會引出人性與異化、復歸與超越等。但若運用弗洛伊德深層心理學的理論與方法，從張賢亮作品中塑造的那些成熟的、大多具有母性光輝的女性身上，以及主人公與這些女性的關係中，或許能發現某種『戀母情結』。按結構主義方法，他作品中又有知識分子與勞動人民『兩個互相參照的世界』。再進一步，主人公則是在這兩個世界之間滑移，由此產生種種複雜、矛盾的價值觀及涵義。採用語言學批評，張賢亮作品交替著夢幻的語言與清醒的語言，不同的敘述方式反映了作者個性世界對象化的不同的把握形態。當然，還可以有原型批評，即把他所描繪的苦難的歷史視為是『死亡與新生』主題的反覆變奏。這兒，明顯地能看出不同批評切入作品的角度，批評指向的不同目標與價值取向。發展一步，它們都可能在具體的深入中達到極有價值的審美發現；而退後一步，則又可能僅僅成為單純為印證某種理論的一些模糊、蒼白的『拷貝』。」〔註 9〕應該承認，這些批評模式各有其合理依據，各有其功能，但它們大多處於探索階段，不如歷史審美批評模式更為合理與完善。1985 年，著名西馬學者、文化理論家詹姆遜在北京大學進行了為期四個月的講學，其間他將「後現代主義文化理論」介紹給中國學術界，受到中國學者的重視，後現代理論作為一種方法論為其後的中國文學批評家們提供了一種新的批評視角，從此文化研究成為新潮批評家解讀文本的重要方式，尤其是新時期以經濟建設為中心的國家發

〔註 9〕吳秉傑：《新批評：目標與發展》，《光明日報》1988 年 8 月 19 日。

展戰略的實施，使國內快速進行著城市化、市場化與國際化的建設，商業廣告、影視劇、時裝雜誌等新興的日常生活審美符號大量出現在大眾眼前，西方的意識流、後現代與荒誕派等藝術形式不斷出現在中國作家的創作中，如何解讀這些文化現象是擺在批評家面前的難題，後現代理論爲他們提供了一個可資借鑒的方法論。1992 年，鄧小平「南巡講話」之後，中國市場經濟進入了快速發展時期，各種傳統文論方法解決不了的新生事物相繼湧現，這進一步促成了後現代理論在中國的傳播與接受。隨著西方文論尤其是後現代理論的引入，中國當代文學批評界出現了前所未有的景象，批評家主動尋求借鑒各種西方理論，並將其運用於批評實踐，但是這些批評理論並不能眞正爲大多數人所眞正理解，因此，文學批評逐漸游離於讀者和文本之外，閱讀文學批評的圈子越來越狹小，以至於出現了文學批評的可信性和權威性不斷被作家、讀者質疑的現象。

　　90 年代，伴隨中國社會主義市場經濟體制的初步建立，重商主義風氣開始在整個社會蔓延，作家和批評家也未能幸免，文學的市場化和批評的功利化傾向越發明顯和嚴重，在這種文化大環境下，作家由之前的官方意識形態「宣傳幹部」、「文藝工作者」變成了文學的商品製造者，「作家對文學市場化的迎合姿態與長時期以來作家經濟待遇不高有必然的聯繫，部分作家有過出國的經歷，對於國外作家的產業化早有期待，待到國內出版界、文學界開始走向產業化的時候，他們終於獲得了蓄勢待發的機會。」〔註10〕90 年代初，張賢亮「下海」即是其中的一個例子，而文藝一旦進入到機械複製時代也就等於是被資本異化掉其本該有的獨創性——即本雅明所說的「靈光」，因此，這一階段，張賢亮的小說創作及其文學評價開始出現由「熱」向「冷」的轉變，在這個過程中，一些批評家未能發揮自己應有的知識分子批判精神捍衛者的作用，不僅沒有指出文學市場化的危害，反而以學者的身份加入到市場化的活動中，配合大眾媒體撰寫功利化的文學批評，對作家、作品進行不負責任的讚美或批評。正如別林斯基所說，文學批評的前提應當是「不虛僞、不做作」，在張賢亮剛剛「下海」經商時，很多媒體和批評家對作家的這一大膽舉動是持鼓勵和讚賞態度的，然而，隨著市場化對文學創作負面影響的逐漸顯現，評論家又開始以文藝衛道者的姿態對其進行指責與批評，這必然會

〔註10〕韓晗：《新文學檔案：1978～2008》，北京：電子工業出版社，2011 年版，第186 頁。

導致作家與批評家之間關係的緊張與矛盾的升級，從而使作家對批評家失去最基本的信任，同時，反過來又進一步造成了批評家對作家作品評價的下降。

80 年代的文學活動主要是由文學期刊組織起來的。《十月》、《當代》、《收穫》、《人民文學》等期刊在當時具有很強的文學實力和組織能力，這其中也包括開展文學批評的工作。90 年代後，隨著市場經濟活動向市民生活領域的滲透，人們的日常生活日益出現商業化的特徵，復甦的通俗文學向純文學發起了新的挑戰，純文學讀者大量流失，文學期刊遭遇生存危機，紛紛改刊或停刊，影響力急劇下降。與文學的邊緣化同步，文學批評的邊緣化似乎更加迅疾，文學批評變成一件吃力不討好的事情，不再對大眾讀者具有一種引領作用，似乎切斷了與現實的各個通路。失去了以新啓蒙時代語境作爲精神寄託的知識分子，處於一種極端尷尬的境地之中，很多作家和批評家轉而投身大學等學術機構，文學研究、文學批評開始大部分轉由大學承擔，學院派批評力量隨之崛起。學院派批評家掙脫了 80 年代那種文學與政治緊密互動的時代背景，又能夠與作家作品保持適當的距離，因此，進入 90 年代以後，批評家對張賢亮小說的評論數量雖然逐漸減少，但對張賢亮的文學評價卻顯得更爲理性和客觀。由於現在的大學教育普遍認爲感想式的批評不是眞正意義上的學術研究，因此，21 世紀的文學批評更加看重理論和方法在作家作品研究中的價值，文學批評的專業性、學理性特徵更爲突出。同時，在方法上，文學批評從內部研究轉向更爲注重實證主義的外部考察，發掘文學作品產生的時代背景和社會文化內涵，文學批評與文學研究出現了彼此借鑒、相互融合的發展勢頭。文學批評家能夠以學者的眼光來重新打量 80 年代的作家作品和文化現象，關於張賢亮的文學評論也藉此出現了一些有新意的文章。如，王德領的《性與政治的複雜纏繞——重評張賢亮上世紀 80 年代的小說》（《長城》2011 年第 1 期）、白草的《我看張賢亮》（《朔方》2014 年第 11 期），他們對張賢亮的文學成就做出了較爲中肯的評價。

二、文學史對張賢亮的文學評價演變

1979 年 5 月，上海文藝出版社出版了一部在當時反響很大的詩歌、小說作品合集，名爲《重放的鮮花》，這本作品集收錄了公劉、流沙河、劉賓雁、耿簡、鄧友梅、王蒙、陸文夫、李國文、劉紹棠等十七位作家的二十篇作品，這些作品都發表於 20 世紀 50 年代「百花齊放，百家爭鳴」的文化背景下，

其中很多書寫的是所謂「干預生活」、揭露社會陰暗面的題材，因此，曾在全國性的刊物上被公開批判過，如，劉賓雁的《本報內部消息》、王蒙的《組織部來了個年輕人》、李國文的《改選》、耿龍祥的《入黨》、柳溪的《爬在旗杆上的人》、何又化的《沉默》、白危的《被圍困的農莊主席》、南丁的《科長》等，這些作品發表後，曾在社會上引起過不小的爭論，因為在這些作品誕生前的文藝界，曾長期存在著迴避現實生活中的矛盾衝突，只能歌頌，不能批判；只寫光明面，不寫陰暗面的極左傾向，這些作品的出現勇敢地沖決了人為設置的創作禁區，批判了橫亙在社會發展道路上的形形色色的反面人物和消極現象，雖然這些作品在揭示問題的深淺和藝術成就的高低方面各有不同，但都具有揭示社會現實矛盾，引起療救者注意的功效，其中很多作品還塑造了與反面人物、消極現象作鬥爭的先進分子，使人們看到了奮發的希望，因而受到了讀者的歡迎。這些作品真實地反映出當時社會存在的矛盾，在讀者中間產生了較大的影響，但是由於「反右運動擴大化」，「這些作品或被指責為『惡毒攻擊』，或被批判為『宣揚人性論』『宣揚資產階級生活方式』，全部成了反黨反社會主義的大毒草，這些青年作家也大多被打成了右派，發送邊疆、基層勞動，剝奪了寫作權，在這之後的二十多年再也沒有寫過一篇小說。」〔註 11〕從此，這些作品長期遭受禁錮，二十多年裏不允許出版流傳，直到「四人幫」被粉碎後，新時期在「雙百」文藝方針的鼓舞下，這批作家才重返文壇，先前被批為「毒草」的作品也得以重見天日，得到了公正的評價。《重放的鮮花》首印 20 萬冊，很快就銷售一空。「文藝界的反應尤其強烈，各地報刊、廣播先後推薦評介不下幾十處，並且引起了國外文藝界的注意，有的報紙也發表評介文章，有的出版社準備翻譯出版。全國第四次文代會還把它的出版載入了 60 年來文藝大事的史冊。總之，《重放的鮮花》的出版，成了文藝界撥亂反正，給作家、作品落實政策的一個標誌，也成了十七年裏也存在過極左傾向的一個佐證。」〔註 12〕當年曾見證此書編輯出版經過的江曾培編輯回憶說：該書出版後，「從新華社、《人民日報》、中央人民廣播電臺，到各個省市的報刊，都是一片讚譽，大概有 80 多個新聞單位參與了報導，成

〔註 11〕 江曾培：《〈重放的鮮花〉與撥亂反正》，冰心玉樹的博客 http://blog.sina.com.cn/s/blog_5c2501bb0101758a.html。

〔註 12〕 《重放的鮮花》，冰心玉樹的博客，http://blog.sina.com.cn/s/blog_5c2501bb0101758a.html。

了當時社會各界關注的一個熱點。讀者來信也很多，有人高興地在信裏說：『掩埋了 20 多年的玉石，又從大地深處被挖出來了。』有些地方甚至放起鞭炮慶祝此書的出版。」陸文夫有兩篇小說被該書收錄其中（《小巷深處》和《平原的頌歌》），有一篇文章描述了他看到這本作品集時的激動心情，「他（陸文夫，筆者注）拿著《重放的鮮花》淚流滿面，雙手顫抖，曾經流血的傷口，變成了兩朵鮮花，左右各一，佩帶在胸前。他說他現在才知道原來他根本沒偷過東西，偷的或許是火吧，那是普羅米修斯的行為！」〔註 13〕這本作品集出版時，有的作者已經平反，調回原單位；有的只摘帽不平反，仍就地工作；有的尚未平反；有的還不知下落。《重放的鮮花》的出版為這些作品和作者正名，成為出版界解放思想的一個重要象徵，標誌著文藝界的撥亂反正工作全面展開，在經歷了漫長的寒冬之後，文藝界終於從極左思潮的束縛中解放出來，迎來了文藝繁榮的春天，這本作品集的文學史意義即在於此。

　　很多當代文學史都提到了《重放的鮮花》一書的出版，可見該書對中國新時期文學影響之大，在 1979 年底舉行的全國第三次文代會上，巴金發言兩次提到《重放的鮮花》的出版，文代會和文化部合編的《六十年（1919～1979）文藝大事記》，特別將它列入了條目。《重放的鮮花》的出版不僅在當時文學荒蕪的狀況下，為人們提供了一本好讀物，而且傳達出人們要求深入批判極左路線的願望。收入在《重放的鮮花》中的作家，後來大多成為「五七族」作家的主力，在改革開放的新時期煥發出璀璨的光芒，「重放的鮮花」於是成為「歸來」作家在文學史上的代名詞。借助《重放的鮮花》的歷史正名作用，張賢亮以極左政治受難者的身份重返文壇，他以自身的經歷為寫作資源，很快創作出一系列與時代思潮緊密結合的作品，成為新時期文學花園中的一顆耀眼「新星」，並和其他「五七族」作家一道被載入文學史。《重放的鮮花》一書的出版是張賢亮等「右派」作家以集體之名重新得以進入文學史的開端，標誌著新時期的文學史正式接納了這批「歸來」作家，並事先已經為他們預設好了一個悲情的群體形象。然而，需要指出的是，張賢亮一開始在「五七族」作家隊伍中的地位並不突出，20 世紀 50 年代，「五七族」作家中的宗璞、王蒙、李國文即分別以小說《紅豆》、《組織部來了個年輕人》和《改選》引起文壇關注，展示出不同於當時文學主流的創作才華，而張賢亮在 50 年代初

〔註 13〕江曾培：《〈重放的鮮花〉與撥亂反正》，冰心玉樹的博客 http://blog.sina.com.cn/s/blog_5c2501bb0101758a.html。

還只是一個不太出名的青年詩人，文學影響十分有限，遠不及王蒙等人，直到70年代末，他才開始接觸小說創作，小說創作的資歷和時間都遠不如其他「復出」作家，因爲這個原因，《重放的鮮花》沒有收錄他的作品，但他是新時期作家隊伍中文學史地位上升速度最快的一個，也是「歸來」作家中最富激情和影響力的一個。這從張賢亮在文學史上的文學評價變化情況就能夠看得出來。

從1979年唐弢主編的《中國現代文學史》（人民文學出版社出版）被教育部指定爲高校文科通用教材開始，現當代文學史的編撰工作就日益受到教育部門和文學史研究者的重視，編寫一套符合當時意識形態需要的中國當代文學史教材遂被提上了議事日程。雖然唐弢、王瑤等現代文學開拓者認爲「當代文學不宜寫史」，但饒有意味的是，新時期學者編寫當代文學史蔚然成風。1980年12月，由郭志剛、董健、曲本陸、陳美蘭等主編的《中國當代文學史初稿（上下冊）》由人民文學出版社出版，該書是新時期最早由多所高等院校學者聯合編寫的當代文學史教材之一，亦爲教育部指定的大學文科教材，該書描述了從建國後到新時期之初三十年的文學發展歷程，全書最後一章即是對「社會主義新時期文學的開端」的介紹，由於歷史眼光的局限和時間的距離過近，以及受十七年時期意識形態的影響，這部文學史對新時期文學的描述顯得過於簡單，既缺乏對新時期文學思潮的整體把握，也沒有形成「歸來」作家、「知青」作家等概念劃分，在談到新時期主要的作家作品時，編寫者只列舉了高曉聲的《李順大造屋》、周克芹的《許茂和他的兒女們》、劉賓雁的《人妖之間》等作爲重點篇目進行介紹，對王蒙的《最寶貴的》、張弦的《記憶》簡略提及，由於張賢亮的小說創作在1980年尚處於起步階段，因此，該書對張賢亮及其作品並未提及，但是這畢竟標誌著新時期文學已經開始作爲一個獨立的書寫單元正式進入到當代文學史的研究視野之中。1982年，王瑤撰寫的《中國新文學史稿》（1919～1949）作爲高校文科教材，修訂重版，由上海文藝出版社發行。王瑤爲重版本寫了《重版後記》，成爲《中國新文學史稿》的定版本。〔註14〕這部文學史的重版激發了文學史研究者編寫中國當代文學史的熱情，爲適應高校中文系教學的需要，1985年，由陸士清等主編、山東大學等二十二所院校編寫組負責編寫的《中國當代文學史（上中下三冊）》

〔註14〕 謝泳：《〈中國新文學史稿〉的版本變遷》，《中國現代文學研究叢刊》2009年第6期。

歷時五年由福建人民出版社出齊,這部文學史的時間跨度從 1949 年至 1982
年,編寫者將三十三年的當代文學發展史分成四編,對各個時期文學運動、
文學思潮與文藝批評情況進行概述,同時按照小說、散文、詩歌、戲劇的文
體形式進行分類介紹,在該書第四編「1977～1982 年的文學」的「短篇小說
概述」一節中,編寫者首次提到了張賢亮的《靈與肉》、陸文夫的《獻身》、
宗璞的《我是誰》等描寫知識分子生活的作品,認為這些作品衝破禁區、廣
泛開拓,創作題材填補了十七年文學的空白,據筆者掌握的資料顯示,這是
張賢亮的名字第一次出現在新時期的文學史著作中,但此時他的創作並不突
出,文學地位遠不及王蒙等「右派」作家那麼重要,甚至也不如蔣子龍、劉
心武、張潔、諶容等文學新人受重視,這從編寫者在該書「本時期的小說創
作」三章篇幅中對王蒙、高曉聲、宗璞、諶容、從維熙、鄧友梅、劉紹棠、
馮驥才、張弦、張一弓、蔣子龍、劉心武、張潔等新老作家的作品都有單獨
一節的闡述就可以看出來,1985 年之前的張賢亮在「右派」作家群裏只是個
不引人注意的對象,文學史編撰者也沒有將他作為重要作家來書寫。這一時
期的文學史編撰者把書寫的重點仍然放在「十七年」時期受到黨和人民高度
評價的作家、詩人身上,這說明「復出」作家在文學史上的地位有一個逐漸
上升的過程,也說明文學史的編寫具有一定的滯後性,但是正如洪子誠所說:
「既然社會生活和文學環境已發生了『轉折性』變化,作家也將做出選擇和
面臨被選擇。除了年齡上的因素以外,最重要的是基於文學觀念和與此相關
的創造力導致的分化和更替。」「文革」結束後不久,文壇也出現了類似四五
十年代之交的作家分化、重組現象,「不同的是,80 年代的重組,雖然也借助
政治權力機制進行,但更主要是以社會需求、讀者選擇的方式實現。50 年代
中期到『文革』前這段時間,被當時的文學界所舉薦的作家,在『新時期』
大多數已失去其文壇的『中心』地位。在一個對『社會主義現實主義』話語,
對『十七年』確立的政治、文學規則感到厭倦的時期,不願、或無法更新感
知和表達方式的作家的『邊緣化』,就在所必然;即使他們中一些人的新作仍
得到某些贊賞,甚且獲得重要文學獎,也無法改變這種情況。」〔註15〕李準、
梁斌、楊沫、浩然、魏巍、歐陽山等一批作家雖然在 80 年代繼續有作品問世,
但是已經很難引起讀者的關注,而王蒙、張賢亮、從維熙、李國文、馮驥才
等「五七族」作家則利用他們「文化英雄」的政治身份和苦難的歷史記憶,

〔註15〕洪子誠:《中國當代文學史》,北京:北京大學出版社,2007 年版,第 193 頁。

打動了無數讀者和批評家，並最終取代了「十七年」時期的作家，這是歷史
潮流向前發展和時代選擇的結果。1985 年，湖南人民出版社出版了汪華藻、
陳遠征、曹毓生主編的《中國當代文學簡史》，「這是一部供師範院校教學、
中學教師進修和文學青年自學用的當代文學史。它樹起了一面新時期文學在
當代文學中佔有特殊地位的旗幟，在分敘當代小說、詩歌、戲劇、散文等文
學形式發展過程的描述中，都突出了對新時期文學成果的記述，因而顯示了
這部文學史與眾不同的佳處。」〔註 16〕在論述「新中國成立後的小說」時，
編寫者用一節的篇幅對王蒙、高曉聲、劉紹棠、張賢亮的小說做了較為全面
的介紹。編者說：「在當代的作家隊伍中，一批被迫沉默了多年而又重新拿起
筆的中年作家——王蒙、高曉聲、劉紹棠、從維熙、陸文夫、鄧友梅、張賢
亮等，格外引人注目。」其中，張賢亮的「成就和影響日見其大」。這本文學
史第一次簡略地介紹了張賢亮的生平經歷，編寫者在評價他的文學作品時，
認為《靈與肉》、《綠化樹》「具有一種嚴峻的深沉的美感和思辨色彩，筆底下
常騰起一股愴涼之氣」，而《龍種》、《河的子孫》、《男人的風格》等作品「浸
透著作家勇於進取的豪邁之氣」，「具有一種高亢、明快、雄健的美」，「胸次
闊大與哀樂過人在張賢亮身上是統一的，思索與熱情，愴涼與雄健、現實與
理想在張賢亮的作品中也是高度統一的。他那充滿進取精神的人生態度和豐
富的人生經驗，使他的作品在反映時代風貌時具有深沉而廣闊的特色。他的
作品常呈現出鮮明的歷史感，具有推動歷史潮流前進的熱情與膽識；同時，
也呈現出美的追求的活力和理性思維的光芒。」〔註 17〕這無疑是對張賢亮前
期創作的中肯評價，表明張賢亮的文學史地位在 1985 年之後有了大幅度的提
升。隨著張賢亮在 80 年代文學知名度的不斷提高，80 年代末出版的文學史已
經把他當做新時期無法繞開的重要作家來加以介紹，1989 年，高文升等主編、
十二院校合編的《中國當代文學史稿（上下冊）》由河南人民出版社出版。這
部文學史對於「復出」作家的重視程度和論述篇幅明顯增加，書中多次提到
張賢亮的代表性作品，對張賢亮的小說創作情況也進行了比較詳細的介紹。

　　1985 年，黃子平、陳平原、錢理群聯合發表題為《論「20 世紀中國文學」》
的長文，明確提出了「20 世紀中國文學」的概念，他們認為，「20 世紀中國

〔註16〕陳遼：《獨樹一幟 佳處自顯——讀〈中國當代文學簡史〉》，《中國文學研究》
　　　　1986 年第 1 期。
〔註17〕汪華藻、陳遠征、曹毓生主編：《中國當代文學簡史》，長沙：湖南人民出版
　　　　社，1985 年版，第 206～207、215、216 頁。

文學」是一個中國文學逐步走向世界的「文學現代化」的過程，因此，他們主張把 20 世紀中國文學作爲一個不可分割的有機整體來把握。〔註 18〕這一觀念，得到了學術界的廣泛認同，並很快被付諸文學史的編纂實踐，帶動了新一輪中國現代文學史編纂與出版的熱潮。1988 年，陳思和、王曉明在《上海文論》上開闢了一個「重寫文學史」的專欄，他們把 20 世紀中國文學作爲一個有機整體，以有別於傳統教科書的價值體系和審美標準對中國現當代文學史上已有定評的一些作家作品和文學現象，提出了某些質疑性的探詢和多元化的闡釋，以打破以往文學史一元化的視角，「重寫文學史」口號的提出，進一步激發了學術界對以往的中國現當代文學史編寫模式的不滿和重寫文學史的熱情。在 90 年代出版的文學史著作中，張賢亮的文學史地位及其文學評價得到了進一步提升，1994 年，遼寧大學出版社出版了徐國綸、王春榮主編的《二十世紀中國兩岸文學史（續編）》，該書在編寫體例上進一步突顯了張賢亮在新時期文學史上的地位，在該書第十三章「反思文學」中，編者以一節的篇幅對張賢亮的「唯物論者的啓示錄」進行了深入闡釋，除對張賢亮的生平經歷介紹得更爲具體以外，該書還重點解讀了《綠化樹》、《男人的一半是女人》兩部作品，指出「採用『自剖式』和訴諸生理感受的方法揭示人物靈魂深處的隱秘，亦是兩部作品的特色之一。作家調動了各種藝術手法，以期逼近和窺視心靈，並把心靈的每一絲顫抖如實地傳達給讀者。」這種寫法「是一種新的成功的嘗試。」〔註 19〕這種細膩化的文學解讀方式比 80 年代文學史對作品情節的粗略復述有了明顯的進步。1996 年，在劉錫慶主編的《新中國文學史略》（北京師範大學出版社出版，該書曾作爲高等院校漢語言文學專業的必修課教材）一書中，張賢亮作爲與新時期文學思潮聯繫密切的作家之一，多次出現在「傷痕文學」、「反思文學」、「改革文學」等與 80 年代思潮流變有關的章節中，在講述現實主義的深化與發展、現代派文學創作手法的多樣化時，編者也列舉了張賢亮的部分作品，也許是限於該書的簡史風格，編者沒有對張賢亮的小說進行過多的分析和文學史評價，但編寫者的態度是明確的，張賢亮被看做是新時期重返文壇的比較具有創作潛力和藝術特色的「復興」作家，而這也是此後很長一段時間裏，大多數文學史家對張賢亮的基本

〔註 18〕 黃子平、陳平原、錢理群：《論「二十世紀中國文學」》，《文學評論》1985 年第 5 期。

〔註 19〕 徐國綸、王春榮主編：《二十世紀中國兩岸文學史（續編）》，瀋陽：遼寧大學出版社，1994 年版，第 317 頁。

定位。1997 年，山東文藝出版社出版了孔範今主編的《二十世紀中國文學史（上下冊）》，該書編寫者對張賢亮的文學評價更爲準確和深刻。在談到張賢亮的一系列具有反思性質的「自敘傳」小說時，編寫者說：「從整體上看，張賢亮對歷史的反思不僅僅通過人物命運表現歷史的曲折，而且往往通過主人公自我的內省展開，小說的主人公往往要在靈與肉的搏鬥中『超越自己』，通過對自身的痛苦反省和拷問，努力尋求『比活著更高的東西』，最終完成人格的蛻變和昇華。張賢亮在表現歷史的苦難時特別注重在歷史的苦難中發現美好的東西，發現『痛苦中的快樂』和『傷痕上的美』，在苦難的背景上表現智慧的美、感情的美，在陰暗的背景上表現閃光的人性和勞動者的美好情懷。」〔註20〕編寫者對張賢亮的介紹不再停留於對作品情節的復述，而是進入到作家與作品的靈魂深處，發掘張賢亮小說獨特的思想價值和美學價值。因此，這部文學史在編寫體例和剖析深度上比以往的文學史教材均有顯著進步。1999 年，陳思和主編的《中國當代文學史教程》由復旦大學出版社出版，這本文學史著作貫穿了編者對「重寫文學史」理念的寫作構想，編者以「共時性」的文學創作爲線索，重點放在對文學作品的藝術分析上，以此構築新文學創作的整體觀，這本書在當時眾多的文學史教材中給人耳目一新的印象，影響很大，該書將張賢亮視爲「歸來」作家中的重要成員，認爲這批「歸來者」面對劫難的歷史反思復活了「五四」一代知識分子的現實戰鬥精神。編寫者在「爲了人的尊嚴與權利」一章中，以單獨一節的篇幅來論述張賢亮的《邢老漢和狗的故事》，指出《邢老漢和狗的故事》以民間情義的形態表現出文學創作中人道主義思想的復興。同年，洪子誠在他獨著的《中國當代文學史》一書中，將張賢亮作爲地位僅次於王蒙的「復出」小說家進行了重點介紹，他高度評價張賢亮在 80 年代的小說創作，認爲「張賢亮在 80 年代小說藝術上的突出貢獻，是細緻、『逼真』地展示他在作品中展開的生活情境和人物複雜心理活動；這是另外一些寫近似『題材』的『復出』作家難以企及的。」此後，作家的創作題材雖有所拓展，但始終無法擺脫苦難的歷史記憶，這限制了張賢亮文學才能的發揮。〔註21〕應該說，洪子誠對張賢亮的文學評價是非常準確的，顯示出他在文學史研究領域深厚的洞察力。在 90 年代出版的文

〔註20〕孔範今主編：《二十世紀中國文學史》，濟南：山東文藝出版社，1997 年版，第 1289 頁。

〔註21〕洪子誠：《中國當代文學史》，北京：北京大學出版社，2007 年版，第 266 頁。

學史教材中，張賢亮已經躋身重要作家的行列，他在文學史上的地位超過了很多同為「右派」身份的「歸來」作家，文學史對他的文學評價和作品價值闡釋也不再僅僅停留於「傷痕文學」、「反思文學」的層面，而是拓展到了對人性、人道主義、知識分子的自我認識、苦難敘述、性描寫與女性觀等問題的探討上，同時，編寫者也指出了他小說中的傳統文學痕跡和作家的傳統文人趣味，從而揭示出張賢亮小說的多層次性。

縱觀 80、90 年代的文學史寫作，可以發現《靈與肉》、《綠化樹》、《男人的一半是女人》三部作品奠定了張賢亮在新時期文壇的地位，而作家在 80 年代獲得全國優秀短篇小說獎和全國優秀中篇小說獎更是直接推動了張賢亮文學史地位的上升，可見能否獲得重要的文學獎項是影響新時期作家文學史地位的一個重要因素。另外，80 年代出版的中國當代文學史均未能突破一元化的政治標準至上原則，而 90 年代以來的文學史則在 20 世紀大文學史觀的背景下，日益顯示出多元化的編寫傾向。張賢亮的文學史書寫經歷了從簡單概括到重點介紹的變化，說明作家地位的變化。文學史編撰者普遍認為張賢亮的文學貢獻主要體現在 80 年代初的人性與人道主義討論以及之後的「反思文學」思潮中，強烈的哲理性和自敘傳色彩是張賢亮小說的主要藝術特徵。

進入 21 世紀以後，張賢亮在文學史上的地位進一步獲得彰顯，2003 年，王慶生、王又平主編的《中國當代文學史》由高等教育出版社出版，編寫者將張賢亮作為「反思文學」的代表作家，認為張賢亮的小說既有對中國政治問題的反思、對中國知識分子命運的思考，也有對人性的深刻剖析。張賢亮塑造的性格鮮明的女性形象是作家對新時期文學的一大貢獻。在藝術表現上，張賢亮小說的突出特點是強烈的思辨色彩，不過他對哲理性的追求表現得過於直露和急切，作品反而給人以游離、抽象、思想大於形象的感覺。〔註22〕在吳秀明主編的《中國當代文學史寫真》一書中，編者將張賢亮作為新時期現實主義文學的代表性作家進行了重點介紹，該書評價張賢亮是一位理性的現實主義作家，他的作品，「不論寫歷史的傷痕、現實的改革還是知識分子的苦難的歷程，大都能在灰暗的底色上展示出生活的亮色，熱情謳歌處在逆境中的普通勞動者和知識分子的美好情操；他在對生活進行『令人顫慄』的現實主義的描繪中，往往滲透著對歷史、社會、人生的宏觀性的哲理思索，具有濃重的理性

〔註22〕王慶生、王又平主編：《中國當代文學史》，北京：高等教育出版社，2016 年 1 月第 2 版，第 136 頁。

色彩。」〔註23〕2005 年，董健、丁帆、王彬彬編寫的《中國當代文學史新稿》由人民文學出版社出版，該書對王蒙、張賢亮、從維熙、高曉聲等「歸來」作家進行了重點介紹，認為個人的和社會的創傷記憶是這批作家在新時期小說創作取材的中心，編者在對「歸來」作家的創作局限性進行含蓄批評的同時，也指出在這批「歸來」的中老年作家裏，張賢亮的獨特審美氣質在他的那些以書寫自身經驗為主要內容的小說中表現得十分強烈，他把那個年代的知識分子扭曲的人性表現得比其他「右派」作家更為充分、細緻，他對受難知識分子命運、性格的揭示達到了同期同類題材作品少有的藝術深度。與同時代作家相比，張賢亮的另一個突出貢獻是他較早地涉及了「性」這一曾帶有濃厚禁忌色彩的領域，從而對那個扼殺人性的非常時代進行了獨特而深刻的批判和反思。〔註24〕2007 年，朱棟霖、朱曉進、吳義勤主編的《中國現代文學史（1917～2000）》由北京大學出版社出版，編者在「80 年代小說」一章中，將張賢亮放在與王蒙並重的位置，用很大的篇幅對張賢亮在 80 年代前中期的作品進行了闡釋。2008 年，張健主編，北京師範大學文學院組織編寫的《新中國文學史（上下卷）》（北京師範大學出版社出版）一書認為張賢亮是 80 年代「最具精神深度的作家之一」，編者對王蒙、張賢亮的歷史反思題材作品極為推崇，並對他們的代表性作品進行了深入分析。2009 年，在張志忠主編的《中國當代文學 60 年》（高等教育出版社出版）一書中，編者對張賢亮的「章永璘系列小說」進行了專節闡述，重點分析了章永璘的知識分子自省意識，認為章永璘形象是中國知識分子在苦難歷程中自我救贖的一個典型，表現出中國當代知識分子的某些精神特徵，編者特別強調「在 80 年代至 90 年代初期，張賢亮其人其文，一直遭受那些具有保守傾向的文化人的批判，被看作是政治上的異類；同時，張賢亮處理男性知識分子與女性之關係的方式和評判，缺少對女性的自主意識和獨立品格的尊重，也表現出某種精神缺陷，因而受到持女性主義理論的學人的批評。」〔註25〕2010 年，嚴家炎主編的《二十世紀中國文學史（上中下三冊）》由高等教育出版社出版，這部文學

〔註23〕吳秀明主編：《中國當代文學史寫真》，杭州：浙江大學出版社，2002 年版，第 594 頁。
〔註24〕董健、丁帆、王彬彬主編：《中國當代文學史新稿》，北京：人民文學出版社，2005 年版，第 426 頁。
〔註25〕張志忠主編：《中國當代文學 60 年》，北京：高等教育出版社，2009 年版，第 178 頁。

史將張賢亮作爲新時期「復出」小說家群體中的重要成員，用一節的篇幅論述張賢亮等「右派」作家的小說創作，認爲 1979 年到 1984 年是張賢亮的小說不斷引起轟動的階段，張賢亮是 80 年代前中期爭議最多的作家之一。「俄羅斯式的『懺悔情結』與中國式的對歷史苦難的深切體驗，在經濟基礎決定上層建築的邏輯中結合起來，這種思維和情感表達方式，成爲張賢亮作品的基本構思方式」。80 年代後的張賢亮逐漸走出了以前作品的敘述圈套，小說觀發生了變化，章永璘不再是徘徊在肉欲和傳統道德之間的人物，他要尋求自我價值和自由的眞正實現，但作家情感的過份宣泄又遮蔽了作品的思想內涵。〔註26〕同年，朱壽桐主編的《漢語新文學通史（上下卷）》由廣東人民出版社出版，張賢亮在該書中被編者置於「歸來者」反思文學代表作家的行列，其作品被進行了重點介紹，編撰者在肯定「張賢亮以描寫人物的食、色兩方面的欲望爲落筆點，藉此來揭示人性、反思人性」的同時，也指出了張賢亮小說思想上的不足，這表現爲張賢亮的作品中有一種贊美苦難的宗教意識，過去的苦難在張賢亮筆下是「天將降大任於斯人也」的考驗，這樣的苦難終會有所回報，苦難因此成爲應該感謝的對象，這在一定程度上消解了小說的悲劇意味，削弱了作品在反思、批判等方面本應該達到的思想深度。〔註 27〕2011 年，孟繁華、程光煒合著的《中國當代文學發展史》由北京大學出版社出版，在介紹新時期的「歸來作家」時，該書對王蒙、高曉聲、張賢亮的作品進行了重點解讀。2012 年，樊星主編的《中國現當代文學史（上下冊）》（武漢大學出版社出版）將王蒙、張賢亮、古華作爲「反思文學」成就最高的代表性作家予以詳細介紹，認爲理性色彩與塑造多情的底層勞動婦女是張賢亮小說的兩大特色。

　　縱觀 21 世紀出版的各類文學史著作，可以發現編寫者對張賢亮文學史地位的評價更加細緻化和經典化，研究者普遍認爲反思歷史創傷記憶的作品最能夠代表張賢亮的藝術風格和文學成就，張賢亮對新時期文學性描寫的開拓作用得到了重視和認可，同時，作家對知識分子思想改造的反思力度也被認爲是同時代作家中最深刻的一位，文學史對張賢亮的正面評價與這一時期批

〔註26〕 嚴家炎主編：《二十世紀中國文學史》，北京：高等教育出版社，2010 年版，第 242～243 頁。

〔註 27〕 朱壽桐主編：《漢語新文學通史》（下卷）廣州：廣東人民出版社，2010 年版，第 517、516 頁。

評家對張賢亮的負面評價構成了強烈的反差，這說明文學史寫作與文學批評二者並不同步，文學批評緊隨時代潮流而動，而文學史寫作則具有滯後性，需要經過歷史的沉澱與檢驗，並與當下保持一定的距離。與文學批評的時效性、敏銳性相比，文學史更強調去僞存眞，因此，在作家作品的評價問題上，文學史寫作雖然具有一定的滯後性，但它對作家作品的評價也就顯得更爲正式和權威。此外，這些文學史的編寫者大多是一些學院派出身的知名教授、中年學者，他們的文學史編撰理念與思維方式與年輕一代的文學史研究者之間存在著很大的不同，例如，韓晗的《新文學檔案：1978～2008》〔註 28〕就是一部很能代表 80 後研究者的文學史態度與新潮觀點的文學史著作，該書以新時期文壇三十年出現的文學現象、文學思潮爲線索，打破傳統的當代文學史按政治風向來劃分階段的編寫體例，重在對當代文壇文學場特徵的揭示與分析，作者將張賢亮與戴厚英的小說作爲 1978 至 1984 年間新時期文學解凍與去蔽時期最有思想深度的代表性作家，作者以張賢亮的《靈與肉》爲例，說明這部作品在如何描摹中國在日益開放的全球化背景下遇到的中西文化衝突方面有著非常罕見的文化意義。韓晗對張賢亮小說的文學史價值進行了新的發現與闡釋，體現出 80 後文學研究者的後現代理論背景和文學價值判斷。可以說，個性化與多元化的文學史觀在這本年輕的文學史著作中得到了充分地體現。

德國接受美學的代表人物姚斯認爲文學史有別於純粹的歷史學，它有自己的獨特性，是文學本體的審美呈現和歷史嬗變。在他看來，文學史應該屬於接受美學的範疇。文學史研究的對象一定都是經典，作品被生產出來以後，作家就「死了」，文學經典是一代一代讀者和闡釋者創造的，而不是作家打造的，文學史一個重要的內涵就是考察讀者對文學的「歷時性」和「共時性」的閱讀感受和審美體驗。從歷時性角度講，不同時代的讀者對同一部作品和同一個作家會得出不同的閱讀效果，做出不同的闡釋和評價。這正是文學「經典」化的過程。從共時性的角度講，同一時代的讀者的審美期待和批評標準也有所不同，不同的審美期待對作家的創作心態和審美選擇也會造成很大的影響，從這個意義上說文學史也是一部「讀者接受史」。隨著近代以來文學史

〔註28〕 韓晗：《新文學檔案：1978～2008》，北京：電子工業出版社，2011 年版。該書作者 1985 年生，該書自稱是「第一本用民間語彙與草根精神撰寫的新時期文學史」。

觀念的形成、文學史學科的確立和發展、文學史教育的體制化，文學史的話語權威以教科書的形式得到了確認和鞏固，張賢亮的文學評價與文學地位也在這一過程中得到了不同的闡釋。文學批評具有及時性、敏感性、文學再創造的經驗性特徵，而文學史則具有滯後性、積澱性、史學研究的學理性特徵。「從一般文學評價、文學史的發生來看，在相當程度上，所謂文學史其實是由批評史所支持甚至塑造的。只是相對於後來文學史研究的明顯強勢，批評史本身倒被邊緣化了，或被置入了廣義的文學史。」〔註29〕我們從張賢亮在文學史上的地位和評價的演變也可以看出文學批評對文學史寫作的介入和影響。

三、張賢亮與王蒙的文學評價差異性

因為長期受極左文藝路線的束縛，「文革」期間當代作家隊伍遭到了嚴重破壞，文壇呈現出青黃不接的衰敗景象，因此，在新時期之初百廢待興的局面下，以王蒙、高曉聲、張賢亮、宗璞、張弦、劉紹棠、從維熙、李國文、陸文夫等為代表的「五七族」作家的回歸就顯得彌足珍貴，他們的文學創作也顯得特別搶眼，這批「右派」作家中的大多數出生在 20 世紀 30 年代，50 年代完成了學業，確立了他們的知識結構和精神氣質，走上了各自的工作崗位，成為了新中國第一代的幹部、教師、編輯、記者、科技工作者等現代知識分子，這批作家從小受革命理想主義信念教育的影響很深，心態、眼光、觀察和體驗生活的角度都比較政治化，正因為如此，「50 年代起就被『放逐』的作家，在相當時間裏有一種『棄民』的身份意識」〔註30〕，當他們歷經劫難「歸來」後，很自然地就會重新找到一種政治歸屬感，重新接續自己對革命事業的美好記憶，重新燃起建設社會主義的政治熱情，「他們控訴、批判踐踏人的尊嚴和身心的愚昧的現實，尤其是『文革』中的血腥記憶，卻不會對產生這些現象的整個社會體制提出『現代主義』式的質疑。像傳統社會的大多數中國知識分子一樣，他們只會從體制的某些局部方面，而不會從體制本身去思考問題。相反，他們還會真摯地把人生理想寄託在體制的未來發展和完善上。」〔註31〕因此，有學者這樣評價這批作家說：「在 1949 年後的歷次政治運動中，最苦

〔註29〕吳俊：《中國當代文學批評史研究芻議》，《當代文壇》2012 年第 4 期。
〔註30〕洪子誠：《中國當代文學史》，北京：北京大學出版社，2007 年版，第 194 頁。
〔註31〕嚴家炎主編：《二十世紀中國文學史》，北京：高等教育出版社，2010 年版，第 232 頁。

難深重的是知識分子。而知識分子作爲現代社會結構中極爲特殊的群體，其精神是最爲敏感的，對其苦難歷程的反思往往可以抵達劫難與人性的幽深，但這群『歸來者』對自身苦難歷程的反思已然與這樣的抵達擦肩而過。於是，至今都還沒有出現類似帕斯捷爾納克的《日格瓦醫生》和索爾仁尼琴《古拉格群島》這樣的反思之作。」〔註32〕這種整體性的分析與批評當然是有一定道理的，然而，這一總體描述，並不能覆蓋這批作家中的每一個個體，「因爲糾正冤假錯案的先後，以及獲得新的榮譽、地位的不同，『復出』小說家群並不像人們想像的那麼『一致』。有的雖說屬於『反思文學』，潛意識裏還在受爲政治服務的流行文學觀念的約束，有的較多受到五四傳統的啓發，能與流行主題保持一定距離，但總的說，人道主義關懷和對歷史創傷的揭露，是他們都比較感興趣、創作也比較集中的題材領域。」〔註33〕在這批作家中，王蒙和張賢亮常常被研究者放在一起來談論，但無論是在文學創作上還是在批評家的文學評價上，他們都有很大的不同，他們的這種文學差異性是一個很值得我們深入研究的問題。

王蒙與張賢亮同屬新時期復出文壇的「右派」作家，但是他們早期的人生經歷卻截然不同。王蒙，1934 年出生於北京，原籍河北南皮，1940 年入北京師範學校附屬小學就讀，40 年代末，他在北平私立平民中學（現在北京四十一中學）學習期間，與共產黨地下黨員接觸，受其影響，秘密加入中國共產黨，50 年代後在北京市東城區從事共青團工作，並開始文學創作，1956 年以「干預生活」的小說《組織部來了個年輕人》而引起轟動，1957 年，因這篇作品被補劃爲「右派」，隨即在北京郊區下放勞動五年，1962 年曾在北京師範學院短暫任教，1963 年「右派」摘帽後，舉家遷往新疆，先後在新疆文聯、新疆自治區文化局工作，後落戶伊犁，在新疆伊犁地區的巴彥岱公社「勞動鍛鍊」，任漢語翻譯，並一度兼任公社二大隊的副大隊長，1978 年重新發表小說，並調回北京作協，1979 年夏正式返回北京定居，1983 至 1986 年任《人民文學》主編，1986 年當選中共中央委員，任中國作協副主席、書記處書記，同年 6 月任中央政府文化部部長，1990 年卸任。王蒙是一位高產

〔註32〕董健、丁帆、王彬彬主編：《中國當代文學史新稿》，北京：人民文學出版社，2005 年版，第 409 頁。
〔註33〕嚴家炎主編：《二十世紀中國文學史》，北京：高等教育出版社，2010 年版，第 233 頁。

作家，他在新時期創作發表了大量的小說、散文、詩歌、創作談、文學評論、古典文學研究等，成爲最富創作活力和探索精神的「復出」作家。建國初期的工作經歷和在新疆的生活是王蒙新時期從事文學創作的重要精神源頭，在新疆的 16 年裏，他和維吾爾老農生活在一起，不僅學會了維吾爾族語言，而且也學會了維吾爾族人的幽默、寬容和樂觀，新疆成爲王蒙不斷重返的精神故鄉。〔註 34〕王蒙曾說：「不能簡單把我去新疆說成被『流放』，去新疆是一件好事，是我自願的，大大充實了我的生活經驗、見聞，對中國，對漢民族、對內地和邊疆的瞭解，使我有可能從內地——邊疆，城市——鄉村，漢民族——兄弟民族的一系列比較中，學到、悟到一些東西。對於去新疆 16 年，我毫不後悔，也無怨嗟，相反，覺得很有收穫。」〔註 35〕平民思想的孕育、歷史意識的確立和對苦難的寬宥和擔當，使王蒙的心理一直處於比較平和的狀態。王蒙、高曉聲、劉紹棠等「右派」作家在 50 年代「反右運動」擴大化到來之前一直發展得比較順利，他們由於階級出身好，再加上早慧的文學才華，很受所在單位領導的重視，例如，王蒙出身教師家庭，從小受到良好的教育，他在 50 年代初即被破格提拔加入中國作協；劉紹棠出生於普通農家，從小有「神童作家」的美譽，1956 年 3 月，20 歲的劉紹棠經康濯和秦兆陽兩位作家介紹，加入中國作家協會，成爲作協當時最年輕的會員，成爲廣大文學青年心目中的偶像。相比之下，張賢亮早年的生活經歷則比較複雜，新中國成立前，他是官僚資本家的長房長孫，生活優越、衣食無憂，新中國成立後，因爲出身問題，他被掃地出門，流亡北京，在學校也飽受老師和同學的歧視和欺負，最後臨畢業前夕被學校開除，被迫移民寧夏，沒想到卻因爲受過高中教育、有文化，被推薦進了甘肅幹部文化學校做教員。但不久，他再次受到運動衝擊，淪爲勞教人員。他的特殊經歷使他不可能像王蒙那樣有一種昂揚的「少布情結」。因此，張賢亮十分反感與痛恨極左派提出的血統論，對一些帶有階級成分特徵的身份識別制度也表現出反感、排斥情緒，他對於馬克思的政治、經濟制度有著自己的獨特理解，他既想要成爲體制內的一分子，受到體制的承認與庇護，同時又想跳出體制之外，不受體制約束與管轄，表現出無所歸依的游牧思想與矛盾心理。

〔註 34〕朱棟霖、朱曉進、吳義勤主編：《中國現代文學史（1917～2012）》（下），北京：北京大學出版社，2014 年 6 月第 2 版，第 167 頁。
〔註 35〕王蒙：《我在尋找什麼》，《文藝報》1980 年第 10 期。

在極左路線肆虐時期，王蒙雖然也曾沉入到人生的谷底，但他和張賢亮的苦難經歷卻有所不同。王蒙在 50 年代即已成名，此後雖受到當權者的打壓，但始終沒有淪落到名譽掃地、蹲監坐獄的境地，他主動要求赴新疆勞動鍛鍊、改造思想，也並非是出於被迫和無奈，而張賢亮的資產階級家庭出身首先就決定了他在新中國成立初期鬱鬱不得志的命運，在運動風暴中他的尊嚴全無，經濟毫無保障，他在新中國成立前後經歷的巨大的經濟落差是同時代的其他作家根本無法想像和體會的，當時的新生政權對於他這樣家庭出身的子女，採取的是敵視和歧視的政策，他在北京無法立足，為了生存，不得已才移民去寧夏。在「反右」運動中，王蒙和張賢亮雖然同被劃為「右派」，但當局對他們的處罰力度並不相同，在新疆，王蒙沒有受到當地群眾的監管和歧視，工作和生活都比較舒心，而張賢亮在寧夏的勞改農場卻經受了常人難以想像的折磨和各種不公正對待，他被判刑、批鬥、監禁，每天從事高強度的體力勞動，這導致了作家心理的扭曲變形。王蒙復出的經歷也比張賢亮順利得多，他在復出後，即重返政治文化的中心——北京，進入到新時期的權力機制之中，再次成為榮譽和光環籠罩下的知名作家，尤其是他後來身居高位，成為文化制度的決策者、維護者，文壇地位和影響力顯著提升；張賢亮復出的經歷則艱難曲折得多，他在新時期之初轉向小說創作，為的是引起別人的注意，早日平反，他在獲得平反後，一直留在寧夏從事專業創作，他從一個知名度不高的地方刊物的普通編輯成長為全國知名的作家，成功可謂來之不易。不同的人生經歷和政治遭遇導致了王蒙與張賢亮不同的創作心態，對過去經歷的苦難，王蒙從內心深處是無怨無悔，而張賢亮的心態則要複雜得多，作品中時常流露出哀怨不平之氣，思想上也有比較消極、陰暗的一面，而王蒙則沒有這種心理上的陰鬱氣質，他大多數時候表現出的是革命者的慷慨激昂和面對苦難的寬闊胸襟。

細讀王蒙的小說，讀者會發現一股感人的熾熱情緒始終在作品中流動。知識分子在追尋社會理想過程中的探索、困惑和挫折、「少年布爾什維克」的歷史情結，始終是支配他小說構思和情節展開的情感因素，對過去美好生活的「懷舊」，構成了王蒙個人歷史記憶的基礎，王蒙曾經說：那些在解放前後積極投入革命鬥爭的青年人，那些熱情地迎接解放，又熱情地投入了建設新生活的鬥爭的青年人，值得他永遠懷念。〔註36〕對這種帶有革命性質的「少共」情結，

〔註36〕王蒙：《文學與我》，轉引自曾鎮南《王蒙論》，北京：中國社會科學出版社，

曾鎮南評價說：王蒙經常是把「歷史報應的思想」「和重大的歷史現象聯繫在一起的，至少也是和重大歷史變遷在人的命運中的投影聯繫在一起的。因此，就賦予它以一種嚴峻的、驚心動魄的歷史哲學的意味。」〔註37〕從某種意義上說，王蒙的反思是深刻的，也是溫柔敦厚、富有哲理的，他的小說充滿了革命理想主義的昂揚激情，重返文壇後，王蒙自覺重溫 50 年代的「少共」理想主義，並且深刻表現了這一主題。批評家郜元寶認為：「七十年代末到八十年代中期，王蒙的貢獻首先在於為『反思文學』提供了一個特殊的品種。它既不同於張賢亮等右派作家痛定思痛、痛心疾首、飽含怨毒的詛咒與控訴乃至在新形勢下理所當然地帶有一點補償心理的放縱恣肆，也不同於大多數知青作家急於撇開過去而投入當下的取向。他更欣賞張承志、梁曉聲的理想主義或英雄主義氣質，欣賞乃至激賞鐵凝的從早期孫犁的抗日小說繼承下來的骨子裏的柔順之德。」〔註38〕他極為準確地抓住了八十年代王蒙文學創作的神韻和精髓。作家趙玫稱王蒙是 80 年代中國文學的「旗手」〔註39〕，在張賢亮等「右派」作家的文學創作活力在 80 年代末 90 年代初明顯衰減、文學評價日趨下降的時候，王蒙依然保持了旺盛的創作活力，並成功轉型，「王蒙是同代人中最有藝術探索精神的作家之一，他對當代小說藝術的探索和實踐是多方面而且卓有成效的。他的創新影響了中國當代小說藝術的創新。」〔註40〕他對意識流小說的實驗，對作家「學者化」的提倡，對「人文精神大討論」的參與，都對當代文學思潮產生了較大影響，他的多方面的貢獻和創作生命，顯示了特異的豐富性和持久性。儘管文藝批評界對王蒙在創作上的探索毀譽不一，但應該說，他的這種探索精神與黨在新時期政治上、經濟上的思想解放潮流是一致的，多數批評家對他的具有開拓意義的意識流小說也都持正面與積極的評價，如，馮牧就評價說「他是一個有著各種技能和武器的作家」。〔註41〕他對西方意識流小說的

1987 年版，第 389 頁。

〔註37〕曾鎮南：《王蒙論》，北京：中國社會科學出版社，1987 年版，第 19 頁。

〔註38〕郜元寶：《當蝴蝶飛舞時——王蒙創作的幾個階段和方面》，《當代作家評論》2007 年第 2 期。

〔註39〕趙玫、任芙康：《旗手王蒙》，詳見溫奉橋：《多維視野中的王蒙——第一屆王蒙文學創作國際學術研討會論文集》，青島：中國海洋大學出版社，2004 年版，第 48 頁。

〔註40〕朱棟霖、朱曉進、吳義勤主編：《中國現代文學史（1917～2012）》（下），北京：北京大學出版社，2014 年 6 月第 2 版，第 171～172 頁。

〔註41〕馮牧：《關於文學的創新問題》，《新時期的文學主流》，北京：人民文學出版

借鑒不是照搬照抄，而是融合了中國傳統文化因子，形成了具有中國特色的「東方意識流小說」，既有厚重的歷史感，又飄逸空靈。因此，曾經有評論家指出王蒙的小說實驗「是中華人民共和國成立以來小說創作中所無的藝術新探索」〔註42〕。張賢亮也試圖在小說創作中借鑒西方現代派技巧，拓展新的藝術表現形式，但批評家對他的這些創新之作卻普遍評價不高。

復出後的王蒙和張賢亮都關注政治、熱心改革，但平心而論，王蒙身上政治理想主義的色彩更爲濃厚，政治態度比較保守和謹愼，而張賢亮則是個懂得如何務實經營的實幹派，張賢亮是在勞改期間，通過自學閱讀馬列經典原著獲得的馬克思主義理論知識，王蒙則是在多年的工作實踐中，歷練了他的政治分析與判斷能力，這就決定了王蒙的政治駕馭和掌控能力在張賢亮之上，張賢亮運用政治理論解決實際問題的能力遠不及王蒙成熟老練，但他的政治改革勇氣與膽量卻遠在王蒙之上。「在小說藝術上，王蒙明顯比同代作家進行了更積極的探索。這一方面是作家感到直接針砭現實存在風險，另一方面這時外國文學翻譯也在影響他對小說的看法。他的小說實驗，很大程度來自兩方面的相互作用，這使其作品具有了一般人難以理解的多重色調。」〔註43〕王蒙和張賢亮都是1957年「反右運動」擴大化的受難者，他們的創作被迫中斷了二十年，新時期歸來後，他們創作發表了許多具有反思性質的作品，與政治的聯繫十分緊密，他們的小說注重藝術形式的創新，作品不同程度地受到了文壇的關注，但批評家和文學史研究者對他們的文學評價卻有很大不同。在王蒙的文學評價中，正面的肯定因素似乎更多一些，王蒙是以一個久經考驗的布爾什維克主義者的形象出現在世人面前的，而張賢亮則經常處於爭議不斷的風口浪尖，遭受來自各方勢力的批評指責，他以自己的慘痛經歷爲創作資源書寫具有自敘傳色彩的作品，歌頌新時期黨的撥亂反正政策，積極投身社會主義改革事業，防止極左思潮捲土重來，但文學對他而言只是一種可以幫助他達到上述目的的工具和手段。相比較而言，王蒙有一種文學的宗教情懷，他把文學作爲安身立命的崇高事業來看待，文學態度極爲虔誠，通過文學，他要實現的是「公民的社會責任感」，「對祖國大地、對人民、對生活的熱愛和對革

社，1981年版，第78頁。

〔註42〕克非：《引人注目的探索——評王蒙的近作兼論創作方法的多樣性》，《學習與探索》1980年第6期。

〔註43〕孟繁華、程光煒：《中國當代文學發展史》，北京：北京大學出版社，2011年版，第245頁。

命的追求，對共產主義理想的追求」。〔註44〕因此，他完全是以一種贊賞的、投入的甚至是懷有鄭重的敬意來塑造他心愛的主人公的。在他的筆下，無論是《布禮》中的鍾亦誠、《胡蝶》中的張思遠、《雜色》中的曹千里，還是《相見時難》中的翁式含，他們對祖國和人民、對共產主義和黨的偉大事業都懷有無限熱情和莊嚴的使命感，雖屢遭打擊，被懷疑、受委屈、遭侮辱，卻始終信念堅貞、無怨無悔，這些人物的命運和品格很容易讓人聯想到作家自己，而王蒙也毫不隱晦地說「在我的許多作品中的人物身上，正面人物身上有我的某種影子。」〔註45〕在談到自己長期遭受的不公正待遇時，剛復出不久的王蒙心情格外激動，他說：「20年來，……我得到的仍然超過於我失去的，我得到的是大有作爲的廣闊天地，得到的是經風雨、見世面，得到的是20年的生聚和教訓。」當「黨重新把筆交給了我，我重新被確認爲光榮的、卻是責任沉重、道路艱難的共產黨人。革命和文學復歸於統一，我的靈魂和人格復歸於統一，這叫作復活於文壇。」〔註46〕在全國第四次文代會上，王蒙發言說：我們是新中國的第一代青年，革命點燃了我們的青春，啓示我們拿起筆來歌唱革命。基於我們對黨的赤誠的愛，當然也包含著年輕人的理想主義和不盡切合實際的要求，我們也正視了生活中的一些消極因素，我們也曾嘗試著把自己的幼稚的觀察和思索的果實交給黨、交給人民。初生牛犢不怕虎，我們也可能有幼稚、有冒失甚至也有某些荒唐，但我們沒有二心，沒有市儈氣，不懂得阿諛奉承和投其所好，在黨組織和領導同志面前，我們從不設防。〔註47〕王蒙的這些話很有代表性，從中我們可以感受到當時社會的政治語境以及新時期之初人們對被錯劃「右派」的知識分子在整體上所能達到的歷史認知。這種服從大局、公而忘私的政治態度無疑得到了主流意識形態的高度認同和官方權力機構的一致贊賞。文藝批評家和文學史家也自然對王蒙作品中傳達出來的這種「雖九死其猶未悔」的革命忠誠進行了高度評價。

嚴家炎認爲「對王蒙這一時期『文學地位』的討論，還可以在個人與革命

〔註44〕王蒙：《創作是一種燃燒》，北京：人民文學出版社，1985年版，第103頁。

〔註45〕王蒙：《創作是一種燃燒》，北京：人民文學出版社，1985年版，第100～101頁。

〔註46〕王蒙：《我在尋找什麼》，《文藝報》1980年第10期。亦見於《〈王蒙小説報告文學選〉自序》，北京：北京出版社，1981年版。

〔註47〕《開闢社會主義文藝繁榮的新時期》，成都：四川人民出版社，1980年版，第48頁。轉引自朱寨主編：《中國當代文學思潮史》，北京：人民文學出版社，1987年版，第330頁。

的『關係史』的維度中展開。在『新時期』文壇，王蒙被目爲『復出』作家、『意識流』作家或『現實主義』作家等，某種程度上他還可以被稱作『新時期』的『革命作家』。他的『革命情結』（或說『政治情結』）比同時代人如李國文、從維熙和張賢亮等顯然都強烈、自覺得多——當然也表現得更加迂迴、曖昧和複雜。作家這種特殊的『革命心態』，在《布禮》、《蝴蝶》、《雜色》等一批當時發表的小說中，都有程度不同的反映。在八十年代初，『十七年』（包括『文革文學』）因與『左傾』文藝路線的牽連而受到廣大作家的質疑，但以它們爲代表的『革命文學』的主題活力和想像方式這時並沒有完全喪失。在西方『現代派』文學尙未湧入中國的時候，『革命文學』仍然是支持、幫助和建構『新時期文學』的重要資源之一。某種意義上，王蒙本時期大部分的小說，大多是通過對『革命文學』的『改寫』和『增補』的藝術方式而賦予其新的歷史活力的，而這一努力的重要性也因此在『文學轉型』中顯示出來。」〔註48〕王蒙在 80 年代中期前的小說有一個共同特徵：儘管小說主人公在其一生的坎坷中有過矛盾、痛苦、迷惘，甚至是對社會無情的嘲諷、批判與絕望，但最後，他們仍然選擇了對理想和信念的忠誠，他們是歷經精神和肉體雙重戕害而矢志不渝的現代中國知識分子的典型，強烈的責任感、使命感和憂患意識是他們的精神內核，這些作品適逢其時地產生在陷入信仰危機的社會轉折時代，王蒙在這些受難歸來的知識分子身上，表達了他對人的信仰問題的思考。80 年代中期以後，王蒙筆下人物這種「雖九死其猶未悔」的對理想和信念的忠誠，爲憂憤深廣的文化反省所代替，這標誌著作家對歷史的思考在不斷深入。王蒙的小說之所以能夠長期受到人們的關注與喜愛與他這種順時而變的文學創作理念不無關係。

王蒙深受十七年時期形成的革命文藝觀的影響，他認爲「文學與革命天生地是一致的和不可分割的。它們有著共同的目標——把舊世界打個落花流水，鮮紅的太陽照遍全球。文學是革命的脈搏，革命的訊號，革命的良心；而革命是文學的主導，文學的靈魂，文學的源泉。」〔註49〕因此，當批評家李子雲用「少布精神」來概括他的作品時，王蒙竟被感動得「眼睛發熱」。〔註50〕我們不懷疑王蒙創作時的眞誠，也爲他作品中人物的忠誠所感動，但那種「我不

〔註48〕 嚴家炎主編：《二十世紀中國文學史》，北京：高等教育出版社，2010 年版，第 236 頁。

〔註49〕 王蒙：《我在尋找什麼》，《文藝報》1980 年第 10 期。

〔註50〕 李子雲、王蒙：《關於創作的通信》，《讀書》1982 年第 12 期。

悲觀，也不埋怨。比起我們的黨、國家和人民這些年付出的巨大代價，個人的一點坎坷遭遇又算得了什麼」〔註51〕的苦難認知，以及他對待革命事業的那種毫無保留地接受與服從，甚至是拋棄了個體意識的忠誠，現在看來，只是一種被嚴重異化的革命理想主義。個人的苦難被遮蔽在集體生存的宏大框架中，甚至心甘情願地成為偉大歷史敘事的祭壇上的犧牲品。「右派」作家的創作之所以能夠在新時期之初迅速成為文壇主流，恰恰是因為他們適應了意識形態重建信仰希望的要求。這顯然不是真正意義上的對於歷史的反思，與新時期之初廣泛討論的人道主義也是不相容的。張賢亮在 80 年代中期前的創作，也基本上是以這樣的一種姿態出現的，他的「帶有反思性質的創作主要不在總結歷史的教訓，而是集中於對自我靈魂的嚴峻拷問，即從道德、歷史和哲學的高度審視自己既往的人生歷史，從充滿苦難的人生中體悟，經過艱難的熬煉和痛苦的洗禮而獲得昇華的新的人生境界，是一種意在超越現實人生的『啟示錄』式的反思。」〔註52〕這決定了他前期的作品無論有多少爭議都必定會得到主流批評家的寬容與好評。但是，在 80 年代中期以後，張賢亮的創作越來越偏離了這個既定軌道，他在創作中強調對極左政治的深刻反思與持續批判，凸顯知識分子的主體性和對性與政治內涵的闡釋，在展示人物經歷時，他對人性、人道主義、知識分子的苦難等問題的反思力度遠遠超過了當時其他的「右派」作家。尤其值得一提的是，張賢亮對於知識分子落難心理的準確描摹和對女性形象的塑造令人印象深刻，但作家在同情、讚美勞動婦女勤勞、善良品格的同時，也暴露出他潛意識中對女性的偏見，流露出以男性為本位的封建士大夫思想，張賢亮小說創作的目的性極強，其中的人物，大多是一些不倦的、自覺地思索者，如《靈與肉》中的許靈均、《綠化樹》中的章永璘，作品的哲學思辨意味有時也掩蓋了故事本身的敘事美學，造成理念大於形象的不足，他小說中大膽的性描寫與激進的政治、經濟改革主張使得張賢亮後期的作品常常受到來自不同政見者的批評和攻擊。

　　王蒙與張賢亮的創作有相似的地方，對生活的深邃思索、對人生哲理的探求是王蒙和張賢亮小說藝術的共同特徵。王蒙的創作也常常探求超出故事

〔註51〕這是王蒙復出後的一次談話的內容，詳見孟繁華：《1978：激情歲月》，濟南：山東教育出版社，1998 年版，第 99 頁。

〔註52〕吳秀明主編：《中國當代文學史寫真》，北京：北京大學出版社，2010 年版，第 601～602 頁。

情節以外的一種哲理上的涵義，形成作品主題的多元性，有人稱之爲「複調小說」，這既給讀者以想像和再創造的空間，但有時也會造成過份注重內心剖析、人物性格不鮮明、晦澀難懂的處境。王蒙對於歷史和自身的樂觀態度，使他的小說避免了反思文學普遍的感傷，然而，堅貞的信仰有時也因爲會被抽離了具體的歷史形態和實踐內容，而在他的小說中成爲不可懷疑的教條，轉化爲對人的壓迫力量。種種的矛盾和複雜性，構成了王蒙小說較爲豐厚的內涵，但同時也存在一種含糊不清的歷史觀和精神態度，而「辯證」觀點所具有的穿透力與精神上策略性的曖昧的界限也常常難以分清。張賢亮專注於對其個人經歷和社會經驗的書寫，前者如《靈與肉》、《土牢情話》、《綠化樹》、《男人的一半是女人》；後者如《邢老漢和狗的故事》、《河的子孫》、《肖爾布拉克》、《浪漫的黑炮》，作品多以過去的不幸和苦難爲主要內容，相比之下，王蒙的生活視野和創作領域顯得更爲開闊，目光更爲深沉敏銳，所涉及的問題也更爲廣泛，體現在王蒙作品中的是作家對時代做出的深刻理解和認識，王蒙的小說也可以大致分爲兩類，一類是作家採用現實主義手法創作出來的作品，如，《最寶貴的》、《光明》、《悠悠寸草心》、《說客盈門》、《溫暖》等；另一類是吸收借鑒現代派藝術手法創作的意識流小說，如，《夜的眼》、《布禮》、《蝴蝶》、《春之聲》、《海的夢》等。如果說 50 年代王蒙的作品特色是「革命加青春」的話，那麼復出後的王蒙的創作特色則是「信念加沉思」。他的多數作品都把黨和群眾的關係、黨員和革命者的理想、信念、情操作爲關切和反思的對象，認爲黨員對黨的忠誠和共產主義信仰應該是永恒的，與 50 年代相比，王蒙對於青春、愛情、生活的信念，對革命理想的追求，始終是忠貞不渝、一往情深。在歌頌的同時，他敢於正視生活中消極和陰暗的東西，目的都是爲了塑造一種更深沉、更美麗、更豐富也更文明的靈魂，避免重走彎路、再倒覆轍，張賢亮則把生活描繪得過於苦難和沉重，缺少陽光和亮色，這也導致他的讀者不斷流失。王蒙的藝術探索是多方面的，但卻不失幽默、溫馨的基本風格，他的意識流小說雖然受到過一些批評，但對於打破傳統的時空觀念、情節結構、對於多側面、多層次、多角度、多色調地塑造人物，給當代小說創作開闢了新的天地。他在藝術上的探索精神，受到了文藝界人士的普遍肯定，而張賢亮的那些借鑒現代派藝術手法創作出來的作品（如《習慣死亡》、《無法甦醒》等）則無一例外地受到了讀者的質疑與批評，這說明張賢亮的小說創新並沒有取得真正意義上的成功，他沒有實現對自己以往作

品的超越。

在復出文壇的「右派」作家中，王蒙的文學成就最大。從 50 年代發表《組織部來了個年輕人》開始，王蒙就已經顯露出他對社會敏感問題的驚人洞察力和藝術表現力，敢於針砭時弊、干預生活，使他很早就名重一時，有學者認為：王蒙之所以能夠成為「復出」作家的代表，取決於歷史對這代作家的選擇。「七八十年代之交，『改革開放』的政治模式取代了『文革模式』，對過去作有限度的『反思』和在此基礎上『展望』未來，成為主流敘述的輿論導向。」王蒙「早年即已形成的社會敏感和創作經驗，使他很容易在這一『導向』中復出文壇，並成為中堅。但八十年代初的文學寫作是一種典型的『政治寫作』，而王蒙恰恰又是一個對社會政治異常敏感和有特殊把握能力的作家，而他所抓的題材，恰恰又是當時人們非常關注且具有『重大性』的類型。於是經他處理的題材和人物，很快就變成文學的熱門話題。」王蒙的高明之處在於「即使面對敏感而重大的社會題材，他也不像一般人那麼直露、膚淺，而是綿裏藏針、極善經營，不光在敘述姿態上反覆變化，而且藝術手法也花樣翻新，呈現出更加多層的蘊含和文學意味。同時，王蒙的個性又具有『文壇領袖』的氣質和智慧，他把文學創作轉換為一種文壇社會活動，與此同時又把文壇活動變成象徵性極強的文學創作。他是作家中的『政治家』，同時又是政治家中的『書生』。這種『複合型』的文壇領袖是當代中國社會的特殊國情培養的，而這種複合型的作家的出現，恰恰又揭示了當代中國作家所身處的歷史環境。應該說，王蒙是他那代作家中將這些『點』與『面』的辯證關係發揮到了極致的一個人」。〔註53〕

長期的西北「流放」生活是王蒙和張賢亮在新時期復出後共同的創作資源，但他們對於「流放地」和當地群眾的態度卻有很大不同。王蒙是帶著一種自豪和悲壯之情來看待他在新疆的艱苦歲月，並把這段經歷當做是他最寶貴的回憶，當年他主動要求去新疆勞動鍛鍊，和當地老百姓之間建立起了深厚的友誼和感情，他對維吾爾族群眾給予他的幫助始終懷著真摯的回報與感恩之情，他在新疆結交了很多當地的朋友，新時期重返文壇後，他與這些人大多還保持著聯繫，即使身在北京也經常牽掛伊犁的父老鄉親，這在他「歸來」後的作品集《在伊犁》中有所反映，在他用意識流手法創作的小說《蝴

〔註53〕嚴家炎主編：《二十世紀中國文學史》，北京：高等教育出版社，2010 年版，
　　　　第 235 頁。

蝶》裏，王蒙通過主人公張思遠到山村找「魂」的心路歷程，透視了這個革命幹部的靈魂淨化軌跡，張思遠原本只是當年革命隊伍中的一名普通戰士，隨著革命的勝利和手中權力的增大，他從革命隊伍裏的「小石頭」變成了人們口中的張指導員、張書記、張部長，然而，他的思想也隨著地位的變化發生了改變，與群眾的距離越來越遠，到了「文革」，這位老革命受到了「革命小將」的衝擊，被打成了「大叛徒」、「大特務」，他又成了人們口中的老張頭，身份的巨變使他產生了莊周夢蝶、真幻莫辨的迷失感，在平凡的勞動環境裏，在鄉村淳樸的人際關係中，張思遠重新發現了「人」的價值，並最終找到了曾經失掉的「魂」，懂得了領導幹部就像飛機一樣，「不管飛得多高，它來自大地和必定回到大地」，「無論人還是蝴蝶，都是大地的兒子」。〔註54〕而人民群眾就是大地，就是母親，這篇作品表明了王蒙的心跡，他對那些脫離群眾的革命幹部是極為反感和厭惡的，新疆不僅是王蒙的受難地，更是他不斷重返的精神故鄉，是永遠善待他的大地母親。

與王蒙不同，張賢亮在寧夏的勞改生活充滿了血淚和辛酸，張賢亮每每回憶起這段往事，總是帶著一種難言的痛苦和不安，他在寧夏的勞改農場受到過各種不公正的待遇，遭受批鬥、蹲監、陪綁、假槍斃的懲罰，每天從事繁重的體力勞動，還常常吃不飽，甚至差點被餓死，他在勞動改造期間毫無人的尊嚴感可言，當地幹部和群眾在他的眼中更多暴露出來的是人性的弱點和醜陋不堪，與他真正交好的是為數不多的幾個同命相連的勞改犯和他幻想出來的幾個如「夢中的洛神」一般善良美麗的勞動婦女，作家的心靈深處總有一個孤獨感的內核，因此，批評家王曉明在《所羅門的瓶子》一文中才會說：「從煉獄中生還的人總帶有鬼魂的影子」。〔註55〕據王鴻諒在《一個作家的「野蠻生長」——張賢亮的人生考察》一文中的記述，與張賢亮關係不錯的農民屈指可數，而在張賢亮復出文壇以後，他與這些推心置腹的朋友也都慢慢失去了聯繫，多數受訪者也都忌談當年張賢亮在農場備受壓抑的生活。〔註56〕這些人是張賢亮人生落寞時期的見證者，與他們保持聯繫，必定會讓張賢亮總是回想起過去那段卑賤、屈辱、甚至為了得到一支香煙而去巴結討好農場領導的日子，

〔註54〕 王蒙：《蝴蝶》，《十月》1980 年第 4 期。

〔註55〕 王曉明：《所羅門的瓶子——論張賢亮的小說創作》，《上海文學》1986 年第 3 期。

〔註56〕 王鴻諒：《一個作家的「野蠻生長」——張賢亮的人生考察》，《三聯生活周刊》2014 年 10 月 20 日，第 42 期。

這是張賢亮所不願的，他想把這段記憶從頭腦中徹底抹掉，然而，他又無力做到，因為這段經歷已經滲入到作家的血液之中，成為他終生無法擺脫的夢魘，這段不堪回首的經歷又是他最主要的創作資源，這些創傷性記憶刺激他不斷寫出一部部作品，改變了他的人生命運，他在新時期因此成為受人尊敬的作家，可想而知，憑藉那長久積壓在心靈深處的痛苦記憶進行創作，作家的態度絕不會是空靈超然的，回憶那些令人不愉快的往事，無異於一次次揭開已經癒合的傷疤給人看，因此，寧夏既是他人生中的心安福地，同時也是傷心之地，他把所經歷的苦難與在苦難中的掙扎、沾著血淚的艱辛和對人生的感悟、追求鎔鑄在一起，從而構築起一個與自我靈魂搏鬥的藝術世界。80年代，張賢亮拒絕了王蒙提出調他出任《人民文學》主編的邀請，一直留在這個令他既愛且恨的地方，90年代，他在創辦鎮北堡西部影城的過程中，在企業剛見效益、準備徵用牧民的土地進一步開發擴建的時候，他多次和當地的農牧民發生嚴重的摩擦和衝突，甚至險些發展到械鬥的地步，這在他的小說《青春期》中有過詳細的描述，他與當地群眾的關係一度變得十分緊張，在小說《早安！朋友》準備推出之際，寧夏的教育界一篇譁然，一致認為他寫出了一部有害青少年身心健康的壞書，還有人不斷上訪，要求查禁此書，他為此事著急上火，住了好幾天醫院。這些似乎都能說明張賢亮與寧夏以及當地群眾關係之微妙複雜。雖然，張賢亮在描寫知識分子的苦難時，也為他們提供了肉體和精神的救贖者——「種種來自勞動人民的溫情、同情和憐憫，以及勞動者粗獷的原始的內在美」〔註57〕，從而讓受難的「右派」們孤獨悲涼的心感受到溫暖，並得到精神的昇華，尤其是那些潑辣、能幹而又癡情的女性，如，李秀芝、喬安萍、馬纓花、黃香久等，她們幫助和撫慰落難者，成為他們超越苦難的力量源泉，然而，這些女性所施予知識分子的情感、肉身只不過是一場獻祭，等到這些「右派」否極泰來，就難逃被拋棄的命運，這種反覆出現的始亂終棄的情節模式流露出張賢亮不自覺的封建士大夫思想，從另一個側面說明他對流放地群眾的情感是極其矛盾而複雜的。

　　不同的人生經歷、心理特徵、歷史態度，導致了王蒙與張賢亮文學評價的差異性，王蒙和張賢亮都備受爭議，但王蒙的爭議主要在於文學內部，張賢亮的爭議主要來自於政治層面，批評家、文學史家對王蒙表現出的更多是

〔註57〕張賢亮：《滿紙荒唐言》，《張賢亮選集》（第一卷），天津：百花文藝出版社，
　　　　1995 年版，第 190 頁。

政治正確前提下的普遍讚譽與褒揚，而對張賢亮的叛逆和大膽則始終有所顧忌與保留，尤其是那些以警惕「反黨小說」為己任的批評界戰士更是時常表現出嚴厲的苛責態度，但是，必須承認，批評史與文學史對張賢亮的特立獨行與膽大妄為又表現出了足夠的寬容與大度，因為當與時代變遷、政治訴求的相關性構成了作家作品評價的一個標準時，大多數文學評論家和文學史研究者仍然能夠把張賢亮的那些有爭議的作品放在文學審美的範疇內來進行討論，這本身就是一個巨大的進步。事實上，我們可以把張賢亮看做是「右派」作家中的一個不安分的特例，他的所有問題也都可以歸結到作家的傳奇經歷和心理變形上來，但在 20 世紀 80～90 年代，那個以強調文學的新政治性為使命的特殊轉折年代，像張賢亮這樣的復出作家的文學命運又很有典型性，能夠折射出政治、道德等文學外在因素對作家作品評價的影響，值得慶幸的是，介入到文學之中的各種世俗化的評判力量沒有讓張賢亮再次沉入生活的谷底，張賢亮有驚無險地闖過了一次次對他的批判浪潮。這說明一種比以往任何時候都更為開放包容的文學評價機制正在成為當代文壇的主流。

結語：張賢亮的「冷」與「熱」

　　20 世紀 80 年代是中國當代文學史上的黃金時代，而這個黃金時代是建築在創作與批評共同繁榮的基礎之上的，張賢亮有幸趕上了這個文學的黃金時代，對他創作的各種評價，也說明了那個時代的文學在人們心目中的重要程度。「八十年代初，人們對文學的需要主要不是審美的，而是政治化的；人們對文學的要求，不是看它怎樣塑造了人物、表現出多高的藝術技巧，而是看它怎樣形象化地『再現』了歷史——集中表達了人民群眾『糾正冤假錯案』的強烈願望，揭露了『四人幫』及其跟隨者的嘴臉。換句話說，就是怎樣『干預』了『生活』，並把社會推向更進步和文明的新階段。」在這個過程中，「『復出』小說家群以深刻的歷史洞察、嚴峻的批判態度使八十年代初期的文學在思想上達到了歷史難得的高度，他們對歷史『真相』的揭露是震撼人心的，充分顯示了批判現實主義文學精神的悲劇感。」〔註1〕那時人們憧憬未來，憧憬未來的最大特徵不是把未來想得多好，而是把過去看得更壞，把過去描述得越悲情，走向未來的衝動就越強，而張賢亮的作品正是那個歷史轉折點的靈光。〔註2〕他的《綠化樹》等作品真實地再現了極左政治年代的黑暗、壓抑與知識分子的苦悶、無助，他重返文壇後的創作優先考慮和涉足的題材基本上都圍繞著政治信仰、道德倫理、真摯愛情觀的重建問題而展開，張賢亮在他的作品中自覺呼喚人道主義的回歸，強調恢復人的尊嚴、自由、愛情，這與「五四」以來的知識分子啟蒙傳統一脈相承。作為「五七族」作家中爭議最多的一個，張賢亮給當代文學批評史與文學史都留下了太多值得認真清理

〔註1〕 嚴家炎主編：《二十世紀中國文學史》，北京：高等教育出版社，2010 年版，
　　　　 第 234 頁。
〔註2〕 陳九：《張賢亮也在乎文學史嗎？》，《文學自由談》2014 年第 6 期。

與反思的話題。

筆者的論文以張賢亮的文學創作評價史作爲研究對象，並不代表張賢亮的文學創作達到了多麼高的藝術境界，也不意味著作家的文學成就被文學史有意遮蔽或埋沒，而只是力求客觀描述張賢亮的文學評價發展歷程，藉以展現八十年代以來中國當代文學批評的演變進化軌跡，揭示文學批評對文學史寫作的介入和影響，通過比較八、九十年代張賢亮文學評價「冷」與「熱」的變化，筆者試圖闡釋的是作家作品文學評價的標準、目的、方法在各個時期的不同，這些不同導致了文學評價的差異，張賢亮是新時期具有傳奇性經歷與心理震撼力的作家，他的飢餓心理學、他大膽的性描寫、他對知識分子思想改造的曖昧態度和他的政治經濟學使他備受文學批評家的爭議與詰難，但同時，我們也可以這樣理解，恰恰是巨大的爭議成就了張賢亮作爲當代文壇重要作家的文學地位，張賢亮的那些最優秀的作品都產生於八十年代，張賢亮的文學價值主要體現在他對知識分子改造問題的反思與性的文學啓蒙兩個方面，對性與政治關係的文學書寫和意義揭示是他的獨特創造，這個創造在今天到底具有多大意義已很難說，但在當時它無疑是具有開拓性的創舉，因此，不管怎樣，張賢亮都是新時期文學史上一個繞不過去的人物，是新時期思想解放的闖將。

張賢亮其實是一個很在乎文學史評價的作家，雖然他曾經明確表示他不在意讀者和批評家對他的責難，但是他對批評家的各種在他看來是錯誤的批評進行反批評的行爲就說明了他是很在意讀者對他的文字評價的。作家總是希望自己的作品發表以後能夠引起回響，哪怕聽到的是負面的評價也比寂寞無聞要好，因此，任何作家都不可能對批評家的文學評價置若罔聞、無動於衷，都會產生一定程度的互動，張賢亮對批評家的反批評也恰恰說明了文學評價對他從事文學創作的影響。張賢亮對他的文學業績以及文學史上的地位，有著非常清醒的認識。在《小說中國》（1997 年）一書中，他談到了「新時期文學」，亦可視爲他對自己文學價值的一個定位：「70 年代末期 80 年代初期，中國作家曾是風雲一時、萬眾矚目的人物。那時，一篇小小的短篇小說出來便可轟動世間，家家傳誦，洛陽紙貴，當時人們認爲中國作家很可能就是人民的代言人。其實，那不過是作家們說了人民群眾『想說又不敢說的話，要說又說不好的話』罷了，不是思想上的代言人而是感情上的代言人。作家們並不比一般人民群眾有思想，而是比一般人民群眾有勇氣和寫作才能，只

要他（她）突破了某個『禁區』，就會成為聞名全國、眾口讚譽的闖將。而那時中國社會的確需要闖將。不論現在和將來怎樣評價所謂『新時期文學』，當時的中國作家絕對功不可沒，在撥亂反正及改變中國社會面貌方面起了巨大作用，有力地配合了思想解放運動，推動了中國的進步。那時交口讚譽的名篇中有的也許現在看來沒有什麼藝術價值，但像古董一樣，具有決不會貶值而且還會升值的歷史價值。」〔註3〕對於批評家的「批評」，張賢亮一直以各種方式進行著他的「反批評」，只不過他的「反批評」常常是以恣肆放縱、甚至是漠不關心的姿態呈現出來的。成名前，張賢亮渴望有批評家關注他的作品，對批評家提出的意見，他大都能虛心接受，成名後，他越來越輕視和反感批評家的批評，認為批評家沒有真正理解他的創作意圖就隨便發表議論；批評家對於成名前的張賢亮多寬容和鼓勵，對於成名後的張賢亮，則顯得態度苛刻，批評家一度是掌握文壇話語權威的專家，具有決定作家作品命運的力量，他們在文學作品經典化和認定作家在文學史上的地位的過程中扮演著重要的角色。出於這種原因，作家在成名前對批評家一直心存敬畏，但是一旦文學批評失去了政治賦予它的特殊權力，作家對批評家的敬畏也就隨之淡化或消失。作家與批評家之間的微妙關係，實際上反映出當下文學批評的尷尬處境。面對批評家，作家應該容許來自各種角度的批評、挑剔和鑒別，這比脫離實際的讚譽、毫無原則的寬容對作家更為有利。為此，我們應該積極營造開放包容的文學創作與文學評價環境。

　　八、九十年代的張賢亮文學創作評價史經歷了由「熱」到「冷」的毀譽交織的變化過程，80年代，張賢亮是極左政治的受難者、是反思歷史陰霾的文化先鋒與人道主義精神啓蒙者，而在市場經濟成為社會主旋律的時代，在文學的「感傷」不再那麼美好的90年代，他的那種自艾自憐式的感傷作品越來越難以引起讀者的興趣，別人都在遠離歷史的傷痛記憶，而他則拒絕遺忘，這種出力不討好的做法，使他無法依靠文學創作繼續保持他社會主義改革者的文化英雄的角色，就連出格的性描寫也由時代解放的訊號淪為《一億六》中取悅讀者的媚俗因素，所有這一切都說明80年代的時代語境已經不復存在，再大膽開放的性觀念似乎都無法在商品經濟時代引起讀者的驚詫，時代環境的改變迫使張賢亮在90年代初毅然做出了「下海」經商的抉擇，這可以

〔註3〕張賢亮：《小說中國》，經濟日報、陝西旅遊出版社，1997年版，第32頁、第39〜40頁。

說是作家在時代變遷中的某種無奈之舉。批評家張閎說：「一個好的作家，時代會揀選他成為其代言人。一個一般的作家，則始終在努力追趕時代。1980年代初中期，時代塑造了張賢亮。1990年代之後的張賢亮，則試圖追趕時代。」〔註4〕張賢亮文學創作的成敗得失最後似乎都可以歸結到個人與時代的關係問題上，對作家作品的文學評價似乎也難以跳出時間與空間的局限。張賢亮的小說在八、九十年代讀者中的不同際遇及其在海內外文學評價的失衡，有力地證明了這一點。批評家對張賢亮前中期作品表現出的寬容、讚譽態度與對其後期小說的嚴厲指責，構成了強烈的反差，這種「熱」與「冷」的評價史轉變與人們的審美趣味、社會生活的主題、時代的政治風向變化都有密切的關係，但同時我們也應該注意到作家獨特的個性與心理也是讓張賢亮備受爭議的重要原因。張賢亮是個現實介入很深的作家，也許是受家族從政與經商基因的遺傳，再加上長期在社會的底層摸爬滾打，和各種人打過交道，他很有經營的眼光，他「在複雜環境下，知道怎樣去『討好』，也知道如何以有限的方式去『抗議』」，而其全部目的只是為了讓自己生存下去，在極左政治猖獗的年代，這無疑是應該得到諒解的處世哲學，然而，在新時期獲得平反後，張賢亮更關心的卻是他作為曾經的受難者如何獲得國家和人民最大限度的補償。洪子誠認為張賢亮在文學創作中「長期保留，並不斷提醒他人自己的受害者身份，也就是試圖長期保留申訴、抗爭和索求的權利，獲取更大補償的權利。」這種苦難的補償心理「也許就是張賢亮寫作的主要驅動力和心理機制。」〔註5〕張賢亮的心理變形為我們提供了認識歷史真實的另一種可能。

張賢亮實際上是中國知識分子對極左政治反思不徹底的一個典型，中國知識分子缺少深入反思歷史的責任感與使命感，經歷過極左政治的知識分子在從受難者向啟蒙者、改革者的形象轉變過程中，他們並未對自身與國家權力的依賴關係做出認真深刻的反省，知識分子總是寄希望與國家權力話語聯繫在一起而實現個人的價值與理想，正如《綠化樹》結尾處的章永璘必須要走上參政議政的紅地毯一樣，張賢亮筆下的男主人公對那些深愛並幫助過他們的女性的背叛行為證明了知識分子在政治權力欲望與性欲望搏鬥的過程中，權力欲總是佔據上風。在國家政治昌明的平穩時期，知識分子享受了國家賦予知識階層的特權，在國家前途出現危機的動盪時期，知識分子也必須

〔註4〕 張閎：《關於張賢亮及其文學的閒言碎語》，《上海采風》，2014年第12期。
〔註5〕 洪子誠：《〈綠化樹〉：前輩，強悍然而屏弱》，《文藝爭鳴》2016年第7期。

肩負起相應的義務，承擔相應的責任，然而，中國的知識分子總是喜歡批判過去，而對當下社會缺乏應有的批判意識，他們或保持沉默或一味歌頌，極左政治的出現與某些知識階層的推波助瀾不無關係，如建國後大量出現的頌歌和讚歌，就是知識分子喪失對當下批判精神與警覺性的表現，新時期成為「落難英雄」的張賢亮並未對他作為知識分子的失職做出應有的反省，而是以受難者的形象去博取廣大讀者的同情和憐憫，從而換取國家和人民最大限度的利益補償，張賢亮在新時期對極左政治的批判與苦難展示，使他具有了與國家現有的政治體制捆綁在一起的政治資本，從而成為體制內的作家，直到90年代「下海」經商後，因為有了經濟上的保障，他才敢於對自身過去的經歷做出相對徹底的反省，他批判文化專制，極力推崇《資本論》，認為市場經濟是挽救中國知識分子的一條出路，但他對馬克思的政治經濟學的過度闡釋破壞了他的作品的藝術美感，他借小說人物之口發表的「過激言論」，使他常常成為政治保守勢力的攻擊對象。因此，從揭露苦難的「傷痕文學」向「反思文學」、「改革文學」和追求現代性的「先鋒文學」的創作思想轉變過程，只是研究張賢亮文學創作評價史的一個維度，張賢亮的文學評價史還可以跳出文學的範疇，進入到對作家的生平經歷、創作思想、心理特徵的分析中，「文人下海」這類評價文章也可以作為全面瞭解作家思想演變情況的輔助材料。從這個意義上來說，張賢亮的文學創作評價史具有研究知識分子思想史的價值和意義。

　　每個作家都會有自己的創作終點，好作品永遠代表過去。在張賢亮逝世後，批評家楊早在微信上發表了題為《張賢亮：文學史裏的壞小子》的文章，楊早這樣評價張賢亮說：「他是文學史上的壞小子。這種壞小子是有譜系的，上承郁達夫，下接王朔。」「他們將最宏大的與最私密的，最精神的與最肉體的，用欲望與青春的針線縫在一起，成就了大時代的另類傳奇。」〔註6〕張賢亮的知識分子書寫在某些地方確實與郁達夫十分相像，尤其是他們汪洋恣肆的情感宣泄、熾熱大膽的性欲描寫，以及知識分子的齷蹉、壓抑而又自卑、怯懦的心理，在他們的筆下都得到了前所未有的表現，他的無拘無束、放浪不羈的性格，從他那不拘小節的私生活上也可略見端倪。張賢亮的作品為那個蘇醒的年代燃起一堆篝火，與其說他留下的是思想，倒不如說他留下的是

〔註6〕楊早：《張賢亮：文學史裏的壞小子》，http://www.aiweibang.com/yuedu/dushu/1974484.html。

濃烈的情感更爲恰切，他的文字煽情勝於說理，而這正是他的優秀與不同凡響之處。張賢亮是一個具有挑釁精神的作家，但他骨子裏始終是一個嚮往得到別人誇獎與承認的乖孩子，然而，凡放浪形骸者都會付出沉重代價，折抵一生功名，這是歷史評價人物的潛在法則，張賢亮也不例外，他因此而受到了過多世俗性的攻擊與責難，成爲至今仍爭議不斷的人物。張賢亮的文學評價史因爲作家的多重身份和特立獨行的率眞個性而成爲他留給文壇的一份特殊的遺產。

附錄一：張賢亮文學創作年譜

摘要：張賢亮（1936.12～2014.9）是新時期的「歸來」作家，也是二十世紀八、九十年代文壇上素有爭議的重要小說家、寧夏文學的領軍人物，他的文學作品有詩歌、小說、散文、評論、電影劇本、報告文學等多種。迄今為止，尚未有學者對張賢亮一生的文學創作情況以作品年譜的形式進行過完整的梳理，通過筆者所做的「張賢亮文學創作年譜」整理這項工作，能夠從中反映出作家的文學創作發表情況，以及他文學思想演變的軌跡，有助於未來張賢亮文集收錄和相關研究工作的開展，具有一定的文學史料價值。

關鍵詞：張賢亮；文學創作；發表年代；文學年譜

張賢亮，1936 年 12 月生於南京，祖籍江蘇盱眙，出身官僚資產階級家庭，1937 年因日寇侵略舉家逃難到重慶，在重慶生活了九年，抗日戰爭勝利後重返滬寧兩地，在重慶、上海讀完了小學，在南京建南中學、南京市三中讀完了中學。1951 年，張賢亮入北京第三十九中讀高中，開始詩歌創作，1954 年被學校以「偷盜」的罪名開除。1955 年，移民至寧夏，在甘肅賀蘭縣京星鄉落戶當農民，後調往甘肅省幹部文化學校任教員，1957 年因發表詩歌《大風歌》被劃為「右派」，1958 年至 1976 年，被剝奪創作權力，在寧夏西湖農場和南梁農場之間輾轉，經歷了勞教、管制、判刑、群專、關監。1978 年，重

返文壇開始創作小說，1979 年獲得平反，「復出」後創作了小說、散文、評論、電影劇本、報告文學等多種，逐漸成為新時期文壇上的重要作家，他的小說曾在不同時期引發熱烈反響，並產生巨大爭議，《靈與肉》、《肖爾布拉克》分獲 1980、1983 年全國優秀短篇小說獎，《綠化樹》獲 1983～1984 年全國優秀中篇小說獎，有 9 部作品被改編成影視劇，作品被譯成 30 多種文字，有較為廣泛的國際影響，被外媒譽為中國的索爾仁尼琴和米蘭·昆德拉。張賢亮長期擔任寧夏文聯主席、寧夏作協主席，對提升新時期寧夏文學在全國的知名度有積極作用，成為寧夏文學的領軍人物。2014 年 9 月 27 日，張賢亮在寧夏銀川逝世。迄今為止，尚未有學者對張賢亮一生的文學創作情況以作品年譜的形式進行過完整的梳理，通過筆者所做的「張賢亮文學創作年譜」整理這項工作，能夠從中反映出作家的文學創作發表情況，以及他文學思想演變的軌跡，有助於未來張賢亮文集收錄和相關研究工作的開展，具有一定的文學史料價值。

1957 年（21 歲）

　　詩歌《夜》發表於《延河》第 1 期。

　　詩歌《在收工後唱的歌》發表於《延河》第 2 期。

　　詩歌《在傍晚唱的歌》發表於《延河》第 3 期。

　　詩歌《大風歌》發表於《延河》第 7 期。

　　書信《給延河編輯部的信》發表於《延河》第 8 期。

1962 年（26 歲）

　　詩歌《春》（外一首）（署名張賢良）發表於《寧夏文藝》第 5 期。

　　詩歌《在碉堡的廢墟旁》（署名張賢良）發表於《寧夏文藝》第 7 期。

1979 年（43 歲）

　　短篇小說《四封信》發表於《寧夏文藝》第 1 期。

　　短篇小說《四十三次快車》發表於《寧夏文藝》第 2 期。

　　短篇小說《霜重色愈濃》發表於《寧夏文藝》第 3 期。

　　短篇小說《吉普賽人》發表於《寧夏文藝》第 5 期。

1980 年（44 歲）

　　短篇小說《在這樣的春天裏》（與邵振國合寫）發表於《寧夏文藝》第 1 期。

短篇小說《邢老漢和狗的故事》發表於《寧夏文藝》第 2 期。

短篇小說《靈與肉》發表於《朔方》（《寧夏文藝》自 1980 年 4 月更名為《朔方》）第 9 期。

1981 年（45 歲）

創作談《從庫圖佐夫的獨眼和納爾遜的斷臂談起——〈靈與肉〉之外的話》發表於《小說選刊》第 1 期。

創作談《滿紙荒唐言》發表於《飛天》第 3 期。

創作談《心靈和肉體的變化——關於短篇〈靈與肉〉的通訊》發表於《鴨綠江》第 4 期。

中篇小說《土牢情話》發表於《十月》第 1 期。

中篇小說《龍種》發表於《當代》第 5 期。

短篇小說《夕陽》發表於《人民文學》第 9 期。

短篇小說《壟上秋色》發表於《朔方》第 12 期。

小說集《靈與肉》由百花文藝出版社出版。

小說集《霜重色愈濃》由寧夏人民出版社出版。

1982 年（46 歲）

創作談《牧馬人的靈與肉》發表於《文匯報》（4 月 18 日）

創作談《〈牧馬人〉的畫外音》發表於《大眾電影》第 5 期。

文論《深入生活與學習理論》發表於《朔方》第 5 期。

書信《「人是靠頭腦，也就是靠思想站著的……」——致孟偉哉》發表於《人民文學》第 6 期。

中篇小說《龍種》由百花文藝出版社出版。

1983 年（47 歲）

散文《伊犂，伊犂！——旅疆隨筆之一》發表於《伊犂河》第 1 期。

散文《人比青山更嫵媚——旅疆隨筆之二》發表於《朔方》第 1 期。

散文《古今中外——旅疆隨筆之三》發表於《綠洲》第 2 期。

中篇小說《河的子孫》發表於《當代》第 1 期。

短篇小說《肖爾布拉克》發表於《文匯月刊》第 2 期。

長篇小說《男人的風格》發表於《小說家》第 2 期。

創作談《以簡代稿談〈龍種〉》（致汪宗元的信）發表於《朔方》第 2 期。

書信《寫小說的辯證法》（致馮驥才、何士光的信）發表於《小說家》第
3 期。

創作談《不可取的經驗》發表於《中篇小說選刊》第 4 期。

創作談《〈肖爾布拉克〉與〈河的子孫〉》發表於《中篇小說選刊》第 5
期。

文論《應該有史詩般的作品出現》發表於《光明日報》（6 月 18 日）。

文論《學習毛澤東文藝思想的筆記》發表於《朔方》第 12 期。

中篇小說《河的子孫》由百花文藝出版社出版。

長篇小說《男人的風格》由百花文藝出版社出版。

長篇小說《男人的風格》由人民文學出版社出版。

1984 年（48 歲）

中篇小說《綠化樹》發表於《十月》第 2 期。

中篇小說《浪漫的黑炮》發表於《文學家》第 2 期。

書信《當代中國作家首先應該是社會主義改革者——給李國文同志的信》
發表於《百花洲》第 2 期。

創作談《張賢亮談創作——在一次座談會上答文學青年問》發表於《青
春》第 3 期。

書信《關於時代與文學的思考——致從維熙》發表於《光明日報》（7 月
25 日）。

創作談《關於〈綠化樹〉——在〈十月〉召開的座談會上的發言》發表
於《小說選刊》第 7 期。

創作談《必須進入自由狀態——寫在專業創作的第三年》發表於《文學
家》創刊號。

創作談《努力提高認識生活的能力》發表於《人民日報》（4 月 23 日）。

散文《第一次悼念——悼謝榮同志》（與馮劍華合寫）發表於《朔方》第
4 期。

散文《飛越歐羅巴——「維京」的後代》發表於《朔方》第 10 期。

小說集《肖爾布拉克》由上海文藝出版社出版。

中篇小說《綠化樹》由北京十月文藝出版社出版。

1985 年（49 歲）

短篇小說《初吻》發表於《中國作家》第 1 期。

短篇小說《臨街的窗》發表於《小說家》第 2 期。

長篇小說《男人的一半是女人》發表於《收穫》第 5 期。

文論《談談小說創作的問題》發表於《新月》第 1 期。

文論《西部文學與寧夏文學》發表於《朔方》第 1 期。

文論《對創作自由的回顧與展望——答〈寧夏社會科學〉編輯部》發表於《寧夏社會科學》第 2 期。

散文《飛越歐羅巴——北歐的漢學家》發表於《朔方》第 2 期。

散文《飛越歐羅巴——北歐的福利和「大鍋飯」》發表於《朔方》第 3 期。

散文《飛越歐羅巴——東方、西方》發表於《朔方》第 4 期。

長篇小說《男人的一半是女人》由中國文聯出版公司出版。

小說集《感情的歷程——唯物論者的啓示錄（第一部）》由作家出版社出版。

1986 年（50 歲）

文論《中國當代作家在藝術上的追求》發表於《朔方》第 2 期。

散文《悼念程造之先生》發表於《朔方》第 10 期。

書信《社會改革與文學繁榮——與溫元凱書》發表於《文藝報》（8 月 23 日）。

作品集《張賢亮選集》（三卷本）由百花文藝出版社出版。

小說集《張賢亮集》（「新時期中篇小說名作叢書」）由海峽文藝出版社出版。

散文集《飛越歐羅巴》由百花文藝出版社出版。

法文版《綠化樹》由中國文學雜誌社出版。

日文版《男人的一半是女人》由日本二見書房株式會社出版。

1987 年（51 歲）

中篇小說《早安！朋友》發表於《朔方》第 1 期。

中篇小說《早安！朋友》由百花文藝出版社出版。

中篇小說《早安！朋友》由遠景出版事業公司（臺北）出版。

長篇小說《男人的一半是女人》由明窗出版社（香港）出版。

中篇小說《浪漫的黑炮》由圓神出版社（臺北）出版。

中篇小說《土牢情話》由林白出版社有限公司（臺北）出版。

作品集《張賢亮自選集》由寧夏人民出版社出版。

1988 年（52 歲）

散文《銀川的愛與憂》發表於《朔方》第 10 期。

長篇小說《男人的一半是女人》由遠景出版事業公司（臺北）出版。

長篇小說《男人的一半是女人》由九歌出版社（臺北）出版。

日文版《早安！朋友》由日本二見書房株式會社出版。

1989 年（53 歲）

長篇小說《習慣死亡》發表於《文學四季》（夏之卷）第 2 期。

散文《我必須要告訴你》發表於《中篇小說選刊》第 4 期。

書信《關於〈習慣死亡〉的兩封信》發表於《民生報》（臺灣）（5 月 14 日）。

長篇小說《習慣死亡》由百花文藝出版社出版。

日文版《綠化樹》由日本響文社編集部出版。

1990 年（54 歲）

散文《〈寧夏文藝〉與我——爲〈朔方〉200 期而作》發表於《朔方》第 3 期。

中篇小說《土牢情話》由耕耘出版社出版。

斯洛文尼亞版《男人的一半是女人》由中國文聯出版公司出版。

意大利文版《靈與肉》由外文出版社出版。

1991 年（55 歲）

散文《夜歌》發表於《朔方》第 1 期。

英文版《習慣死亡》由 COLLINS 出版社出版。

英文版《習慣死亡》由 Larper Collins Publishers 出版。

1992 年（56 歲）

散文《追求智慧》發表於《文學自由談》第 3 期。

長篇小說《煩惱就是智慧》（上部）發表於《小說界》第 5 期。

1993 年（57 歲）

散文《文化型商人宣言——致我親密的商業夥伴》發表於《朔方》第 2

期。

政論《加快改革步伐 繁榮寧夏文藝——在寧夏文聯第四次代表大會上的工作報告》發表於《朔方》第 5 期。

日文版《土牢情話》由日本文學協會出版。

作品集《張賢亮自選集·感情的歷程》由作家出版社出版。

英文版《煩惱就是智慧》（上部）由英國 SECK-ER-WARBUIG 出版社出版。

1994 年（58 歲）

長篇小說《煩惱就是智慧》（下部）發表於《小說界》第 2 期。

散文《遺傳——「父子篇」之三、之四》發表於《大家》第 5 期。

散文《儒將頌——〈胡世浩將軍書畫珍藏集〉代序》發表於《朔方》第 5 期。

散文《出賣荒涼》發表於《旅遊》第 7 期。

長篇小說《我的菩提樹》由作家出版社出版。

小說集《張賢亮中短篇精選》由寧夏人民出版社出版。

作品集《張賢亮自選集》由作家出版社出版。

作品集《張賢亮集》（「中國當代作家選集叢書」）由人民文學出版社出版。

1995 年（59 歲）

中篇小說《無法甦醒》發表於《中國作家》第 5 期。

文論《高揚精神 面對挑戰——在青年小說家座談會上的講話》發表於《朔方》第 3 期。

散文《我為什麼不買日本貨》發表於《北京青年報》（9 月 14 日）。

散文《短篇的工夫——〈世界微型小說名家傳世精品〉序》發表於《飛天》第 10 期。

散文《「中國電影從這裡走向世界」——鎮北堡電影拍攝基地導遊詞》發表於《朔方》第 11 期。

散文集《邊緣小品》由陝西人民出版社出版。

小說集《張賢亮小說自選集》由灕江出版社出版。

作品集《張賢亮選集》（1～4 卷）由百花文藝出版社出版。

長篇小說《張賢亮自選集·習慣死亡》由作家出版社出版。

長篇小說《張賢亮自選集・早安！朋友》由作家出版社出版。

長篇小說《張賢亮近作・我的菩提樹》由珠海出版社出版。

中篇小說《張賢亮近作・無法甦醒》由珠海出版社出版。

作品集《張賢亮近作・我爲什麼不買日貨》由珠海出版社出版。

1996 年（60 歲）

散文《電腦寫作及其他》發表於《朔方》第 1 期。

散文《睡前絮語》發表於《文學自由談》第 1 期。

散文《訪英問答》發表於《文學自由談》第 1 期。

書信《爲何不能「徹悟」？》發表於《文學自由談》第 2 期。

散文《一年好景》發表於《中華散文》第 2 期。

散文《宮雪花現象》發表於《廣州文藝》第 4 期。

短篇小說《普賢寺》發表於《芙蓉》第 5 期。

小說集《張賢亮小說新編》（上中下）由寧夏人民出版社出版。

小說集《張賢亮小說自選集》由灘江出版社出版。

散文集《小說編餘》由寧夏人民出版社出版。

1997 年（61 歲）

散文《對一種負疚的分析》發表於《中國殘疾人》第 5 期。

長篇小說《我的菩提樹》由九歌出版社（臺北）出版。

長篇文學性政論隨筆《小說中國》由經濟日報出版社、陝西旅遊出版社聯合出版。

1998 年（62 歲）

散文《寧夏，黃河邊上一盆景》發表於《中國旅遊》第 4 期。

散文《我的「無差別」境界》發表於《民族團結》第 10 期。

政論《團結激勵廣大文藝工作者爲繁榮寧夏的社會主義文藝事業實現跨世紀的宏偉目標而奮鬥——在寧夏回族自治區文學藝術界聯合會第五次代表大會上的工作報告》發表於《朔方》第 12 期。

散文《嚴重的問題是教育老闆》發表於《中國民營科技與經濟》總第 119 期。

長篇小說《男人的一半是女人》由經濟日報出版社、山東文藝出版社聯合出版。

長篇小說《習慣死亡》由經濟日報出版社、山東文藝出版社聯合出版。

中篇小說《無法甦醒》由經濟日報出版社、山東文藝出版社聯合出版。

報告文學《挽狂瀾》發表於《光明日報》（9 月 17 日）。

長篇小說《男人的風格》由陝西旅遊出版社出版。

小說集《初吻》由陝西旅遊出版社出版。

散文集《追求智慧》由中國華僑出版社出版。

1999 年（63 歲）

散文《老照片》發表於《朔方》第 2 期。

散文《我與張曼新》發表於《海內與海外》第 7 期。

散文《我與〈朔方〉》發表於《朔方》第 10 期。

小說集《張賢亮小說精選》由四川人民出版社出版。

中篇小說《青春期》發表於《收穫》第 6 期。

中篇小說《青春期》由經濟日報、陝西旅遊出版社聯合出版。

中篇小說《無法甦醒》由河南文藝出版社出版。

中篇小說《綠化樹》由新地出版社出版。

2000 年（64 歲）

文論《請用現代漢語及現代方式批判我》發表於《文學自由談》第 2 期。

政論《惰性：一張無形的網——西部大開發「人文生態環境」談》發表於《21 世紀》第 3 期。

散文《西部生意隨想》（張賢亮、侯志剛）發表於《中國西部》第 5 期。

散文《老闆三昧》發表於《領導文萃》第 6 期。

散文《西部生意隨想（英文）》（張賢亮、朱鴻）發表於《Women of China》第 11 期。

散文《文化，民族的靈魂》發表於《中國文化報》（6 月 29 日）

小說集《張賢亮小說精選》由太白文藝出版社出版。

2001 年（65 歲）

文論《西部企業管理秘笈——張賢亮在北大國際 MBA「大管理」論壇的演講》發表於《中國企業家》第 5 期。

文論《西部，你準備好了嗎？》發表於《新西部》第 6 期。

文論《侃侃西部生意經》發表於《中國鄉鎮企業報》（3 月 20 日）。

長篇小說《男人的一半是女人》由時代文藝出版社出版。

2002 年（66 歲）

　　散文《慶祝與希望》發表於《朔方》第 1 期。

　　散文《從「發現」鎮北堡到「出賣荒涼」》發表於《中國民族》第 1 期。

　　散文《感覺西部入世》發表於《中國民族》第 1 期。

　　散文《以人文的名義書寫財富》發表於《中國商界》第 1 期。

　　文論《我怎樣把「黃河水」賣出去——用文化進行商品創新》發表於《新西部》第 1 期。

　　訪談《張賢亮：我是一個文化資本家》發表於《今日東方》第 2 期。

　　文論《環保意識：現代人的主要標誌》發表於《新西部》第 3 期。

　　文論《給中國西部「把脈」》發表於《新西部》第 8 期。

　　散文《今日再說〈大風歌〉》發表於《詩刊》第 11 期。

　　散文《國際接軌第一功——小浪底隨想》發表於《中國水利報》（2 月 9 日）。

　　散文《小說的昨天》（張賢亮、梁曉聲、蔣子龍）發表於《光明日報》（9 月 11 日）。

　　散文集《「張賢亮作品精萃」系列之 · 散文集》由作家出版社出版。

　　小說集《「張賢亮作品精萃」系列之 · 中短篇小說集》由作家出版社出版。

2003 年（67 歲）

　　散文《流放銀川》發表於《文化月刊》第 5 期。

　　散文《經得住研討的人》發表於《文學自由談》第 6 期。

　　散文《故鄉行》發表於《人民文學》第 9 期。

　　文論《與時俱進 老而彌堅》發表於《人民政協報》（3 月 3 日）。

　　長篇小說《習慣死亡》由明報出版社（香港）出版。

2004 年（68 歲）

　　散文《我看到了一種少有的氣度——〈遠離北京的地方〉序》發表於《工人日報》（1 月 16 日）

　　政論《寧夏回族自治區文學藝術界聯合會第六次代表大會開幕詞》發表於《朔方》第 2 期。

　　長篇小說《男人的一半是女人》由九歌出版社（臺北）再版。

2005 年（69 歲）

　　散文《美麗》發表於《收穫》第 1 期。

　　散文《法眼看人生漫畫》發表於《美術之友》第 2 期。

　　散文《隨風而去》發表於《海內與海外》第 2 期。

　　散文《撫掌之交》發表於《時代文學》第 4 期。

　　散文《我失去了我的報曉雞》發表於《上海文學》第 7 期。

　　小說集《感情的歷程》由作家出版社出版。

2006 年（70 歲）

　　散文《大話狗兒》發表於《上海文學》第 8 期。

　　散文《妙道自然 天人合一──胡正偉的繪畫藝術》發表於《中國書畫》第 8 期。

　　作品集《張賢亮精選集》由北京燕山出版社出版。

　　作品集《張賢亮讀本》由時代文藝出版社出版。

　　作品集《張賢亮近作》由文匯出版社出版。

　　長篇文學性政論隨筆《小說中國》由時代文藝出版社出版。

2007 年（71 歲）

　　散文《大地行吟──馬啓智詩集〈大地行吟〉序》發表於《中國改革報》（3 月 24 日）。

　　散文《「偷得浮生半日閒」》發表於《西部論叢》第 8 期。

　　散文《未死已知萬事空》發表於「張賢亮鎮北堡西部影城的博客」（11 月 16 日）。

　　文論《保護我們民族的「知識產權」》發表於《人民日報》（1 月 5 日）。

　　文論《雨・天話語──與余秋雨、易中天的對話》發表於《朔方》第 1 期。

　　文論《一句哲言支撐了我的人生》發表於《秘書工作》第 3 期。

　　文論《我用文化經營荒涼》發表於《21 世紀商業評論》第 4 期。

　　文論《西部影城──和諧的樂園──談談如何運用和諧理念做好管理工作》發表於《秘書工作》第 12 期。

　　長篇小說《男人的一半是女人》由九歌出版社有限公司（臺北）出版。

　　長篇小說《男人的一半是女人》由人民文學出版社出版。

　　散文集《中國文人的另一種思路》由中國海關出版社出版。

2008 年（72 歲）

　　散文《丫頭‧婆姨》發表於《讀書文摘》第 6 期。

　　散文《一切從人的解放開始》發表於《朔方》第 6 期。

　　散文《廢墟上的昇華》發表於《朔方》第 7 期。

　　散文《玉緣》發表於《全國新書目》第 8 期。

　　散文《奧運聖火亮寧夏》發表於《電影》第 8 期。

　　文論《我看當前中國文化產業》發表於《書摘》第 8 期。

　　散文《自出機杼　不落窠臼——介紹張樹亮書畫》發表於《文化交流》第 8 期。

　　散文《我與銀川》發表於《共產黨人》第 9 期。

　　散文《亦師亦友說謝晉》發表於《文匯報》（10 月 18 日）

　　詩詞《張賢亮舊體詩詞選》（三十首）發表於《朔方》第 10 期。

　　文論《一句話啓動中國》發表於《報刊薈萃》第 11 期。

　　散文《我來告訴你，寧夏在這裡》發表於《寧夏日報》（6 月 27 日）。

　　散文集《張賢亮散文》由新世界出版社出版。

　　散文集《中國文人的另一種思路》由中國海關出版社出版。

　　作品集《張賢亮自選集‧一切從人的解放開始》由寧夏人民出版社出版。

2009 年（73 歲）

　　長篇小說《一億六》發表於《收穫》第 1 期。

　　散文《風起於青蘋之末》發表於《文學界（專輯版）》第 1 期。

　　散文《感謝上帝對我如此厚愛》發表於《文學界（專輯版）》第 1 期。

　　散文《我比「80 後」還激情》發表於《文學界（專輯版）》第 1 期。

　　訪談《讓更多的作家富起來》（方華、張賢亮）發表於《文學界（專輯版）》第 1 期。

　　散文《我的人生就是一部厚重的小說》發表於《文學界（專輯版）》第 1 期。

　　散文《謙和爲人　認眞從藝——善瑋其人其書》發表於《人民日報》（3 月 1 日）。

　　散文《小說牛爾惠》發表於《黃河文學》第 5 期。

　　散文《六十年，印象深刻的文學往事》（閻綱、張賢亮、王宏甲）發表於《文學報》（9 月 17 日）。

　　文論《知識產權參股撬動文化產業》發表於《人民日報》（11 月 19 日）。

　　長篇小說《一億六》由上海文藝出版社出版。

　　長篇小說《一億六》由臺北 INK 印刻文學生活雜誌出版有限公司出版。

　　長篇小說《習慣死亡》由作家出版社出版。

　　長篇小說《男人的風格》由作家出版社出版。

　　長篇小說《男人的一半是女人》由作家出版社出版。

　　中篇小說《綠化樹》由花城出版社出版。

2010 年（74 歲）

　　詩詞《張賢亮舊體詩詞選》（三十一首）發表於《朔方》第 4 期。

　　散文《地闊天寬任君行——為育寧先生〈友聲同鳴集〉作的序》發表於《草原》第 9 期。

　　文論《現在面臨的最大問題是重構文化》發表於《社會科學報》（10 月 21 日）。

　　文論《我們不能丟了敬畏心》發表於《北京日報》（12 月 6 日）。

　　語錄集《張賢亮經典語錄——人很重要》由中華工商聯合出版社出版。

2011 年（75 歲）

　　訪談《最具永恒價值的是人間煙火》（張賢亮、和歌）發表於《黃河文學》第 1 期。

　　政論《社會主義先進文化應該是有傳承性的、兼容並蓄包羅萬象的系統——在中共銀川市委「周末講座」上的講話》發表於《銀川晚報》（12 月 13 日）。

2012 年（76 歲）

　　文論《我對發展文化產業的看法》發表於《人民政協報》（3 月 19 日）。

　　長篇小說《男人的一半是女人》由上海人民出版社出版。

2013 年（77 歲）

　　散文《閒話書法》發表於《書法》第 12 期。

　　散文《雪夜孤燈讀奇書》（自傳節選）發表於《南方周末》2013 年 7 月 25 日，第 23 版，總第 1536 期。

散文集《中國文人的另類思路》由上海人民出版社出版。

作品集《張賢亮精選集》由北京燕山出版社出版。

作品集《張賢亮作品典藏》（十卷本）由貴州人民出版社出版。

2014 年（78 歲）

書信《新年快樂——致鎮北堡西部影城員工的最後一封信》發表於《朔方》第 11 期。

小說集《張賢亮長篇小說系列》由人民文學出版社出版。

附錄二：張賢亮小說重要評論年表

1957 年

  公劉：《斥「大風歌」》，《人民日報》9 月 1 日

1979 年

  潘自強：《像他們那樣生活——讀短篇小說〈霜重色愈濃〉》，《寧夏文藝》
第 4 期。

  劉佚：《文藝要敢於探索——讀張賢亮的小說想到的》，《寧夏文藝》第 5
期。

  李鳳：《初讀〈吉普賽人〉》，《寧夏文藝》第 6 期。

1980 年

  李震傑：《塞上文苑一枝春——試評〈霜重色愈濃〉》，《朔方》第 7 期。

  沐陽：《在嚴峻的生活面前》，《文藝報》第 11 期。

  黎平：《邢老漢之死瑣憶》，《朔方》第 12 期。

  陳學蘭：《有感於真實的力量——也談邢老漢的形象》，《朔方》第 12 期。

1981 年

  閻綱：《〈靈與肉〉和張賢亮》，《朔方》第 1 期。

  西來：《勞動者的愛國深情》，《人民日報》2 月 11 日

  丁玲：《一首愛國主義的讚歌》，《文學報》4 月 22 日

  湯本：《一個渾渾噩噩的人——評小說〈靈與肉〉的主人公許靈均的形
象》，《朔方》第 4 期。

胡德培：《「最美的最高尚的靈魂」——關於〈靈與肉〉的主人公許靈均的形象剖析》，《朔方》第 5 期。

孫敘倫、陳同方：《一個畸形的靈魂——評〈靈與肉〉的主人公許靈均》，《朔方》第 5 期。

李鏡如、田美琳：《也評〈靈與肉〉——兼與湯本同志商榷》，《朔方》第 5 期。

何光漢：《要尊重作家的創作個性——與否定小說〈靈與肉〉的同志爭鳴》，《朔方》第 6 期。

曾鎮南：《靈與肉，在嚴酷的勞動中更新——談〈靈與肉〉內在的意蘊》，《朔方》第 9 期。

艾華：《不是新時代的「阿 Q」，而是新時代的新人——也談小說〈靈與肉〉中的許靈均》，《作品與爭鳴》9 期。

1982 年

曾鎮南：《清醒嚴峻的現實主義——評〈龍種〉兼談塑造改革者形象的社會意義和文學意義》，《當代》第 5 期。

1983 年

季紅眞：《古老黃河的靈魂——評張賢亮的近作〈河的子孫〉》，《當代》第 4 期。

劉貽清、馬東震：《高尚的愛情才是美好的——評〈河的子孫〉愛情情節的藝術構思》，《朔方》第 8 期。

陳漱石：《「半個鬼」的團圓與「這一個」的價值》，《朔方》第 8 期。

郎業成：《給人以信心和力量——評〈肖爾布拉克〉》，《朔方》第 11 期。

周致中：《試論〈河的子孫〉和〈肖爾布拉克〉中愛情關係的描寫》，《朔方》第 11 期。

曾鎮南：《到生活的大海中塑造當代英雄——評長篇小說〈男人的風格〉》，《光明日報》11 月 10 日。

1984 年

曾鎮南：《深沉而廣闊地反映時代風貌——張賢亮論》，《文學評論》第 1 期。

何鎮邦：《談談〈男人的風格〉的成就與不足——致張賢亮同志》，《當代

作家評論》第 2 期。

丁道希、蕭立軍：《張賢亮在一九八三年》，《文藝研究》第 3 期。

夏剛：《在靈與肉的搏鬥中昇華──〈綠化樹〉的「心靈辯證法」》，《當代作家評論》第 3 期。

閻承堯：《黃河東流去──評中篇小說〈河的子孫〉》，《寧夏社會科學》第 4 期。

張志忠：《青山遮不住，畢竟東流去──談張賢亮〈河的子孫〉》，《讀書》第 6 期。

牛洪山：《從〈綠化樹〉看張賢亮創作的一次轉變》，《當代作家評論》第 6 期。

楊桂欣：《得失由人亦由天──論張賢亮的兩部中篇小說》，《當代作家評論》第 6 期。

任國慶、陳襄民：《〈男人的風格〉「理念大於形象」辯》，《當代文壇》第 7 期。

敏澤：《〈綠化樹〉的啓示》，《當代文壇》第 9 期。

魯德：《〈綠化樹〉質疑》，《當代文壇》第 9 期。

胡畔：《〈綠化樹〉的嚴重缺陷》，《文藝報》第 9 期。

藍翎：《超越自己與超越歷史──關於〈綠化樹〉人物形象的片斷理解》，《文藝報》第 10 期。

黃子平：《我讀〈綠化樹〉》，《文藝報》第 11 期。

嚴家炎：《讀〈綠化樹〉隨筆》，《文藝報》第 12 期。

從維熙：《唯物論者的藝術自白》，《光明日報》6 月 21 日。

1985 年

高嵩：《脫毛之隼在長天搏擊──論張賢亮的小說》，《朔方》第 1 期。

李貴仁：《與張賢亮論〈綠化樹〉的傾向性》，《小說評論》第 1 期。

孫毅：《張賢亮──當代文學的理性主義者》，《當代文藝思潮》第 1 期。

黃子平：《同是天涯淪落人──一個「敘事模式」的抽樣分析》，《中國現代文學研究叢刊》第 3 期。

高爾泰：《只有一枝梧葉 不知多少秋聲──讀〈綠化樹〉有感》，《當代作家評論》第 5 期。

金輝：《橫看成嶺側成峰──〈綠化樹〉之我見》，《當代作家評論》第 5

期。

季紅眞：《兩個彼此參照的世界——論張賢亮的創作》，《讀書》第 6 期。

黃子平：《正面展開靈與肉的搏鬥——讀〈男人的一半是女人〉》，《文匯報》10 月 7 日。

周惟波：《章永璘是個僞君子》，《文匯報》10 月 7 日。

韋宜君：《一本暢銷書引起的思考》，《文藝報》12 月 28 日。

張辛欣：《我看〈男人的一半是女人〉的性心理描寫》，《文藝報》12 月 28 日。

1986 年

孫毅：《理性超越中的感性困惑——關於〈男人的一半是女人〉的思考》，《當代作家評論》第 1 期。

林之豐：《反映性愛和婚姻問題要有正確的態度》，《作品與爭鳴》第 1 期。

許子東：《陀思妥耶夫斯基與張賢亮——兼談俄羅斯與中國近現代文學中的知識分子「懺悔」主題》，《文藝理論研究》第 1 期。

王曉明：《所羅門的瓶子——論張賢亮的小說創作》，《上海文學》第 2 期。

石鎔：《一個危險的藝術信號——評〈男人的一半是女人〉的性意識描寫》，《今日文壇》第 2 期。

苑坪玉：《性與象徵——評〈男人的一半是女人〉》，《今日文壇》第 2 期。

李兆忠：《在藝術與哲學之間——〈男人的一半是女人〉的象徵意蘊》，《當代作家評論》第 2 期。

北川、慶國：《令人遺憾的審美錯位——〈男人的一半是女人〉中的探索與失誤》，《文藝爭鳴》第 2 期。

蔡葵：《「習慣於從容地談論」它——讀〈男人的一半是女人〉》，《當代作家評論》第 2 期。

王緋：《性崇拜：對社會修正和審美改造的偏離——從〈男人的一半是女人〉的性描寫說開去》，《文學自由談》第 3 期。

藍棣之：《談談張賢亮的〈唯物論者啓示錄〉》，《博覽群書》第 3 期。

李貴仁：《一個特定時代的「懺悔錄」——〈男人的一半是女人〉辨析》，《小說評論》第 3 期。

馬裕民：《章永璘和他的精神分析學——〈男人的一半是女人〉讀後》，《社會科學》第 3 期。

石天河：《與批評家談〈男人的一半是女人〉》,《當代文壇》第 4 期。

許子東：《在批評圍困下的〈男人的一半是女人〉——兼論作品的多層次意蘊和多層次評論》,《社會科學》第 5 期。

馬修雯、張渝國：《也是思考——兼與韋君宜商榷》,《作品與爭鳴》第 6 期。

劉小林：《張賢亮與高爾基、艾蕪筆下之流浪漢形象比較》,《朔方》第 6 期。

陳聖生：《對〈男人的一半是女人〉的審美道德批評》,《作品與爭鳴》第 8 期。

曾鎮南：《負荷著時代的痛苦的靈魂——評〈男人的一半是女人〉》,《讀書》第 8 期。

李劼：《創造,應該是相互的——評〈男人的一半是女人〉的性觀念》,《讀書》第 9 期。

1987 年

趙福生：《靈與肉：從郁達夫到張賢亮》,《中國文學研究》第 3 期。

1988 年

石明：《兩種不同的生命流程——王蒙和張賢亮文學創作比較》,《小說評論》第 2 期。

何滿子：《對藝術和人生的莊嚴感》,《瞭望週刊》第 12 期。

樊建川：《張賢亮和馬克思誰更值得維護》,《瞭望週刊》第 27 期。

柯曉達：《莫不是在維護一頭騙馬》,《瞭望週刊》第 28 期。

何滿子：《對答：談談張賢亮的小說》,《瞭望週刊》第 35 期。

黃鋼：《張賢亮臆造的馬克思幽靈》,《瞭望週刊》第 36 期。

盧英宏：《對藝術形象的非藝術批評——與黃鋼先生交換意見》,《瞭望週刊》第 41 期。

彭彬：《走鋼絲的張賢亮》,《瞭望週刊》第 42 期。

吳穎：《從張賢亮小說談起》,《瞭望週刊》第 48 期。

何滿子的《張賢亮的鋼絲》,《瞭望週刊》第 51 期。

1989 年

李書磊：《〈男人的一半是女人〉接受檢討》,《文學自由談》第 1 期。

1990 年

張子良：《在死亡的陰影下──讀中篇小說〈習慣死亡〉》，《當代文壇》第 1 期。

李楊：《〈習慣死亡〉敘事批評》，《當代作家評論》第 4 期。

1991 年

董學文：《一頭兩腳獸的表演──評〈習慣死亡〉》，《中國教育報》4 月 18 日。

張散：《〈習慣死亡〉疏評──試說張賢亮的旨趣究竟何在？》，《北京社會科學》第 4 期。

1992 年

布白：《爲「性自由」、「性解放」推波助瀾的〈習慣死亡〉》，《作品與爭鳴》第 4 期。

1993 年

李建軍：《〈習慣死亡〉：粗鄙膚淺的文本》，《文學自由談》第 1 期。

洪鐘：《文藝家「下海」之我見》，《當代文壇》第 3 期。

畢光明：《王蒙、張賢亮：在政治與文學之間》，《文學自由談》第 3 期。

劉潤爲：《評長篇小說〈習慣死亡〉》，《文藝理論與批評》第 6 期。

1994 年

沉默：《文人下海憂思錄》，《新疆藝術》第 1 期。

程明：《張賢亮訪談錄》，《東方藝術》第 4 期。

劉彥生：《張賢亮：我的所有小說都是政治小說》，《文化月刊》第 6 期。

程明：《「東方好萊塢」與文人「下海」──張賢亮訪談錄》，《唯實》第 9 期。

1995 年

葉海聲：《從勞倫斯和張賢亮說起》，《文學自由談》第 2 期。

樊星：《「57 族」的命運──「當代思想史」片斷》，《文藝評論》第 2 期。

余小惠、鮑震培：《當代某些男性作家的落後婦女觀》，《文學自由談》第 3 期。

孟繁華：《體驗自由──重讀〈走向混沌〉〈我的菩提樹〉》，《小說評論》

第 6 期。

　　謝冕：《我讀〈我的菩提樹〉》，《作品與爭鳴》第 12 期。

　　劉貽清：《評說張賢亮的〈我的菩提樹〉——兼談張先生的失落感和困惑》，《作品與爭鳴》第 12 期。

1996 年

　　謝冕、史成芳等：《〈我的菩提樹〉讀法幾種》，《小說評論》第 3 期。

1997 年

　　白草：《對知識分子理性的剖析和批判——讀〈我的菩提樹〉札記》，《朔方》第 4 期。

1998 年

　　陳世丹：《兩幅不同時代的荒原畫卷——海明威和張賢亮的作品比較》，《河南師範大學學報·哲學社會科學版》第 2 期。

　　張旭紅、趙淑芳：《試論張賢亮小說的政治思辨色彩》，《甘肅教育學院學報（社會科學版）》第 2 期。

　　杜秀華：《從精神的煉獄中超拔——論〈普賢寺〉的「終極關懷」兼談張賢亮創作思想的發展》，《錦州師範學院學報（哲學社會科學版）》第 3 期。

1999 年

　　朱望：《喬治·奧韋爾的〈一九八四〉與張賢亮系列中篇小說之比較》，《外國文學》第 2 期。

2000 年

　　石舒清：《就〈青春期〉訪張賢亮》，《朔方》第 2 期。

　　劉永昶：《從〈青春期〉看張賢亮創作情感的變化》，《鹽城師範學院學報（人文社會科學版）》第 3 期。

　　牧歌：《墮落的張賢亮》，《大舞臺》第 5 期。

2001 年

　　惠繼東：《一部民族劣根性的批判書——析〈青春期〉主題意向》，《寧夏大學學報（哲學社會科學版）》第 5 期。

　　李遇春：《世紀末的懺悔——從王蒙和張賢亮的二部長篇近作說起》，《小說評論》第 6 期。

2002 年

汪夕梅：《「喚取紅巾翠袖，搵英雄淚」——論張賢亮小說的女性意識、苦難意識及其「類士大夫」氣質》，《中文自學指導》第 4 期。

景瑩：《張賢亮的女性觀》，《廣西社會科學》第 4 期。

劉永昶：《張賢亮小說論》，《廣西社會科學》第 6 期。

2003 年

陳平：《一代啓蒙者的歷史宿命與精神啓示——從〈男人的一半是女人〉看張賢亮的新啓蒙意識》，《理論與創作》第 1 期。

賀仲明：《自我的書寫——「文革」後「五七作家」筆下的 50 年代》，《文藝爭鳴》第 4 期。

2004 年

白草：《被忽視了的〈普賢寺〉》，《朔方》第 10 期。

2005 年

陳靜梅：《性與政治——重探張賢亮小說中的性描寫》，《貴州大學學報（社會科學版）》第 5 期。

2006 年

賈永雄：《形而上與形而下：張賢亮小說創作的困境》，《小說評論》第 4 期。

2008 年

馬國川：《張賢亮：一個啓蒙小說家的八十年代》，《經濟觀察報》4 月 19 日。

夏志清：《張賢亮：作者與男主人公——我讀〈感情的歷程〉》，李鳳亮譯，《中山大學學報‧社會科學版》第 5 期。

2009 年

黃健：《米蘭‧昆德拉與張賢亮小說中死亡意識之比較》，《廣西大學學報‧哲學社會科學版》第 2 期。

郭戀東：《花斑鷯、猴子還是人？——評張賢亮〈壹億陸〉》，《雲夢學刊》第 5 期。

曉南：《用市井腔講述俗故事——評張賢亮長篇新作〈壹億陸〉》，《西湖》

第 7 期。

2010 年

吳梅：《呼喚文學的回歸——試論張賢亮新作〈一億六〉》，《當代小說（下半月）》第 2 期。

江飛：《「以俗制俗」：虛妄的知識分子想像——張賢亮長篇小說〈一億六〉批評》，《藝術廣角》第 3 期。

姬志海：《在狂歡與戲謔的背後——〈一億六〉「天人合一」的精神旨歸》，《朔方》第 4 期。

2011 年

劉穩良：《試析勞倫斯與張賢亮的社會批判思想》，《西北師大學報·社會科學版》第 5 期。

陳由歆：《談張賢亮的近作〈壹億陸〉中的兩性關係》，《理論界》第 6 期。

2012 年

徐玉松：《多維度鑒賞 多一份理解——對〈一億六〉的多維解讀》，《宿州學院學報》第 3 期。

張志忠：《流放地的愛情羅曼史——米蘭·昆德拉〈玩笑〉與張賢亮〈綠化樹〉之比較》，《中國現代文學研究叢刊》第 4 期。

2014 年

陳九：《張賢亮也在乎文學史嗎？》，《文學自由談》第 6 期。

吳道毅：《論反思小說的政治向度——以張賢亮、王蒙作品為重心》，《吉林大學社會科學學報》第 6 期。

白草：《我看張賢亮》，《朔方》第 11 期。

張閎：《關於張賢亮及其文學的閒言碎語》，《上海采風》第 12 期。

王鴻諒：《一個作家的「野蠻生長」——張賢亮的人生考察》，《三聯生活週刊》第 42 期。

2015 年

趙興紅：《張賢亮小說的戲劇性》，《南方文壇》第 2 期。

張欣：《張賢亮與九十年代文學生態》，《小說評論》第 5 期。

2016 年

白草：《張賢亮的〈早安！朋友〉》，《朔方》第 2 期。

王海珺：《荒誕背後的真實社會剖析——張賢亮長篇小說〈一億六〉的世象解剖和人性雕刻》，《湖南第一師範學院學報》第 2 期。

張欣：《張賢亮的閱讀史》，《當代作家評論》第 4 期。

洪子誠：《〈綠化樹〉：前輩，強悍然而孱弱》，《文藝爭鳴》第 7 期。

主要參考文獻

一、作家作品

1. 《張賢亮選集》（3 卷本），天津：百花文藝出版社，1986 年。
2. 張賢亮：《感情的歷程》，北京：作家出版社，1993 年。
3. 《張賢亮選集》（4 卷本），天津：百花文藝出版社，1995 年。
4. 張賢亮：《小說中國》，經濟日報、陝西旅遊出版社，1997 年。
5. 張賢亮、楊憲益等：《親歷歷史》，北京：中信出版社，2008 年。
6. 張賢亮：《張賢亮作品典藏》（10 卷本），貴陽：貴州人民出版社，2013 年。

二、學術著作

1. 汪華藻、陳遠征、曹毓生主編：《中國當代文學簡史》，長沙：湖南人民出版社，1985 年。
2. 高嵩：《張賢亮小說論》，成都：四川文藝出版社，1986 年。
3. 季紅眞：《文明與愚昧的衝突》，杭州：浙江文藝出版社，1986 年。
4. 黃子平：《沉思的老樹的精靈》，杭州：浙江文藝出版社，1986 年。
5. 《評〈男人的一半是女人〉》，銀川：寧夏人民出版社，1987 年。
6. 朱寨主編：《中國當代文學思潮史》，北京：人民文學出版社，1987 年。
7. 曾鎮南：《王蒙論》，北京：中國社會科學出版社，1987 年。
8. 王曉明：《所羅門的瓶子》，杭州：浙江文藝出版社，1989 年。
9. 徐國綸、王春榮主編：《二十世紀中國兩岸文學史（續編）》，瀋陽：遼寧大學出版社，1994 年。
10. 劉錫慶主編：《新中國文學史略》，北京：北京師範大學出版社，1996 年。
11. 孔範今主編：《二十世紀中國文學史》，濟南：山東文藝出版社，1997 年。

12. 黃曼君主編：《中國近百年文學理論批評史（1895～1990）》，武漢：湖北教育出版社，1997 年。

13. 孟繁華：《1978：激情歲月》，濟南：山東教育出版社，1998 年。

14. 屈雅君、李繼凱等：《新時期文學批評模式研究》，西安：陝西人民教育出版社，1997 年。

15. 姚鶴鳴：《理性的追蹤——新時期文學批評論綱》，南京：江蘇教育出版社，1998 年。

16. 王本朝：《中國現代文學制度研究》，重慶：西南師範大學出版社，2002 年。

17. 周海波：《中國現代文學批評史論》，上海：上海人民出版社，2002 年。

18. 許道明：《中國現代文學批評史新編》，上海：復旦大學出版社，2002 年。

19. 張景超：《滯重的跋涉——新時期文學批評透視》，哈爾濱：黑龍江教育出版社，2002 年。

20. 吳秀明主編：《中國當代文學史寫真》，杭州：浙江大學出版社，2002 年。

21. 孟繁華：《傳媒與文化領導權——當代中國的文化生產與文化認同》，濟南：山東教育出版社，2003 年。

22. 藍愛國：《游牧與棲居——當代文學批評的文化身份》，北京：中國社會科學出版社，2005 年。

23. 董健、丁帆、王彬彬：《中國當代文學史新稿》，北京：人民文學出版社，2005 年。

24. 古遠清：《中國當代文學理論批評史》，濟南：山東文藝出版社，2005 年。

25. 洪子誠：《中國當代文學史（修訂版）》，北京：北京大學出版社，2007 年。

26. 王本朝：《中國當代文學制度研究（1949～1976）》，北京：新星出版社，2007 年。

27. 王春榮、吳玉傑：《文學史話語權威的確立與發展——「中國當代文學史」史學研究》，瀋陽：遼寧人民出版社，2007 年。

28. 徐豔蕊：《當代中國女性主義文學批評二十年》，桂林：廣西師範大學出版社，2008 年。

29. 羅平漢：《春天——1978 年的中國知識界》，北京：人民出版社，2008 年。

30. 胡少卿：《中國當代文學中的「性」敘事（1978～）》，合肥：安徽教育出版社，2008 年。

31. 孟繁華：《中國當代文學通論》，瀋陽：遼寧人民出版社，2009 年。

32. 張志忠主編：《中國當代文學 60 年》，北京：高等教育出版社，2009 年。

33. 范國英：《茅盾文學獎的文學制度研究》，北京：中國社會科學出版社，2009 年。

34. 李秀萍：《文學研究會與中國現代文學制度》，北京：中國傳媒大學出版社，2010年。

35. 范國英：《新時期以來文學制度研究——以茅盾文學獎爲中心的考察》，成都：巴蜀書社，2010年。

36. 嚴家炎主編：《二十世紀中國文學史》，北京：高等教育出版社，2010年。

37. 朱壽桐主編：《漢語新文學通史》（下卷），廣州：廣東人民出版社，2010年。

38. 韓晗：《新文學檔案：1978～2008》，北京：電子工業出版社，2011年。

39. 程光煒：《當代文學的「歷史化」》，北京：北京大學出版社，2011年。

40. 張均：《中國當代文學制度研究（1949～1976）》，北京：北京大學出版社，2011年。

41. 孟繁華、程光煒：《中國當代文學發展史（修訂版）》，北京：北京大學出版社，2011年。

42. 戚學英：《作家身份認同與中國當代文學的生成（1949～1966）》，武漢：華中師範大學出版社，2013年。

43. 陳曉明：《中國當代文學主潮》，北京：北京大學出版社，2013年。

44. 吳義勤：《文學制度改革與中國新時期文學》，北京：文化藝術出版社，2013年。

45. 王秀濤：《中國當代文學生產與傳播制度研究》，北京：文化藝術出版社，2013年。

46. 金永兵：《後理論時代的中國文論》，北京：文化藝術出版社，2014年。

47. 李遇春：《走向實證的文學批評》，廣州：廣東人民出版社，2014年。

48. 李潔非：《文學史微觀察》，北京：生活・讀書・新知三聯書店，2014年。

49. 曠新年：《中國現代文學理論批評概念》，北京：清華大學出版社，2014年。

50. 周保欣、荊亞平：《「文學」觀念：理論、批評與文學史》，杭州：浙江大學出版社，2014年。

51. 朱棟霖、朱曉進、吳義勤主編：《中國現代文學史（1917～2012）》，北京：北京大學出版社，2014年。

52. 陳思和主編：《中國當代文學史教程》，上海：復旦大學出版社，2014年。

53. 王慶生、王又平主編：《中國當代文學史》，北京：高等教育出版社，2016年。

三、博士、碩士論文

1. 劉寧：《評價論與中國當代文學理論建設》廣西師範大學，2000年。

2. 劉春慧：《性別視角下的透視——海明威張賢亮女性意識的比較》黑龍江大學，2002 年。

3. 王軍：《十七年文學批評中的合法性問題》華東師範大學，2004 年。

4. 梁婭：《建構中的網絡文學評判機制》華中師範大學，2006 年。

5. 王豔麗：《迷失‧確認‧超越——論張賢亮小說知識分子身份的變異》山東大學，2006 年。

6. 徐豔華：《論張賢亮的小說創作及其死亡意識》吉林大學，2007 年。

7. 林逸玉：《張賢亮筆下的「臣服」女性》暨南大學，2007 年。

8. 任美衡：《茅盾文學獎研究》蘭州大學，2007 年。

9. 王海生：《揭開男性的人格面具——以張賢亮小說為中心》首都師範大學，2008 年。

10. 佘蕭群：《張賢亮小說中自我生存的藝術呈現》山東師範大學，2008 年。

11. 涂志勇：《論張賢亮小說中的知識分子形象》海南師範大學，2008 年。

12. 朱文濤：《批判、反思與超越——張賢亮小說之「拯救」主題再探》北京語言大學，2009 年。

13. 鍾坤：《郁達夫與張賢亮小說創作之比較》湖南師範大學，2009 年。

14. 劉玲：《市場經濟語境下的當代文學生產機制研究》華中師範大學，2009 年。

15. 殷宏霞：《論張賢亮小說的性別意識》蘇州大學，2009 年。

16. 林筠昕：《那些年的知識分子——張賢亮小說重讀》華東師範大學，2010 年。

17. 甄廣旭：《張賢亮小說與「人」的文學》內蒙古大學，2011 年。

18. 郭向：《論「歸來」後張賢亮的創作》海南師範大學，2011 年。

19. 梁曉君：《浩然創作的本土性與評價史》吉林大學，2011 年。

20. 湯先紅：《從紛爭突起到塵埃未定——〈青春之歌〉的評價史研究》瀋陽師範大學，2011 年。

21. 李虹：《茅盾文學獎評獎問題研究》江西師範大學，2011 年。

22. 李陽：《當代文學生產機制轉型初探》華東師範大學，2011 年。

23. 李顯鴻《中國當代文學監獄敘事話語的嬗變》武漢大學，2011 年。

24. 劉琳：《論張賢亮小說的身體敘事》西南大學，2012 年。

25. 周明敏：《無法游離在國家文學制度之外的悲劇》溫州大學，2012 年。

26. 鄭婕：《20 世紀 80 年代中期文學場域研究》寧波大學，2012 年。

27. 陳蘊茜：《茅盾文學獎評獎機制研究》廣西師範大學，2013 年。

28. 劉大磊：《張賢亮創作心理論》南京大學，2013 年。

四、期刊、報紙文章

1. 沙汀：《祝賀與希望》，《人民文學》1979 年第 4 期。

2. 王蒙：《我在尋找什麼》，《文藝報》1980 年第 10 期。

3. 克非：《引人注目的探索——評王蒙的近作兼論創作方法的多樣性》，《學習與探索》1980 年第 6 期。

4. 稅海模：《〈靈與肉〉的成敗及其緣由試析》，《朔方》1981 年第 8 期。

5. 周揚：《按照人民的意志和藝術科學的標準來評獎作品》，《文藝報》1981 年第 12 期。

6. 李子雲、王蒙：《關於創作的通信》，《讀書》1982 年第 12 期。

7. 周揚：《關於馬克思主義的幾個理論問題的探討》，《人民日報》1983 年 3 月 16 日。

8. 張賢亮：《應該有史詩般的作品出現》，《光明日報》1983 年 6 月 18 日。

9. 龍化龍：《人，應該有崇高的情操》，《人民日報》1983 年 8 月 30 日。

10. 何鎮邦：《作家的「冷」與「熱」》，《學習與研究》1983 年第 9 期。

11. 劉白羽：《清除精神污染，促進文藝創作繁榮》，《紅旗》1984 年第 1 期。

12. 夏中義：《當代文學中的英雄交響曲》，《清明》1984 年第 4 期。

13. 光群：《〈男人的風格〉淺議》，《朔方》1984 年第 5 期。

14. 陳詔：《苦難歷程中「熟悉的陌生人」——談〈綠化樹〉和〈靈與肉〉中的人物形象》，《上海文學》1984 年第 8 期。

15. 閻綱：《文學在改革聲中》，《當代文壇》1984 年第 10 期。

16. 牛玉秋：《一種新的文學風格——達觀風格的萌芽》，《小說評論》1985 年第 1 期。

17. 黃子平、陳平原、錢理群：《論「二十世紀中國文學」》，《文學評論》1985 年第 5 期。

18. 陳遼：《獨樹一幟 佳處自顯——讀〈中國當代文學簡史〉》，《中國文學研究》1986 年第 1 期。

19. 韓梅村：《論小說發展中的一種新趨勢》，《小說評論》1986 年第 6 期。

20. 張賢亮：《社會改革與文學繁榮——與溫元凱書》，《文藝報》1986 年 8 月 23 日。

21. 魯樞元：《論新時期文學的「向內轉」》，《文藝報》1986 年 10 月 18 日。

22. 黃良：《新時期文學批評的思維走向》，《重慶師院學報（哲學社會科學版）》1987 年第 1 期。

23. 徐岱：《批評的功能與批評家的使命》，《文藝理論研究》1987 年第 2 期。

24. 趙福生：《靈與肉：從郁達夫到張賢亮》，《中國文學研究》1987 年第 3 期。

25. 吳秉傑：《新批評：目標與發展》，《光明日報》1988 年 8 月 19 日。

26. 程麻：《文學的實與虛——〈唯物論者的啓示錄〉啓示之四》，《當代作家評論》1990 年第 6 期。

27. 趙俊賢：《中國當代文學批評史研究芻議》，《西北大學學報（哲學社會科學版）》1992 年第 2 期。

28. 南帆：《好作家，或者重要的作家》，《當代作家評論》1993 年第 1 期。

29. 戈雲：《文人「下海」及其他——與陳若曦筆談》，《學術研究》1994 年第 2 期。

30. 張潔：《不再清高》，《光明日報》1994 年 4 月 26 日。

31. 劉彥生：《張賢亮：我的所有小說都是政治小說》，《文化月刊》1994 年第 6 期。

32. 王若谷：《芻議職業作家制》，《理論與當代》1994 年第 7 期。

33. 程德培：《十年與五年——商品消費大潮衝擊下的新時期文學分期》，《作家》1994 年第 5 期。

34. 張寶珍：《保住心愛的筆》，《中國軟科學》1994 年第 12 期。

35. 錢念孫：《人文精神與知識分子》，《江淮論壇》1995 年第 1 期。

36. 樊星：《「57 族」的命運——「當代思想史」片斷》，《文藝評論》1995 年第 2 期。

37. 謝有順：《重寫愛情的時代》，《文藝評論》1995 年第 3 期。

38. 逢增玉：《文化轉型中的文學分流》，《新長征》1995 年第 4 期。

39. 黎風：《走出混沌——新時期文學的「矛盾論」》，《當代文壇》1995 年第 5 期。

40. 孟繁華：《被追懷的精神傳統——新時期作家心態研究》，《中國文化研究》1996 年第 3 期。

41. 劉緒源：《怎樣看外國的評論》，《文學自由談》1997 年第 1 期。

42. 孟繁華：《1978 年的評獎制度》，《南方文壇》1997 年第 6 期。

43. 張旭紅、趙淑芳：《試論張賢亮小說的政治思辨色彩》，《甘肅教育學院學報（社會科學版）》1998 年第 2 期。

44. 洪治綱：《曠野中的嚎叫——對新時期以來小說批評的回巡與思考》，《當代作家評論》1998 年第 5 期。

45. 蕭乾：《怎麼評價我們的文學》，《散文》2000 年第 1 期。

46. 張賢亮：《請用現代漢語及現代方式批判我》，《文學自由談》2000 年第 2 期。

47. 朱健國：《「回憶病」之一種》，《文學自由談》2000 年第 3 期。

48. 張抗抗：《當代文學中的性愛與女性書寫》，《北京文學》2000 年第 3 期。

49. 洪子誠：《當代文學的「一體化」》，《中國現代文學研究叢刊》2000 年第 3 期。

50. 賀桂梅：《世紀末的自我救贖之路──1998 年「反右」書籍熱的文化分析》，《上海文學》2000 年第 4 期。

51. 南帆：《文學、革命與性》，《文藝爭鳴》2000 年第 5 期。

52. 李陀、李靜：《漫話「純文學」──李陀訪談錄》，《上海文學》2001 年第 3 期。

53. 陳曉明：《記憶的抹去與解脱》，《讀書》2001 年第 3 期。

54. 劉永昶：《張賢亮小說論》，《廣西社會科學》2002 年第 6 期。

55. 陳平：《一代啟蒙者的歷史宿命與精神啟示──從〈男人的一半是女人〉看張賢亮的新啟蒙意識》，《理論與創作》2003 年第 1 期。

56. 賀仲明：《自我的書寫──「文革」後「五七作家」筆下的 50 年代》，《文藝爭鳴》2003 年第 4 期。

57. 劉小新、鄭國慶：《文本分析與社會批評》，《天涯》2004 年第 3 期。

58. 林建法：《建立文學批評的秩序》，《人民日報》2005 年 2 月 17 日。

59. 李新宇：《艱難的主體重建──20 世紀 80 年代中國文學的知識分子話語》，《天津社會科學》2005 年第 2 期。

60. 王坤：《文學制度對文學主體活動的潛在建構》，《江蘇教育學院學報（社會科學版）》2005 年第 3 期。

61. 舒敏：《新時期愛情文學的審美評價》，《當代文壇》2005 年第 4 期。

62. 張志雲：《當下文學批評中的文化感受──從王曉明近來的文學批評談起》，《當代文壇》2006 年第 6 期。

63. 李松：《走向後經典批評──對 20 世紀 90 年代以來中國文學批評趨向的考察》，《理論月刊》2005 年第 6 期。

64. 張利群：《論文學評價標準的三元構成與建構條件》，《文學評論》2007 年第 1 期。

65. 劉法民：《反常態藝術的評價標準》，《信陽師範學院學報（哲學社會科學版）》2007 年第 2 期。

66. 郜元寶：《當蝴蝶飛舞時──王蒙創作的幾個階段和方面》，《當代作家評論》2007 年第 2 期。

67. 張清華：《二十世紀中國文學中的知識分子譜系》，《粵海風》2007 年第 5 期。

68. 馬國川：《張賢亮：一個啟蒙小說家的八十年代》，《經濟觀察報》2008 年 4 月 19 日。

69. 王志清：《怎樣拯救墮落的文藝批評》，《探索與爭鳴》2008 年第 8 期。

70. 周俊生：《鎮北堡的「資本家」》，《中國民族》2008 年第 9 期。

71. 程光煒：《評價新時期文學三十年的幾個問題》，《浙江旅遊職業學院學報》2009 年第 1 期。

72. 謝泳：《〈中國新文學史稿〉的版本變遷》，《中國現代文學研究叢刊》2009 年第 6 期。

73. 李志強、石雷：《〈一億六〉：入木三分寫眾生——訪著名作家張賢亮》，《共產黨人》2009 年第 10 期。

74. 石一楓：《再次炫技——讀莫言〈蛙〉》，《當代（長篇小說選刊）》2010 年第 1 期。

75. 徐兆壽：《論近三十年文學中情愛主題的演變與批評》，《小說評論》2010 年第 2 期。

76. 魏寶濤：《〈文藝報〉與「十七年」作家自我批評空間建構——以作家「成長」軌跡爲中心》，《遼寧大學學報（哲學社會科學版）》2010 年第 2 期。

77. 李雯清：《文學評價現實主義的多元化的分析》，《北方文學（下半月）》，2010 年第 4 期。

78. 馬小敏：《從文壇「80 後」反思當下文學體制》，《雲南社會科學》2010 年第 6 期。

79. 程光煒：《「批評」與「作家作品」的差異性——談 80 年代文學批評與作家作品之間沒有被認識到的複雜關係》，《文藝爭鳴》2010 年第 17 期。

80. 南帆：《八十年代：話語場域與敘事的轉換》，《文學評論》2011 年第 2 期。

81. 吳俊：《文學的權利博弈：國家文學與文學批評》，《當代作家評論》2011 年第 2 期。

82. 李建東：《對當代批評話語的省思》，《中國中外文藝理論學會年刊》2011 年第 6 期。

83. 賀仲明：《去批評化：對當代文學研究方法的思考》，《山東師範大學學報（人文社會科學版）》2012 年第 3 期。

84. 李丹：《「一九七八年全國優秀短篇小說評選」對於當代文學批評的意義》，《當代作家評論》2012 年第 3 期。

85. 吳俊：《中國當代文學批評史研究芻議》，《當代文壇》2012 年第 4 期。

86. 徐舒：《批評過程中的內省精神——我看王曉明的文學批評》，《朔方》2012 年第 4 期。

87. 吳俊：《批評史、文學史和制度研究——當代文學批評研究的若干問題》，《當代作家評論》2012 年第 4 期。

88. 曹文慧：《論〈文藝報〉（1978～1985）的「討論會」》，《小說評論》2012年第4期。

89. 蓋生：《文學理論與批評關係的調適及新文學體制的建立》，《湖南社會科學》2012年第6期。

90. 李俊國：《實證式文學批評》，《文藝報》2012年8月29日。

91. 張賢亮：《雪夜孤燈讀奇書》，《南方周末》2013年7月25日。

92. 吳玉傑：《新時期文學與傳媒關係研究的緣起》，《文藝爭鳴》2013年第4期。

93. 賀桂梅：《超越「現代性」視野：趙樹理文學評價史反思》，《解放軍藝術學院學報》2013年第4期。

94. 金曼麗：《重塑男性主體性——解讀張賢亮長篇小說〈男人的風格〉》，《濟南職業學院學報》2014年第5期。

95. 程永新：《批評家的悟性》，《上海文學》2014年第7期。

96. 吳義勤：《對於中國當代文學現狀的認識》，《延河》2014年第8期。

97. 周志忠、朱磊、周飛亞：《張賢亮：拓荒者和弄潮兒》，《人民日報》2014年9月29日。

98. 劉金祥：《張賢亮：新時期文學的拓荒者》，《黑龍江日報》2014年10月16日。

99. 吳惟珺：《張賢亮年表》，《朔方》2014年第11期。

100. 夏志清：《張賢亮的三件寶：浪漫路線、想像力和幽默感》（李鳳亮譯），《朔方》2014年第11期。

101. 張閎：《關於張賢亮及其文學的閒言碎語》，《上海采風》2014年第12期。

102. 王鴻諒：《一個作家的「野蠻生長」——張賢亮的人生考察》，《三聯生活週刊》2014年第42期。

103. 洪子誠：《當代的文學制度問題》，《中國現代文學研究叢刊》2015年第2期。

104. 張欣：《張賢亮與九十年代文學生態》，《小說評論》2015年第5期。

105. 張欣：《文學評價機制與作家作品命運》，《寧夏大學學報（人文社會科學版）》2016年第2期。

106. 張欣：《張賢亮的閱讀史》，《當代作家評論》2016年第4期。

107. 洪子誠：《〈綠化樹〉：前輩，強悍然而屏弱》，《文藝爭鳴》2016年第7期。

後　記

　　呈現在各位尊敬的老師和讀者面前的這本博士畢業論文，是我耗費九個多月體力與腦力勞動的成果，在這九個多月中，我的身體在急遽的衰弱下去，但令我感到欣慰的是，我終於按照自己預期的目標完成了博士階段的最後一項關鍵性論文的寫作，在我寫作博士論文的過程中，我的妻子也正在艱辛而幸福地孕育著一個新的生命，如今這個小生命已經平安誕生，正式加入到我們的生活之中，我的博士論文的寫作恰好和我的女兒的孕育和出生不期而遇，這是一種巧合還是命運的安排，我不得而知。這本書於我而言，也可以說是一個新的生命的到來，她也經過了十月懷胎的艱辛與分娩時的痛苦，因此，我對這個新生命也倍加珍惜與喜愛，但是由於寫作時間的倉促與我學識的淺薄，在這本書稿中肯定還存在著這樣或那樣的不盡如人意之處，我將在以後的日子裏，按照老師們和讀者們反饋的意見逐一進行細緻的修改，這可能會是一個更為痛苦的矯正過程，但是學術來不得半點馬虎，對每一個將學術視為自己第二生命的學者來說，每一次的論文寫作都是人格不斷修煉和自我進化的過程，痛苦與快樂始終是相生相伴的，正因為過程的困苦，我們才會更加強烈地感受到生活的充實與成功的喜悅。但是，正如大家常說的一樣，自己的孩子，不管在別人眼中是美是醜，在孩子的母親看來，他（她）都是上帝賜予的禮物，是降落到這個世界上的天使。這本書於我來說，其情感也正如我對自己的孩子一般，充滿希望得到他人認同的期待，這也許是人之常情吧。

　　這部書稿能夠如期付梓完成，我需要感謝我的博士生導師孟繁華教授、賀紹俊教授、程光煒教授，沒有他們的悉心指導和答疑解惑，我將遇到無法

想像的阻力，他們工作繁忙，孟繁華老師利用各種機會指導我的論文寫作，從最初的確定論文選題到部分論文成果的發表，我都得到了他的悉心幫助，即使在他生病住院期間，他也沒有忘記關心我的論文進展情況，令我萬分感動。在孟繁華教授的推薦下，這本論文得以成為北京師範大學李怡教授主編的《人民共和國文化與文學叢書》系列中的一部，並將於今年九月由臺花木蘭文化事業有限公司出版。賀紹俊老師爲人低調、謙和平易，我曾因爲論文寫作遇到問題多次登門打擾，每次都受到老師的熱情接待與指點，他的富有啓發性的話語和眞知灼見，常常令我茅塞頓開。程光煒老師一直在中國人民大學給我們開設八九十年代文學研究的課程，從他的課堂上，我才第一次眞正踏入了八十年代文學研究的領地，接觸到了最前沿的學術動態與學術成果。他認眞的治學精神給我留下了極爲深刻的印象。我至今還保存著上程老師每一堂討論課記錄的讀書筆記，以及通過電子郵件向他請教各種問題得到的悉心答覆。學高爲師、身正爲範，我有幸在讀博期間與這些名師結成師生緣分，令我受益匪淺，這是我人生路上的寶貴精神財富，我會珍惜這份師生之情，常懷感恩之心。

我需要特別感謝我的妻子給予我的陪伴與照顧，在我外出讀博期間，她經受了一個女人孕育過程的艱辛與恐懼，一次次獨自一人去醫院做產前檢查，由於她的自立自強，使我能夠以較大的精力投入到學業之中，就在我寫下這段文字的時候，她還在家中辛勞地哺育尚在襁褓中的嬰兒，我想這就是人世間最大的理解與支持吧。老師和親人們的恩情，我無法一一言表，我想我只有在未來的人生道路上好好做人、好好做事、好好做學問，這才是對他們最持久而誠摯的報答吧。最後，花木蘭文化事業有限公司的楊嘉樂編輯爲本書的出版付出了很多辛勞，在此一併表示感謝！

2016 年 12 月 5 日
中國人民大學品園三樓